Die Komponistin von Köln

Hanka Meves arbeitet als Autorin und Journalistin in Köln. Sie hat ein Geschichts- und Postgraduierten-Europastudium absolviert und schreibt Sachbücher sowie Kurz- und Kindergeschichten. Mit »Die Komponistin von Köln« legt sie ihren ersten historischen Roman vor.

HANKA MEVES

Die Komponistin von Köln

HISTORISCHER
ROMAN

emons:

Bibliografische Information der Deutschen Nationalbibliothek
Die Deutsche Nationalbibliothek verzeichnet diese Publikation
in der Deutschen Nationalbibliografie; detaillierte bibliografische
Daten sind im Internet über http://dnb.d-nb.de abrufbar.

© Emons Verlag GmbH
Alle Rechte vorbehalten
Umschlagmotiv: Auguste Renoir, Yvonne et Christine Lerolle
au piano, 1897 via Wikimedia Commons
Umschlaggestaltung: Leonardo Magrelli
Gestaltung Innenteil: DÜDE Satz und Grafik, Odenthal
Lektorat: Hilla Czinczoll
Druck und Bindung: CPI – Clausen & Bosse, Leck
Printed in Germany 2024
ISBN 978-3-7408-2067-1
Historischer Roman
Originalausgabe

Unser Newsletter informiert Sie
regelmäßig über Neues von emons:
Kostenlos bestellen unter
www.emons-verlag.de

Für meine Freundin Barbara, meine Schwester Heike
und meinen Vater

Prolog

Ich hatte Mühe, ihren Brief zu öffnen. Meine Hände zitterten vor Aufregung. Wie lange war es her, dass ich von ihr gehört hatte? Dabei hatten wir uns geschworen, uns wöchentlich zu schreiben. Hatten!

Während des Krieges hatte ich sie schreiben sehen, als sie mich in England aufnahm, jede Woche einen nummerierten Brief an ihre Kinder in den Vereinigten Staaten, egal ob sie erschöpft von der Hausarbeit war oder von der Arbeit an ihrem Buch über Musiker oder einem Beitrag für den Rundfunk. Ich hatte sie arbeiten sehen, so wie immer in ihrem Leben, während ich darauf wartete, endlich zu meinen Söhnen nach Palästina ausreisen zu dürfen.

Ein gezackter Riss im Briefumschlag gab die Öffnung frei. Ein Foto fiel heraus. Ihr Foto. Eine Aufnahme vom Auftritt des Bing-Quartetts, aus der Zeit, die uns zu Freundinnen gemacht hatte. Neugierig schauten mich ihre Augen an. Stolz. Ein leichtes Lächeln. Überzeugt von sich selbst. Sie könnte ein Junge sein: kurze Haare, dunkle Augen wie ihre Brüder Moritz, den alle Menny nannten, und Hugo und ihr Cousin Richard. Sie war damals zehn Jahre alt, ihre Brüder wenig älter als sie. Die Jungs schauten ernst drein, ihre Geigenbogen nach unten gerichtet. Richard wirkte erwachsen, obgleich er gerade einmal vierzehn Jahre alt war. Doch sie, sie lächelte. Sie war sich ihrer Sache sicher gewesen. Die Musik war ihr Leben. Während ich grübelte, hatte sie längst ihre Entscheidung getroffen. Ob dies heute noch so war?

Das Visum lag vor, die Überfahrt war gebucht für den 11. März 1948, in die USA zu Nora und Marga. Natürlich mit ihrem Sohn Robert. Treuer Robert! Unwillkürlich stellten sich mir die Haare an den Armen auf. Wie würde es ihr wohl dort ergehen? Ihr, die so sehr den kühlen Wind Yorkshires mochte, die sich bei Schwüle in die Mitte ihres Hauses verkroch, deren Arme nicht mehr schön genug für ein ärmelloses, luftiges Kleid waren. Ihr, die es vorzog, sich in die warme, weiche Wollunterwäsche Englands zu kuscheln. *Worsted spinning.* Feinstes Kammgarn aus Bradford. Ihr, die in den schwülen Sommern so häufig in Ohnmacht gefallen war. Wie ich sie beneidet hatte, wenn eine Traube von Schulmädchen sich um die Gefallene versammelte und um Hilfe schrie. Ich wischte mir den Schweiß von der Stirn. Es war heiß heute, zum Glück nicht schwül. Der Sommer in Palästina ist unerträglich heiß.

Teil I

Ein weiter Weg

Köln, 1888

»Hier entlang!«, rief Mariechen mir zu, als wir auf die Straße traten.

Ich richtete meinen Blick in die andere Richtung. »Ich dachte, du wohnst dort.«

Sie schüttelte den Kopf. »Ich zeige euch was.«

Meine kleine Schwester Lea zupfte an meinem Rock. »Wir dürfen keinen Umweg gehen.«

Mariechen lachte. »Fünf Minuten.« Schon griff sie meine Hand und zog mich hinter sich her. Lea folgte uns widerwillig, als könnte sie uns mit ihrer Langsamkeit aufhalten.

Wir liefen vor bis zu dem breiten Streifen, durch den das Sonnenlicht fiel, das uns blendete, weil die alte Stadtmauer Stück für Stück abgerissen wurde. Dort erst warteten wir auf Lea, die sich bitterlich beschwerte.

»Das hier wird alles abgerissen«, trompetete Mariechen in das Jammern hinein. »Für eine Oper, ein Konzerthaus.« Sie hob begeistert die Arme. »Und ich spiele das erste Cello.« Sie fasste Lea und mich an den Händen und drehte sich mit uns im Kreis.

Und ich?

Bereits am ersten Schultag war mir ihr Lachen aufgefallen. Unweigerlich musste ich sie anstarren. Sie stand am Eingang der Schule und klopfte mit ihrem rechten Fuß einen Takt. Ihre Haare hatte sie – oder war es das Kindermädchen gewesen? – streng zurückgekämmt und zu einem Zopf geflochten. Doch die Locken versuchten der Strenge zu entfliehen. Ihr Kleid war von feinstem Stoff, die Rüschen lagen sorgfältig an den Puffärmeln und auf der Brust, ein aprikosenfarbenes Taillenband zog meinen Blick magisch an. Es passte wunderbar zum Blau des Rockes und zu ihren dunklen Augen. Dann schaute ich an mir hinunter und wieder hoch. Mittelblau, alles in einem Ton. Inzwischen war sie aus meinem Blickfeld verschwunden.

Es war ein kalter Frühlingstag. Die Sonne beleuchtete die engen Gassen nur spärlich, strahlte einmal auf dieses, einmal auf jenes Dreifensterhaus. Wir liefen an Kneipen und Geschäften vorbei, deren üppige Auslagen den Spaziergang verlängerten. Lea und ich hatten viel Freude an dem zehnminütigen Weg zur neuen Schule. Wir dachten, dass die Tornister leicht wären, obgleich die Lederriemen in unsere Schultern schnitten. So wie sich unsere Ranzen leicht anfühlten, fühlte ich mich frei. Endlich kam ich aus der einzig erlaubten Elisenstraße heraus in die Welt. Bisher hatten wir sie nur in Begleitung verlassen dürfen.

Die Schaufenster am Rande des Wegs waren mit leckeren Kamellen gefüllt, mit Glasmurmeln, von denen wir nie genug bekommen konnten, und mit Stoffen, von denen die Bewohner dieser Stadt nie genug bekamen.

»Komm, komm schon!«, rief ich und trieb Lea zur Eile an. Sie ließ es geschehen, ohne die Augen von den Auslagen zu lösen, und lief mehr rück- als vorwärts. Es dauerte länger als die zehn Minuten, doch dann sahen wir das Eingangstor zu unserer Schule, der Evangelischen Höheren Töchterschule in der Antoniterstraße, davor warteten die Mädchen.

Die Bänke in unserem Klassenzimmer standen eng aneinandergedrängt. Die Wände waren bis zu unserer Augenhöhe mit einer tiefdunkelgrünen Ölfarbe geschützt. Darüber hellte ein fahles Gelb die Wand etwas auf. Außer einem Bild mit einer Schneelandschaft war der Raum schmucklos. Es roch nach Putzmittel. Ich ließ meine Augen durch das Klassenzimmer wandern. Sofort erspähte ich das Mädchen mit dem lauten Lachen wieder. Sie hatte sich einen bequemen Platz in der dritten Reihe ausgesucht. So saß sie nicht zu sehr im Blickfeld der Lehrerin, aber auch nicht im toten Winkel, der dazu führen konnte, dass man nicht auffiel und keine guten Noten bekam. Ich drängelte mich an den anderen Schülerinnen vorbei und ergatterte tatsächlich den Stuhl neben ihr.

»Franziska«, flüsterte ich ihr zu.

»Genau wie meine Großtante Franzi«, erwiderte sie und streckte mir ihre schmale Hand entgegen. »Mariechen.«

»Wie das Funkenmariechen?«

Sie kicherte leise und wehrte ab. »Ich mag Karneval nicht so sehr.« Dann klopfte sie auf der Heftablage unter dem Tisch einen Rhythmus. Langsam, danach etwas schneller.

Ich starrte auf ihre Finger, die sich federleicht bewegten, konzentrierte mich, strengte mich an und flüsterte: »Robert Schumann.«

Sie nickte. Ich war erleichtert.

Mit einem lauten Knarzen öffnete sich die Tür, und unsere Lehrerin betrat den Raum. Wir sprangen auf, um sie zu begrüßen.

»Guten Morgen!«

»Guten Morgen, Fräulein Baumann!«

Seelenruhig blieb Mariechen sitzen, klopfte ihren Rhythmus zu Ende, erhob sich dann und stimmte in das Begrüßungsritual der Klasse ein. Von diesem Tag an nannten mich alle Franzi.

Brüder

Fräulein Baumann hatte die schönste Schrift, die wir uns vorstellen konnten. Sie hinterließ keine Schliere auf der Tafel. Ihre Stimme war warm und freundlich. Und ihre Taille! Wie schön sich ihr Kleid um ihre Figur schmiegte. Ich versuchte, ihre Schrift nachzuahmen, Mariechen trommelte ihre Musik auf die untere Tischplatte. Ich strich meinen Rock glatt, meine neue Freundin störte sich nicht an einem Fleck auf ihrem Kleid. Als meine Kreide vom Tisch rutschte, berührte ich aus Versehen Mariechens Taillenband. »Wie weich es war!«

Einen Tag später fand ich es in einem Briefumschlag in meinem Ranzen mit den Worten: »Sowieso zu grell für mich.« Auf dem Briefumschlag stand eine gedruckte Adresse: Gebr.

Bing & Söhne, Samt- und Seidenband-Lager, Pipinstraße 6–8. Einen Tag später lud sie mich zu sich ein. Sofort sagte ich zu.

Mein Herz klopfte vor Aufregung, als wir unser Zuhause verließen. Wieder hatte ich Lea im Schlepptau. Schon nach wenigen Schritten bogen wir in die prächtige Hohe Straße ein. Große Fenster präsentierten Kleider, Schuhe, Hüte, wunderbare Leckereien. Meine Schwester hüpfte voller Freude, hielt dann plötzlich an und drückte ihre Nase an eine Scheibe, hinter der Süßigkeiten auslagen. Lutscher und Bonbons waren nach Farben sortiert, aufgereiht wie in einem Regenbogen. Aus der offenen Tür wehte uns der Duft von süßem gebranntem Zucker entgegen. Mir lief das Wasser im Mund zusammen. Doch ich wollte zu Mariechen.

»Komm!«, sagte ich und zog Lea hinter mir her. Endlich standen wir vor der Nummer 47.

»H. und Alb. Rauch, Mainzer Möbelfabrik«, las meine Schwester langsam vor, was auf dem Schild neben der Haustür stand. Ich klingelte.

»Ich denke, sie heißt Bing, und wo gibt es hier Seidenbänder?« Kleine Schwestern können unendlich nerven.

»Das Geschäft ist nicht weit weg von hier. Hier wohnen sie.«

Lea stampfte mit den Füßen auf. »Ich wollte die Seidenbänder sehen.«

Ein junges Mädchen öffnete die Tür. »Die Damen Stein und Stein?«

Ich nickte eifrig und spürte, wie mir Röte vor Aufregung ins Gesicht schoss.

»Über dem Laden.« Das Mädchen schob uns in den Hausflur und verschwand im Gewühl der geschäftigen Ladenstraße.

»Hierher, hier oben!«, tönte uns eine bekannte Stimme entgegen. Mariechen beugte sich über die Treppenbrüstung und winkte.

Zugleich drang ein Gewirr von Tönen zu uns, das sogleich von einer hohen Stimme unterbrochen wurde: »Es reicht!«

Mariechen war ein Abbild ihrer Mutter Henriette. Glücklicherweise fehlte ihr deren Strenge. Henriette trug ein langes graues Kleid, das den Hals durch eine helle Rüsche verdeckte, die schwarzen Haare streng gebunden. Sie sah ernst aus.

Die Tür zur Wohnung stand offen. Eine riesige Diele führte direkt in den Salon, in dem wie bei uns ein Flügel den Raum füllte. Doch während bei uns nur unsere Mutter diesen Platz beanspruchte, lehnten hier drei Knaben mit ihren Geigen lässig daran. Eine dunkel- und hellgrün gestreifte Stofftapete schützte die Wände. Ein schweres Ledersofa und zwei dicke Sessel luden zum Verweilen ein. Auf dem runden Tisch davor stand ein großer Blumenstrauß, von dem ein betörender Duft ausging. Ein blumiger Teppich bedeckte den Boden.

Ich zog meine Schuhe am Eingang aus und versank in dem unendlich weichen Bodenbelag. Lea tat es mir nach. Wir waren sprachlos.

Mariechen zeigte auf ihre Familie. »Meine Frau Mutter, meine Brüder Menny und Hugo, mein Cousin Richard.«

Ihre Mutter verabschiedete sich in ihr Zimmer. Schon setzten die drei Jungen ihre Streichinstrumente wieder an und begannen ihr schauerliches Musikspiel von Neuem.

»Schluss!«, rief Mariechen und tat so, als würde sie einen Taktstock halten.

Lachend schubste Hugo den imaginären Dirigentenstab weg. »Eine Dirigentin. Das ist nicht zugelassen.«

Sie stellte sich auf den Klavierhocker, hob stolz ihren Kopf und erwiderte: »Dann bin ich eben der Dirigent.«

Richard trat an sie heran und schaute seiner Cousine auf dem Hocker direkt in die Augen. »Lass gut sein, Kleine.« Er war lang und schlaksig, selbst seine Hände und Finger waren schmal und lang, wie auch sein Gesicht, besonders im Vergleich zu dem weichen, runden von Mariechen. Menny und Hugo hingegen waren kaum größer als Marie. Sie wirkten wie Zwillinge, waren jedoch zwei und drei Jahre älter als ihre Schwester. Was alle vier einte, waren die unglaublich dichten dunklen Haare und

Augenbrauen, die ihre Blicke verwegen und mutig aussehen ließen. Besonders hatte es mir Richard angetan.

»Wir wissen, dass du Musikerin werden willst, aber wir dürfen auch mal experimentieren. Außerdem hast du Besuch.« Richard zeigte mit seinem Bogen auf Lea und mich.

Mariechen hüpfte mit einem Satz vom Hocker, griff meine Hand und ging hocherhobenen Kopfes aus dem Raum. »Ihr werdet schon sehen, was ihr davon habt.«

»Jetzt bin ich doch froh, dass ich eine große Schwester habe«, lobte mich Lea am Abend, als wir in unseren Betten lagen.

Erst hatten Richard, Menny und Hugo uns aus dem Salon geschickt, dann waren sie immer wieder in Mariechens Zimmer gestürzt, um mal einen Berg Noten als Inspiration vor uns hinzuwerfen, ein anderes Mal, um unser Klavierspiel mit vier Händen durch fürchterliches Geigengekratze zu unterbrechen. Meine Schwester war immer wieder aufgeschreckt, gerade wenn sie sich in eines der vielen Bücher vertieft hatte, über die Mariechen verfügte.

»Wie hältst du deine Brüder nur aus?«, fragte ich sie am nächsten Tag während der Pause.

Mariechen zuckte mit den Schultern. »Sie waren schon vor mir da.«

»Und Richard?«

»Auch. Seitdem mein Vater nicht mehr ist.« Dann schmunzelte sie. »Willst du mehr über Richard erfahren?«

Natürlich wollte ich das.

Richard wohnte mit seinen Eltern Nathan und Marie Goetz, seiner älteren Schwester Anna und dem jüngeren Bruder Alfred in der Wohnung über den Bings. Im Raum der Brüder stand neben dem Klavier eine große Staffelei, die bei den Bings keinen Liebhaber gefunden hätte. Otto, Richards großer Bruder, studierte und tauchte nur zu Feiertagen zu Hause auf.

Ihr Vater Nathan Goetz war nach dem plötzlichen Tod von Mariechens Vater vor fünf Jahren mit seiner Familie nach Köln gezogen. Seine Frau Marie war die Schwester von Mariechens Vater, also ihre Tante. Während Mariechens Mutter sich der Trauer um ihren Mann und, wie meine Mutter, dem Klavierspiel widmete, hatte Tante Marie nun das Sagen im Haus und ihr Onkel Nathan das in der Firma.

Mariechen machte ein wichtiges Gesicht. »Otto wird einmal das Geschäft übernehmen.« Dazu nickte sie, als wollte sie dieser Behauptung noch mehr Bedeutung verleihen.

»Und Richard?«

»Er kann machen, was er will. Im Moment will er Maler werden, Alfred Physiker.«

Ich nickte, denn auch bei uns würde mein Bruder den Arztkittel meines Vaters erben.

»Nur Anna muss heiraten, die Arme«, ergänzte Mariechen. Ich lachte. »Ich will auch einmal heiraten.«

Das Geschenk

Wenig später besuchte Mariechen uns. Richard begleitete sie. Unser kleiner Bruder Fritz hüpfte an ihm hoch wie ein junger Hund. Mariechens Cousin ließ sich davon nicht beeindrucken, bleiben wollte er aber nicht. Das Kindermädchen zog Fritz in sein Zimmer, und unsere Mutter machte sich mit der Köchin Berta zum Markt auf. Wir hatten also fast die gesamte Wohnung für uns.

Mariechen warf einen Blick in den Salon. »Ein Bechstein. Wie schön!«

Während Lea und ich pflichtgemäß die tägliche Unterrichtsstunde bei unserer Klavierlehrerin absolvierten und nur mit Mühe hier und da das Üben in die Woche einfließen ließen, spielte Mariechen jede freie Minute mal auf dem Cello, mal auf ihrem Klavier oder im Schulunterricht mit den Fingern unter dem Tisch. Fräulein Baumann rief sie mehrfach zur Ordnung. Das Klopfen wurde leiser, aber es hörte nie auf.

Ich zog Mariechen zum Flügel und bot ihr den Klavierhocker an. Lea bekam rote Flecken im Gesicht. »Das ist Mutters Flügel.«

Mariechens dunkle Augen blitzten zwischen zwei Schlitzen hervor. »Nur einen kleinen Moment.«

Ich nickte ihr kräftig zu. »Mutter und Berta kommen bestimmt erst in einer Stunde wieder.«

»Nein, nein«, jammerte Lea. »Das gibt Ärger.«

Doch schon berührte Mariechen die Tasten, schloss die Augen und begann zu spielen. Lea hörte auf zu schimpfen und zog sich in eine Ecke zurück. Mariechen spielte die Melodie, die ich schon so oft auf der Tischplatte gehört hatte, erst leise, dann etwas lauter. Nachdem sie ihr Spiel beendet hatte, öffnete sie die Augen. »Was für ein schönes Instrument.«

In diesem Moment hörte ich einen Schlüssel im Schloss klacken. Ich zuckte zusammen, Lea sprang von ihrem Stuhl auf.

Unsere Mutter betrat die Wohnung. »Ich hatte …«

»Entschuldige!«, erwiderte ich und senkte den Kopf.

Mariechen stand vom Hocker auf. »Entschuldigen Sie bitte, Frau Stein. Ich habe Franzi gedrängt. So ein schönes Instrument. Ich wollte es unbedingt ausprobieren.«

Auf der Stirn unserer Mutter erschien eine tiefe Falte. »Dann will ich hören, was du unbedingt spielen musstest.«

Mariechen setzte sich erneut an den Flügel. Meine Hände waren eiskalt, und ich fragte mich, wie sie sich in dieser Situation konzentrieren konnte. Sie begann zu spielen. Es war ihr Schumann, die »Träumerei«, der Anfang. Sie bewegte langsam ihre Finger, spielte ruhig und mit viel Gefühl, als hätte sie dieses Stück schon Tausende Male vorgespielt. Noch im Mantel trat Mutter in den Salon und schaute Mariechen ruhig zu. Uns beachtete sie nicht.

Nach zwei, drei Minuten hörte Mariechen auf. »Mehr kann ich noch nicht.«

Unsere Mutter lächelte sie an. »Bei wem nimmst du Unterricht?«

Mariechen stand auf und machte einen Knicks. »Nur Cello bisher.«

»Das scheint aber ein besonders guter Cellolehrer zu sein.« Unsere Mutter ging in die Diele, reichte dem Mädchen ihren Mantel und verschwand in ihrem Zimmer.

»Kein Donnerwetter«, staunte Lea.

Verwundert schaute ich meine Freundin an. »Danke!«

Von diesem Tag an suchte ich nach einer Gelegenheit, unsere Freundschaft mit einem kleinen Mitbringsel zu besiegeln. Als meine Mutter darüber klagte, dass ihr die Tinte für die Noten ausginge, kam mir die passende Idee. »Wir könnten auf dem Heimweg von der Schule bei Tante Bompart vorbeigehen.«

Das war ein wunderbares Geschäft. Natürlich waren Süßigkeiten, zum Beispiel die Kamellen von Stollwerck, noch besser, aber der Schreibwarenhandel kam gleich danach. Es war ein kleiner, schöner Laden über zwei Etagen, in den die alte Frau Bompart, eine entfernte Verwandte unserer Familie, all ihre Liebe sowie Papiere, Stifte, Malutensilien und vor allem ihre berühmten Füller gestopft hatte. Das Beste war, dass Tante Bompart, wie wir sie nannten, keine Kinder hatte und uns bei jedem Besuch immer einen Schatz zusteckte. Vielleicht würde es mir auch diesmal gelingen, ihr etwas zu entlocken, das ich Mariechen schenken könnte.

Bei Einkäufen begleitete uns unser Kindermädchen. Uns war es nicht erlaubt, einen noch so kleinen Geldbeutel mitzunehmen. »Überall lauern Taschendiebe«, klagte Mutter stets.

Wir hüpften freudig vor dem Kindermädchen her und erreichten den Laden vor ihr. Sie war ohnehin mehr mit den Auslagen der Geschäfte beschäftigt als mit dem Aufpassen auf uns. Die Türklingel schellte laut, und wir platzten in den Laden hinein. Obgleich es ein gewöhnlicher Nachmittag war und es weder regnete noch stürmte, waren wir allein.

Auf dem Tresen hatte Tante Bompart unter einer Scheibe die schönsten Neuheiten ausgebreitet. Wir drückten unsere Nasen am Glas platt. Ich entdeckte einen wunderschönen goldenen Füller. Es klingelte ein zweites Mal. Unser Kindermädchen trat ein. Sie stellte Mutters Tintenfass mit einem Klirren auf das Glas. Tante Bompart kam aus ihrem Kabuff, das hinter dem Verkaufsraum lag, herangeschlurft. »Vorsichtig, vorsichtig! Das Glas ist teuer.« Ein Lächeln breitete sich auf ihrem Gesicht aus, als sie uns erkannte. »Na, was wollen denn meine liebsten Mädchen heute?« Sie nahm das Fass und hielt es gegen das Licht, das durch die großen Auslagefenster fiel. »Tinte für die fleißige Notenschreiberin?«

Aus einem der vielen Schränke mit unendlich vielen kleinen Schubladen nahm sie zielsicher ein Fläschchen, aus dem sie die gute Flüssigkeit in Mutters Fässchen füllte.

»Wie weißt du, wo sich was befindet?«, rief Lea dazwischen.

Tante Bompart lachte. »Ich habe sie doch auch alle gefüllt.«

»Ich habe nur eine Kommode mit sechs Schubladen und finde dennoch nichts.«

»Du brauchst eine kleine Hilfe.« Tante Bompart fasste unter ihren Tresen und holte eine Holzkiste mit genau neun Schubladen heraus. »Vielleicht fängst du damit an.«

Begeistert drückte Lea die Kiste an ihre Brust und hüpfte dreimal im Kreis.

»Und du?«

Ich musste tief Luft holen. Dann zeigte ich auf den goldenen Füller. »Was kostet er?«

Tante Bompart zog ihre Stirn kraus. »Den kannst du bezahlen, wenn du Frau Doktor bist.«

»Aber es dürfen doch nur Jungen studieren.«

»Eben genau.« Dann setzte sie wieder ihr Lächeln auf und fasste nochmals unter den Tresen. Sie gab mir ein winziges Kästchen. Mein Herz fing an zu pochen, als ich es umständlich aufzog. Tante Bompart strahlte mich an. »Er ist nicht aus Gold, aber genauso schön.«

Und tatsächlich befand sich in dem winzigen Kästchen, das nicht länger als mein kleiner Finger war, ein ebenso kleiner

Füller, der zwar nicht golden, dafür aber leuchtend dunkelrot war.

Der Kamm

Ein lautes Grummeln ging durch die Reihen der Mädchen, als er den Raum betrat. Es war tatsächlich ein Lehrer, der uns in Physik unterrichten sollte, Professor Raue. Er musste unendlich alt sein. Sein graues, schütteres Haar sprach davon. Dennoch schritt er geraden Rückens zum Pult, schlug zweimal mit seinem Stock darauf und forderte uns auf, uns zu setzen.

Mit Schwung öffnete er den Schrank hinter sich und holte verschiedene Utensilien heraus, darunter ein Pendel. »Meine Damen, wir werden uns mit richtiger Physik beschäftigen.«

Alle Mädchen raunten vor Begeisterung. Auf seinem Gesicht breitete sich ein Lächeln aus.

Mariechen rempelte mich an und flüsterte: »Menny und Hugo haben das auch.«

Ich bemerkte, dass Professor Raue die Augen auf uns richtete, und senkte vorsorglich meinen Blick. Er rückte das Pendel, das aus sieben an Metallseilen hängenden Metallkugeln bestand, zurecht und schubste die rechte Kugel an.

»Sie sehen, wie sich Kraft in Bewegung umwandelt.« Die Kugel schlug an die nächstgelegene, diese gab ihre Energie weiter bis zur letzten, die das Spiel von Neuem, diesmal in die andere Richtung, fortsetzte.

Mariechen flüsterte erneut: »Stell dir vor, so würde ein Klavier funktionieren.«

Urplötzlich schlug Professor Raue mit seinem Stock auf das Pult. Ein lauter Knall entlud sich. Alle zuckten zusammen. »Was haben die jungen Damen denn zu tuscheln, Fräulein Bing?«

Ruhig stand Mariechen auf. »Meine großen Brüder haben mir das Experiment bereits gezeigt.«

»Na, dann weißt du ja schon alles und kannst mir gleich helfen.« Professor Raue winkte Mariechen an seine Seite. Ihre Augen leuchteten. Mir hingegen fiel ein Stein vom Herzen, dass er nicht mich gewählt hatte.

»Nicht nur sichtbare Kräfte können Dinge bewegen.« Er hob die Kugel ein weiteres Mal hoch und setzte das Pendel in Bewegung. Ein ruhiges, gleichmäßiges Klacken erfüllte den Raum. Es erinnerte mich an das Metronom, das unsere Klavierstunden monoton beherrschte. Unser Lehrer sprach im Takt weiter.

»Es gibt unsichtbare Kräfte, die etwas in Gang setzen können.« Er griff noch einmal hinter sich in den Schrank und nahm einen großen Kamm und ein Tuch heraus. Dann rieb er beides aneinander, hob den Kamm triumphierend in die Höhe und hielt ihn an Mariechens Haar. Nichts geschah. Er schüttelte den Kopf. Erneut grummelte es im Raum, denn alle verstanden, dass irgendetwas nicht funktioniert hatte. Wir wussten nur nicht, was.

Mariechen ließ sich davon nicht beeindrucken, sondern stand nach wie vor lächelnd vor der Klasse. Also rieb er nochmals den Kamm am Tuch und berührte mit ihm hastig Mariechens Haar. Nichts geschah. Aus den hinteren Reihen hörte ich leises Gekicher.

Professor Raue raunte unglücklich: »Da haben wir wohl ein Problem.« Er führte sein Experiment ein drittes Mal durch. Doch auch diesmal bewegte sich nichts, rein gar nichts. Das Kichern wurde lauter, und als Professor Raue ein viertes Mal seinen Kamm am Tuch rieb, fiel Mariechens Haltung plötzlich zusammen.

»Wenn ihr mit dem Lachen aufgehört habt, komme ich wieder.« Sie drehte sich auf dem Absatz um und verließ den Raum. Die Tür klackte ins Schloss.

»Fräulein Bing!«, rief Professor Raue. Die Mädchen kicherten. Ich jedoch erstarrte und schaute gebannt auf die Tür.

»Ruhe!«, rief unser Lehrer jetzt energisch. Er klopfte dreimal mit seinem Stock auf das Pult, rieb den Kamm ein letztes Mal und hielt ihn an Elsas Kopf. Sie saß in der ersten Reihe, und ihr feines rötliches Haar löste sich ohnehin ständig aus ihren Zöpfen. Und tatsächlich: Elsas lange Locken bewegten sich wie von Zauberhand und schlugen gegen den Kamm.

Ich weiß nicht, wer damit angefangen hatte, doch nach und nach klatschten alle, und das Lachen erlosch. Kaum war auch das Klatschen verstummt, bewegte sich die Tür. Mariechen betrat den Raum und setzte sich wieder neben mich. Professor Raue tat so, als wäre nichts geschehen.

Ich zog das winzige Kästchen mit dem roten Füller aus meinem Ranzen und legte es Mariechen hin. Sie öffnete es und lächelte.

Von diesem Tag an war der Professor unser Lieblingslehrer. Wir bewunderten ihn beinahe mehr als Fräulein Baumann.

Der Salon

»Wir werden als Bing-Quartett auftreten, Menny, Hugo, Richard und ich.« Mariechen hüpfte aufgeregt im Kreis, ihre Stimme überschlug sich.

»Waren deine Brüder nicht dagegen?«

Sie hörte auf zu hüpfen und antwortete trotzig: »Sie haben gesagt, dass nur Leute in Hosen und mit kurzen Haaren Musik machen dürfen.« Mariechen zog mich lachend in ihr Zimmer. »Ich muss üben.«

Das Konzert fand in unserem Salon statt. Unsere Mutter hatte sich extra ein neues Kleid fertigen und unser Vater seinen Bart sorgfältig stutzen lassen.

Mir legte Mutter ihre schwarze Seidenbluse hin, die ich mit Widerwillen anzog. Irgendwie kratzte mich der Stoff und bestärkte mich in meiner Ahnung, dass irgendetwas Merkwürdiges am heutigen Tag passieren würde. Lea trug ein Kleid von mir. Nur Fritz, unser kleiner Bruder, durfte ganz wie gewohnt in kurzen Hosen auftreten.

Begeistert deklamierte unsere Mutter vor dem Auftritt: »Fräulein Hedwig Meyer am Klavier, hört, hört, eure Lehrerin, ›Sonate 32, Opus 111 c-Moll‹ von Ludwig van Beethoven.«

Meine Gedanken schweiften ab, bis meine Mutter mir auf die Schulter klopfte. »Das Bing-Quartett.« Sie schüttelte den Kopf. »Merkwürdig. Bisher dachte ich, dass sie ein Trio wären.«

»Mariechen spielt mit«, erwiderte ich.

Mutter ging darauf nicht ein und führte weiter aus: »Ihr werdet es kaum glauben …«, dabei strahlte sie wie Mariechen, »ich spiele von Schumann die ›Träumerei‹.«

Unser Vater klopfte bestätigend mit seinem Stock auf den Boden.

Lea und ich waren froh, dass wir nicht zum Konzertieren geladen worden waren. Besonders ich vermied zum Ärger unserer Mutter das Vorspielen. Immer wenn mir jemand am Klavier auf die Finger schaute, schienen sich diese zu verhaken.

Von unserer Küche breitete sich inzwischen ein verlockender Duft von Frikadellen, frisch gebackenem Brot und würzigem Käse aus. Mir lief das Wasser im Mund zusammen. Das Mädchen rannte hin und her, stellte zusätzlich Beistelltische in die Diele, rückte die Stühle im Salon gerade und uns Kinder zur Seite.

Endlich klingelte es. Unser Nachbar kam. Hermann Herz begrüßte unsere Eltern, danach uns überschwänglich. Er küsste meiner Mutter, dann Lea und mir die Hände. Röte schoss mir ins Gesicht. Ich schaute verwundert meine Hand an. Fritz klopfte er energisch auf die Schulter. Zum Glück lenkte uns ein weiteres Klingeln ab.

Thekla Herz, die Frau von Hermann, und ihre Söhne folgten. Der Mode entsprechend trugen die Männer einen Schnurrbart und Fliege, die Frauen weit ausladende Röcke. Die Diele füllte sich, wir Kinder wurden in den Salon gedrängt. Albert Herz, einer der Söhne, verhielt sich besonders zuvorkommend und machte uns Platz. Er hatte besonders dunkle Augen und blieb mir in Erinnerung. Dann schlug die Uhr Viertel vor. Von den Bings war keine Spur zu sehen. Das Mädchen verteilte Sektgläser. Für uns gab es Limonade. Ich nippte daran und drängelte mich zur Eingangstür durch, denn ich wollte Mariechen nicht verpassen.

Doch die Bings kamen und kamen nicht. Langsam verteilten sich die Erwachsenen auf die Stühle im Salon. Es wurde ruhiger, und meine Mutter winkte mich zu sich. Der Gong schlug elf Mal.

Zögernd setzte ich mich zu meiner Familie. Mariechen war noch nie zu spät gekommen. Hermann Herz ging zu meinem Vater und flüsterte ihm etwas zu. Sie nickten eifrig, dann trat mein Vater vor den Flügel.

»Herzlich möchte ich Sie heute zu unserem kleinen Konzert begrüßen.« Alle klatschten. Es klingelte noch einmal.

Endlich kamen sie: Nathan Goetz und seine Frau Marie, dahinter Mariechens Mutter Henriette, Menny und Hugo. Richard folgte, alle überragend, dann seine Geschwister, erst Anna, dann Alfred und zuletzt ... Ich schlug die Hände vor den Mund. »Nein!« Mariechen hatte raspelkurze Haare. Sie trug kurze Hosen und sah aus wie ein Junge. Aber sie strahlte.

Das Konzert begann. Fräulein Meyers Klavierspiel füllte den Raum aus. Die Zuschauer wurden still, versanken in der Musik. Nur ich rutschte auf meinem Stuhl hin und her und wartete sehnsüchtig auf den Moment, Mariechen sprechen zu können.

Tosender Applaus für das Klavier wurde von den Streichinstrumenten der Bings abgelöst. Menny und Hugo standen, Mariechen und Richard bildeten auf Stühlen sitzend den Rahmen. Vorsichtig setzte Mariechen ihren Bogen an. Sie schloss die Augen, öffnete sie wieder, bewegte den Kopf zu ihren Brüdern, die ihr mit ihren Streichinstrumenten antworteten. Gemeinsam wurden sie sicherer, spielten gefühlvoller, der Satz erklang lauter, die Gäste flüsterten leise, hörten auf zu sprechen. Die Bings spielten von Robert Schumann ›Ein Choral‹, als hätten sie nie etwas anderes in ihrem Leben getan.

Es war nur ein kurzes Stück. Ein kleiner nervöser Fleck zeigte sich auf Mariechens Wange. Aber schon verschwand er wieder.

Marie lächelte, dann erstrahlten die Gesichter der Jungs. Kaum senkte das Bing-Quartett die Bogen, klatschten alle begeistert.

Nach dem Streichquartett spielte meine Mutter, doch ich hatte nur Augen für Mariechen, die unweit von mir Platz gefunden hatte, und ihre kurzen Haare.

Das Konzert endete. Nach dem Beifall dankte unser Vater und bat alle zum Essen und zu den Getränken. Endlich konnte ich zu meiner Freundin eilen. »Was ist geschehen?«

»Was soll schon geschehen sein?«

»Mit deinen Haaren?«

Sie lächelte verschmitzt. »Es war nötig.«

Verwundert fragte ich nach. »Nötig?«

Sie nickte. »Mehr sage ich dazu nicht.«

Von da an begleiteten mich drei Fragen durch mein Leben:

Hatte Mariechen sich selbst die Haare geschnitten?

Wieso wusste sie immer, was sie wollte?

Was wollte ich eigentlich?

Der Ausflug

Unsere Eltern schwärmten von der Familie Bing. Am folgenden Wochenende würden wir alle einen Ausflug in die Flora machen. Ich freute mich darauf, Zeit mit Mariechen zu verbringen. Und vielleicht würde ich etwas über ihren neuen Haarschnitt herausfinden können.

Am Sonntagmorgen, einem milden Herbsttag im Jahr 1888, war die Aufregung groß. Meine Schwester wollte nichts essen, Fritz goss sich Milch über seinen Anzug. Nachdem das Mädchen ihn gereinigt und Lea mit einem Zwieback gefüttert hatte, machten wir uns auf den Weg.

Zur vollen elften Stunde vereinte sich unsere Prozession mit der Bing'schen an der Glockengasse, genau vor der Synagoge. Das Glockenspiel der Parfümerie 4711 lieferte sich mit den Domglocken ein Duell. Meine Mutter atmete tief ein, als wollte sie ein wenig vom Duft des Parfümherstellers mit auf den Weg nehmen. Die Männer reichten sich die Hände, die Frauen küssten sich auf die Wangen. Endlich gingen wir los. Vorn schritten die Männer, danach die Frauen, am Ende Jugendliche und Kinder.

Obgleich Mariechens Onkel Nathan und mein Vater nicht unterschiedlicher hätten sein können, der eine Kaufmann, der andere Arzt, der eine untersetzt, der andere schlank und groß, der eine mit Vollbart, der andere glatt rasiert, der eine im dunklen Mantel, der andere im auffällig hellen Rock, führten sie eine rege Unterhaltung. Dahinter folgten die Mütter, denen sich mein kleiner Bruder immer wieder entriss.

Fritz hüpfte zu den Männern vor und rief unentwegt: »Wir fahren mit der Pferdebahn. Wir fahren mit der Pferdebahn.« Er stolperte. Ein Aufschrei, die Mutter hob ihn auf und stellte ihn hin. Dann ging es weiter. Schließlich erbarmte sich Mariechens Bruder Hugo und übernahm die Aufsicht über den Zweijährigen. Kurz vor der Haltestelle war er jedoch das Einsammeln leid und nahm Fritz auf den Arm.

Begeistert ließ sich der Kleine dann auf einen Sitz in der Straßenbahn bugsieren und lehnte sich an seinen neuen, großen Freund an. Kaum waren wir alle eingestiegen, fuhr die Bahn mit lautem Gebimmel los, und Fritz schlief ein. »Jetzt verpasst er wieder alles«, meinte Lea. Recht hatte sie.

Uns bot sich zu einer Seite der wunderbare Blick auf den Rhein und zur anderen die prächtige Silhouette der gerade neu entstandenen großen Stadthäuser am Rheinufer, die mehr Schlössern als Häusern ähnelten.

An der Flora wachte unser kleiner Bruder wieder auf. Er hatte genug Kraft geschöpft und begann sein Spiel von Rennen, Fallen, Geschrei und Aufgehobenwerden von Neuem. Wir jedoch genossen den Blumenpark, der mitten in der emsigen Stadt Ruhe und frische Luft bot.

Mariechen und ich folgten unseren Müttern, um von ihren

Gesprächen etwas zu erhaschen, während unsere Geschwister ruhig spazierten und zu singen begannen.

Meine Mutter klagte über den Aufwand, den sie mit Fritz habe, dabei hatten wir ein Kindermädchen. Ich war froh, dass sie nichts über Lea und mich erzählte.

Mariechens Mutter hingegen sprach von neuen Klavierstücken, die sie gerade einübte. Beide Frauen waren so in ihr Gespräch vertieft, dass sie nicht bemerkten, wie sie vom Weg abkamen und auf ein völlig aufgeweichtes Beet traten. Unsere Mutter rutschte aus, rief um Hilfe, versuchte sich an einen Ast zu klammern und fiel vor unser aller Augen hin. Die Sänger hörten auf zu singen, die Gesellschaft erstarrte.

Unser Vater eilte zu ihr. Kaum stand sie wieder auf den Beinen, begann sie zu schimpfen, denn ihr schönes Kleid war schmutzig. Doch unser Vater hatte nichts Besseres zu tun, als mal wieder einen Reim von sich zu geben. »Beim Spaziergang, was ein Schreck, fällt die Mutter in den Dreck.« Dabei lächelte er sie an und putzte mit seinem Brusttuch etwas Schmutz von ihrem Rockteil, was den Fleck jedoch nur vergrößerte. Sie aber konnte seinem Charme nicht widerstehen und lachte. Da stimmten wir alle in ihr Lachen ein.

Auf dem Rückweg überboten sich die Männer mit dem Erzählen von Witzen. Unsere Mütter jedoch fanden dies gar nicht so lustig und hatten nun Grund genug, über ihr schweres Leben zu klagen.

Das Klavier

»Sie ist wunderbar!«, jubelte Mariechen, als sie mir von Fräulein Meyer, die nun auch ihre neue Klavierlehrerin war, die beste der Stadt, erzählte.

»Und was findest du so wunderbar an ihr?« Ich saß auf Mariechens Bett und schaute sie skeptisch an.

»Sie ist so voller Energie und Ideen. Ich dachte, ich müsste wieder mit Tonleitern anfangen wie beim Cello, doch ich durfte gleich Noten von Schumann spielen.«

»Aha«, bemerkte ich verwundert. »Uns quält sie täglich mit Tonleitern.«

Mariechen setzte sich an ihr Klavier und spielte mir den Schumann vor, den sie ständig getrommelt hatte.

»Aber altmodisch ist sie schon mit ihren dunklen Kleidern und dem strengen Dutt«, warf ich ein.

»Na und«, erwiderte Mariechen und spielte weiter, ohne auf die Tastatur zu sehen.

»Was für flinke Hände du hast!«

Sie zeigte auf ihre kurzen Locken. »Flinke Hände, störrisches Haar. Professor Raue wird mich nie wieder zu einem Experiment an die Tafel rufen.«

Wir lachten und probten kleine Stücke für vier Hände, während Lea wieder einmal Mariechens Bücher durchforstete. Dann klopfte es an der Tür.

»Bitte«, rief Mariechen laut.

Ein junges Mädchen schaute zur Tür herein und fragte ungelenk und mit einem merkwürdigen Akzent, ob wir eine heiße Milch wünschten. Natürlich wollten wir.

»Sie kommt aus England und soll mindestens ein Jahr bleiben«, erklärte uns Mariechen. »Und sie ist nett. Ständig gibt es etwas zu trinken und Kekse dazu.«

»Aus England? Wie kam sie zu euch?«

»Onkel Nathan hat häufig dort zu tun und meint, sie könnte unserem Englisch guttun.«

»Dazu müssten wir erst mal gut in Englisch sein«, erwiderte ich.

Mariechen brach in lautes Lachen aus. »Das stimmt, das stimmt.«

Von diesem Tag an legte sie kleine Zettel auf ihre Möbel und Sachen. Mit meinem Geschenk schrieb sie fein säuberlich die dazugehörigen Begriffe darauf: *table, chair, piano, key …*

»Mariechen, du wärst eine gute Lehrerin«, lobte die englische Louise, als sie uns bei einem weiteren Besuch warme Milch mit Keksen brachte. Als es an dem Tag erneut klopfte, nahmen wir natürlich an, dass es wieder die Englische sei, wie wir Louise von nun an nannten. Doch wir lagen falsch.

Menny, Hugo und Richard stürmten in das Zimmer und warfen bunte Schnipsel in die Luft. »Kamelle, Kamelle!«, riefen sie laut und ungestüm und hüpften umher. Besonders hoch sprang Richard. Dabei streckte er seine langen Beine und Arme in alle Richtungen und steckte uns mit seinem lauten Lachen an.

So schnell, wie der Spuk begonnen hatte, hörte er wieder auf. Hinter ihnen schlug die Tür zu. Übrig blieb eine bunte Landschaft. Sorgfältig pustete Mariechen die Schnipsel aus der Tastatur ihres Klaviers und schloss den Deckel. Dann rief sie das Mädchen zum Aufräumen und nahm uns mit in den Salon, wo wir weiter vierhändig übten.

Als Lea und ich gingen, flüsterte Mariechen mir zu: »Der Richard ist verrückt. Das sag ich dir. Aber nett, ausgesprochen nett.«

Erste Liebe

Mit der Zeit wuchs Mariechens Haar. Erst stob es wie wild in alle Richtungen, dann wurde es von der Englischen, ihrer Louise, gezähmt. Schließlich zeigte sich ein erster kurzer Zopf.

Es war ein sonniger Herbsttag im Jahr 1889, als Mariechen uns mit in ihren Samt- und Seidenband-Palast nahm. Louise war an unserer Seite. Ein junger Mann öffnete uns die Tür und verbeugte sich tief vor Mariechen. Sie lächelte, ich war beeindruckt. Lea hüpfte aufgeregt umher, als wäre sie ein Kleinkind. Dabei war sie zehn Jahre alt, und wir waren stolz auf unsere elf Jahre.

Helles Licht erfüllte den großen Raum, der einem Markt glich. An den Seiten des Gebäudes waren die Regale prallvoll mit Stoffen und Bändern gefüllt. Sortiert waren sie nach Farben und Stoffarten. Lea rannte sofort an eine Seite, um die Auslagen zu berühren. Wir folgten ihr, während sich uns eine junge Verkäuferin näherte, die genauso jung wie die Englische sein musste.

»Mein Name ist Schmitz, Emma Schmitz. Kann ich den Damen Bing und Stein etwas zeigen?«, fragte sie höflich.

Wir ließen sie gewähren und fuhren mit unseren Händen über die präsentierten Bänderrollen, berührten den weichen Samt, staunten über die kräftigen Farben der Seidenbänder. Stolz führte uns Mariechen herum, sie teilte unser Interesse, das ihr noch vor einem Jahr völlig unverständlich gewesen war.

»Was für ein schöner Tag!«, jubelte Lea nach dem Besuch.

»Immer wieder schön!«, lobte auch die Englische.

Ich schaute Mariechen von der Seite an und sah, wie gerade sie stand, wie stolz sie war. Dann verbeugte sie sich noch tiefer als der junge Mann, der uns die Tür geöffnet hatte. »Es war mir ein Vergnügen, meine Damen.« Dabei lachte sie laut, und wir stimmten in ihr Lachen ein.

Danach bot ich Mariechen an, uns in das jüdische Krankenhaus zu begleiten, in das uns Vater fast jeden Abend mitnahm. Sie lehnte dankend ab. »Diese Exponate, Augen in Gläsern, bah, eklig.«

Ich zwinkerte ihr zu. »Soll ich dir eins mitbringen?«

»Wehe!«, warnte sie.

Wenn Mariechen nach der Schule zum Klavierüben nach Hause eilte, bummelte ich mit Lea zum Gymnasium in der Kreuzgasse. Ich hoffte, einen Blick auf Richard erhaschen zu können, und war mir sicher, dass meine Freundin nichts von meinen heimlichen Spaziergängen ahnte. Doch schon bei ihrem nächsten Besuch hatte Mariechen einen Vorschlag für mich.

»Die Jungs geben ein Konzert mit Staffelei.«

»Mit Staffelei?«, wunderte ich mich.

»Du wirst sehen.«

Die Wohnung der Familie Goetz war sachlicher eingerichtet

als die der Bings, doch auch hier fanden sich weiche Teppiche und gute Stoffe an den Fenstern. Die Goetzens hatten weniger Leuchter, Vasen und Nippes, dafür waren die Wände voller Gemälde. Eine Landschaft mit Blick auf den Rhein sprach mich sofort an. Mariechen flüsterte uns zu: »Onkel Nathan sammelt das.«

Mein Herz klopfte vor Aufregung, und ich betete in Gedanken, dass die Jungs meine Nervosität nicht spüren würden.

Wir gingen in Richards Zimmer. Es lag genau über dem von Mariechen. Dort, wo bei ihr das Klavier den Raum dominierte, standen bei dem Fünfzehnjährigen drei Staffeleien, die sofort meine Aufmerksamkeit auf sich zogen. Auf einer wiederholte sich der Blick auf den Rhein. »Von Richard«, hauchte Mariechen mir zu.

Die drei Jungs hatten für sich einen Läufer ins Zimmer gelegt und uns eine kleine Stuhlreihe als Zuschauerraum zugedacht. Hugo wies uns Plätze zu.

»Ruhe!«, rief Menny energisch und klopfte mit seinem Geigenbogen auf das Notenpult. »Mögen die Damen bitte ruhig sein.«

Dann stellten er und Hugo sich mit ihren Instrumenten auf, während Richard mit einem Pinsel vor einer Staffelei Platz nahm. Während Menny den Ton angab, klopfte Hugo mit seinem Bogen den Takt »Ba-bada-dabap-bada«. Richard nahm ihn auf und tupfte dazu Farbe auf die Leinwand. Es war ein ulkiges Spektakel von nicht einmal fünf Minuten, das mit einem lauten »Bap« und einem deutlichen Pinselstrich auf dem Bild endete. Ein getupfter Wald vor blauem Himmel war entstanden. Die drei verbeugten sich tief.

Mariechen klatschte wie wild, und wir stimmten in ihre Begeisterung ein. Dann jagten uns die Jungs wieder aus der Wohnung. Noch auf der Treppe rief Mariechen lachend: »Der Richard ist einfach verrückt.« Lea schüttelte dazu heftig den Kopf, doch ich fand diese Verrücktheit wunderbar.

Glücklicherweise für mich, unglücklicherweise für Lea erkrankte meine kleine Schwester an einer Angina. Endlich konnte ich Mariechen allein besuchen.

»Ein richtiger Künstler«, schwärmte ich.

»Ein Verrückter«, habe ich dir doch gesagt. »Außerdem ist er vier Jahre älter als wir.«

Mir wurde heiß im Gesicht. »So habe ich das nicht gemeint.«

»Doch, doch«, widersprach Mariechen. »Franzi ist verliebt.«

Ich drehte mich von ihr weg, fächerte mir Luft zu. »Und du bist in dein Klavier verliebt.«

Mariechen fasste mich an der Taille und begann zu tanzen. »Nein, gar nicht.«

»In wen denn? Erzähl doch bitte!«, bat ich neugierig, doch Mariechen spannte mich noch ein Weilchen auf die Folter, bevor sie mir ihr Geheimnis verriet.

Richard geht

Lea und ich waren zum Mittagessen nach der Schule bei Mariechen eingeladen. Heute fand es bei der Familie Goetz statt. Es roch verführerisch nach Braten, als wir zur Tür eintraten. In der Küche klapperten die Köchin und das Mädchen mit den Töpfen. Im Salon war gedeckt. Gemeinsam mit Mariechen gingen wir um den Tisch und erkundeten, wer am Essen teilnehmen würde: Onkel Nathan, Tante Marie, Richard und sein Bruder Alfred, der ein Jahr älter als wir war. Anna, Richards Schwester, aß mit ihrem Mann, hatte aber extra Tischkarten für uns geschrieben.

Mariechen nahm sich die Speisekarte vom Tisch. »Kartoffelsuppe und rheinischer Sauerbraten, ich liebe es.«

Lea rieb sich den Bauch. »Und ich erst.«

Alfred kam hinzu. Er machte ein mürrisches Gesicht, das sich jedoch aufhellte, als er uns entdeckte. »Wie gut, dass ihr da seid!«

Ich freute mich. »Gern.«

Er ließ sich auf seinen Stuhl fallen. Mariechen setzte sich zu ihm. »Sollten wir was wissen?«

Alfred nickte. »Dicke Luft.«

Richard trat ein und begrüßte uns überschwänglich. »Damenbesuch. Unterhaltung für die Seele.«

Tante Marie folgte, strich Lea und mir zur Begrüßung sanft über die Haare und wandte sich Richard zu. »Heute nicht. Hast du verstanden?«

Ich wollte gern wissen, was heute nicht stattfinden sollte. Aber das erwähnte sie nicht.

Richard machte ein ernstes Gesicht. »Ich gebe mein Bestes.«

Tante Marie forderte uns zum Platznehmen auf. Lea lehnte sich leicht an mich und flüsterte: »Oje. Ich hasse so etwas.«

»Geflüstert wird nicht«, ermahnte uns Mariechens Tante. Bestimmt hätte sie Lea aufgefordert zu sagen, was sie mir zugeflüstert hatte, doch Onkel Nathan unterbrach dieses Anliegen. Er kam von der Arbeit. Mit Schwung warf er dem Mädchen im Flur Mantel und Hut zu. Geschickt fing sie beides auf.

Nathan Goetz war zweiundfünfzig Jahre alt, wirkte jedoch jung und voller Elan. Er hatte einen gemütlichen Bauch, und man sah ihm seine Lebensfreude an. »Was gibt es Schöneres, als sich nach einer anregenden Arbeit einem Sauerbraten zu widmen?«

»Bratwürstchen«, erwiderte Alfred.

Sein Vater war anderer Meinung. »Es gibt nichts Besseres als Sauerbraten unter der Woche.«

Die Köchin und das Mädchen trugen sieben Teller mit der Suppe herein. Uns Mädchen hatten sie diese nur halb gefüllt. Lea atmete auf. Sie hasste Suppen. Nachdem Onkel Nathan ein kurzes Gebet gemurmelt und den ersten Löffel genommen hatte, nickte er uns zu.

Wir löffelten langsam. Kartoffeln, Möhren, Pastinaken, nicht gerade meine Lieblingsspeisen. Mariechen jedoch hatte sichtlich Freude daran und pickte sich zuerst die Pastinaken heraus. Alfred und Richard aßen hastig und nahmen sich vom Brot, das auf dem Tisch stand. Was Jungs alles essen können!

Schließlich unterbrach Onkel Nathan das Löffeln seiner Suppe und wandte sich an mich. »Was gibt es bei euch an Neuigkeiten?«

Artig antwortete ich. »In der Schule läuft es gut. Wir haben einen Physiklehrer, der mit uns Experimente macht.« Lea stimmte mir zu. »Nächste Woche machen wir zudem einen Ausflug in die Flora.«

Nathan freute sich. »Ich liebe die Flora.«

Tante Marie nickte zustimmend. »Im Herbst haben wir Osterglocken gesetzt. Ich freue mich jetzt schon auf den Frühling, wenn die Knospen herauskommen und unseren kleinen Garten in ein gelbes Meer verwandeln.«

»Und bei euch?«, wandte sich Nathan an seine Söhne.

Alfred zögerte, doch dann brach es aus ihm heraus. »Wir sind mit unserem Sportlehrer zum Rhein gegangen und haben uns den Ruderklub angeschaut, doch dort haben sie uns gesagt, dass wir jüdischen Schüler nicht erwünscht sind.«

Nathans Gesicht verdüsterte sich. »Er hätte sich wenigstens vorher erkundigen können, ob das ein Angebot für alle ist.«

Richard legte mit einem lauten Klacken seinen Löffel auf den Teller. »Beim Rudern dürfen wir nicht mitmachen, und der Kunstlehrer ist ein Dilettant. Diese ganze Schule ist furchtbar.«

Tante Marie unterbrach ihn. »Richard. Wir haben Gäste.«

Nathan gebot mit einer Geste Ruhe. »Im Leben läuft halt eben nicht immer alles so, wie man möchte. Das ist so in der Schule und in der Arbeit. Das solltet ihr lernen.«

Trotzig erwiderte Richard: »Wir leben nur einmal. Diese Schule bringt mir nichts, gar nichts. Ich brauche kein Abitur, um Künstler zu werden.«

Ich erschrak und blickte hinüber zu Mariechen. Auch sie schaute erstaunt.

»Und wovon bitte willst du leben?«

Ruhig antwortete Richard. »Von der Kunst.«

Alle schwiegen, doch ich sah, wie Onkel Nathan und seine Frau innerlich bebten. Sie klopfte an das Glas und rief die Köchin und das Mädchen, die hastig die Teller abräumten und die Hauptspeise servierten. Sauerbraten mit Rotkohl, Kartoffeln und viel Soße. Köstlich, doch irgendwie wollte sich der Genuss bei mir nicht so recht einstellen.

Onkel Nathan füllte die Stille mit Erzählungen von der Arbeit. Er sprach freundlich, als hätte es keinerlei Meinungsverschiedenheit gegeben. Neue Stoffe aus England waren eingetroffen, eine Filiale in Florenz in Italien eröffnet worden. Sie suchten dringend Verkäuferinnen, denn die jungen Frauen würden ständig heiraten und Kinder bekommen. Wir schwiegen, nur Tante Marie stimmte ihrem Mann immer wieder zu.

Am Ende des Mittagessens waren wir zwar gesättigt, jedoch hungrig nach einer angenehmeren Atmosphäre und verabschiedeten uns schnell mit dem Hinweis, noch Hausaufgaben erledigen zu müssen. Doch kaum hatten wir den Salon hinter uns gelassen, hörten wir Onkel Nathan einen anderen Ton anschlagen.

»Was denkst du dir eigentlich, mitten in ein Essen mit Gästen mit so verrückten Ideen hineinzuplatzen? Schule abbrechen und Künstler werden? Wir sind eine Familie von Kaufleuten.«

Darauf hörten wir Richard laut antworten: »Otto arbeitet im Geschäft und wird es bestimmt in deinem Sinne führen. Ich jedoch will Künstler werden. Ich kann das und nur das.«

Mariechen zog uns hinter sich her in die Diele, dann hinunter in ihre Wohnung. Sie schlug die Tür zu, lehnte sich an und atmete tief aus. »Richard bricht das Gymnasium ab.«

»Aber wir sind doch mitten im Schuljahr?«

»Er geht nach Düsseldorf und will Künstler werden. Mutter hat es mir erzählt, aber ich wollte es nicht glauben.«

»Er zeichnet wirklich schön.«

»So ein Idiot!«, rief sie laut.

»Aber du hast doch gesagt, dass er werden kann, was er möchte.«

Mariechen ließ sich in ihrem Zimmer auf den Klavierhocker fallen. »Wenn er das Abitur hätte, aber das hat er noch nicht.«

Sie schimpfte: »Wenn ich Abitur machen dürfte, dann könnte ich auf das Konservatorium gehen. Ich könnte Klavier studieren, lernen, was ich will. Und er schmeißt alles hin.«

»Vielleicht überlegt er es sich noch einmal?«, warf Lea leise ein.

Mariechen schüttelte den Kopf. »Onkel Nathan hat Albert gerufen, Albert Herz. Er hat ihn gebeten, Richard umzustimmen. Albert hat die Schule auch gehasst. Immer sagen sie, dass alle gleich sind, doch dann durfte er bei keiner Sportart mitmachen. Er hat sich unendlich darüber aufgeregt, noch mehr als Richard. Jetzt macht er in Duisburg Abitur. Also hat Onkel Nathan Richard vorgeschlagen, auch in Duisburg seinen Abschluss zu machen.«

Ich wunderte mich. »Aber das ist doch mehr als siebzig Kilometer entfernt.«

»Richard hat sich nicht umstimmen lassen. Am Ende des Schuljahres will er die Kreuzgasse verlassen.« Mariechen stand auf, hielt einen imaginären Pinsel hoch und sprach mit schriller Stimme: »Ich will Künstler werden.«

Plötzlich brodelte es in mir. »Aber du willst doch auch Klavier spielen.«

Mariechen setzte sich wieder. »Und du?«

»Was und ich?«

»Was willst du eigentlich machen?«

Ich schaute Mariechen an und sah den Zettel mit »piano« auf ihrem Klavier liegen. Ich zuckte mit den Schultern. »Ich weiß es nicht.«

»Ich will auf jeden Fall heiraten und mindestens vier Kinder haben, zwei Mädchen und zwei Jungs«, piepste Lea dazwischen.

Mariechens Gesicht hellte sich auf. »Vielleicht habt ihr recht? Ich mag nur nicht, wenn Onkel Nathan wütend ist, und ich mag es nicht, wenn die Familie streitet.«

Richard änderte seine Meinung nicht. Im Frühjahr 1890 ging er nach Düsseldorf, nahm Zeichenunterricht und kam nur noch selten nach Köln, meist an Feiertagen, an denen ich bei meiner Familie war. Meine Spaziergänge zur Kreuzgasse gab ich auf. In Gedanken fand ich jedoch Richards Entschluss gut. Einfach so gehen, einfach das machen, wozu er Lust hatte. Welch ein Mut!

Wenige Tage später begleitete ich Mariechen zu Fräulein Meyer. Ein dunkelhaariger Junge verließ gerade das Haus. Er grüßte höflich. Mariechen errötete. Sofort wusste ich Bescheid.

»Wie heißt er?«

»Paul«, antwortete Mariechen. »Aber wir haben noch nie ein Wort miteinander gewechselt.«

Ich legte tröstend meinen Arm um ihre Schulter. »Da bin ich mit Richard besser dran.«

Sie sah mich erstaunt an. »Immer noch Richard?«

Ich nickte. »Ich kann mir keinen anderen vorstellen.«

Der Umzug

Nach der Schule gingen wir zu Mariechen. Doch kaum hatten wir uns niedergelassen, wurde die Tür aufgerissen. Hugo stürzte ins Zimmer. »Menny hat mir erzählt, dass du Richard einen Idioten genannt hast.«

Mariechen stand von ihrem Hocker auf. »Ist er doch auch.«

Hugo holte tief Luft, unterbrach kurz und warf uns ein freundliches »Guten Tag« zu. Lea verkroch sich in die Ecke. Hugo sah Mariechen an und wütete: »Du hast keine Ahnung, wirklich keine Ahnung. Rabbi Dr. Frank sagt zwar immer, dass in der Schule alle gleich sind, aber das sind wir nicht.«

»Ja und?«

»Du sitzt hier und spielst Pianistin, musst dich aber nicht mit den anderen messen, nicht in der Schule, nicht im Sport, nicht in der Musik, nicht in der Kunst. Du wirst heiraten, vom Geld deines Mannes leben und hast es gut. Da brauchst du gar nicht über Richard zu lästern.«

Jetzt holte Mariechen tief Luft. »Du weißt, dass ich Richard mag.« Sie schaute mich an. »Dass wir ihn mögen.« Noch einmal atmete sie tief ein. »Ich würde nur zu gern Abitur machen, studieren, aber das lässt Mutter nicht zu.«

»Weil Mädchen kein Abitur machen können«, erwiderte Hugo trocken.

Sie zog die Nase kraus und schaute ihn missmutig an. Hugo fasste sie an der Schulter und sah ihr in die Augen. »Versprich mir, dass du nie wieder so etwas über Richard sagst. Sonst sind wir geschiedene Leute.«

Mariechen nickte, und er verließ das Zimmer. Sie schüttelte den Kopf. »Die Jungs verstehen mich einfach nicht.«

Mein erster Liebeskummer wurde von einer großen Aufregung erstickt. Vater übernahm in diesem Frühjahr die Leitung des jüdischen Krankenhauses, und wir würden von unserem schönen Dreifensterhaus einige Häuser weiter in eine große Villa umziehen. Er würde dort im Erdgeschoss seine Arztpraxis erweitern, die Familie im ersten Stock einen Salon für den Flügel und Lea und ich kleine Kammern unter dem Dach bekommen.

Die Unruhe war groß, die Handwerker eilten von einem in das andere Haus. Unser kleiner Bruder wirbelte zumeist dazwischen. Einmal stellten sie ihn mit den Füßen in den Farbeimer, behaupteten dann aber, er wäre von selbst hineingesprungen. Unsere Mutter erlitt fast einen Nervenzusammenbruch. Schließlich hatte unser Vater genug von dem Durcheinander und schickte sie zur Kur und uns zu Verwandten an die Küste.

Hinter den Dünen konnten wir endlos lange laufen. Fritz kletterte begeistert auf die kleinen Bäume, die der Wind schief hatte wachsen lassen. Gemeinsam buddelten wir tiefe Löcher mit dem Mädchen unserer Tante, die all das, was wir taten, mit endloser Geduld beobachtete. Es gab den leckersten Apfelkuchen, den wir lauwarm in uns hineinstopften.

»Ihr esst mir die Haare vom Kopf« war die einzige Klage, die wir von unserer Tante zu hören bekamen.

Eines Tages entdeckte ich einen Maler, der seine Staffelei im Windschatten der Dünen aufgestellt hatte. Es war ein alter Mann mit einem Strohhut und sonnenverbranntem Gesicht, der mich eigentlich nicht interessierte. Aber die Staffelei und die leuchtenden Farben erinnerten mich an Richard und zogen mich unwillkürlich an. Also kletterte ich möglichst unauffällig durch die Dünen, während Fritz und Lea wieder einmal das tiefste Loch am Strand gruben.

Plötzlich sprach mich der Mann an. »Willst du schauen?«

Er winkte mich zu sich, ich erschrak und rannte zu meinen Geschwistern.

Nach dieser Begegnung traute ich mich nicht mehr in die Nähe der Staffelei. Dafür fielen mir in dem kleinen Ort mehr und mehr Darstellungen der Dünen und des Meers auf. Sie hingen in den Geschäften und in der Kirche. Sogar meine Tante besaß ein Landschaftsgemälde, es wirkte, als wolle sie den Wind und das Meer in ihrem Salon festhalten.

Abends versammelten wir uns alle auf der Veranda und hörten dem Meeresrauschen zu, bewunderten die untergehende Sonne und die Bräune, die auf unseren Gesichtern und Händen erschien. Die Tage vergingen langsam und dennoch schnell, sodass wir uns wunderten, als unser Vater vor der Tür stand, um uns wieder abzuholen.

Das Konzert

Mariechen drückte mich fest, als wir uns das erste Mal wiedersahen, sagte jedoch nichts zu meinem neuen Aussehen. Ich zupfte an meinen Haaren herum, damit sie sah, dass ich sie kürzer trug. Schließlich hielt ich ihr meine Hände unter die Nase.

»Ihr habt Sonne abbekommen«, bemerkte sie beiläufig. Ich hatte mehr Bewunderung erwartet.

»Am Meer ist es so schön«, schwärmte ich.

»Es gibt ein Konzert«, rief sie hingegen und drehte sich zu einer imaginären Musik.

»Bei diesem schönen Wetter würde ich lieber am Rhein spazieren oder baden gehen«, erwiderte ich.

»Aber nicht am 23. Juni. Stell dir vor: im Gürzenich-Saal, und dann auch noch Beethoven.«

Lea zuckte die Achseln, und auch ich wusste nicht, was das Besondere daran war. »Ja und?«

»Beethoven ist so schwer.«

»Dann wird es ja noch langweiliger für uns.«

»Ihr werdet Spaß haben«, verkündete Mariechen und öffnete ihren Kleiderschrank. Sie nahm Bänder und Tücher heraus und schmückte unsere Kleider damit. Lea tat es besonders ein hellblaues Samtband an, ich hingegen fand ein hellrotes Schmuckstück.

Mariechen schaute uns bei der Auswahl der Sachen zu. »Mal schauen, wer alles zum Konzert kommt«, sagte sie verschmitzt.

Selbst Lea entlockte der Saal, den wir mit unserer Familie wenige Tage später betraten, ein staunendes »Oh«. Die Decke des Gürzenich wurde von vielen leuchtend bemalten Pfeilern gestützt. Fritz fing sofort zu zählen an, kam jedoch nicht weit. Ich legte den Kopf in den Nacken und bewunderte die Malerei. Orange, Ocker, Rot gingen harmonisch ineinander über. Mir wurde schwindelig, als ich eine bekannte Stimme hörte.

»Aus der kleinen Franzi ist eine junge Dame geworden.«

Ich zuckte zusammen.

»Nicht so schreckhaft«, ergänzte Richard.

»Guten Tag«, grüßte ich höflich und bemühte mich, mir meine steigende Aufregung nicht anmerken zu lassen.

Er zeigte nach oben. »Sieht schön alt aus, ist aber alles neu und nichts Besonderes.«

»Ich finde es trotzdem schön«, erwiderte ich.

»Viel Spaß beim Konzert«, gab er kurz zurück und ging zu seiner Familie. Sie saßen zwei Reihen vor unserer. Ich wedelte mir Luft zu, fasste meine glühenden Wangen an. Hätte ich nur nichts gesagt. Jetzt dachte er bestimmt, dass ich keine Ahnung von Kunst hätte. Und so war es ja schließlich auch. Ich hatte keine Ahnung.

Zum Glück kam eine Ablenkung: Hermann Herz betrat mit einem lauten »Guten Abend« die Reihe hinter uns, küsste Lea und mir die Hände und klopfte dann unserem kleinen Bruder kräftig auf die Schulter. Mariechen drängelte sich zu uns durch und schob meine Schwester einen Sitz weiter. Sie zog mich zu sich.

Ich hauchte ihr zu: »Du hast mir gar nicht verraten, dass Richard kommt.«

»Wusste ich selbst nicht.«

Schon wieder sprach uns jemand von hinten an. »Aus der kleinen Kurzhaarigen ist eine Dame geworden.« Wir drehten uns erstaunt um und standen auf.

»Ich erinnere mich immer noch gern an euren Auftritt als Bing-Quartett.« Es war Albert Herz.

»Ich …«, stammelte Mariechen. »Ich kann mich gar nicht erinnern, dass Sie bei dem Konzert dabei waren.«

Ich dagegen erinnerte mich sehr wohl daran, schaute Mariechen von der Seite an und bemerkte ihre Aufregung. Es war der Albert, der wie Richard die Schule geschmissen, dann jedoch sein Abitur in Duisburg gemacht hatte.

Freundlich sprach er weiter: »Bitte sag Du zu mir.«

Sofort hatte ich ihn erkannt, aber er wirkte älter als noch vor zwei Jahren, reifer, würdiger. Er sah gut aus mit seinem dichten schwarzen Haar und seinen dunklen Augen. »Euch viel Spaß beim Konzert!«, ergänzte er. Ein Gong ertönte.

»Es beginnt«, hauchte Mariechen und setzte sich wieder.

Ich rutschte nahe an sie heran. »Die Sprüche der Jungs sind ziemlich gleich.«

Mariechen nickte. Ihre Wangen leuchteten rosig. Die Zuschauer um uns begannen zu klatschen. Das Orchester betrat die Bühne, nahm Platz, stimmte seine Instrumente. Es war ein völliges Durcheinander. Ich hielt mir die Ohren zu, worüber Mariechen lachte.

»Kapellmeister Professor Franz Wüllner«, hörte ich meine Mutter flüstern.

Dann kam sie: Fräulein Meyer, unsere sonst so unauffällig gekleidete Klavierlehrerin. Sie trug ein schlichtes, aber schönes dunkles Kleid und schritt lächelnd, als wäre es das Normalste auf der Welt, an den Flügel, verbeugte sich kurz und setzte sich. Ruhig legte sie ihre Hände auf die Tastatur, schaute noch einmal nach oben, als wollte sie jemanden um Hilfe bitten, und begann mit einem breiten Lächeln zu spielen. Ihre Finger tanzten auf der Tastatur, mit einer Leichtigkeit, die ich noch nie bemerkt hatte.

Mariechen und ich schauten uns an. Das war nicht unsere Lehrerin, die uns immer wieder dieselben Noten vorlegte, darauf hinwies, Schumann auswendig zu lernen, vorsichtig zu spielen, langsam zu üben. Das war eine Frau, die die Energie von Beethoven liebte, sein ungestümes Wesen, die uns mitnahm auf eine musikalische Reise.

Ich lehnte mich an und ließ mich auf die Musik ein. Mariechen legte ihre Hand auf meine, und ich spürte die Wärme, die die Musik auf ihren Körper übertrug. Doch schon wenige Takte später lehnte sie sich nach vorn, um die Hände von Hedwig Meyer besser beobachten zu können. Leicht bewegte sie ihren Oberkörper im Takt der Streicher, während ich mich fragte, wie Fräulein Meyer mit ihren flinken Fingern unsere Herzen so berühren konnte.

Nach dem Konzert überschlugen sich die Gemüter im Foyer des Hauses.

»Welche Energie!«, schwärmte Mariechens Mutter.

»Das hätte ich ihr nicht zugetraut«, betonte Onkel Nathan.

»Ich schon«, widersprach seine Frau.

»So gefühlvoll«, unterstützte sie meine Mutter.

»Lass uns auf diesen Erfolg anstoßen«, schlug unser Vater vor.

Schließlich kam Fräulein Meyer zu uns. Es wurden Hände geküsst, es wurde mit Sekt angestoßen, sich umarmt, gelacht. Es herrschte eine ausgelassene Atmosphäre, in der wir, Mariechen, Lea und ich, es uns mit Limonade gut gehen ließen.

Neuanfang

Der Umzug veränderte unser Leben. Im Erdgeschoss gingen noch mehr Patienten ein und aus als in Vaters früherer kleiner Praxis. Von der Küche im Keller zog täglich ein betörender Geruch von Brot oder Kuchen durch das Haus. Unsere Köchin sorgte, endlos begeistert von neuem Herd und Ofen, immer wieder für Leckereien, die uns schon vor der Tür das Wasser im Mund zusammenlaufen ließen. An manchen Tagen fühlten wir uns wie in einer Konditorei, an anderen wie in einem Restaurant. Hatte Vater besonders lange gearbeitet, buk sie den Apfelkuchen von der Küste, dessen Rezept sie sich extra von unserer Tante erbeten hatte. War sie müde, gab es einen Hefezopf mit ein wenig Butter und Zucker und Zimt.

Mutter war besonders stolz auf die schönen Tapeten und schweren Stoffe, die sie für den Salon ausgewählt hatte. Passend zum Dunkelgrün trug sie hellgelbe oder orangefarbene Kleider, für die ihr Vaters Patienten immer wieder Bewunderung aussprachen.

Lea und ich schliefen von nun an nicht mehr zusammen, sondern jede für sich in winzigen Zimmern unter dem Dach. Zum ersten Mal in meinem Leben konnte ich meinen Gedanken freien Raum lassen, wurde nicht ständig von meiner kleinen Schwester unterbrochen oder fühlte mich von ihr beobachtet. Es gab kein Klavier, keinen Schreibtisch, keine Aufgaben, die mir abends das Leben schwer machten.

Fräulein Meyer kürzte bei uns ihre Unterrichtsstunden auf einmal die Woche, um mehr Zeit für ihre Proben zu haben.

Ich genoss es, lag in Kleidern auf dem Bett und schaute auf die zartrosa Wände oder aus dem Dachfenster in die Welt hinaus. Ich träumte davon, etwas ganz Besonderes zu werden. Was, das wusste ich nach wie vor nicht. Manchmal las ich auch, aber die besten Nachmittage und Abende waren die, in denen ich einfach nur so vor mich hin träumen konnte, und die, an denen mich Mariechen besuchte.

»Du hast es gut!«, rief sie begeistert aus, als sie mein Kämmerlein das erste Mal sah. Sie zwinkerte mir zu. »Weit weg von Fritz und allem, was dich stört.«

Ich schloss die Tür und lud sie ein, sich zu mir auf das Bett zu legen, ich mit Sicht auf die Tür, sie mit dem Blick zum Fenster in den Himmel hinaus.

Plötzlich erklärte Mariechen: »Ich glaube, ich höre mit dem Klavierspielen auf.«

Ich setzte mich überrascht auf. »Das ist nicht dein Ernst.«

Sie lehnte sich an mich. »Ich übe und übe, und nie ist sie mit mir zufrieden.«

»Das ist sie mit niemandem.«

»Beim Unterricht hört sie manchmal gar nicht zu.«

»Das hat nichts mit dir zu tun«, erwiderte ich.

»Und Zeit hat sie auch nicht.«

»Wer von den Erwachsenen hat das schon?«

»Dort ein Auftritt, hier irgendwas. Jetzt habe ich nur noch einmal pro Woche Unterricht.«

Ich drückte Mariechen fest. »Du kannst gern meine Stunde übernehmen. Mutter hat eingesehen, dass aus mir keine Pianistin wird.«

»Ich weiß nicht.«

Ich fasste sie an den Schultern und schaute ihr tief in die Augen. »Wie kommst du darauf, das Klavierspielen aufgeben zu wollen?«

Tränen liefen ihr über das Gesicht. »Onkel Nathan hat gestern mit uns gesprochen. Wir würden nur unseren Leidenschaften nachgehen, so wie Richard. Er könnte nicht immer für uns sorgen, da unser Vater schon so früh gestorben ist. Jeder hätte eine Rolle: Hugo könnte im Geschäft arbeiten, Menny Jura studieren und ich, na, ich würde heiraten und wie unsere Mütter das Klavierspiel in der Freizeit betreiben. Das wäre doch schön. Dann hätten wir alle unser Auskommen, und sie müssten sich nicht täglich Sorgen um uns machen.« Trotzig wischte sie sich die Tränen mit dem Ärmel ab.

»Dabei möchtest du doch Pianistin werden. Was hast du geantwortet?«

Sie schüttelte wütend den Kopf. »Gar nichts. Gar nichts. Gegen Onkel Nathan kann man nichts sagen, erst recht nicht, seitdem Richard weg ist.«

Von da an sprachen wir nur noch selten darüber, was wir werden wollten. Ich wusste jedoch, dass Mariechen weiterhin Unterricht bei Fräulein Meyer nahm, wenn auch nicht mehr so begeistert.

»Immer wieder Beethoven. Sie lässt mich in die Tasten hauen. Ich übe und übe und denke, es wird überhaupt nicht besser.«

»Du übertreibst«, erwiderte ich.

Mariechen protestierte. »Dieser Beethoven ist nichts für mich. Wie soll ich da Pianistin werden?«

»Kein Pianist spielt alles.«

»Ich weiß nicht ...«

Deutlich sah ich meiner Freundin die Zweifel an, ihr, die nie Zweifel gehabt hatte. Doch ich wusste nicht, wie ich ihr helfen konnte.

Lehrerin

Zum Schönen an unserem neuen Zuhause gehörten nicht nur unsere kleinen Kammern. Unser Vater ließ im Frühjahr 1891 im Garten ein Glashaus errichten, das wir für alles, wirklich alles Mögliche gut nutzen konnten. Ein Tisch, einige Stühle,

eine große Leiter sowie unendlich viele Töpfe, die auf ihre Be-
pflanzung warteten, ließen genug Raum für Spiel. Es roch nach
feuchter Erde, und die Sonne, wenn sie denn in Köln schien,
kitzelte unsere Nasen. Das Beste am Glashaus war, dass man
den Erwachsenen aus dem Weg ging, die zumeist im Haus beschäftigt waren, mit Kochen, Waschen, Säubern, Schimpfen und
Klavierspielen.

Während sich unsere Mutter und die Köchin über den Duft
der ersten Osterglocken und damit ihre ersten Erfolge als Gärt-
nerinnen freuten, nahmen wir an einem sonnigen Tag Besitz vom
Glashaus, einer hölzernen Leiter, einem alten Klavierhocker und
einer Tafel, die aus dem Krankenhaus stammen musste.

Ich platzierte Fritz, der demnächst in die Vorschule kommen
sollte, oben auf der Leiter und Lea darunter. Er sollte das Alpha-
bet aufsagen. Als das misslang, forderte ich ihn auf, bis zwanzig
zu zählen. Das lief besser. Er begann, Murmeln zu zählen und
nach Farben zu sortieren, und übte das F für seinen Namen. Lea
spielte gern die Klassenbeste und flüsterte ihm leise Lösungen
zu. Und ich?

Voller Begeisterung dirigierte ich meine winzige Klasse. Nur
Mariechen erzählte ich nichts von unserem neuen Spiel, und ich
schärfte auch Lea und Fritz dringlich ein, dass dies unter uns
bleiben sollte.

»Was macht ihr denn hier?«, fragte unsere Mutter eines Tages
erstaunt. »Wir haben euch überall gesucht.«

Sie hatte nicht bemerkt, dass wir das Glashaus zu unserem
gemacht hatten. Doch wie so häufig erwartete sie keine Antwort
von uns. »Hopp, hopp, ins Haus! Neuigkeiten.«

Sofort folgten wir ihr.

»Wir werden eine Einweihungsfeier geben«, verkündete unser
Vater. »Fräulein Meyer hat zugesagt, ebenso die Herzens, und
eure Mutter hat extra eine Sonate eingeübt.

»Ich will auch was machen!«, platzte unser kleiner Bruder
dazwischen. Der strenge Blick unseres Vaters ließ ihn verstum-
men.

Von diesem Tag an wirbelten unsere Köchin und die Mädchen durch das Haus. Sie putzten, räumten, trugen Berge von Essen und Kisten voller Getränke ins Haus, kochten vor und ein und stellten die Vorratskammer voll.

Mutter hatte es sich zur Aufgabe gemacht, die letzten Dekorationen zu verfeinern, Vater arbeitete von früh bis spät im Krankenhaus und in seiner Praxis.

Während bei uns alles in Aufregung war, verliefen die Tage bei Mariechen ruhig. Ihre Mutter hielt ihre Teekränzchen und schaute darauf, dass Hugo sich in der Ausbildung bei Onkel Nathan gut schlug, dass Menny seine Vorbereitung für das Abitur nicht vernachlässigte und Mariechen mindestens eine Stunde pro Tag am Klavier verbrachte.

Ich hingegen versuchte mehr und mehr, unsere Lehrerin nachzuahmen. Als Erstes legte ich die knallbunten Seidenbänder ab und nutzte gedeckte Farben. Mariechen bemerkte es nicht. Dann übte ich Nachmittag für Nachmittag die schöne Schrift von Fräulein Baumann, musste allerdings feststellen, dass dies durchaus nicht einfach war. Dafür strengte ich mich in der Schule besonders an. Ich wollte Klassenbeste werden, eine gute Voraussetzung für eine Lehrerin, dachte ich.

Mariechen jedoch hatte die Lust am Lernen verloren. Sie klagte über Kopfschmerzen und einmal mehr darüber, dass Fräulein Meyer kaum Zeit für Unterrichtsstunden hatte. Und endlich – sogar ich hatte mich darauf gefreut – begannen die Sommerferien.

Als im Herbst unsere Einweihungsfeier endlich stattfinden sollte, wurde erst Fritz, dann Lea krank. Unsere Mutter nahm all dies mit erstaunlicher Geduld und verschob das von ihr so ersehnte Ereignis von einem Monat auf den nächsten. Ehe wir uns es versahen, begann das Jahr 1892, es wurde Frühling und schon wieder Sommer.

Es war heiß in diesem Sommer 1892, nein, schwül. Die Sonne schien jeden Tag, und Mariechen zog es vor, in der kühlen Wohnung zu bleiben. Fräulein Meyer ging auf Konzertreisen und verband diese mit langen Urlauben. Mariechen ließ Beethoven hinter sich und widmete sich wieder ihrem Schumann. Ihre Lust am Spielen kam langsam zurück.

»Ist deine Mutter heute unterwegs?«, fragte sie mich bei ihrem nächsten Besuch. »Ich merke nichts von ihrem Parfüm.« Dabei schnüffelte sie wie ein Hase. Ich lachte.

Sie zog mich in den Salon zum Flügel und schaute unsere Noten durch. »Ein kleines Stückchen. Das passt. Spiel erst nur die rechte Hand.«

Das war einfach.

»Dann die linke.« Sie wiegte sich im Rhythmus. »Jetzt wieder die rechte.« Ich folgte. »Die linke.« Ich spielte. »Leiser!«

Ich unterbrach. »Das geht nicht.«

»Doch!« Sie hielt meine Hände, sodass sie ganz leicht auf den Tasten lagen und sich wie von allein bewegten. Sie spielte mir vor, und bei ihr kamen die Töne, als hätten ihre Hände, hätte ihr Körper nie etwas anderes getan. Und so war es ja auch. Seit Jahren spielte sie, kannte Noten, Takt, Melodien auswendig und summte begeistert mit.

Mariechen zeigte mir ihre kleinen Tricks, wie sie sich die Noten merkte, indem sie nach einem System in den Variationen suchte. Sie zeigte mir, wie sie besser und besser wurde, indem sie nur ganz kleine Abschnitte übte, immer und immer wieder, bis sie es nicht mehr sehen, vor allem nicht mehr hören konnte. Dann ließ sie es ruhen, und nach zwei, drei Tagen funktionierten die Finger.

Ich hatte eine neue Lehrerin. »Morgen bei mir«, sagte sie.

An nächsten Tag wollte mir am Klavier einfach nichts gelingen. Die Finger sprangen auf die falschen Tasten, es fiel mir schwer, mich zu konzentrieren. In der Nacht war es heiß unter dem Dach gewesen, und ich hatte schlecht geschlafen. Doch Mariechen sah meine Not nicht, trieb mich weiter an. Zum Glück unterbrach lautes Geschrei in der Diele unser Zusammensein. Menny und Hugo kamen von der Badeanstalt nach Hause.

»Geschlossen! Einfach geschlossen. Bei der Hitze.«

Mariechen öffnete ihre Tür, wir lugten in die Diele. Dort standen sie, beide verschwitzt und mit nassen Haaren.

»Könnt ihr bitte ordentlich sprechen«, schimpfte ihre Mutter, die aus dem Salon kam.

»Alle Bäder am Rhein wurden geschlossen«, erklärte Hugo.

»Cholera«, ergänzte Menny und setzte dabei ein bedeutendes Gesicht auf.

»Wie bitte?«, fragte seine Mutter entsetzt.

»Sie haben gesagt, dass es einen Verdacht auf Cholera gibt.«

»Das ist bestimmt nur eine Vorsichtsmaßnahme«, beschwichtigte sie.

»So eine Gemeinheit«, rief Menny. »Nicht mal mehr baden gehen kann man in den Ferien. Lass uns Fahrrad fahren.« Sie warfen ihre Schwimmsachen in die Diele und verschwanden schnell wieder.

Cholera und Corso

Am nächsten Morgen klingelte es bereits früh an unserer Haustür. Unser Vater verließ das Haus eher als sonst. Am Nachmittag kam Mariechen mit hochrotem Kopf ins Glashaus gerannt. Ich war so von ihrem Besuch überrascht, dass ich nicht einmal die Kreide von der Tafel versteckte.

»Leni, weißt du, die kleine Leni mit der blassen Haut.«

»Ich weiß, wer Leni ist.« Schließlich gingen wir in dieselbe Klasse.

»An Cholera.«

»Was sagst du?«

»Tot, einfach tot.« Mariechen ließ sich auf einen Hocker fallen, Lea fing an zu weinen. Vor lauter Schreck wusste ich nicht, wem ich mich zuerst zuwenden sollte.

»Leni?«, fragte ich ungläubig. »Sie ist an Cholera gestorben?«

Mariechen nickte. »Sie war mit ihren Eltern zu Besuch bei Verwandten in Hamburg. Dort soll es besonders schlimm sein.« Lea stürzte sich in meine Arme und schluchzte laut auf.

Leni war nicht das einzige Kind, das in diesem Sommer an der Seuche starb. Unser Vater erinnerte uns immer wieder, uns die Hände zu waschen und kein frisches Gemüse zu essen. Das Wasser zum Trinken wurde abgekocht, alle Speisen gekocht. Selbst die reifen Erdbeeren gab es nur als Konfitüre, die Kirschen als Kompott. Alles war ein Brei, schmeckte gleich, und sowohl die Köchin als auch das Mädchen stöhnte unter der vielen Arbeit. Vater sagte die Einweihungsfeier ab und ermahnte uns, uns wirklich nur mit unseren engsten Freunden zu treffen, und das war Mariechen, Mariechen und nochmals Mariechen.

Mariechen stöhnte hingegen, dass ihre Brüder mehr als schlecht gelaunt waren. Sie liebten das Schwimmen, draußen zu sein, Sport zu treiben, Freunde zu treffen. Nun waren sie zu Hause. Menny sollte für die Abiturprüfungen lernen, dabei war noch zwei Jahre Zeit, Hugo sich mit Stoffen beschäftigen, beide sollten Geige üben. Doch dazu hatten sie keine Lust.

Dann änderte sich alles. »Kommt zu uns!«, forderte uns Mariechen auf. »Sie sind völlig fahrradverrückt. Das ist was für Fritz.«

»Fahrradrennen auf den Ringen!«, verkündete Hugo laut, als wir kamen. Dazu wedelte er mit der neuesten Zeitung herum. »21. August 1892: Corso in Köln«, schrie er wie ein Zeitungsjunge.

Menny und Hugo hatten eine kleine Werkstatt im Hinterhof des Hauses aufgebaut. Unten im Schatten ließ es sich gut schrauben. Sie hatten ihre Fahrräder auseinandergenommen und fügten jetzt alles wieder zusammen. Fritz als kleine rechte Hand kam ihnen gerade recht. Wir drei Mädchen schauten zu.

»Ich hätte auch gern ein Fahrrad«, meinte Fritz.

»Erst sind wir dran«, erwiderte Lea.

Menny widersprach: »Das will ich sehen, wie ihr mit euren langen Röcken auf ein Fahrrad steigt.«

»Das werden wir euch zeigen!«, verkündete Mariechen.

Wir ließen unseren kleinen Bruder bei den Jungs und verzogen uns in die Wohnung.

Mariechen öffnete ihren Kleiderschrank. »Schau, was Mutter mir gekauft hat, als Hugo sein Fahrrad bekommen hat.«

»Ein Korsett!« Begeistert nahm Lea es in die Hand. Wir probierten es an, drehten uns im Kreis, bewunderten uns nacheinander im Spiegel. Es kniff am Bauch, aber Lea hätte es am liebsten behalten.

Mariechen lachte über uns. »Damit können wir wirklich nicht Fahrrad fahren.«

Während unser Vater immer noch Zweifel äußerte, ob das große Fahrradrennen überhaupt stattfinden würde, hatten die Jungs eine Beschäftigung gefunden. Sie steckten uns mit ihrer Begeisterung an. Jeden Tag führten sie etwas Neues an ihren Fahrrädern vor, mal eine neue Lampe, mal ein Lederetui, indem sich das Werkzeug wunderbar verstauen ließ, und schließlich einen Sattel, auf dem man ohne Probleme über die Alpen fahren könnte. Nicht dass eine von uns je davon geträumt hatte, mit dem Fahrrad diese Berge zu besiegen!

Mariechens Mutter ließ sie gewähren und steckte ihnen offensichtlich so einiges Geld für die Anschaffungen zu. Sie war froh, dass die Stimmung im Hause Bing wieder besser war.

Endlich verkündete die Zeitung, dass die Badeanstalten im Rhein in einer Woche, pünktlich zum Beginn der Schule, geöffnet werden sollten. Großveranstaltungen wie der Fahrradcorso durften ebenfalls wieder stattfinden.

Am 21. August machten wir uns gemeinsam auf den Weg zu den Ringen. Die Sonne schien, und es war nicht so schwülwarm wie zu Anfang des Monats. Hugo setzte Fritz auf die Fahrradstange und fuhr mit Menny vor. Wir gingen hinterher. Unsere Mütter hatten sich für eine Kutsche entschieden, unser Vater wollte direkt von der Arbeit zu uns eilen. Onkel Nathan hatte abgesagt, und weder von Richard noch von Mariechens Schwarm Paul hatten wir etwas gehört.

»Das ist wie Karneval«, rief Hugo begeistert und zeigte auf die Menschenmassen, die zu den Ringen strömten.

Dann rasten die Fahrradhelden an uns vorbei. Mariechens Brüder zählten Nummern und Namen auf, Fritz plapperte sie nach. Wir nickten bedeutsam, obwohl wir keinen einzigen Fahrer kannten. Es tat gut, wieder unter vielen Menschen zu sein. Die Menge lachte, es gab Bier, Würstchen und Brötchen.

Eine nächste Gruppe Fahrer flitzte an uns vorbei, so schnell, dass wir kaum die Farben ihrer Trikots erkennen konnten. Die Menschen klatschten und drängelten sich, wir verzogen uns hinter das Spalier und beobachteten das Spektakel aus angenehmer Entfernung.

»Wenn Hugo so viel für die Schule wie über Rennfahrer lernen würde, könnte er auch Abitur machen.« Ich lachte.

»Wie sich Menny bei all den Sachen, die er sich gerade für das Abitur in seinen Kopf stopft, auch noch die Namen und Mannschaften merken kann?« Mariechen hob ihren Zeigefinger. »Das werden die Prüfungen in einigen Monaten zeigen.«

Noch Wochen später machten Menny und Hugo bedeutsame Gesichter und sprachen endlos über das Corsorennen, über Fahrräder und wie man am besten trainiert.

Als unsere Schule eine Woche nach dem Corso wieder begann, fehlten Leni und Karla. Obgleich Fräulein Baumann die Stühle entfernt hatte, spürten wir die Lücken, die sie hinterließen. Abends hörte ich Lea weinen und legte mich zu ihr in die Kammer. So schliefen wir einige Nächte gemeinsam, bis sie sich wieder beruhigte.

Später erfuhren wir, dass Karla an einer anderen Infektion gestorben war, aber Lea behielt ihre Angst vor der Cholera. Ihre Hände wusch sie sich von da an immer besonders lange und aufmerksam.

Neuigkeiten

Als ich das nächste Mal zu Mariechen kam, antwortete niemand, als ich klingelte. Ich wartete, drückte nochmals den Knopf. Das Mädchen öffnete mir erst nach einigen Minuten. »Sie sind im Hof und hören nichts.«

Ich hörte lautes Lachen, das Lachen, das mich gleich am ersten Tag angezogen hatte. Dann sah ich sie: Menny schob sein Fahrrad im Kreis. Mariechen saß auf ihm. Sie hatte ihren Rock hochgebunden und versuchte zu treten. Schließlich ließ er los, und sie fuhr zwei, drei Pedalstöße. Dann ließ sie sich zur Seite fallen. »Was ein Spaß!«

Er pustete. »Ich kann nicht mehr.«

»Mariechen?«, meldete ich mich leise und trat in die kleine Oase, die von hohen Häusern umgeben war.

»Komm!«, rief sie mir freudig entgegen. »Fahrradfahren ist so toll.«

Menny schüttelte den Kopf. »Genug ist genug! Du hast Besuch.«

Plötzlich betrat Paul den Hof. Er begrüßte erst Mariechen, dann mich. Sie errötete. Dann sprach er Mariechens Bruder an. »Euer Mädchen hat mich eingelassen. Ihr hört hier auch gar nichts.«

Menny entschuldigte sich umständlich. Dann wandte er sich an uns. »Wir müssen lernen.«

Auch wir gingen ins Haus. Oben im Zimmer warf sich Mariechen aufs Bett und winkte mich an ihre Seite. Sie schwärmte von dem Gefühl, Fahrrad zu fahren. »Selbst in dem kleinen Hof fühlt man den Fahrtwind. Es ist so ungerecht, dass sie alles dürfen und wir nicht.«

Dann drehte sie sich auf den Bauch und machte ein nachdenkliches Gesicht. »Ich muss mit meiner Mutter sprechen. Fräulein Meyer hat keine Zeit für mich. Ständig gibt sie Konzerte oder ist krank.«

»Aber sie ist die beste Klavierlehrerin in Köln.«

Mariechen setzte sich auf und lächelte. »Wenn Menny nicht Recht studieren wollte, könnte er gut aufs Konservatorium gehen. Das kann ich zwar nicht, aber vielleicht kann ich wenigstens Klavierstunden dort nehmen.«

»Bei wem hättest du denn gern Unterricht?«

»Bei einem richtigen Professor vom Konservatorium. Ein Studium hat mir Onkel Nathan verboten, aber Menny hat mir erzählt, dass die Herren Privatstunden geben.«

Ich klatschte begeistert in die Hände. »Wann willst du deine Mutter fragen?«

»Bei eurem Salon. Bei Konzerten ist meine Mutter immer gut aufgelegt.« Nach einer kurzen Pause sagte sie: »Deine Mutter könnte doch einen Professor vom Konservatorium einladen?«

Ich zog die Nase kraus.

»Für mich?«, bettelte Mariechen.

Diesen Tonfall kannte ich gar nicht von ihr. Ich redete mich heraus. »Meine Mutter lässt sich nicht gern in ihre Pläne hineinreden. Konzerte zusammenzustellen ist ihre Leidenschaft.«

Bevor ich meine Mutter nach der verschobenen Einweihungsfeier fragen konnte, breitete sich eine ungeheure Unruhe bei uns in der Schule aus. Schuldirektor Beck ging durch die oberen Klassen.

»Meine Damen, so darf ich Sie kurz vor dem letzten Schuljahr nennen, meine Damen: Wie Sie wissen, bin ich ebenfalls für das Lehrerinnenseminar zuständig. Wenn Sie sich anstrengen und gute Noten erreichen, können Sie sich gern am Seminar bewerben.« Er zupfte an seinem Jackett herum. »Fragen dazu können Sie gern über Fräulein Baumann an mich richten.« Eilig verließ er die Klasse. »Auf mich wartet viel Arbeit.«

Kaum hatte Direktor Beck den Raum verlassen, begann ein großes Tuscheln. Wir wussten weder, wie gut wir sein mussten, um uns zu bewerben, noch, wo wir die Prüfung für das Seminar ablegen konnten. Meine Noten waren nicht schlecht. Warum also nicht? Das sollte ich probieren.

»Weißt du eigentlich, was das heißt?«, schimpfte Mariechen mit mir, als wir am Nachmittag am Rhein entlangspazierten.

»Ich denke schon.«

Sie schmunzelte. »Du musst dich jeden Tag mit lernunwilligen Mädchen herumschlagen, solchen wie mir.«

Ich setzte ein strenges Gesicht auf, so wie eine Lehrerin. »Ich würde dich schon zum Lernen bringen.«

Mariechen hielt mich an den Oberarmen fest und schaute mir in die Augen. »Du darfst nie heiraten, keine Kinder bekommen, wirst so blass und eingetrocknet wie Fräulein Baumann.«

»Ich finde sie schön«, erwiderte ich trotzig.

Sie zeigte auf das blasse Band, das ich um die Taille trug. »Schöne farbenfrohe Bänder sind dann auch nicht mehr angesagt.«

»Bis ich fertig bin, ist das vielleicht auch bei Lehrerinnen in Mode.«

Mariechen schüttelte den Kopf. »Ich weiß nicht.«

Ich löste mich aus ihrem Griff und drehte mich im Kreis. »Aber ich kann weiter lernen. Ich kann als Lehrerin mein eigenes Geld verdienen, vielleicht sogar wie Fräulein Meyer eine eigene Wohnung haben. Was gibt es Schöneres?«

Mariechen fasste mich an den Händen und drehte sich mit mir. »Nun gut: Du wirst Lehrerin, ich werde Klavier spielen, einen eigenen Flügel haben und berühmt werden.«

Die Leute, die an uns vorbeiwollten, schimpften, dass wir ihnen den Weg versperrten.

Abrupt hielt Mariechen an, sodass ich fast umfiel. »Mindestens drei Kinder bekomme ich. Dass sie sich auch so kräftig necken können wie wir uns zu Hause.«

Wir lachten und umarmten uns.

»Und ich werde Schulleiterin, und alle Lehrerinnen müssen farbige Bänder tragen.«

Der Schulausflug

Wir Mädchen jubelten, als Fräulein Baumann den Klassenausflug ankündigte.

»Bringt Wasser und etwas für das Picknick mit. Wir machen einen Ausflug zum Hofgut Klettenberg.«

Mariechen flüsterte mir zu: »Ich hätte auch nichts dagegen, in eine Wirtschaft zu gehen.«

Gemeinsam machten wir uns zu Fuß auf den Weg. Es war ein schwüler Tag, doch alle sangen vergnügt Lieder. Später sollte ich meinen Eltern erzählen, dass Mariechen nicht so eifrig sang, wie ich es von ihr gewohnt war.

Wir liefen zu zweit hintereinanderher. Begeistert schauten wir uns am Barbarossaplatz die Pferdebahn an, mit der nur wenige Schülerinnen gefahren waren. Eine Fahrkarte für die besonders beliebte Rundbahn, die vom Dom über den Heumarkt zum Barbarossaplatz und dann weiter an der alten Stadtmauer bis zum Kaiser-Wilhelm-Ring fuhr und schließlich am Hauptbahnhof vor dem Dom wieder endete, kostete fünfzehn Pfennig, in der ersten Klasse noch fünf Pfennig mehr. Wenn Schüler auf dem Weg von und nach der Schule auch nur die Hälfte zu zahlen hatten, so war das sogar für uns Töchter aus gutem Hause viel Geld. Stolz erzählten Mariechen und ich von unserem damaligen Familienausflug mit der Pferdebahn zur Flora. Wir genossen die Bewunderung der anderen Mädchen.

Kaum verließen wir die alte Stadt, die noch bis vor Kurzem durch die uneinnehmbare Stadtmauer vom Umland getrennt war, eröffnete sich eine grüne Oase. Die Luxemburger Straße war von Häusern gesäumt, doch dahinter lugten Bäume und Felder hervor.

Nach zehn Minuten an dieser Straße entlang klagten die Ersten über schmerzende Füße, nach weiteren zehn legten wir am Weißhaus eine Pause ein. Was war das für ein schönes weißes Schloss mit Kapelle und wunderbar bepflanztem Garten! Unsere Lehrerin erklärte uns, dass das Schlösschen bereits vierhundert

Jahre alt war, mehrfach renoviert und umgebaut wurde. Die gotisch wirkende Kapelle sollte gerade einmal vierzig Jahre alt sein.

Fräulein Baumann sprach über Gotik und Romanik, ich jedoch träumte davon, in einem Schloss wie diesem, das von einem Wassergraben und einem Prinzen geschützt wäre, zu wohnen. Mariechen lachte über mich, als ich ihr von meinen Träumen erzählte. »Wennschon, wäre ich lieber selbst die Prinzessin.«

Nach einer langen Stunde Fußmarsch langten wir an unserem Ziel an.

Der Klettenberghof lag innerhalb einer hügeligen sattgrünen Landschaft. Zwei Teiche waren für die Bewässerung gedacht. Wir bogen auf den Gottesweg ab und bestiegen einen kleinen Berg. Mariechen keuchte.

»Geht es dir gut?«, fragte ich.

Sie nickte, sah jedoch sehr blass aus. Die anderen Mädchen drängelten. Oben wollten wir Picknick machen. Ich jedoch hielt an. »Möchtest du etwas trinken?«

Mariechen schüttelte den Kopf. »Habe ich vergessen.«

Ich holte meine Flasche heraus, doch es war schon zu spät. Plötzlich sackte Mariechen einfach neben mir zusammen. Mein Herz raste vor Aufregung. »Hilfe!«, schrie ich.

Fräulein Baumann eilte aufgeregt zu uns und hockte sich neben Mariechen, die mit geschlossenen Augen auf dem Boden lag. Ihr Gesicht hatte eine leicht grünliche Farbe angenommen. Unsere Lehrerin spritzte meiner Freundin etwas Wasser aus meiner Flasche auf die Wangen und gab ihr zwei, drei kleine Backpfeifen. Ich stand erstarrt daneben. Die beiden Emmas drängelten sich an mir vorbei. »Oh Gott! Sie ist ohnmächtig.«

Endlich öffnete meine Freundin die Augen wieder.

»Wie sie aussieht!«, rief eine entsetzte Stimme.

Fräulein Baumann schaute uns streng an. »Ruhe, Mädchen!« Sie half Mariechen dabei, sich aufzusetzen. »Das kommt bestimmt von der Schwüle.«

»Heute Morgen war mir schon komisch«, bestätigte Marie-chen.

Fräulein Baumann reichte ihr meine Flasche. Sie trank. Langsam kam ihre normale Gesichtsfarbe zurück, und mein Herzklopfen beruhigte sich wieder.

»In deinem Alter hatte ich das auch ein paarmal. Ich habe schon überlegt, in eine andere Stadt zu ziehen.« Fräulein Baumann lachte. »Aber wer will denn schon weg aus Köln?«

Mariechen nickte zustimmend. »Mir geht es wieder gut.«

Unsere Lehrerin half Mariechen auf und wies ihr einen schönen, schattigen Platz zu. Dann aßen wir unsere Brote. Die hatte Mariechen zum Glück nicht vergessen.

Nach der Pause stellte uns Fräulein Baumann den Gutspächter Franz Deux vor, mit dem sie weitläufig verwandt war. Er führte uns auf dem Hof herum, versuchte uns für die Landwirtschaft zu begeistern und erklärte uns, dass er fast alles für die Wirtschaft, die zu seinem Gut gehöre, selbst produziere. Doch weder Mariechen noch ich hatten Interesse an diesen Themen und wachten erst auf, als er uns einlud, einige reife Gurken zu ernten, die wir voller Begeisterung verputzten.

So gestärkt machten wir uns auf den Heimweg, der uns über Felder, an einer Handseilerei sowie mehreren Ziegeleien vorbei, über Wiesen und entlang einfacher Häuser erst zurück zum Barbarossaplatz, dann zu unserer Schule in der Antoniterstraße führte.

Alles geht nicht

Die Zeit raste. Wir gingen zur Schule, trafen uns, spielten, lernten. Wochen vergingen. Aus Wochen wurden Monate. Schon befanden wir uns im Jahr 1893, und Fritz bekam Mumps. Mit aufgeblasenem Gesicht lag unser kleiner Bruder im Bett. Er wollte weder essen noch trinken. Ich hatte unsere Mutter schon oft nervös, aber nie so besorgt gesehen. Tag und Nacht wachte sie an seinem Bett. Bevor unser Vater das Haus morgens verließ, schaute er nach ihm. Wenn er abends von der Arbeit kam, ging er zuerst an sein Bett.

Heimlich lästerten Lea und ich über die dicken Wangen von Fritz, passten jedoch genau auf, dass es keiner mitbekam. Nach einer Woche bekam unser kleiner Bruder wieder Appetit. Am ersten Tag schlürfte er Kartoffelsuppe, am nächsten durfte er sich aufsetzen, am dritten besetzte er das schöne Sofa im Salon und wurde dort sogar bedient. Noch schlotterten seine Hosen an ihm herum, und seine Wangen waren immer noch etwas geschwollen, doch schon am vierten Tag hielt er wieder große Reden.

»Wann haben eigentlich Menny und Hugo ihre Fahrräder bekommen?«

Mutter verkündete: »Er ist wieder gesund! Und über ein Fahrrad reden wir, wenn es so weit ist.«

Nach weiteren zwei Wochen stand ein Fahrrad für Fritz in unserem Garten. Lea und ich, meinten unsere Eltern, sollten uns gedulden. Das sei nichts für Mädchen. Wir waren wütend darüber und froh, dass wir einander hatten.

Wenig später legten unsere Eltern einen neuen Termin für den Einweihungssalon fest. Der 24. März 1894 war angedacht, zur Feier des Frühlings. Jetzt war so viel Zeit vergangen, dass ich mich nicht mehr traute, meine Mutter zu fragen, ob sie einen Professor vom Konservatorium einladen könnte. Ich versuchte mich abzulenken. Vielleicht würde ein Wunder geschehen und Mutter ohnehin jemand Bedeutenden einladen. Oder Vater? Vielleicht einen Patienten?

Ich lernte eifrig und meldete mich im Unterricht, wann immer ich konnte. Fräulein Baumann bemerkte es lobend, Mariechen jedoch machte sich lustig über mich: »Du musst das noch nicht alles wissen. Im Lehrerinnenseminar willst du doch auch noch etwas lernen.«

Ich erwiderte nichts, aber irgendwie stach mir dieser Satz ins

Herz. Ich zog mich zurück. Mariechen besuchte mich selten, ich sie gar nicht. Ausreden hatte ich viele. Mal musste ich lernen, mal meiner Mutter helfen, dann auf Fritz aufpassen.

So stürzte ich mich auf meine Bücher und wurde in der Schule jeden Tag besser. Nachdem Fräulein Baumann erklärt hatte, dass die musische Erziehung besonders wichtig sei, und mit uns Chorlieder einstudierte, übte ich sogar wieder Klavier. Erneut vergingen Wochen, Monate.

Eines Abends nahm unser Vater uns wieder einmal mit in das jüdische Krankenhaus. Wir drei Kinder folgten ihm wie Diener über die langen, nach Desinfektionsmittel riechenden Gänge, während er in alle Zimmer schaute. Er grüßte freundlich und informierte sich über den Fortgang der Genesungen. Wir verbeugten uns artig und hofften, dass dieser Spaziergang nicht zu lange dauerte. Da trat uns eine große, kräftige Krankenschwester in den Weg.

»Frieda Brüll, unsere neue Oberschwester«, stellte unser Vater sie vor.

Die beiden vertieften sich in ein endlos langweiliges Gespräch über Behandlungen. Dennoch beobachtete ich diese Frau. Sie stand nicht nur fest wie ein Fels, sondern hatte auch eine starke Stimme, mit der sie auf einer Ebene mit unserem Vater redete.

Plötzlich richtete sie ihren Blick auf mich. »Ich habe gehört, dass du Lehrerin werden möchtest?«

Ich nickte überrascht.

»Wir brauchen gut ausgebildete Frauen hier, in der Schule, überall.«

Lea platzte dazwischen: »Hier?«

»Ja, wir bilden Krankenschwestern aus.« Sie zeigte auf eine Gruppe kichernder junger Frauen am Ende des Ganges. »Sie kommen sogar aus Frankfurt hierher, weil wir einen so guten Ruf haben.« Dann schaute sie unseren Vater an. »In der Schweiz gibt es sogar Ärztinnen.«

»Wirklich?« Er schüttelte verwundert den Kopf.

Auf dem Heimweg steckte er sich eine Zigarette in den Mund

und grummelte: »Frauen als Ärztinnen. Ich weiß nicht.« Dann richtete er das Wort an mich. »Mutter hat mir erzählt, dass du Lehrerin werden möchtest.«

Ich strahlte ihn an. »Meine Noten sind schon viel besser geworden.«

»Entweder Beruf oder Familie. Alles geht nicht.«

Lea und ich nickten eifrig. Vater klopfte unserem kleinen Bruder auf die Schulter. »Wenn deine Schwestern so eifrig sind, musst du später für den Stammhalter sorgen.«

»Was ist ein Stammhalter?«, fragte der inzwischen siebenjährige Fritz.

Am Tag danach ging ich mit Mariechen von der Schule nach Hause. Wir schwatzten über dies und jenes, bis ich das Erröten in ihrem Gesicht erkannte, das ich schon einige Male entdeckt hatte. Paul kam uns entgegen. Auch sein Gesicht glühte.

»Welch ein Zufall«, begrüßte er uns.

Er lügt, dachte ich.

»Bist du mit Menny verabredet?«, stammelte Mariechen.

Paul nickte.

Wie peinlich, dachte ich. Ich verabschiedete mich eilig. Auf dem letzten Stück Heimweg achtete ich nicht auf den Weg. Sie hatte sich also wirklich verliebt, Mariechen, die eigentlich nur für die Musik lebte. Wie rot sie geworden war. Wie sie gestammelt, er gelogen hatte. So etwas wollte ich nicht erleben. Ich fand es peinlich, dabei gewesen zu sein.

Vielleicht ist es gut, dachte ich, dass ich als Lehrerin solche Versuche gar nicht erst starten brauche.

Ein Professor

Die Blätter an den Bäumen färbten sich in diesem Jahr früh bunt. Die Hitze des Sommers war Vergangenheit. Aber es strömten dicke schwarze Rauchschwaden aus den Industrieanlagen im Rechtsrheinischen in das Zentrum der Stadt. Bald würden die rauchenden Schornsteine der Wohnhäuser die Luft noch mehr verpesten.

Die Menschen drängten auf die Straßen und genossen die angenehmen Herbsttage in der emsigen Großstadt. Als der Salon sich näherte, wusste ich nicht, wovor ich mehr Angst hatte. War es mein schlechtes Gewissen wegen Mariechens Bitte oder die Aufregung, die sich bei uns verbreitete?

Ungewöhnlicherweise hatte unsere Mutter nichts vom Programm verraten. Also blieb mir nichts anderes übrig, als sie an einem Nachmittag schweren Herzens danach zu fragen.

»Das wird eine große Überraschung«, sagte sie.

Genau das wollte ich nicht hören. Ich versuchte, erst Lea und dann Fritz für meine Zwecke einzuspannen, doch beide durchschauten mich sofort. Sie behaupteten, dass sie sich auf die Überraschung freuten. Glücklicherweise fragte Mariechen nicht mehr nach dem Programm, und ich vermied das Thema. Als der Tag des Empfangs endlich kam, war ich froh und hoffte, danach wieder ruhiger schlafen zu können.

Es war ein Samstag, und unser Vater hatte auf seinen obligatorischen Rundgang im Krankenhaus verzichtet. Während unsere Mutter nervös durch die Räume strich, ab und zu den Flügel öffnete, dann doch nicht spielte und ihn wieder schloss, hatte er sich mit einer Zeitung in sein Herrenzimmer zurückgezogen. Ich beobachtete ihn von der Diele aus. Er saß in seinem dunklen Lieblingsledersessel, der zusammen mit einer Couch, einem weiteren Sessel und einem großen runden Tisch zu Gesellschaften einlud. Die Tapete an den Wänden war von dunkelgrüner Farbe, die Vorhänge waren etwas heller getönt. Über ihm hing ein Gemälde vom Drachenfels, dem Ausflugsziel unserer Kindheit, zu seinen Füßen lag ein dicker Teppich mit Blumenmuster. Ich liebte diesen Teppich, in den ich meine nackten Füße graben konnte.

Völlig versunken schaute er in seine Zeitung. Immer strahlte er

Ruhe aus, immer wusste er, was er tat. Sein Wort war in unserer Familie Gesetz. Warum eigentlich?

Hektisch liefen die Köchin und die beiden Mädchen durch das Haus und richteten Geschirr, Essen, Getränke. Heute roch es nach Konditorei: Der Geruch von Muzenmandeln und karamellisiertem Zucker und Vanille machte Appetit.

Ein großes Geschrei unterbrach meine Träume. Fritz hatte sich etwas vom Essen stibitzt und bekam eine ordentliche Schelte von unserer Mutter. Danach trieb sie Lea und mich an. »Die neuen Kleider. Hopp, hopp, Mädchen.«

An diesem Samstagabend im März 1894 kamen die Familien Goetz und Bing früh. Onkel Nathan, seine Frau Marie und ihr Sohn Alfred führten die Gruppe an. Er war siebzehn Jahre alt, ich sechzehn und Mariechen und Lea fünfzehn Jahre. Dennoch gab sich Alfred, der ja kaum älter als wir war, an diesem Tag streng und vornehm wie sein Vater.

Gleich danach traten Mariechens Mutter, ihre Brüder und sie ein. Stolz schritt Mariechen in einem neuen Kleid mit vielen Rüschen daher. Es war von heller Seide, ließ ihre dunklen Augen strahlen und betonte ihre krausen, hochgesteckten Haare. Neben ihr lief ein etwas jüngeres Mädchen in einem besonders schönen, wahrscheinlich teuren Kleid. »Meine Cousine Julia Lilienfeld«, stellte Mariechen sie vor. »Du kennst doch den Kaffeehandel Zuntz in Bonn, aus dem ihre Mutter stammt?«

Ich schüttelte den Kopf und begrüßte Julia höflich. Sie hatte ein schmales Gesicht, sehr lebhafte Augen und im Gegensatz zu meiner Freundin glattes dunkles Haar. »Wie schön ihr aussieht!«

»Und du erst!«, erwiderten Mariechen und Julia zugleich.

Unsicher strich ich mir über mein helles Kleid. »Macht mich das nicht zu blass?«

Mariechen verneinte: »Nein, gar nicht.«

Unsere Eltern begrüßten sich freudig, küssten Hände, die Männer klopften sich lobend auf die Schultern. Leise und laute Stimmen flogen durcheinander. Lachen ertönte. Alle hatten sich offensichtlich auf den Empfang gefreut.

Schon klingelte es erneut. Die Herzens kamen. Unter ihnen Albert mit den dunklen Augen, der Mariechen im Gürzenich angesprochen hatte. Er begrüßte uns freundlich, wandte sich jedoch gleich Hugo und Menny zu. Dann kam Paul. Mariechen errötete, als er ihre Hand küsste.

Die Räume füllten sich, die Sektgläser klangen. Dann klingelte es nochmals. Ein Mann von circa dreißig Jahren mit dunklen Haaren und einer kleinen Brille trat ein. Er wirkte zurückhaltend, beinahe schüchtern, lächelte jedoch, als unsere Mutter zu ihm eilte und ihn freudig begrüße. Ich sah, dass Onkel Nathan und seine Frau miteinander tuschelten.

Unser Vater läutete die Tischglocke. »Ich begrüße Sie herzlich in unserem neuen Haus. Wir sind besonders froh, dass Professor Max Pauer vom Kölner Konservatorium unserer Einladung gefolgt ist.«

Unsere Mutter bat ihn an den Flügel.

»So jung und schon Professor?«, hörte ich jemanden tuscheln.

»Schumann, ›Carnaval‹«, flüsterte mir Mariechen von ihrem Sitzplatz aus zu und zeigte auf die Noten. Sie saß genau hinter mir. Ich nickte, traute mich jedoch nicht zu antworten, dass auch ich die Noten entdeckt hatte.

Als Max Pauer die ersten Töne feierlich anschlug, wussten wir, dass etwas Besonderes passierte. Dann flogen seine Hände über die Tasten, die er mal leise, mal laut anschlug. Pauer bewegte Kopf und Oberkörper im Takt. Ich beobachtete, wie Mariechen seinen Bewegungen folgte, mal langsam, mal schnell Kopf und Oberkörper bewegte. Doch kaum hatte ich das bemerkt, spürte ich, wie er auch mich in die Musik hineinzog. Wer unter den Gästen zuvor noch getuschelt oder geraschelt hatte, hörte jetzt auf. Wer noch steif auf dem Stuhl gesessen hatte, entspannte sich und gab sich der Musik hin.

Mariechen hinter mir atmete tief aus. »Schumann!«

Kaum ertönte die letzte Note, folgte der Applaus, und alle standen begeistert auf. Stolz dankte unser Vater dem Pianisten und überreichte ihm einen riesigen Blumenstrauß.

Noch während alle klatschten, sprach Menny Mariechen an: »Das ist deine Chance.«

Flecken erschienen in Mariechens Gesicht. Ihre Hände bebten. »Meinst du?«

Der große Bruder nahm seine Schwester an die Hand. »Komm!«

Sie drängelten sich durch den Gang hinaus zu Pauer, der jetzt entspannt mit unseren Eltern und den Goetzens plauderte. Das Mädchen reichte Sektgläser. Sie stießen an. Ich beobachtete die Szene. Da ist kein Durchkommen für Menny und Mariechen, dachte ich. Doch er zog seine Schwester weiter und schob sie auf den Klavierhocker. Dann schlug er zwei-, dreimal das hohe C an. Er hatte die Aufmerksamkeit. Sie bebte vor Aufregung.

Laut und ruhig verkündete er: »Bleiben Sie stehen. Genießen Sie Ihren Sekt. Meine Schwester möchte nur ein kleines Stück von Schumann ergänzen. Die ›Arabeske‹.« Liebevoll strich er Mariechen über die Schulter und nickte ihr zu. Dann stellte er sich neben den Flügel.

Mariechen holte Luft, legte den Kopf in den Nacken, schloss die Augen. Jetzt war es still. Sie öffnete die Augen, rückte sich auf dem Stuhl zurecht und begann zu spielen. Leise, leicht berührte sie die Tasten. Sie kannte das Stück auswendig, ging in der Musik auf. Sie spielte leiser als Professor Pauer, aber nicht weniger gefühlvoll. Während ich bei ihm nur vorsichtig Kopf und Oberkörper bewegt hatte, folgte ich jetzt dem Thema mit dem gesamten Körper. Mariechen lächelte und steckte uns mit ihrer Freude am Musizieren an.

Ich sah die Goetzens ihrer Mutter zuprosten, die Herzens lächeln, Professor Pauer zustimmend nicken. Die Flecken verschwanden aus Mariechens Gesicht, der letzte Ton verklang. Erschöpft legte sie die Finger auf den Schoß und schaute zu ihrem großen Bruder hoch. Er nickte und berührte ihre Schulter mit seiner Hand.

Endlich klatschten wir. Sie stand auf und verbeugte sich an Mennys Hand. Meine Mutter trat zu ihr und drückte sie. Dann schob sie Mariechen zu Professor Pauer. »Die beste Freundin meiner Tochter, Fräulein Maria Bing.«

Unter dem anhaltenden Klatschen hörte ich nicht, was Max Pauer sagte, sah jedoch, dass Mariechen eine Karte in den Händen hielt und strahlte wie damals, als ich sie zum ersten Mal mit kurzen Haaren auftreten sah. Doch sie war nicht mehr zehn Jahre alt, sondern fünfzehn wie Lea, ich sechzehn und unser kleiner Bruder Fritz sieben.

Professor Pauer verließ wenig später das Fest. Alle strömten dafür zu meiner Freundin und lobten ihr Spiel. Mit vollem Mund tönte Fritz: »Wenn man so viel Lob bekommt, übe ich demnächst auch Klavier.« Unsere Mutter lachte und fuhr ihm liebevoll durch die Haare.

Die Aufregung ging in fröhliches Miteinander über. Die Gäste tranken, aßen, prosteten sich gegenseitig zu. Ich ging im Getümmel unter, spürte, wie in mir Neid aufstieg, und versuchte, diesen niederzukämpfen. Dann sah ich, wie erst Paul sich tief vor seinem Mariechen verbeugte, dann dieser Albert mit den dunklen Haaren zu ihr trat: »Du bist nicht nur hübsch, sondern auch mutig und begabt.«

Das war zu viel für mich. Ich ging zu meinem Bruder und spielte mit ihm. Ich brauchte etwas Abstand und wusste dabei gar nicht so recht, was mit mir geschah.

Der Unterricht

Vor Kurzem war das prachtvolle Postgebäude an den Dominikanern eingeweiht worden. Der Reichspostmeister reiste extra aus Berlin an, sechzehn Fanfaren erklangen. Außerdem wurde die Kanalisation erneuert. Und direkt am Dom stand der neue Hauptbahnhof im Jahr 1894 kurz vor der Eröffnung.

Mariechen fuhr zum ersten Mal mit einer Kutsche zu Professor Pauer in den Hansaring 61. Ich begleitete sie. Es war ein herrschaftliches Haus, gehörte zu den schönsten, die hier auf dem Gelände der früheren Stadtmauer gebaut worden waren. Max Pauer hatte eine große Wohnung gemietet, in der er zugleich wohnte und seinen Privatunterricht abhielt.

Mariechen drückte meine Hand. »Ich bin so aufgeregt.«

»Du kannst das.« Noch einmal drückte ich sie fest. Dann klingelte sie, und ich fuhr zurück nach Hause.

»Was für eine Wohnung!«, erzählte sie mir am nächsten Tag. »Natürlich ein Bechstein-Flügel in einem Salon mit Kassettendecke. Die Wohnung ist modern ausgestattet, mit Bad, riesigen Kronleuchtern und Stofftapeten vom Feinsten. Auf den Böden liegen weiche Teppiche, und in den Sesseln versinke ich. Erstaunlicherweise ist alles hell gehalten. Überall liegen Noten herum. Nur die Schränke sind schwer und dunkel und …«, sie kicherte, »seine Köchin schwarz gekleidet.«

Fröhlich redete sie weiter. »Das Beste ist, dass er direkt über die prachtvolle Ringstraße ins Grüne schaut, mitten in der schönsten Straße und dennoch mit einem Blick in den Park. Wunderbar.«

»Und wie ist sein Unterricht?«

»Na ja.« Mariechen zog die Nase kraus. »Erst einmal musste ich Fingerübungen zeigen, Tonleitern, Technik. Du kennst das ja.«

Ich nickte.

»Mal schauen, wie es weitergeht.«

Einmal pro Woche ging sie nun zu Pauer, doch zum Unterricht gehörte nicht nur das Üben von Tonleitern, Stücken, Liedern. Sie sollte sich mit den Komponisten beschäftigen, Schumann verstehen, begreifen, was er mit seiner Musik ausdrücken wollte.

»Spielen Sie nicht so vor sich hin. Denken Sie sich in den Komponisten hinein!« Das waren seine Lieblingssätze.

Wenn er auf Konzertreise unterwegs war, gab er ihr doppelt so viele Hausaufgaben auf. Sie stöhnte, aber sie machte sie alle. Besonders Clara Schumann hatte es ihr angetan. »Pauer hat mir von ihren Konzerten erzählt. Sie spielt phantastisch.«

Ich hatte noch nie etwas von Robert Schumanns Frau gehört.
»Sie ist Erste Klavierlehrerin am Dr. Hoch's Konservatorium in Frankfurt.«

Auch das sagte mir nichts. »Warum wünschst du dir nicht einen Konzertbesuch von deiner Mutter und hörst sie dir an?«

»Clara Schumann ist über siebzig Jahre alt und tritt leider nicht mehr auf. Professor Pauer sagt, dass sie nicht gut hört.«

»Wie Beethoven?«

Mariechen zuckte mit den Schultern. Dann erschien ein Lächeln auf ihrem Gesicht. »Sie hat Robert Schumann geheiratet, sogar gegen den Willen ihres Vaters, und Kinder mit ihm bekommen. Und ich traue mich nicht, Onkel Nathan zu widersprechen. Dann hat sie trotz der Kinder weiter Klavier gespielt und komponiert. Jetzt ist sie sogar Lehrerin am Konservatorium, und immer ist eine ihrer Töchter an ihrer Seite. Was ein Leben!«

Ich interessierte mich mehr für Professor Pauer selbst und wollte erfahren, wie er ist.

»Streng. Absolut keine Widerworte.« Sie kaute auf der Unterlippe herum. »Er hat Ausdauer. Wenn meine Hände irgendetwas nicht machen wollen, was in den Noten steht, dann heißt es: nochmals, nochmals, nochmals.«

Erneut hakte ich nach: »Hat er eine Frau?«

»Nicht dass ich wüsste.« Mariechen schmunzelte. »Ich kann ihn das doch nicht fragen.

Sie zog mich zu sich auf den Klavierhocker und spielte ihre »Arabeske«. Langsam, leise, doch ganz bestimmt.

Ich staunte. »Das klingt völlig anders!«

Sie strahlte. »Das ist mal ein guter Unterricht!«

Das Wichtigste war wieder das Klavier und nur das Klavier.

Ostern 1894 bestand Menny sein Abitur und zog zum Jurastudium nach Heidelberg, Hugo ging für die Samt- und Seidenband-Großhandlung Bing & Söhne als Vertreter auf Reisen. Mariechen verkündete mir, dass sie mit ihrer Mutter in eine schöne Wohnung am Augustinerplatz ziehen würde. Schließlich waren sie im Wesentlichen nur noch zu zweit, ausgenommen die Köchin und das Mädchen.

Während Mariechen all ihre Zeit neben der Schule mit Musik verbrachte, stürzte ich mich ins Lernen. Schließlich wollte ich Lehrerin werden. Wir sahen uns fast nur in der Schule, und ohne dass wir es selbst bemerkten, entfernten wir uns voneinander. Die Zeit verging, und schon befanden wir uns im Jahr 1895.

Lea riss mich aus meiner Welt. »Morgen ist der 21. Oktober.«

»Ja und?«

»Du sitzt wirklich zu viel über deinen Büchern.«

Ich protestierte: »Du liest doch selbst gern!«

»Tietz eröffnet das neue Kaufhaus. Lass uns hingehen, bitte!«

Diesen Wunsch konnte ich ihr nicht abschlagen. Es war schließlich auch meiner gewesen. Ich hatte ihn nur völlig vergessen. Schon seit Wochen sprach ganz Köln darüber, was es dort zu kaufen geben würde: Seiden- und Kleiderstoffe, Pelze, Wäsche und Bänder, Küchen- und Haushaltsgeräte, Glas und Porzellan, Spiel-, Galanterie-, Japanwaren. Feste Preise, das war die größte Werbung für das Haus.

Wir zählten unser Erspartes und überlegten, was wir uns wohl leisten könnten und wollten. Als wir uns der Hohe Straße näherten, wurde es immer voller. Ganz Köln schien unterwegs zu sein. Wir reihten uns ein und ließen uns von der freudigen Erwartung aller anstecken.

Musik erklang, und das große Eingangstor wurde geöffnet. Die Menschen strömten hinein, drängelten. Wir waren zurückhaltend, fassten uns an den Händen, wurden abgedrängt und brauchten Minuten, ehe wir in das Gebäude geschoben wurden.

»Schau, die Galerie«, staunte Lea. Begeistert zeigte ich nach oben. »Überall elektrisches Licht.«

Dann entdeckten wir die Zettel, die Preise, kleine Anmerkungen an den Auslagen. Die Menschen verliefen sich in dem riesigen Gebäude. Es roch nach Lavendel und 4711. Im Hintergrund spielte Tanzmusik. Sie ging in vielen Stimmen und lauten

Werberufen fast unter. Aber ich hörte sie. Automatisch schnipsten meine Finger im Takt mit.

Lea strahlte mich an. »So also sehen Festpreise aus.«

Ich zog meine Schwester hinter mir her. »Lass uns nach oben fahren.« Es dauerte einige Minuten, aber dann fanden wir endlich Platz in dem elektrisch betriebenen Aufzug, der uns bis zum vierten Stock brachte. Lea und ich lehnten uns an das Geländer.

»Welch ein Blick«, sagte ich.

»Welch ein Palast!« Lea schaute nach unten.

»Da ist Mariechen.« Ich rannte los. »Warte hier, Lea!« Ich sauste die Treppen hinunter und kam keuchend unten an. Genau dort hatte Mariechen doch gestanden. Hektisch gingen meine Augen hin und her. Endlich entdeckte ich sie im Getümmel.

»Wie schön, dich zu sehen!«, begrüßte ich meine Freundin.

Doch sie sah unglücklich aus. »Sie machen uns die Preise kaputt.«

Ich wollte sie umarmen, aber sie wich zurück. »Bei euch gibt es viel mehr Auswahl. Das ist doch klar«, tröstete ich sie.

»Dein Wort in Gottes Ohr.« Dann verabschiedete sie sich auch schon und ging zu ihrer Mutter, die mir vom Ausgang kurz zuwinkte.

Lea und ich bummelten durch alle Abteilungen. Der schnelle Abschied von Mariechen hinterließ ein mulmiges Gefühl in meinem Magen. Kaufen, uns entscheiden, das konnten wir vor lauter Aufregung sowieso nicht. Unsere geliebten Seidenbänder, da waren wir Schwestern uns einig, würden wir immer bei Bing kaufen.

Doch dann gingen wir in die Galanterieabteilung. Ein Tuch, ein kleines Accessoire, das sollte für uns drin sein. Lea entschied sich für eine Puderdose mit einem Elefanten darauf, ich griff nach einem Fächer mit japanischen Motiven, eine gute Wahl in unserer Stadt, in der die Sommer häufig schwülwarm waren.

Ein neues Zuhause

Henriette Bing hatte für die Familie eine große Wohnung in bester Lage am Augustinerplatz 12 angemietet. Fußläufig zum Geschäft und der lebendigen Innenstadt richtete sie sich für ihr Alter und die Verheiratung ihrer Tochter ein, nachdem ihre Söhne durch Studium und Arbeit im Unternehmen versorgt waren. Sie genoss Konzerte und spendete gemeinsam mit den Gebrüdern Bing regelmäßig für die Armen in der Stadt.

Ich hingegen lernte eifrig und vergaß die Welt um mich herum. Meine Aufnahmeprüfung für die Ausbildung zur Lehrerin stand bevor. Dafür musste ich nach Düsseldorf reisen, obgleich das Seminar in Köln war. Von Vater kam die Erlösung. »Mein Fahrer bringt dich.«

Seit Neuestem hatte unser Vater ein Auto vom jüdischen Krankenhaus zur Verfügung. Der junge Fahrer öffnete mir höflich die Tür. »Ich wünsche Ihnen viel Glück«, sagte er. »Lehrerinnen sind sehr wichtig. Ihr Vater ist stolz auf Sie, und Ihre Mutter hat mir erzählt, dass Sie fleißig üben.«

»Aha.« Überrascht stieg ich ein.

»Nach Düsseldorf kommen wir schnell. Sie werden sehen. Wir fahren rechtzeitig los …« Er redete und redete und redete. Mit der Zeit fiel die Anspannung von mir ab. Mein Vater war also stolz auf mich. Meine Mutter erzählte, was ich tat. Wie schön!

Als wir ankamen, war ich erstaunlich ruhig. In der Prüfung selbst stieg die Aufregung wieder in mir hoch, half mir jedoch, viele, wenn auch nicht alle Fragen zu beantworten.

Zu Hause erzählte ich meinem Vater, dass sein Fahrer einen Anteil daran hätte, sollte ich die Prüfung bestehen. »Erika, eine Kölnerin, die ich während der Prüfung kennengelernt habe«, fuhr ich fort, »hat mir erzählt, dass es einen Verein gibt, der ein Mädchengymnasium in Köln gründen möchte.«

Mein Vater winkte ab. »Das sind Gerüchte.« Weder er noch meine Mutter hatten davon gehört oder in der Zeitung gelesen.

Ein endloses Warten begann. Ungeduldig rannte ich dem

Briefträger entgegen, der die entscheidende Nachricht bringen sollte. Konnte ich mein Studium am Lehrerinnenseminar, wie ich es nannte, oder meine Ausbildung zur Lehrerin, wie meine Eltern es bezeichneten, beginnen? Ich dachte darüber nach, Mariechen zu besuchen. Doch erst wollte ich die Antwort des Seminars abwarten. Dann fand ich wiederum, dass sie sich melden sollte. So verging das Jahr 1895, begann das neue Jahr 1896.

Immer noch wurde überall in Köln gebaut. Schlacht- und Viehhaus wurden aus der Innenstadt verbannt, dafür entstanden dort neue Wohnhäuser. Wie immer wurde am 27. Januar des Kaisers Geburtstag begangen. Alle Schulen organisierten Konzerte. Der Gürzenich erhielt eine neue Orgel. Der Fastnachtssonntag, der 16. Februar 1896, und der darauffolgende Rosenmontag erfreuten alle Masken- und Kostümbegeisterten mit Sonne. Die ersten Straßenlaternen leuchteten elektrisch. Wir besuchten mit unserem Vater das Naturhistorische Museum, das gerade in die renovierte Severinstorburg gezogen war.

In Köln lebten nun mehr als dreihunderttausend Menschen, davon die Hälfte dicht gedrängt in der Altstadt in engen, schmutzigen Gassen. Die Wohnverhältnisse vieler Einwohner in den Vierteln außerhalb der Ringe waren häufig nicht besser. An schwülwarmen Tagen stank es immer noch nach Urin und Kot. Doch vor allen Dingen würden wir in diesem Jahr unseren Schulabschluss machen.

»Worauf sie alles verzichten muss«, hörte ich meine Mutter sagen, als ich eines Tages gemeinsam mit Lea vom Hohenstaufenbad kam. Das Mädchen hatte uns geöffnet, wie immer leise und umsichtig. Wir blieben am Eingang stehen.

Unser Vater brummte. »Wir folgen doch auch unseren Leidenschaften. Du spielst Klavier, ich behandele meine Patienten.«

»Es bricht mir das Herz.«

»Ach, ach, ach«, erwiderte er. »Was weißt du, was weiß ich, was in zehn Jahren ist? Neulich noch hat sie für diesen Richard Goetz geschwärmt.«

Ich stürzte in den Salon. »Franzi, Lea?« Unsere Mutter hatte uns nicht gehört und war ein wenig erschrocken.

»Gibt es Neuigkeiten?«, rief ich.

Sie reichte mir den geöffneten Brief.

»Angenommen«, jubelte ich und umarmte nacheinander meine Eltern.

Ernst bemerkte unsere Mutter: »Ich hoffe, du wirst glücklich damit.«

Gleich am nächsten Tag rannte ich am Morgen zu Mariechen. Ich hatte sie, wir hatten uns so lange nicht gesehen. Nicht ein einziges Mal war ich in ihrem neuen Zimmer gewesen. Außer Atem hielt ich vor ihrem Haus und schaute hoch. Wie schön, wie prachtvoll. Direkt gegenüber dem Casino. Ein Balkon, und die Sonne schien in die großen Fenster.

Ich klingelte. Niemand antwortete. Ich wartete. Ich klingelte nochmals. Ich wurde enttäuscht.

Das Seminar

Es war ein Zufall, der mich mit Mariechen wieder zusammen-brachte. Lea und ich bummelten am Rhein entlang, als sie uns mit einem Mädchen begegnete.

»Wie schön, dich zu sehen.« Mariechen zeigte auf das Mäd-chen neben ihr. »Besuch aus Berlin.«

Ich lächelte.

»Ihr kennt euch«, ergänzte sie.

Ich nickte, doch ich konnte mich nicht erinnern.

Lea platzte dazwischen. »Hast du schon gehört, dass Franzi angenommen ist?«

Mariechen nickte. »Wann beginnt das Lehrerinnenseminar?«

Was für eine blöde Frage, dachte ich.

Das Mädchen neben Mariechen nickte anerkennend. »Leh-rerin wirst du?« Sie reichte mir die Hand.

»Im Frühjahr beginnt das Seminar, wie das neue Schuljahr an allen Schulen.«

»Wir müssen los. Eine Familienfeier. Stell dir vor, sogar Richard kommt aus München.« Mariechen tat so, als würde sie einen Pinsel schwingen. »Er nennt sich jetzt Kunstmaler. Onkel Nathan ist immer noch sauer auf ihn.«

Lea drängelte sich an mir vorbei. »Und hat er Erfolg?«

Mariechen nickte. »Ich glaube schon.«

Kaum waren die beiden gegangen, wandte ich mich an meine Schwester. »Was interessiert dich Richard?«

Sie strich mir über den Arm. »Sei nicht albern. Wir haben alle viel Spaß zusammen gehabt.«

Sie machte mich nachdenklich. »Und diese Freundin?«

Lea lachte. »Das war Julia, Julia Lilienfeld, ihre Cousine.«

Ich war ganz verwundert. »Ich habe sie überhaupt nicht erkannt.«

Im Frühjahr 1896 fuhren Lea, Fritz und ich nochmals zu unserer Tante an die Nordseeküste. Sonne, Meer, der Duft von Apfelkuchen mit Vanillesoße. Es war ein rauschendes Fest nach den anstrengenden Wochen.

Dann begann das Seminar.

Die Schulräume lagen gleich neben unserer alten Schule, aber der Unterricht war ganz anders aufgebaut. Wir waren eine kleine Klasse von fünfundzwanzig Schülerinnen. Manche waren achtzehn Jahre alt wie ich, manche schon dreiundzwanzig. Manche kamen von außerhalb und wohnten im Gebäude, ich natürlich zu Hause. Die Atmosphäre war fast familiär und dennoch streng. Wir saßen an gemeinsamen Tischen und tauschten uns beim Lernen aus. Wir waren alle wissbegierig, alle neugierig, alle mit dem gleichen Ziel unterwegs, Lehrerin zu werden, selbstständig zu leben, Erfolg zu haben.

Wir lasen. Wir lernten. Mathematik, Deutsch, Geschichte, Französisch, Englisch, experimentierten in Physik und Chemie. Wir übten gemeinsam am Klavier und Gesang. Während ich neue Freundinnen fand, hörte ich nichts, aber auch gar nichts von Mariechen.

Im Seminar in der Antoniterstraße ging es noch aufregender zu als bei der Eröffnung von Tietz. Unser Physiklehrer war erkrankt. Alle tuschelten, als sein Vertreter den Klassenraum betrat. So ein junger, gut aussehender Mann! »Alois Fuchs ist mein Name«, stellte er sich vor.

Mit seinem dunklen Rock, seinen kurzen Haaren und dem verschmitzten Lächeln sah er nicht nur attraktiv aus, er hatte auch Spaß am Experimentieren. Wir genossen seinen Unterricht und schwärmten alle für ihn. Dabei durften wir uns auf keinen Fall verlieben.

Schon an seinem ersten Tag erklärte Olga, die neben mir saß: »Ich verstehe das ganze Getue darum nicht, dass wir als Lehrerinnen nicht heiraten dürfen.«

»Aber wie willst du unterrichten, wenn du Haushalt und Kinder hast?«

»Macht deine Mutter denn den Haushalt?«

Ich schüttelte den Kopf. »Aber sie lenkt ihn.«

»Habt ihr ein Kindermädchen für Fritz?«

Ich nickte.

»Na also.«

Ich schwieg. Es war überraschend. Olga hatte recht.

Der Brief

In unserem Salon in der Elisenstaße erwartete mich ein Brief. Von Mariechen. Mit dem Füller geschrieben, den ich ihr geschenkt hatte. So lange hatte ich die ordentliche Schrift von Fräulein Baumann geübt, doch sie gelang mir bis heute nicht. Mariechen schrieb klar und ordentlich, als wären ihre Zeilen gedruckt.

Ich zog mich in meine Kammer zurück und legte mich aufs Bett. Diesmal schaute ich in den Himmel. Fast war es, als läge sie neben mir wie früher.

Liebe Franzi,
es ist schon lang her, dass wir uns gesehen haben. Wir sind in der Schweiz und wandern viel. Menny immer vorneweg, Hugo hinterher, ich verheddere mich in meinen Röcken und brauche viel länger als die beiden.
Einmal haben sie mich sitzen lassen und erst auf dem Rückweg wieder eingesammelt. Wie einen Sack Kartoffeln. Dennoch ist es schön hier. Die Berge, die Sonne, sogar die anstrengenden Wanderungen gefallen mir. Aber lieber wäre ich in Köln und könnte in deiner Kammer liegen, mit dir reden.

Kurz schaute ich vom Brief auf. Ich hörte ihre warme Stimme, ihr lautes Lachen, das Rascheln ihres Kleides, dessen Geruch nach Waschmittel.

Paul ist vor Kurzem nach Thüringen ins Geschäft seines Vaters gegangen. Stell dir vor, er hat es erst Menny erzählt, dann mir. Ich habe geglaubt, dass wir heiraten und Kinder haben könnten, ich Klavier spielen werde und Konzerte oder Salons geben würde, wie deine Mutter, und vor allem glücklich werden würde.
Paul ist stolz, dass er die Filiale irgendwann leiten wird. Ich habe ihn gefragt, warum er es mir nicht zuerst gesagt hat. Darauf hat er auf den Boden gestarrt. Dann hat er geantwortet, dass Männer die Entscheidungen treffen. Ich sehe das anders. Jetzt ist es mir egal, aber zuerst tat es weh.
Mutter hat mich in einem Hauswirtschaftskurs angemeldet. Ich soll kochen lernen, einkaufen, das Haushaltsgeld verwalten. Aber ich will Klavier spielen. Ich hasse kochen,

einkaufen, das Haushaltsgeld verwalten. Professor Pauer ist viel unterwegs. Wenn ich bei ihm bin, bin ich ganz Musik, wenn er nicht kann, spiele ich manchmal eine Woche lang nicht.
Ich vermisse dich.
Dein Mariechen

Lange starrte ich auf diese Zeilen, las sie wieder und wieder. Ich wollte ihr antworten. Doch was sollte ich schreiben?

Es war Abend, trotzdem machte ich mich noch mal auf den Weg zur Schule. Meiner Mutter sagte ich, dass ich ein Buch bei Olga vergessen hätte.

Bisher hatte ich die Gespräche zwischen Mariechen und mir nie nach außen getragen. Als ich meiner neuen Freundin den Brief zeigte, kam ich mir wie eine Verräterin vor.

Olga sah mich ernst an. In diesem Moment spürte ich die Jahre, die sie älter als ich war. Ihre Eltern hatten einen Gemüseladen. Das Schulgeld bezahlte der Pfarrer des Ortes in der Eifel, aus dem sie stammte. Das tat er nicht ganz uneigennützig, denn er hoffte auf baldige Unterstützung in seiner Schule. Und eigene Kinder hatte er ja nicht.

Sie war anders als ich, als Mariechen. Schon als Kind hatte Olga im Laden ihrer Eltern ausgeholfen. Wenn sich jemand verletzte, half sie sofort, während wir hektisch schrien. Wenn Prüfungen kamen, teilte sie ihre Aufregung in kleine Häppchen und arbeitete diese ruhig ab. Wenn ich traurig war, drückte sie mich und sagte: »Ihr habt Geld, ein schönes Haus, sogar ein Klavier. Was willst du mehr vom Leben?«

Sie überflog den Brief in Windeseile. »Schreib ihr, dass sie Lehrerin werden soll. Sie ist klug. Sie spielt Klavier. Vielleicht lassen sich ihre Eltern darauf ein?«

Ich schüttelte den Kopf. »Ihr Onkel Nathan erlaubt das auf keinen Fall.«

»Dann sollte sie jeden Tag Klavier spielen und nicht jammern.«

Ich zog die Stirn kraus, Olga sprach weiter: »Vielleicht noch drei, vier Jahre. Dann werden Mädchen in Köln Abitur machen können, vielleicht bald auch studieren dürfen, wenn die Familie das Geld dazu hat. In der Schweiz studieren jetzt schon Frauen. Darüber wurde letztens sogar im Reichstag verhandelt, stand in der Zeitung.«

»Ich weiß nicht, was ich ihr schreiben soll.«

Olga ermunterte mich. »Sie ist deine Freundin. Ihr kennt euch lange. Da wird dir doch etwas einfallen.«

So schlau wie zuvor ging ich nach Hause. Dennoch setzte ich mich an den Schreibtisch.

Liebes Mariechen,
ich vermisse dich, unsere Treffen, Gespräche, dein Klavier-spiel. Gib es nicht auf, nicht wegen Paul, auch nicht, weil Professor Pauer mal nicht kann. Mach weiter. Und warum nicht kochen lernen? Ich esse gern. Vielleicht magst du bald einmal etwas für mich kochen?
Melde dich, wenn du wieder in Köln bist. Auch wenn ich viel lerne, habe ich immer Zeit für dich.
Deine Franzi

Eine Woche später stürzte Mariechen in meine Kammer. Sie sah gut aus, ihr Gesicht war leicht gebräunt, und sie trug ein wunderschönes helles Kleid.

»Wir geben einen Empfang. Menny hat Mutter überzeugt. Sie soll nicht immer allein in der Wohnung sitzen oder zur Kur fahren. Wir brauchen Gesellschaft. Endlich.« Mit diesen Worten ließ sie sich auf mein Bett fallen.

»Wirst du spielen?«

»Natürlich, und Menny und Hugo auch. Nur Richard kommt nicht.«

Ich setzte mich neben sie. »Ich freu mich so für dich.«

Ihre Augen leuchteten, nichts war mehr von der Traurigkeit ihres Briefes zu spüren. »Und was gibt es bei dir Neues?«

Ich erzählte vom Lernen, von den netten Mädchen, von dem neuen Lehrer, nur Olga erwähnte ich nicht.

Das Fest

Das Haus von Mariechens Mutter war nicht nur von außen prachtvoll, auch die Inneneinrichtung überraschte mich. Helle Tapeten, luftige Vorhänge, ein großer Salon mit Flügel, dazu zwei Zimmer, das von Mariechen ebenfalls hell tapeziert.

Die Wohnung strahlte Leichtigkeit aus. Nichts war mehr von der dunklen Atmosphäre in der Hohe Straße zu spüren, wo noch Mariechens Vater Samuel die Möbel und Farben ausgesucht hatte. Mariechens Mutter wirkte fröhlich und zufrieden.

Unsere Mutter staunte. Sie drückte Henriette. »Das hast du wunderbar gestaltet, leicht und luftig.«

»Wie schön, dass ihr gekommen seid!«

Neben Henriette stehend begrüßten Menny, Hugo und Mariechen die Gäste. Im Hintergrund spielte ein Trio unterhaltsame Musik. Drei Mädchen boten Getränke und kleine Happen an. Die Bings hatten Zeit, ihre Gäste herumzuführen und das Lob zu genießen.

»Ihr habt es schön«, beglückwünschte auch ich Mariechen. Doch dann kamen so viele Gäste, dass ich meine Freundin aus den Augen verlor. Mit Lea gemeinsam sah ich mich um und freute mich besonders an den Stoffen in meiner Lieblingsfarbe Aprikose. Wir naschten von den leckeren kleinen Frikadellen, genossen winzige Reibekuchen mit Apfelmus und Sekt, hörten der Musik zu.

Doch ich wollte den Abend nicht vergehen lassen, ohne mit Mariechen gesprochen zu haben. Deshalb löste ich mich von Lea, als diese gerade mit Hugo schwatzte, und drängelte mich zu ihrem Zimmer durch. Die Tür war angelehnt. Leise spielte sie die »Arabeske«. Wie gefühlvoll die Musik klang.

Ich schaute durch den Spalt, um sie zu überraschen. Doch sie war nicht allein. Neben ihrem Klavier stand Albert Herz, der ihr im Gürzenich Komplimente gemacht hatte, der mit den dunklen Augen, der ihre Wangen zum Glühen gebracht hatte. Sie saß an ihrem Instrument und spielte mit fast geschlossenen Augen ihre Musik. Nur für ihn, für niemand anderen. Weder sie noch er bekamen mit, dass ich in das Zimmer lugte.

Vorsichtig zog ich meine Nase zurück. Erst stand ich etwas verloren da, dann entdeckte ich Mariechens Bruder Menny. Ich hörte, wie er sich mit seinem Bruder Hugo unterhielt.

»Gestern bin ich in diese antisemitische Buchhandlung in der Komödienstraße gegangen. Ich musste einfach sehen, was das soll.«

Hugo schaute ihn fragend an. »Und?«

»Das ist kompletter Blödsinn, was dieser Eduard Hensel für Literatur verbreitet. Das kann man einfach nicht ernst nehmen.«

Hugo klopfte ihm auf die Schulter. »Sie kommen, sie gehen.«

Menny stimmte ihm zu, dann entdeckte er mich. »Schön, dich zu sehen.«

»Ich wusste gar nicht, dass Albert Herz wieder in Köln ist«, bemerkte ich.

Menny lächelte mich an. »Ist er auch nicht. Ich habe ihn mitgebracht. Er studiert wie ich in Heidelberg, nur eben Chemie. Dabei ist Jura ...«, er machte ein bedeutendes Gesicht, »mein Jura, ein viel besseres Fach.« Er schob einen jungen Mann vor, den ich noch nie gesehen hatte.

»Darf ich vorstellen: Walter, Walter Beyer, aus Köln.« Höflich begrüßte mich Mennys Freund. Er verbeugte sich leicht, und ich entdeckte sofort, dass sich sein Haar bereits lichtete. Doch er hatte ein Lächeln im Gesicht, eine so freundliche Stimme und lebhafte Augen. »Ich habe gehört, dass Sie am Lehrerinnenseminar studieren?«

Ich reckte mich stolz. Er hatte das Wort »studieren« benutzt. »Jawohl. Ich möchte Lehrerin werden. Und was machen Sie?«

»Ich studiere Medizin in Bonn.«

Menny verabschiedete sich. »Da habt ihr euch ja einiges zu erzählen.«

Ich genoss die Aufmerksamkeit und vergaß dabei fast völlig meine Umgebung, doch dann trat Lea zu mir und berührte meine Schulter. »Es ist schon spät. Wir sollten losgehen.«

Walter schaute sie an. »Wie schade!«

Ich nahm Lea an die Hand und murmelte eine Entschuldigung, um die Begegnung mit Walter möglichst unauffällig aussehen zu lassen. »Darf ich vorstellen: meine Schwester. Leider müssen wir uns verabschieden.«

»Entschuldigen Sie.« Er drückte mir die Hand, und ich spürte, wie er dabei einen kleinen Zettel hinterließ. Sofort ließ ich diesen in meiner Tasche verschwinden. Lea sollte nichts mitbekommen. Artig nickten wir beide Walter zu.

Lea zog mich zu unseren Eltern. »Ich habe dich die ganze Zeit gesucht.«

»Ich habe Mariechen beim Spielen zugehört«, log ich.

Schon am nächsten Tag entdeckte ich, dass Spaziergänge am Rhein noch schöner sein konnten, als mit Mariechen Zeit zu verbringen. Walter hatte mich eingeladen. Das Wasser, die Komplimente, die frische Luft.

Einen Tag später rannte ich aber doch zu meiner Freundin. Wir saßen bei ihr im Zimmer und tauschten uns über Albert und Walter aus.

»Ein Arzt. Was für eine gute Partie!«

»Chemie ist auch vielversprechend«, erwiderte ich. »Meint Walter.«

»Nach dem Studium möchte Albert nach England gehen.« Textilfärberei. Stell dir vor: London, Bradford. Die Welt liegt vor ihm.«

»Damit liegt sie vielleicht auch vor dir?«

Sie lachte laut, ihr fröhliches, ein gutes Lachen. »Jedenfalls gut, dass ich beim Englischunterricht aufgepasst habe. Und weißt du?« Sie rückte nahe an mich heran. »Wir sind uns wirklich sehr nah, und das nicht nur, weil wir beide unsere Väter verloren haben.«

Erstaunt fragte ich nach: »Alberts Vater ist tot?«

Sie machte ein ernstes Gesicht. »Schon 1894 ist er gestorben.«

Ich wunderte mich, denn normalerweise erzählte uns unser Vater immer von allen Bekannten, die verstarben. »Er war nicht im Krankenhaus?«

Sie schüttelte den Kopf.

Mariechen verlor kein Wort darüber, dass die Lehrerinnenausbildung und mein Verliebtsein im Widerspruch zueinander standen. Sie nahm es einfach hin.

Vor meiner Familie verschwieg ich Walter. Ich wusste selbst noch nicht, was ich von meinen Gefühlen halten sollte, und war froh, dass ich durch Olga immer eine Ausrede hatte, das Haus zu verlassen.

Wenig später durfte Mariechen einen Englischkurs besuchen. »Mutter betont doch immer, dass ich gut ausgebildet in die Ehe gehen soll!«

Jetzt stürzten wir uns beide ins Lernen.

Hochzeiten

Walter verhaspelte sich beim Sprechen, als er mir im Jahr darauf von seinen bevorstehenden Prüfungen erzählte, so aufgeregt war er.

»Diese Professoren sind völlig verrückt. Während eines Essens, gerade wenn man sich einen Bissen Schnitzel in den Mund geschoben hat, fragen sie dich nach den schwierigsten Dingen. Und da soll man dann antworten. Selbst Menny hat die Situation nervös gemacht.«

Er wollte mich beruhigen, denn ich hatte so viel Angst vor den vor mir liegenden Prüfungen.

Ich beneidete meine Freundin um ihre viele Freizeit. Bei einem Spaziergang am Rhein konnte ich meine Nervosität nicht mehr zurückhalten.

»Ich könnte verfluchen, dass ich dieses Lehrerinnenseminar gewählt habe.«

»Das tust du nicht. Du liebst es zu lernen.«

Ich hakte mich bei ihr ein. »Aber manchmal hätte ich gern mehr Zeit, um dich zu treffen. Oder Walter.«

Ende 1898 machten Menny in Jura, Albert in Chemie und mein Walter in Medizin ihre Abschlüsse. Wenige Monate später verteidigten sie ihre Doktorarbeiten.

Mariechen lud mich kurz darauf in ihr Lieblingscafé Runge in der Hohe Straße ein. Sie liebte dieses alte Haus, den großen Saal, die verzierten Stühle, die schönen Tapeten an den Wänden. »Ein wahrer Café-Palast«, schwärmte sie. »Hugo meint, dass es so schön ist wie die besten Kaffeehäuser in Wien.«

Ich sog den Geruch von Apfelkuchen mit Zimt ein, von dem ich nie genug bekommen konnte.

»Vor dem Rigorosum hat sogar Menny geschwitzt. Eine Doktorarbeit ist halt eben doch etwas Besonderes«, erzählte Mariechen.

Nach Kaffee und Kuchen bummelten wir durch die Hohe Straße. Ich klagte: »Walter habe ich keinerlei Prüfungsangst angesehen.«

»Vielleicht, weil du zu viel mit deiner zu tun hast?«

Ich umfasste ihren Arm. »Vielleicht hast du recht.«

Sie tätschelte meine Hand. »Was kann dir passieren? Köln wächst und wächst. Alle Schulen suchen Lehrerinnen. Ist im letzten Jahr eine von euch durchgefallen?«

Ich verneinte. »Trotzdem. Ich wünschte, es wäre schon vorbei.«

»Das kann ich gut verstehen.« Mariechen nahm meine Hand. »Komm. Ich zeig dir was.«

Sie zog mich zur Straßenbahn, zur elektrischen, mit der wir

zum Königsplatz fuhren. Es war ein besonderer Spaß, mit der Elektrischen zu fahren, die viel schneller als die Pferdebahn unterwegs war.

Mariechen breitete ihre Arme aus. »Schau dir das an! Dort ist die Baustelle. Bald gehen wir nicht mehr in die Glockengasse, sondern vielleicht hierher.«

»Was ist das für eine Baustelle?«

Mariechen schaute mich ernst an. »Vor lauter Lernerei bekommst du nichts mehr mit. Hier entsteht die neue, eine große Synagoge.« Sie zeigte auf die Kräne.

Plötzlich kam die Erinnerung zurück. »Ach doch. Vater hat davon erzählt.«

»Vielleicht werden wir hier heiraten?«

»Wer wir?«

»Albert und ich.«

»Ihr wollt heiraten?« Freudig umarmte ich meine Freundin. »Seid ihr sicher?«

Sie schmunzelte. »Wir müssen nur noch unsere Eltern fragen.«

Wir fuhren mit der Straßenbahn zurück. Beiläufig erwiderte ich: »Du heiratest nicht nur, um etwas zu erleben?«

Mariechen schaute mich empört an. »Wie du auf so etwas kommen kannst.«

In den nächsten Wochen arbeitete ich rund um die Uhr für mein Examen. Meine Mutter fing einen Brief ab, der über Lea an mich gehen sollte. »Sollte ich etwas wissen?«, fragte sie.

Ich wurde knallrot. Kleinlaut erzählte ich: »Er heißt Walter Beyer, hat Medizin studiert und ist ein Freund von Menny.«

»Und wann hattest du vor, mit uns darüber zu sprechen?«

»Nach den Prüfungen. Bitte, Mutter.«

Erstaunlicherweise ließ sie von mir ab. Fritz machte Ärger in der Schule, und Lea schwärmte für einen Jungen in der Nachbarschaft, dessen Familie unsere Eltern ganz und gar nicht mochten.

Meine Prüfung näherte sich mit großen Schritten. Ich schlief schlecht, bekam Durchfall, konnte an manchen Tagen kaum etwas essen. Unsere Köchin umsorgte mich mit Suppen, unsere Mutter verfluchte sich, dass sie mir dieses Seminar erlaubt hatte. Ich lernte trotz allem. Lea fragte mich ab, und manchmal meinte ich, sie wäre besser als Lehrerin geeignet als ich.

Gestresst verließ ich unser Haus. »Etwas Luft schnappen.« Mutter ließ mich gewähren. Ich ging zu Mariechen.

»Leg dich hin«, befahl sie. »Da hilft nur Musik.« Sie setzte sich an ihr Klavier und begann zu spielen. Ich schloss die Augen. Wenige Minuten später schlief ich. Dann schreckte ich auf. Mariechen hatte mich mit einem warmen Tuch zugedeckt.

»Mutter wird sich Sorgen machen«, sagte ich.

Mariechen saß immer noch am Klavier. »Wird sie nicht.« Doch sie brachte mich zur Tür. »Alles Gute!«

»Du schaffst das«, rief Mariechens Mutter.

Erstaunt schaute ich meine Freundin an.

»Sie findet es gut, dass du am Lehrerinnenseminar studierst.«

»Das verstehe ich nicht.«

»Es geht ihr wie immer nur um die Bings. Als Bing darf man das und das und dies und jenes nicht. Dazu gehört auch, nicht Lehrerin zu werden.« Sie öffnete mir die Tür und neigte nachdenklich den Kopf zur Seite. »Vielleicht hätte ich meine Mutter überzeugen können, das Seminar besuchen zu dürfen. Aber Lehrerin, das wäre nichts für mich.«

Am nächsten Tag lagen die Prüfungsaufgaben vor mir ausgebreitet. Wir saßen einzeln am Tisch. Niemand sollte abschreiben können. Im ersten Moment erschrak ich. So viel Arbeit. Dann dachte ich an den gestrigen Tag. Ich hörte Mariechen Klavier spielen. Ich wurde ruhiger. Ich fing an zu arbeiten.

Im Frühjahr 1899 bestand ich meine Prüfung. Stolz zeigte ich meine guten Noten, voller Freude nahm ich das Lob von meinen Eltern, Geschwistern und Mariechen entgegen. Danach hätte ich mich auf eine Lehrerinnenstelle bewerben können, so wie Olga, doch am Tag nach meiner Prüfung klingelte es an unserer Tür.

Das Mädchen öffnete und rief nach unserer Mutter. Meine Mutter rief nach mir. Walter stand vor uns mit Blumen. »Alles Gute zum bestandenen Examen!«

Unsere Mutter erlaubte uns, im Salon Platz zu nehmen. Sie ließ uns Tee bringen. Die Tür war einen Spalt geöffnet. Wir hielten Hände. Dennoch küsste mich Walter auch leicht und kurz auf den Mund. Es war wunderschön. Der Tee wurde kalt. Nach zwei Stunden ging Walter, mein Walter.

Ich war im siebten Himmel, bis wir uns zum Abendessen setzten. Die Kartoffelsuppe war kaum in die Schalen gefüllt, als Lea mit ihrem Löffel an ihr Glas schlug. Fritz hörte auf, mit seinen Füßen gegen die Tischbeine zu treten. Ihre Wangen glühten, und sie verhaspelte sich bei den ersten Worten.

»Vater, ich möchte bei euch im Krankenhaus die Ausbildung zur Pflegerin machen.«

Er nahm geruhsam ein, zwei Löffel. Wie immer war er ruhig, für mich zu ruhig. Meine Schwester schaute ihn herausfordernd an. »Das geht nicht«, erwiderte er.

Trotzig verschränkte Lea die Arme. »Bei Franzi geht immer alles, bei mir nichts.«

Er schüttelte den Kopf, Fritz starrte beschämt auf seine Schale, Mutter schaute abwechselnd auf Vater und Lea. Ich senkte meinen Blick auf den Boden.

»Diese Ausbildung ist nichts für eine Arzttochter, erst recht nicht in meinem eigenen Krankenhaus. Du hast keine Ahnung, was diese Arbeit bedeutet.«

Lea nickte. Ich atmete leicht auf. »Weil ich es nicht kennenlernen darf«, fügte sie hinzu.

Vater schlug laut mit der Hand auf den Tisch. »Es reicht. Ich habe dir bereits gesagt, dass das nichts für dich ist. Und ich sage das nur zu deinem Besten.«

Unter dem Tisch kniff ich mir in die Hand und betete, Lea würde vom Thema ablassen.

»Dann lass mich mein Abitur machen. In Berlin gibt es Kurse. Ich könnte studieren.«

Vater schüttelte erneut den Kopf. »Wer euch immer diese Flausen in den Kopf setzt. Schluss jetzt.«

Schweigend löffelten wir die Suppe, dann die Hauptspeise. Ich nahm nicht wahr, was ich aß, durch meinen Kopf rauschten immer nur die Gedanken: Warum durfte Fritz sein Abitur machen und wir nicht? Warum sollte Lea nicht Pflegerin werden? Warum nicht Ärztin? Vater hatte darauf wie immer eine Antwort: »So ist das Leben nun einmal.«

Im März 1899 wurde die Synagoge am Königsplatz eingeweiht. Sie war größer und moderner als die in der Glockengasse, und sie wurde zum Zentrum der liberalen Juden. Im Gürzenich wurde am 22. März ein Eröffnungsfest mit Ball gegeben. Alle sprachen davon, wie schön und groß das neue jüdische Gotteshaus geworden sei und wie prachtvoll das Fest im Gürzenich war.

Walter hielt bei meinen Eltern um meine Hand an. Unser Vater war begeistert. Ein Arzt in der Familie. Mein kleiner Bruder rannte freudig rufend durch das Haus und ließ es alle Patienten wissen. »Franzi heiratet. Das gibt ein Fest, ein großes Fest.«

Ich genoss es, offen mit meinem Walter am Rhein spazieren zu gehen. Er hielt meine Hand, brachte mir Blumen, umarmte mich zärtlich. Olga ermunterte mich, mich trotz der Verlobung bei einer Schule zu bewerben. Sie zog zurück in die Eifel und begann in ihrer Schule zu arbeiten.

Ich zögerte. Ich zögerte zu lange, denn mitten im Schuljahr war keine Stelle zu finden. Walter schlug vor, dass wir im nächsten Jahr heiraten könnten. Sollte ich mich für ein halbes Jahr bewerben? Ich grübelte, dachte nach. Meine Schwester drängte mich, doch ich bewarb mich nicht. Ich würde heiraten, Kinder bekommen, den Haushalt übernehmen. Vielleicht könnte ich später als Lehrerin arbeiten? Doch wenn ich Frau Beyer war, wäre das nicht mehr möglich.

Mariechen und Albert verlobten sich an Ostern 1900. Er hatte tatsächlich eine Stelle als Berater für Textilfärberei in Bradford, Großbritannien gefunden, neunhundert Kilometer von Köln entfernt, oder wie die Engländer sagten, fünfhundertsiebzig Meilen weit weg. Sie schrieb lange Briefe an ihn, oder sie spielte Klavier.

Meine Schwester Lea hingegen hatte weder Verehrer noch Beschäftigung. Sie langweilte sich endlos, begann mit Sticken, ließ es wieder liegen, las Tag und Nacht. Dann räumte sie plötzlich alle Bücher aus ihrer Kammer in die untere Wohnung, wurde blasser und blasser. Ich wusste nicht, wie ich ihr helfen sollte.

Die Stadt der tausend Möglichkeiten

»Wie gut, dass Hugo für das Geschäft nach Bradford fahren muss.« Mariechen packte einen großen Reisekoffer. Sie nahm ein Kleid wieder heraus und legte dafür ein Notenheft hinein. »Das muss sein.«

»Bist du nicht aufgeregt?«, fragte ich.

Sie unterbrach ihre Arbeit, nahm meine Hand und legte sie sich auf die Brust.

»Oje, das rast ja«, stellte ich fest.

»Ich weiß nicht, was aufregender ist: die Fahrt oder dass ich Albert bald sehen werde. Noch nie bin ich so weit verreist.« Sie überlegte kurz. »Bis auf den Wanderurlaub in der Schweiz.«

Sie schmunzelte, als sie ihren Bruder bei seinem Spitznamen nannte: »Hugomännchen hat mir alles erklärt. Erst nehmen wir den Nachtzug nach Ostende, dann die Fähre und dann nochmals den Zug. Alles in allem gut zwanzig Stunden. Wie gut, dass er dabei ist!«

Am nächsten Tag brachte ich die beiden mit Vaters Auto zum Hauptbahnhof. Das neue Bahnhofsgebäude strahlte in hellem Sandstein, ganz anders als die umliegenden Gebäude, die von den Kohleheizungen und Industrieabgasen geschwärzt waren. Von dem Dreck in der Luft musste ich kurz husten.

Durch die großen Tore führte der Weg direkt zum Gepäckschalter. Ein junger Mann schob den Wagen mit den beiden Riesenkoffern. Mariechen war jetzt freudig erregt, gar nicht bange. »Ich zeige dir den Wartesaal.«

In die Halle mit Bogen und bequemen Sitzbänken durfte ich sie und Hugo nicht begleiten. Sie war riesig und voller Menschen. »Du schreibst mir!«, beauftragte ich Mariechen.

Sie lachte. »Ich bin früher zurück als der Brief.«

Wir umarmten uns. Hugomännchen gab mir einen Handkuss. Vor dem Haupteingang erwartete mich unser Fahrer.

»Welch eine Aufregung, so eine lange Reise.« Irgendwie war ich müde. Jetzt, vielleicht noch nicht sogleich, aber bald würde sich alles verändern. Fünfhundertsiebzig Meilen, in Deutschland circa neunhundert Kilometer, das war ein langer Weg.

Liebste Franzi,

du kannst dir nicht vorstellen, wie schön es hier ist. Gut, die Reise war anstrengend, anstrengender, als ich mir vorgestellt habe. Hugo hat mir gesagt, dass ich froh sein soll, dass wir nicht wie früher den Weg mit dem Schiff über den Rhein nach Rotterdam und danach über See nehmen mussten. Das hätte Tage gefressen und wäre endlos langweilig gewesen.

Auf dem Schiff ist mir schlecht geworden, doch das liebe Hugomännchen hat mir Luft zugefächelt. Der Zug hingegen! Was für ein Luxus! Bequeme Sitze, bestes Essen. Und die Unterkunft in Bradford ist großartig! Wir wohnen im Großen Viktorianischen Hotel am Bahnhof, mitten im Zentrum. Unsere Zimmer liegen zur hinteren Seite, sind ruhig, sehr angenehm. Im Salon steht ein Flügel, auf dem ich spielen darf. Die Fassade des Hauses ist so prachtvoll wie die der Häuser an den Ringen.

Mein Bruder hat viel zu tun, aber er hat mich mit in das Büro genommen. Wie schön es ist! Ein feines rotes Sandsteingebäude. Wendeltreppe und Fahrstuhl. Der Raum voller Stehpulte. Fein gekleidete Angestellte. Höflichster Umgang. Sobald ich eine Tür öffnen wollte, kam mir ein Angestellter zuvor und entschuldigte sich dafür. Wenn ich dann dankte, entschuldigte er sich nochmals. Ich erwiderte »I'm sorry«, und schon kam eine weitere Entschuldigung. »Sorry, sorry, sorry.« Wie beim Tischtennisspiel die Bälle gehen die Entschuldigungen hin und her.

Hugo meint, dass Gespräche immer zu lange dauern. Aber ich liebe es.

Und die Menschen! In vielen Läden wird Deutsch gesprochen, in vielen auch Englisch und Deutsch.

Die Straßen sind voll von Menschen. Ich kann nicht unterscheiden, wer Deutscher und wer Engländer ist, auch nicht, wer Jude ist und wer einem anderen Glauben anhängt, abgesehen von den orthodoxen Gläubigen in ihren traditionellen Mänteln und Hüten.

Albert versichert mir immer wieder, dass er sich hier freier und ungebundener fühlt als je in seinem Leben. Mich begeistert vor allem, was ich hier erleben könnte. Stell dir vor, die St. George's Hall fasst dreitausendfünfhundert Menschen. Morgen singt Nellie Melba, aber alle Karten sind ausverkauft. Das nächste Mal möchte ich sie unbedingt sehen und hören.

All das gibt es in Köln nicht. Noch nicht. Aber ich habe dir ja schon gesagt, dass das Neue Theater am Ring in Köln schön werden wird.

Natürlich gibt es auch hier rauchende, stinkende Schornsteine. Aber sonst ist alles schön, einfach nur schön.

Mehr nächste Woche in Köln.

In Liebe
Mariechen

Als sie zurückkam, war sie immer noch voller Begeisterung für diese englische Stadt.

»Nein, es ist nicht nur, weil ich verreist war. Bradford ist so lebendig. Die Menschen sind sehr freundlich, zuvorkommend, höflich. Und Kultur. Überall gibt es Kultur.«

Mich plagte die Neugier. »Habt ihr euch geküsst?«

Mariechen schoss Röte ins Gesicht. Sie nickte schüchtern. »Hugo hatte viel zu tun, zum Glück. Albert und ich, wir sind täglich durch die Stadt gebummelt.«

Aufgeregt legte sie mir ein Bündel englischer Zeitungen hin. »Alles voll mit Konzerten, Auftritten, Kultur.« Sie drehte sich im Kreis, stoppte plötzlich abrupt und flüsterte: »Und keine Frau Mutter, die meint, ich müsse dies, ich müsse das machen.«

»Also wirst du heiraten und nach Bradford gehen?«

Mariechen strahlte, nickte, jubelte. Ich wusste, dass ich sie vermissen würde.

Die Zeit raste. Wir hatten so viel vorzubereiten, so viel abzusprechen, so viel zu tun.

Am Donnerstag, den 21. März 1901, heiratete Marie ihren Albert in Köln standesamtlich. Albert hatte es sich genau so gewünscht. Ich war erstaunt, dass Mariechens Mutter darauf eingegangen war, dass sie rein standesamtlich heiratete. Meine Eltern wollten, dass wir in der Synagoge heirateten, und zwar, wie Mariechen es bereits vorhergesagt hatte, in der neuen am Königsplatz. Aber vielleicht waren die Mütter von Albert und Mariechen, die Witwen Henriette Bing und Thekla Herz, auch einfach froh, dass ihre vaterlosen Kinder zueinandergefunden hatten.

Walter und ich schlossen am Dienstag, den 30. April 1901, den Bund fürs Leben. Dieser Wochentag stand für Glück und vor allem viele Kinder. Mariechen versprach mir, oft zu schreiben. Von nun an würden wir alles zeitgleich machen: heiraten, Kinder bekommen, am Leben Spaß haben. Das nahmen wir uns vor. Dann reiste meine Freundin ab.

Gar nicht wie eine Frau

Liebste Franzi,
wie geht es euch? Wie war eure Feier? Wie schade, dass ich
nicht dabei sein konnte, aber Albert hatte all seine freien
Tage aufgebraucht. Ich komme, sobald es geht, nach Köln.
Wir haben nicht einmal eine richtige Hochzeitsnacht ge-
habt. Zwar hatte Mutter für uns ein Zimmer im Hotel
Ernst gebucht, aber ich war so kaputt, dass ich, noch bevor
Albert sich zu mir legte, eingeschlafen bin. Am nächsten
Tag ging es früh in unsere neue Heimat. Albert hat über
mich gelacht und mir gedroht, es allen zu erzählen. Darum
schreibe ich es dir schon jetzt.
Nach der langen Reise hat er mich auf Händen in unsere
neue Wohnung getragen. Es ist ein kleines Reihenhaus.
Was sage ich? Es ist groß genug für ein, zwei Kinder. Im
Keller sind die Küche und die Diensträume untergebracht.
Im Salon steht ein Klavier, das ich stimmen lassen muss.
Aber es ist ein Bechstein, sie haben hier in der Nähe eine
Niederlassung. Das Mädchen ist so alt wie ich. Wie gut! Ich
hatte Sorge, dass ich mich ihrer nicht erwehren kann. Sie
schmunzelt über meinen deutschen Akzent, kocht aber gut.
Ich hingegen amüsiere mich darüber, wenn sie »Bradford«
sagt. Es klingt wie »Brettfort«.
Wir hatten Besuch von Alberts Direktor und zwei Kollegen
mit ihren Frauen. Alles Deutsche. Die Kleider sind aus di-
ckerem Stoff als bei uns und die Zylinder steifer und höher.
Keine orangenen Bänder. Ich sollte sie unbedingt hier ein-
führen. Also keine Angst, ich werde meine Sprache nicht
verlieren. Ich habe schon Klavier gespielt an den Abenden
und viel Lob erhalten.
Im ersten Stock gibt es zwei Schlafzimmer. Albert ist immer
gut zu mir, sehr aufmerksam und lieb. Er arbeitet nur viel,
ich meine, zu viel. Dann wacht er nachts auf und geht in das
andere Schlafzimmer. Und ja, die Hochzeitsnacht haben

wir nachgeholt, und es fühlt sich gut an, eine verheira-
tete Frau zu sein. Merk dir: 57, St. Paul's Road, Bradford.
Gleich in der Nähe ist der Lister Park mit einem Bootsteich,
um den sich viele Geschichten ranken. Wir hatten schon
romantische Ausfahrten zu zweit.
In Liebe
Mariechen

Liebes Mariechen,
wie gut du es getroffen hast. Wir hatten eine wunderbare
Feier und haben bis in die Nacht getanzt. Unsere Woh-
nung ist klein, aber gut gelegen. Albert kann zu Fuß zum
Krankenhaus in die Silvanstraße gehen. Aber auch er arbei-
tet viel, und ich langweile mich ein wenig. Mir fehlen die
Spaziergänge mit dir und deine Musik. Mein Klavierspiel
hingegen ist eine Schande.
Aber ich habe mir schon einen Baedeker für England ge-
kauft und plane eine Reise. Vielleicht sogar allein. Jetzt als
verheiratete Frau.
In Liebe
Deine Freundin

Liebe Franzi,
komm, komm schnell! Du kannst dir nicht vorstellen, was
ich hier entdecke. Am letzten Wochenende haben wir die
jüdische Reformgemeinde besucht. Ein warmes Haus für
alle deutschen Juden hier, sehr liberal. Dort hat mich Al-
bert vorgestellt. Besonders angetan haben es mir Jacob
Moser und seine Frau Florence, ein Mann um die sechzig,
der vor Energie sprüht, und seine Frau, die von allen we-
gen ihres Einsatzes für die Armen sehr geehrt wird. Sie
haben ein enormes Kammgarn- und Wolle-Unternehmen
und, die Armen, keine Kinder. Sie tun Gutes, in ihrer Hei-
mat in Deutschland und hier, weil sie Engländer geworden
sind.

Doch trotz der Kinderlosigkeit ist Mrs Florence gar nicht alt und vertrocknet, wie wir es von so manchen Fräuleins kennen. Sie hat mich eingeladen zu einem Ausflug in eine literarische Gesellschaft. Das war gestern. Stell dir vor, eine Gesellschaft zur Literatur von drei Schwestern und ihrem Bruder, die vor fünfzig Jahren gelebt haben. Sie haben Gedichte und Geschichten geschrieben und wollten sie veröffentlichen. Doch Bücher von Frauen wollte niemand verlegen. Also haben sich die drei Frauen kurzerhand andere Namen gegeben.

Du siehst, es ist auch hier nicht alles so leicht, wie Albert gesagt hat. Bevor ich es vergesse: Sie heißen Brontë. Vielleicht findest du Bücher von ihnen in Köln? Ich lese gerade ein Werk von Charlotte, die sich Currer Bell nannte. Das Buch heißt »Jane Eyre«.

Als ich nochmals nachfragte, warum die Schwestern sich männliche Namen gegeben haben, meinte der Vortragende, dass sie sich nicht nur so genannt haben, sondern gar nicht wie eine Frau geschrieben haben. Dazu will ich mehr erfahren.

Also schau, was du in Köln dazu findest. Und schreib mir schnell, wie es dir, wie es euch geht.
In Liebe
Mariechen

Liebes Mariechen,
welche Entdeckung! Es gibt tatsächlich ein Buch von ihnen. Der Buchhändler schaute mich streng an und bemerkte, dass dies nichts für junge Frauen sei. Ich hielt ihm meinen Ehering unter die Nase. Ich schreibe dir bald wieder.
Ich danke dir.
Franzi

Die Reise

»Komm, eile!« Den Brief mit diesen Zeilen steckte ich in meine Tasche, trug ihn als meinen Talisman umher. Und wirklich: Ich konnte Walter überzeugen, dass ich vor Langeweile sterben würde, wenn ich meine Freundin nicht noch in diesem Jahr besuchen könnte. Er arbeitete sowieso von morgens bis spätabends. Bisher hatte sich keine Schwangerschaft angekündigt.

Im Herbst 1901 startete die Reise. Natürlich fuhr ich nicht allein. Lea begleitete mich. Es würde eine gute Abwechslung für sie sein. Ich hoffte, dass sie so wie Mariechen in England aufblühen könnte.

Zum Glück war unser kleiner Bruder Fritz in der Schule, als der Fahrer uns abholte. Die Aufregung wäre noch größer geworden, als sie ohnehin war. Mutter reichte uns dies und jenes, was wir in letzter Minute in die Koffer packen sollten. Der Fahrer hatte Mühe, unser Gepäck ins Auto zu bugsieren.

»Ich habe mir schon gedacht, dass Sie bald Ihre Freundin in England besuchen werden. Wie aufregend!«, schwatzte er.

Unsere Mutter schaute streng auf unsere Kleidung und knöpfte mir den Mantel zu. »Wir wollen nicht, dass sie dort schlecht über uns reden. Macht einen guten Eindruck und grüßt Mariechen herzlich von uns allen.«

Wir nickten artig.

»Hast du an die Geschenke von Mariechens Mutter gedacht?«

Ich nickte noch einmal. Im letzten Moment hatte ich sie bei Henriette abgeholt. Es war schwer gewesen, einen Termin zu finden. Sie und Menny packten, um in eine Wohnung in der Beethovenstraße zu ziehen. Zu Fuß waren es zwanzig Minuten von der Innenstadt bis dorthin. Der Wall und der Volksgarten lagen ganz in der Nähe. Mariechens Mutter liebte Spaziergänge. Die Stadt hingegen war ihr zu hektisch geworden. Ich fragte mich, ob ich später auch einmal so denken würde.

»Los, los, los!«, forderte unsere Mutter. Ich erkannte, wie

aufgeregt sie war, und stieg ins Auto. Sie stand und winkte, bis wir um die Ecke fuhren.

»Dieser Koffer ist aber schwer«, stöhnte der Fahrer, als er Leas Gepäck am Hauptbahnhof einem Träger übergab.

Kaum saßen wir im Zug, fiel die Anspannung von uns ab. Zum ersten Mal seit Wochen hatte Lea rosige Wangen. Sie fuhr mit den Händen über die plüschige Sitzbank. »Welch ein Luxus! Verreisen. Andere Menschen kennenlernen. Nicht mehr in den vier eigenen Wänden eingesperrt sein und auf den Prinzen warten.«

Ich neckte sie: »Was spricht gegen einen Prinzen?«

Sie schüttelte energisch den Kopf. »Ich weiß, dass Walter dein Prinz ist, aber schau dir die anderen Herren an: Sie wollen nur, dass wir die Dienerschaft dirigieren und ihnen das Leben leicht machen. Denk an Mariechens Paul. Dass er nach Thüringen geht, hat Mariechen von ihren Brüdern erfahren. Welch eine Frechheit!«

»Aber willst du nicht auch nach einem jungen Mann Ausschau halten?«, fragte ich.

Wieder schüttelte sie den Kopf und kramte aus ihrem Koffer ein gelbes Buch. »Die höhere Mädchenschule und ihre Bestimmung«, Helene Lange.

»Ist das nicht die Frau, die in Berlin eine Schule für Mädchen gegründet hat? Und ist sie nicht Mitglied in diesem Frauenverein?«

»Ja, im Allgemeinen Deutschen Frauenverein. Bei ihr in Berlin könnte ich Abitur machen. Mit fehlt nur noch ein wenig Geld. Aber das wird sich finden.« Lea lehnte sich zurück, das Buch auf ihrem Schoß, und wenige Minuten später schloss sie die Augen. Hatte sie vor Aufregung letzte Nacht nicht geschlafen?

Ich knabberte an den Käsebroten, die Mutter uns mitgegeben hatte. Meine Schwester schnaufte leise neben mir, Felder und Dörfer zogen vorbei. Die Häuser wechselten zu roten Backsteinbauten oder mit Reet gedeckten Bauernhäusern, die meisten winzig klein. Obgleich die Menschen auf dem Land für gewöhnlich arm waren, sah alles wie frisch geputzt aus.

Lea wachte auf, als der Zugbegleiter das Abteil betrat, um unsere Betten zu richten. Wenig später schlief sie jedoch schon wieder, kuschelte sich im Schlaf in die Ecke. Ich deckte sie zu. Dann machte ich es mir auf dem zweiten Bett bequem. Wir fuhren in die Dunkelheit. Der Zug ruckelte gleichmäßig, und ich schlief ein.

Ein lautes Klopfen weckte mich. Wo war ich? Im Zug. Hatte ich verschlafen?

Lea stand vor mir. »Ostende. Wir müssen gleich aussteigen.« Der Blick auf das Schiff nach Dover ließ mich Schlimmes ahnen. Ich liebte das Meer, aber hasste es, auf ihm zu schaukeln.

Kaum waren wir auf offener See, bereute ich, diese Reise gewollt zu haben. Es war früh am Morgen und hundekalt. Dennoch setzten wir uns auf das Deck. Frische Luft tat gut.

»Du siehst grün aus«, meinte Lea und hielt mich am Arm. Ich fühlte mich elend, befand mich zwischen Übelkeit und Übergeben. Lehnte ich mich an, nickte ich ein, setzte ich mich auf, hatte ich das Gefühl, mein Käsebrot gleich zu verlieren. Lea fächelte mir mit einem Taschentuch Luft zu. Ich wollte nur noch, dass diese Reise endete. Noch einmal lehnte ich mich an, sackte tatsächlich in mich zusammen und schlief ein.

»Sie erkälten sich noch«, weckte mich eine unbekannte Stimme. Ein Matrose stand vor uns. Ich schreckte auf, fühlte mich jedoch wesentlich besser, obgleich mir jetzt sehr kalt war. Neben mir saß meine Schwester mit geschlossenen Augen. Ich rüttelte sie wach, und wir gingen ins Innere. Bald würden wir ankommen.

Von Dover mussten wir nochmals den Zug nehmen und fielen in London nach einem kleinen Essen im Hotel in unser Bett. Es war ein komisches Gefühl, wie als Kind wieder neben meiner Schwester zu liegen. Ich schlief unruhig, träumte davon, als Lehrerin vor einer Klasse zu stehen, in der die Kinder über Tische und Stühle gingen.

Am Morgen traten wir nach einem reichhaltigen Frühstück vor die Tür des Hotels und wichen gleich wieder in das Haus zurück. Autos rasten an uns vorbei. Pferde wieherten. Zeitungsjungen riefen ihre Ware aus. Menschen eilten über den Bürgersteig, ohne nach links und rechts zu schauen.

»Noch einmal«, sagte ich und zog meine Schwester hinter mir her. Es war nicht weit zum Euston-Bahnhof, ein Laufbursche schob unser Gepäck auf einem Handwagen. Er fluchte über Leas schweren Koffer. Wir eilten ihm nach, hatten kaum Augen für den prächtigen, mit riesigen Säulen geschmückten Eingang des Bahnhofs. Endlich betraten wir die Halle.

»Eine Kathedrale der Reisewelt«, lobte Lea. »Was für eine prachtvolle Treppe.« Ich stimmte ihr zu.

Sie zeigte auf eine überlebensgroße Statue. »Robert Stephenson, Ingenieur für Bahnbau. Er soll den Grundriss des Bahnhofs kartiert haben.«

Ich staunte. »Was du alles weißt!«

Ein vornehmes Gemurmel umgab uns. Unser Laufbursche ging voran. Wir folgten und schauten uns staunend um. Höflich ließen uns Reisende auf den Bahnsteig vorgehen. »*May I help you*« und »*sorry*« waren die Wörter, die wir ständig hörten.

»Wie gut, dass wir Mariechens Au-pair hatten«, rief ich Lea zu, als wir in den Waggon stiegen.

»Die Englische?«

Reisen im Zug war wie Ankommen, obgleich noch sechs Stunden Fahrt vor uns lagen. Ich liebte es, mit der Bahn zu fahren. Mariechen war ebenfalls verrückt danach.

Wir nahmen Platz. Sofort zog Lea ein weiteres Buch hervor und vertiefte sich darin. Ich jedoch schaute aus dem Fenster. Wir rasten an den hohen Häusern Londons vorbei, an Parks, Straßen, Schornsteinen, Fabriken, schäbig aussehenden Behausungen. Dann öffnete sich die Landschaft. Das ländliche England begann.

Die Bahnstrecke war von einem unglaublich saftigen Grün gesäumt. Bäume und Büsche versperrten den Blick auf die Dörfer, an denen wir vorbeifuhren. Die Bahnhöfe waren aus Natursteinen gebaut und wirkten wie Landhäuser, die Übergänge über die Schienen waren aus Stahlträgern, zumeist farbenfroh, oft rot bemalt. Menschen winkten uns zu, während sie auf ihre Züge warteten. Ich erwiderte die freundlichen Reisegrüße. Dann lehnte ich mich entspannt an meine Schwester und döste vor mich hin.

Schon waren wir in Leeds, wo wir noch einmal umsteigen mussten. Es war ein unspektakulärer Bahnhof. Ein Träger half uns mit dem vielen Gepäck. Dann endlich ging es in den Zug nach Bradford. Diesmal holte meine Schwester nicht gleich ein Buch aus ihrer Tasche, sondern bewunderte wie ich die hügelige Landschaft, deren unglaubliches Grün regelmäßig durch den schwarzen Rauch der Schornsteine, die an der Strecke standen, getrübt wurde.

»Es ist so grün hier«, meinte auch Lea.

Sie hatte recht. »Wenn nicht all diese Textilfabriken und Schornsteine in den Ortschaften wären.«

Es klopfte an der Waggontür. Der Zugbegleiter steckte seinen Kopf in den Raum. Ein freundlicher Mann. »Meine Damen, wir kommen gleich in Brettfort Exchange an.«

Ich schmunzelte und dachte an Mariechen. So klang das also, wenn sie Bradford aussprachen.

Mariechens Bradford

Mariechen erwartete uns auf dem Bahnsteig und winkte mit ihrem Schirm. »Hier bin ich!« Überschwänglich umarmte sie erst mich, dann Lea. »Wie schön, dass ihr mich besucht.«

Ich drückte sie fest. »Wie schön, dass du uns eingeladen hast.«

Lea legte ihre Arme um uns. »Wie schön, dass ich endlich aus Köln herausgekommen bin.«

Die Kutsche nahm den Weg über die Bridge Street am Victoria Hotel und an der St. George's Hall vorbei durch die Innenstadt. Wir fuhren in eine Senke hinein, dann wieder einen Hügel hinauf. Die Straßenbahn war zweistöckig, oben offen und wurde elektrisch betrieben.

Mariechen zeigte auf die Straße hinter der Konzerthalle St. George's. »Dort liegt Little Germany, wo die deutschen Händler arbeiten.«

»Klein-Deutschland?« Staunend schauten wir aus dem Fenster.

Die Zylinder der Herren erschienen mir besonders hoch. Die Damen flanierten zu zweit oder zu dritt an der Hauptstraße entlang, durch die auch die Straßenbahn Richtung Manningham fuhr. Sie trugen warme, lange Röcke, Mäntel und Hüte, die oft reich mit Blumen geschmückt waren. Fast alle hatten einen Schirm oder einen Stock in der Hand und gaben ihren Schritten damit etwas Majestätisches. Botenjungen drängelten sich durch die Gruppen hindurch. Mädchen trugen riesige Körbe, als wären sie federleicht. Doch sie waren mit Lebensmitteln gefüllt und bestimmt schwer.

Wir sahen Fahrradfahrer. Lea rief begeistert aus: »Eine Frau auf dem Rad!«

Mariechen hatte wirklich nicht zu viel versprochen. Ein schönes Haus war neben dem nächsten zu bewundern. Die Strecke führte leicht bergauf. Die Pferde schnauften. Der Kutscher war dennoch freundlich zu ihnen, genau wie zu uns. Wir verließen das Handelszentrum. Die Häuser wurden kleiner. Doch auch Villen und kleine Parks lagen an der Straße. Im Hintergrund erschienen Schornsteine. Eine Spinnerei reihte sich an eine Färberei, diese an eine Brauerei. Dazwischen entdeckten wir Kirchen, Schulen, Sportplätze.

»Bei uns um die Ecke in Manningham steht die allergrößte Mill. So nennen sie hier die Textilfabriken«, bemerkte Mariechen stolz. Nach einer Viertelstunde erreichten wir ihr Haus.

»Wie hübsch«, rief ich, als wir ausstiegen. Die Reihenhäuser, klein und völlig gleich aussehend, wirkten, als hätte jemand mit einem Stempel immer gleiche Umrisse auf ein Blatt gedruckt. Allein die Haustüren unterschieden sich durch ihre Farbe und Türklopfer. Mariechen winkte uns ins Haus, während das Mädchen mit Hilfe des Kutschers unsere Koffer in das obere Stockwerk bugsierte. Wir gingen die Treppe zum Eingang hoch. Verführerisch duftende Rosen schmückten den winzigen Vorgarten.

»Wie schön du es hast«, lobte Lea, als wir in den Salon kamen. Klavier, Sessel, ein Couchtisch, ein Esstisch mit sechs Stühlen, eine Kommode mit einem duftenden Rosenstrauß. Mariechen hatte es sich in England gemütlich gemacht.

»Ich liebe das Haus«, jubelte sie. »Es ist eine Oase. Wenn draußen die Menschen von oder zur Arbeit eilen, in der Nähe die Straßenbahn bimmelt, Pferde wiehern oder schwarze Wolken über die Stadt fliegen, kann ich hier zur Ruhe kommen. Es ist wie eine Höhle für mich, in der ich ganz ich sein kann.«

Sie nahm uns unsere Mäntel ab und warf sie über das Treppengeländer im Flur. »Aber was rede ich? Ihr müsst erschöpft sein. Wollt ihr euch frisch machen?«

Wenig später saßen wir am Tisch. Das Mädchen servierte uns eine farblose Suppe.

»Das können sie hier nicht«, flüsterte Mariechen, als sie aus dem Zimmer gegangen war. Wenig später sammelte ihre Haushilfe die immer noch vollen Suppenteller ein und brachte das Hauptgericht.

»Fleischpastete. Ich liebe Fleischpastete.« Mariechen schnitt sich mit Freude ein Stückchen ab.

»Das ist lecker, echt lecker«, lobte ich.

Wir aßen und schwatzten, erzählten über Köln und dass das Neue Theater am Ring, in dem auch Oper gespielt werden würde, fast fertig war, dass viele Straßenbahnen elektrisch fuhren und so viele Autos und Kutschen auf den Ringen unterwegs waren, dass man die Straße kaum noch sicheren Fußes überqueren konnte.

Albert kam spät am Abend nach Hause. Er hatte Ringe unter den Augen und roch nach Essen.

»Bitte entschuldigt, aber Kunden haben Vorrang.« Artig begrüßte er uns. Er legte seine Hand auf Mariechens Schulter und küsste sie auf die Stirn. Sie lehnte ihren Kopf an ihn. Ich spürte die enge Verbundenheit der beiden.

Hatten mein Mann und ich das auch? Diese Frage brummte mir durch den Kopf, als ich früh wach wurde und mich vor Unruhe im Bett wälzte.

Nachdem ich mich das dritte, vierte, fünfte Mal von einer auf die andere Seite geworfen hatte, stand ich auf. Lea schlief tief und fest wie als Kind. Ich zog den Vorhang etwas auf und schaute auf die große Straße, die zu einer Fabrik führte. Es war dunkel, und es nieselte. Langsam gewöhnten sich meine Augen an die Umgebung. Ich sah Menschen zur Arbeit eilen.

Die Haustür knarrte. Auch Albert machte sich zur Arbeit auf. Er stieg in ein Auto, in dem ein Fahrer saß. Mariechen winkte ihm hinterher. Der Scheinwerfer des Autos warf Licht auf die Menschen, die wie in einer Polonaise die Straße entlangliefen. Und da erkannte ich es. Es waren Kinder, Kinder im Alter von zehn bis vierzehn Jahren. Die Mädchen zogen ihre Tücher eng um die Schultern, die Jungen ihre Schiebermützen ins Gesicht. Sie froren, das war zu sehen.

Ich legte mich zurück in mein Bett und kuschelte mich ein. Wie weich und warm es war. Wie gut das Bettzeug nach Lavendel roch. Trotz der Bilder in meinem Kopf schlief ich nochmals ein.

»Langschläfer«, begrüßte uns Mariechen gut gelaunt. Es roch nach Tee und Keksen. Mein Magen knurrte. Mariechen selbst aß einen Brei, den sie aus Haferflocken und heißem Wasser zusammenrührte. »Möchtet ihr auch so ein Porridge? Ich nähere mich den englischen Gepflogenheiten an.«

Mit meinem Löffel naschte ich von dem farblosen Brei. Am liebsten hätte ich ihn ausgespuckt, doch ich zähmte mich. »Unser Vater hat uns vor dem Essen in England gewarnt.« Ich verzog das Gesicht.

Mariechen schmunzelte, worauf ich erwiderte: »Das erinnert mich daran, dass wir in Köln auch merkwürdige Gerichte haben, wie Himmel un Ääd, Kartoffelstampf und Apfelmus mit gebratener Blutwurst. Das sieht unappetitlich aus und schmeckt ebenfalls furchtbar.« Ich lachte. »Wie gut, dass ich jetzt in meinem Haushalt selbst über das Essen bestimme.«

Mariechen stimmte mir froh zu. Sie hatte viele Pläne mit uns. Gleich heute schlug sie einen Ausflug in den Lister Park vor.

Auf dem Weg kamen wir an der Fabrik vorbei, zu der die endlose Schlange von Kindern am Morgen gegangen war. Lea maß das Gebäude mit ihren Schritten ab. »Hundert Meter?«

Ein riesiger Schornstein überragte alles. »Manningham Mill«, erklärte Mariechen. »Die größte Seidenfabrik hier im Raum, ach was, auf der Welt. Der Schornstein ist sechsundsiebzig Meter hoch.«

Wir hielten an und legten die Köpfe in den Nacken. »Ich habe heute Morgen Kinder dorthin gehen sehen«, sagte ich.

Meine Freundin machte ein ernstes Gesicht. »In Köln siehst du sie nur nicht. Da liegen die Fabriken auf der anderen Rheinseite, aber hier hast du die Kinder jeden Tag vor Augen.«

»Sie sahen so jung und verfroren aus.«

Mariechen nickte. »Die meisten sind Half-Timer.«

Lea schaute sie fragend an.

»Sie gehen morgens in die Fabrik und nachmittags in die Schule oder umgekehrt. So bekommen sie wenigstens etwas Schulbildung.« Mariechen ging weiter.

»Der Lister Park ist von Samuel Lister gestiftet worden.«

Leas Neugierde war noch nicht gestillt. »Wie viele Leute arbeiten in der Fabrik?«

»Es ist eine Stadt«, erwiderte Mariechen. »Mehr als zehntausend. Albert hat schon viele Chemiker hier in Sachen Färberei beraten. Der Unternehmer ist so erfolgreich, weil er neue Seide mit den Resten von früheren Verarbeitungsgängen mischt und weil er so viele Maschinen hat.«

Lea hauchte leise: »Und weil hier viele Kinder arbeiten.«

Wir hielten an einem Tor. Ich fuhr mit den Fingern über die Verzierungen. »Was für eine schöne schmiedeeiserne Arbeit!«

Mariechen breitete die Arme aus. »Das hier ist der Lister Park.«

Er war wunderschön. Hecken, Bäume, Büsche und Rosenbeete wechselten sich mit Wiesen ab. Die Grünanlagen waren durch geometrisch geformte Beete strukturiert, Bänke und Zäune in ihren Mustern aufeinander abgestimmt. In einem Teich konnte man Boot fahren, und es gab Spielplätze für Kinder. Dort jedoch war es still.

Es war am Morgen unter der Woche, und die Sonne kämpfte sich mühsam durch den Nieselregen. Es war kein Wetter, um sich auf eine Bank zu setzen. So spazierten wir eine Runde. Langsam wurde es wärmer, es hörte auf zu regnen. »Lasst uns Bötchen fahren«, schlug Mariechen vor.

Während ich ruderte, legte sich Lea ins Boot. »Ich könnte schlafen. Reisen ist schon anstrengend.« Wir lachten und streckten unsere Gesichter in die Sonne.

Für den Heimweg liefen wir durch enge Straßen, an schönen kleinen Vorgärten vorbei. Wir bewunderten die Hortensien, Dahlien und Rosen, die bunt gemischt waren. Ein Wind kam auf. Er wehte eine dunkle Wolke vor sich her, als wir zu Mariechens Haus zurückkehrten. Die Tür stand offen, und wir hörten drinnen laute Schritte. Das Mädchen kam uns aus dem Hinterhof mit einem großen Korb voller Wäsche entgegen. »Die Wolke. Nicht schon wieder.«

Geistesgegenwärtig streckte ich meine Arme aus. Sie drückte mir den Korb in die Hände. Schon rannte sie erneut hinaus und brachte weitere Wäsche ins Haus zurück. Hinter ihr schlug die Tür zu.

»Entschuldigen Sie bitte, Mrs! Letzte Woche musste ich die Wäsche ein zweites Mal machen.«

Die Wolke zog über das Haus hinweg. Danach sahen wir feinste Rußspuren auf Fensterbrettern und den Blumen.

»Ich hoffe, der Regen spült den Schmutz bald fort«, sagte Mariechen.

Begeistert besichtigten wir am nächsten Tag den Eingang der St. George's Hall. Wir staunten über die riesigen Kirchen und Stadthäuser in der Innenstadt. Ganz in der Nähe von Mariechens Haus sahen wir uns die Synagoge in der Bowland Street an. »Wie klein das Gotteshaus ist«, wunderte ich mich.

»Klein, aber fein. Und das Beste: Hier gehen wir nur zum Sabbat, wenn wir Lust dazu haben.«

Am Abend lud uns Albert zu einem Vortrag in den Schiller-Verein ein. »Heute sind Frauen zugelassen. Nach dem Vortrag gibt es etwas zu essen und Sherry oder was immer ihr wollt.«

Lea schüttelte ungläubig den Kopf. »Frauen sind sonst nicht zugelassen?«

»Es ist ein Club für die deutschen Geschäftsleute. Frauen ist der Zutritt nicht erlaubt.«

Lea runzelte die Stirn. »Du weißt aber schon, dass Therese Oppenheim in Köln ihre Bank zusammen mit ihren Söhnen geleitet hat?«

Albert schmunzelte. »Hier gibt es gute Schulen für Mädchen, eine insgesamt gute Ausbildung. Ich bin mir sicher, dass irgendwann Frauen im Schiller-Verein zugelassen werden.« Er nahm Mariechen in den Arm.

Sie sah ihn lächelnd an. »Genau das hast du mir für England versprochen.«

Der Schiller-Verein verfügte über einen schlichten, aber schönen Saal, der etwa sechzig Menschen fasste. Mariechen führte uns am Abend durch das Haus und stellte uns Jacob Moser und seine Frau Florence vor. Wir sprachen deutsch miteinander. Dann suchten wir uns Plätze in den hinteren Reihen, hörten einen langweiligen Vortrag über Schiller und tuschelten miteinander in freudiger Erwartung des Empfangs.

»Wo ich Sie sehe«, kam Florence Moser auf uns zu. »Ich plane eine Hilfsaktion für die Armen in der Stadt. Könnten Sie sich vorstellen, etwas Ihrer Zeit zu opfern?«

Mariechen nickte. »Aber gern. Was stellen Sie sich denn vor?«

»Wir werden von Haus zu Haus gehen und Spenden sammeln.«

Mariechens Gesicht wurde blass. Sie überlegte kurz. »Könnten wir vielleicht hier eine Wohltätigkeitsveranstaltung organisieren?« Sie schaute sich im Raum um. »Wenn wir ein Klavier …?«

Florence unterbrach sie gespannt. »Was stellen Sie sich vor?«

Mariechen rückte sich zurecht, um etwas größer zu wirken. »Ich habe eine solide Klavierausbildung.«

Florence Moser schaute skeptisch.

»Aber ich könnte mir auch einen Vortrag mit Musik vorstellen. Ganz, wie Sie möchten.«

Florence Moser strich Mariechen über die Wange. Sie zuckte etwas zurück, lächelte aber weiterhin. »Ich werde schauen, wo sich ein Klavier finden lässt.«

Kaum hatte sie sich von uns verabschiedet, jubelte Mariechen. »Das ist der Anfang!«

Eine dunkle bekannte Stimme erklang. Albert trat zu uns. »Was ist der Anfang?«

»Florence Moser möchte Wohltätigkeitsabende veranstalten. Ich habe ihr angeboten, Klavier zu spielen oder einen musikalischen Vortrag zu halten.«

Albert lächelte. »Wenn du möchtest, werde ich die Notenblätter für dich wenden.«

Sie umfasste seinen Arm. »Natürlich möchte ich das.«

Der Abend war wunderschön. Mariechen war gut gelaunt. Es gab winzige Pasteten mit Fleisch, Fisch und süßer Quarkfüllung. Dazu wurden Sherry und Sekt gereicht.

»Am liebsten würde ich hierbleiben«, meinte Lea, als wir uns zum letzten Mal das kleine Schlafzimmer in Bradford teilten. Morgen würde es nach Hause gehen.

Mariechen wollte uns zum Zug bringen, doch am Morgen musste sie uns absagen. Ihr war übel. Ich betete zum Himmel, dass sie uns nicht angesteckt hatte. Reisen und krank sein, das war das Schlimmste, was ich mir vorstellen konnte.

Ms Mary Gregory

Vaters Fahrer holte Lea und mich nach der anstrengenden Reise von Bradford nach Köln vom Bahnhof ab. Hektisch nahm er unsere Koffer, machte ein ernstes Gesicht und fuhr uns direkt zu Vaters Krankenhaus.

In ihrem Bett unter den weißen Leinen sah Mutter winzig aus. Ihre Augen waren rot. Sie hatte hohes Fieber. Vater war sich nicht sicher, was hinter ihrer Schwäche steckte. Er konnte ihr nicht helfen, auch wenn Frieda Brüll, die beste aller Krankenpflegerinnen, jede freie Minute an Mutters Bett verbrachte. Er rief meinen Mann Walter hinzu. Gemeinsam suchten sie nach einer Ursache für die Erkrankung, fanden jedoch keine.

Von Mariechen, die nichts von unserem Kummer wissen konnte, kam ein Brief.

Liebe Franzi,
ich hoffe, dass ihr gut in Köln gelandet seid. Meine Übelkeit ist nach zwei, drei Tagen verschwunden. Also war es nichts Ernsthaftes.
Ein Klavier hat Florence Moser noch nicht beschaffen können, dabei hätte sie genug Geld, einen Flügel zu kaufen. Aber auf einem ihrer Treffen habe ich eine Frau kennengelernt, über die ich dir mehr erzählen möchte. Sie ist eine Miss, also ein Fräulein. Ms Mary Gregory hat die Mädchenschule gegründet und sitzt seit einigen Jahren im Schulrat von Bradford. Stell dir vor, im Schulrat! Sie sagt, Bildung sei das Wichtigste. Sei stolz darauf, dass du studiert hast. Erzähl es Lea. Es war so schön, euch hierzuhaben.
In Liebe
Mariechen

Als Antwort schickte ich ein Telegramm.
»Schreibe später. Mutter im Krankenhaus.«

Tag für Tag ging es unserer Mutter schlechter. Sie wurde schmaler, verlor an Kraft. Eine Woche nach unserer großartigen Reise starb sie. Trauer legte sich über uns. Der Tod unserer Mutter löschte einen Teil der Erinnerungen an Bradford aus.

Für die Beerdigung war viel zu erledigen. Mutter hatte eine große Familie, die alle eine persönliche Nachricht erhalten wollten. Fritz, der noch vor Kurzem ständig darüber geschimpft hatte, dass die Mutter so viel von ihm verlangte, hing an unseren Rockzipfeln. Er war jetzt fünfzehn Jahre alt und musste schnell erwachsen werden. Wie gut, dass Lea im Hause wohnte. Ich war froh, wenn ich zur Nacht in meine eigene Wohnung flüchten konnte. Auch hier umgab mich Traurigkeit, aber nicht diese Schwere.

Als wir Mutter beerdigt hatten, überfiel mich eine unglaubliche Müdigkeit, und ich wurde krank, doch ein Brief von Mariechen half mir, mich aus der Erstarrung zu lösen.

Liebste Franzi,
es tut mir so leid, dass ihr es so schwer habt und ich nicht an eurer Seite sein kann. Doch es gibt einen Grund dafür. Ich kann jetzt leider nicht reisen. Es wäre zu anstrengend. Die Übelkeit war keine Krankheit, sondern ein neuer Mensch in unserem Leben. Ich bin guter Hoffnung und freue mich so sehr auf das Kind und drücke dich ganz fest.
In Liebe
Dein Mariechen

Ich musste den Brief zweimal lesen, bevor ich ihn verstand. Mariechen wurde Mutter, meine Freundin, das Mädchen mit den kurzen Haaren, das nur ihr Klavier im Kopf hatte. Sie wurde Mutter. Ich presste das Papier fest an mich. Dann machte ich mich frisch und ging hinüber zu meiner Familie. Diese Neuigkeit tat gut.

Lea hüpfte im Kreis, als sie die Nachricht hörte. »Ich gönne es ihr so sehr.« Dann jedoch machte sie ein ernstes Gesicht.

»Ich hoffe nur, dass sie mit dem Kind noch Zeit für ihre Musik findet.«

Unser Vater kam an diesem Abend früher aus dem Krankenhaus als sonst und brachte meinen Mann mit. Auch sie freuten sich über die gute Nachricht. Grund für das frühe Kommen war jedoch ein anderer.

Nach dem Abendessen stand Lea auf und klopfte an ihr Glas. »Ich muss euch etwas mitteilen, was ich mit Vater bereits besprochen habe.«

Erstaunt schaute ich sie an. Mir hatte sie nichts verraten, obgleich sie früher immer zuerst zu mir gekommen war.

»Ich werde nach Berlin gehen und dort mein Abitur machen. Vater überträgt mir einen Teil des Erbes von Mutter. Abitur zu machen, das ist mein sehnlichster Wunsch. Ich weiß, dass auch Mutter von Bildung überzeugt war.« Sie schaute mich an. »Sonst hättest du nicht das Lehrerinnenseminar besuchen können.«

Mich überkam das Gefühl, dass nach dieser Überraschung etwas kommen würde, etwas, das mich noch viel mehr betreffen würde. Mein Herz fing an zu rasen.

»Und darum bitte ich dich, Franzi, dich um Fritz und Vater zu kümmern. Es wird ein, zwei Jahre dauern. Dann komme ich zurück.«

Das war es also! Ich schaute in die Runde. Vater machte ein stoisches Gesicht, Fritz blickte nach unten. Nur mein Mann lächelte. Wusste er bereits von diesem Vorschlag? War das alles schon ohne mich besprochen und beschlossen worden?

Ich holte tief Luft und stand ebenfalls auf. »Natürlich werde ich mich kümmern, so wie es sich für eine Tochter geziemt.« Noch einmal holte ich Luft. »Wenn wir«, dabei schaute ich meinen Mann an, »jedoch wie Mariechen bald guter Hoffnung sind, bitte ich dich zurückzukehren.«

Lea nickte eifrig, wie ich fand, zu eifrig. »Natürlich.«

Ich entschuldigte mich, um auf die Toilette zu gehen.

Tränen schossen mir ins Gesicht. Lea verriet mich, meine

Schwester Lea, mit der ich alles geteilt hatte. Ich bedauerte mich selbst. Dann wusch ich mir das Gesicht und trank einen Schluck Wasser.

»Nein«, sagte ich laut zu mir. »So ist es nicht. Das ist ungerecht. Jetzt ist Lea dran. Das ist ihre Chance.« Dann kehrte ich zu den anderen zurück.

Zu Hause fragte ich Walter, ob Lea mit ihm bereits gesprochen hatte. Er verneinte: »Dein Vater aber.«

Wut stieg in mir auf. Ich stemmte meine Hände in die Hüften, Walter nahm mich in die Arme. »Nicht wütend werden. Lea hat es verdient, nach Berlin zu gehen. Sie will ihr Abitur machen und studieren wie du.«

Meine Wut fiel in sich zusammen, doch ich weinte. »Ich hatte mir alles anders vorgestellt.«

»Franzi«, erwiderte er, »es ist doch nur für ein, zwei Jahre.«

Kinder

Wenige Tage später reiste Lea nach Berlin ab. Sie hatte eine kleine Pension gefunden, in der sich zwei andere junge Frauen ebenfalls auf das Abitur vorbereiteten. Die Vormittage verbrachte ich jetzt zumeist in unserer Wohnung, die Nachmittage mit Fritz in der Elisenstraße. Wir holten Vater und Walter vom Krankenhaus ab und aßen gemeinsam. Die Nächte gehörten meinem Mann und mir. Wir legten uns nebeneinander, hielten Hände. Wir waren zu müde, um unseren Kinderwunsch zu verwirklichen. Ich bin noch jung, dachte ich.

Am 5. April 1902 erreichte uns ein aufgeregtes Telegramm aus Bradford. »Gesunder Junge geboren.« In der Kölnischen Zeitung erschien eine Anzeige. Ich schnitt sie aus und hob sie auf. Sie nannten ihn Herbert, Bertie.

Bei der Eröffnung des Neuen Stadttheaters am Habsburgerring 9 am 6. September trafen mein Vater und ich auf Mariechens Bruder Menny und ihre Mutter.

»Schön, Sie zu sehen«, freute sich mein Vater.

»Ich habe so lange nichts von Mariechen gehört«, klagte ich.

Menny zog mich zur Seite. »Der gute Herbert macht wohl einiges an Arbeit. Sie vertraut nicht ganz dem Kindermädchen, und bei dem ungemütlichen Wetter in Bradford ist der Kleine ein übers andere Mal krank. Sie klagt schon arg, dass sie kaum zum Klavierspielen kommt und ihre Briefe banaler werden. Und ehrlich gesagt …« Er schmunzelte. »Aber das wird schon wieder.«

»Ich hoffe«, erwiderte ich. »Und du?«

»Auf Brautsuche. Aber du bist ja leider schon vergeben.«

Lachend hob ich die Hände.

»Und dein Walter?«

»Arbeitet. Seitdem unsere Mutter …«, ich musste kurz Luft holen, noch konnte ich nicht über den Tod unserer Mutter sprechen, »seitdem arbeitet Vater weniger und Walter dafür mehr.«

Menny schaute mir in die Augen. »Das wird besser werden.«

Es klingelte zum baldigen Beginn der Vorstellung.

»Werdet ihr nach Bradford fahren?«, fragte ich.

Er schüttelte den Kopf. »Ich habe so viel mit meinen Angelegenheiten als Rechtsanwalt zu tun, und Mutter ist nicht mehr so gut zu Fuß. Wir werden sehen.«

Auch ich müsste schauen, wann ich Fritz und Vater einmal allein lassen konnte. Vielleicht im nächsten Sommer?

Es läutete nochmals.

Ein wahrer Prachtbau, dachte ich, als ich den Saal des Neuen Theaters betrat. Die Eingangshalle und die Gänge waren schön, aber das hier war tatsächlich eine Pracht. Die Sitzreihen, Säulen, riesige Wandbilder und ein Deckengemälde mit Prometheus. Ich zählte die Reihen, überschlug die Sitzplätze. Vielleicht tausendfünfhundert? Köln hatte Bradford etwas entgegenzusetzen. Unbedingt musste ich mit meiner Freundin hier zu einer Vorstellung gehen. Jetzt, wo sie ein Kind hatten, würden Mariechen und Albert vielleicht sogar nach Köln zurückkommen?

Mir fiel die Manningham Mill ein. Würden sie nicht. Was war die Baumwollverarbeitung in Köln gegen diese Textilfabriken, groß wie eine Stadt, was war Baumwolle gegen *worsted spinning*, feinstes Kammgarn, von dem Albert und Mariechen so schwärmten?

Als mich Mariechen später in einem Brief fragte, was denn zur Eröffnung gespielt worden war, musste ich meinen Vater ansprechen. Vor lauter Aufregung über das schöne Gebäude und die vielen Menschen hatte ich das Programm völlig vergessen.

Liebstes Mariechen,
wenn du so gar keine Zeit hast, muss ich dir wohl doppelt so häufig schreiben. Deine Mutter sagt, dass das erste Jahr mit Kind immer anstrengend ist. Ich würde es nur zu gern selbst erleben, schlage mich dafür mit Fritz und seinen Hausaufgaben herum. Wie gut, dass ich im Seminar gelernt habe, wie ich Schülern Beine mache. Doch wenn ich ehrlich bin, ist es schwierig, die Lehrerin des eigenen Bruders zu sein.
Die Eröffnung des Neuen Stadttheaters war eine feine Sache. Dort werden sie Theaterstücke sowie Opern und Konzerte aufführen. Mir ist der Atem weggeblieben, als ich den großen Saal zum ersten Mal betreten habe. Das Haus ist so schön geworden. Eintausendachthundert Zuschauer haben Platz. Jetzt muss sich Köln nicht mehr vor Bradford verstecken.
Ich war so beeindruckt von den Malereien, Verzierungen und der Größe, dass ich kaum auf die Musik achten konnte. Bitte verzeih mir! Vater hat meinem Gedächtnis etwas nachgeholfen. Musik von Beethoven, Mozart, Mendelssohn Bartholdy, Ausschnitte aus dem »Faust« von Goethe und der »Huldigung der Künste« von Schiller gehörten zum Programm. Der zweite Teil mit den Meistersängern von Wagner hätte dir vielleicht nicht so gefallen, weil ich

weiß, dass dir Wagner nicht so liegt. Aber wenn du kommst,
sollten wir unbedingt eine Vorstellung besuchen. Ich sage:
unbedingt. Und das Beste: Wir haben Menny getroffen
und konnten ihn über dich ausfragen.
Lea geht es in Berlin gut. Sie lernt Tag und Nacht und
überlegt, danach Medizin zu studieren. Stell dir das vor!
Und Tietz hat neue Auslagen in der Passage. Wunderschön!
Also komm bald. Dann können wir gern bummeln gehen.
Vielleicht magst du es jetzt mehr, da du so viel Zeit zu
Hause verbringst.
Bis bald!
Deine Franzi

Liebste Franzi,
nur ein paar wenige Zeilen, da ich wöchentlich an Mutter
und meine Brüder schreibe und das mir schon die Abende
nimmt. Bitte entschuldige. Bertie, unser Herbert, war
krank, nichts Schlimmes. Aber Elise, unser Mädchen, treibt
mich noch in den Wahnsinn. So stehe ich nachts selbst auf,
und das ist oft. Wie soll ich, so müde, wie ich ständig bin, am
Tage auf einen klaren Gedanken kommen? Zudem ist mir
seit Tagen wieder übel. Ich hoffe nur, dass ich mich nicht
bei dem Kleinen angesteckt habe. Gern, sehr gern möchte
ich mit dir in das Neue Stadttheater gehen. Schau schon
mal, was es an Konzerten und Opern gibt.
In Liebe
Mariechen

Ich legte ihren Brief zur Seite und fragte mich, ob sie nochmals
schwanger war. Fritz riss mich aus meinen Gedanken. Er hatte
einen ganzen Packen Aufgaben für den nächsten Tag zu be-
wältigen. Ich schimpfte: »Musst du immer alles auf den letzten
Drücker machen?«

Er schaute mich schuldbewusst an. Schon tat es mir leid, dass
ich unwirsch geworden war.

Lange kamen keine Nachrichten von Mariechen. Wir waren alle beschäftigt. Und wenn ich das Bedürfnis nach einem Gespräch hatte, traf ich mich mit Olga, die inzwischen an einer höheren Töchterschule unterrichtete und immer etwas Spannendes zu berichten hatte.

Als am 9. September 1903 das Telegramm »Gesunder Junge geboren« kam, stellte ich entsetzt fest, dass ich Mariechens zweite Schwangerschaft völlig verpasst hatte. Sie hatten den Kleinen Robert genannt, doch Mariechen schrieb begeistert von ihrem Rob oder Bob, wie sie ihn nannten. Ich musste meine Freundin so bald wie möglich erneut in Bradford besuchen.

Ein Flügel

Wenig später bestand Lea ihr Abitur in Berlin. Sie war so stolz, als sie uns die Urkunde zeigte. Sie strahlte, und ich freute mich mit ihr. Ich hatte gehofft, dass sie zurück nach Köln käme. Doch hier konnte sie nicht studieren, vor allem nicht das, was sie bereits geplant hatte, als sie nach Berlin ging: Medizin. Also packte sie endgültig ihre Sachen und ging nach Zürich.

Zuerst war ich enttäuscht, doch dann überlegte ich hin und her, ob ich erst in die Schweiz oder erst nach England reisen sollte. Zugleich hatte Fritz Schwierigkeiten in der Schule. Also verschob ich die Reise Woche um Woche, Monat um Monat nach hinten. So kam mir Mariechen zuvor und brachte ihre Familie im Jahr 1904 mit nach Köln.

Sie öffnete die Tür und strahlte, als ich sie bei ihrer Mutter besuchte. Etwas fülliger war sie geworden, doch das hochgeschlossene Kleid, aus feinstem Stoff, umschmeichelte ihre Figur. Helle Rüschen am Hals und an den Ärmeln ließen sie mädchenhaft aussehen. Die Haare hatte sie hochgesteckt. Wie immer konnte sie nicht alle Strähnen bändigen. Keine Spur von Augenringen, keine Spur von Müdigkeit. Im Hintergrund hörte ich Kinder-lachen und umarmte meine Freundin. »Gut siehst du aus!«

»Komm«, rief sie freudig. »Die beiden Racker darf ich keine Minute aus den Augen lassen.«

Es rumste. Bertie, nun zwei Jahre alt, und Bob, ein Jahr jün-ger, saßen auf dem Boden, und einer von beiden hatte gerade einen Turm aus Holzsteinen umgeworfen. »Elise, unser Kinder-mädchen«, ergänzte sie, »ist ein bisschen bummeln gegangen, und Mutter hat sich einen Moment hingelegt. Es regt sie alles auf.«

»Das kenne ich von Vater.« Ich setzte mich zu Mariechen auf die Couch. »Wie geht es dir?«

Sie zeigte auf die Jungs. »Seit die beiden durchschlafen, ist alles gut. Elise ist jetzt eine echte Hilfe. Anfangs kamen wir ganz und gar nicht klar, und auch Albert …« Sie holte Luft, ich unterbrach sie nicht. »Es ist schwierig, anderen zu vertrauen. Einfach zuzusehen, wie sie mit den beiden anders umgehen als ich.«

»Und jetzt?«

»Im Winter war ich krank. Erst Bertie, dann Bob, dann ich. Ich war so müde. Da musste ich die beiden Elise überlassen. Nach einer Woche bin ich aus meiner Krankenhöhle gekrochen und habe entdeckt, dass sie wunderbar miteinander klarkom-men.«

Ich umarmte Mariechen. Dann setzte ich mich zu den Jungs, denen ich einen Beutel mit Glasmurmeln mitgebracht hatte. Ber-tie sprang sofort auf und hüpfte mit ihm um den Tisch. Bob krabbelte hinterher und quietschte vergnügt.

Wir tranken Tee, lachten und spielten mit den Kindern. Bob umarmte meine Beine, als ich zum Gehen aufbrach.

»Wir sehen uns am Sonntag?«, schlug Mariechen vor. »Mut-ter hat schon mit deinem Vater gesprochen. Wir machen einen Ausflug zur Flora, weißt du? Wie damals.«

Noch einmal drückte ich meine Freundin. Was für ein wun-derbarer Vorschlag!

Als ich am Abend wieder zu Hause war, fiel mir auf, dass wir weder über ihre Musik gesprochen hatten, noch hatte sie gespielt.

Am Morgen des Ausflugs wurde mir schmerzlich bewusst, dass unsere Mutter nicht dabei sein würde. Sie würde nicht ausrutschen und Vater keine kleinen Witze darüber machen können. »Beim Spaziergang, was ein Schreck, fällt die Mutter in den Dreck.« Ich nahm mir vor, besonders aufmerksam und liebevoll zu meinem Vater zu sein.

Gut gelaunt hakte sich Mariechen während des Spaziergangs bei mir unter. Jetzt waren wir die Erwachsenen. Bertie nahm den Platz von Fritz ein und sorgte für Unterhaltung, indem er auf jede Mauer kletterte, an Zäunen hangelte und das eine oder andere Mal hinfiel. Mariechen hatte meinen Bruder, unseren wilden Fritz, gebeten, Elise zu unterstützen, denn sie schob ja auch noch Bobs Kinderwagen. Er übernahm seine neue Rolle mit viel Elan und ermöglichte uns einen entspannten Tag. Wer hätte das vor Jahren in der Flora vermuten lassen?

»Ich werde ein paar Tage länger in Köln bleiben«, flüsterte Mariechen mir zu. »Es ist alles vorbereitet. Albert fährt mit den Kindern und Elise nach England, und ich genieße meine Freiheit.«

Ich staunte.

»Menny war so traurig. Er hat sich verlobt, aber die gute Liesel wohnt in Wien. Da er täglich in die Kanzlei muss und gerade so viel zu tun ist, kann er sie nicht besuchen.« Sie lächelte. »Albert hat es selbst vorgeschlagen. Seine Arbeit ruft.«

Ich rückte nahe an sie heran. »Ist es das erste Mal, dass du ihn und die Kinder allein lässt?«

Sie nickte.

»Und du hast keine Angst davor?«

Sie lehnte sich beim Gehen an mich. »Doch, aber ich muss etwas ändern. Das ist meine Chance. Das fühle ich tief in mir. Wenn ich sie jetzt nicht ergreife, werde ich nie wieder Freiheiten haben. Das ist so wie während meiner Krankheit. Manchmal hilft einem etwas von außen, sich innen zu ändern.«

Ich nickte, fühlte jedoch anders.

Nachdem ihre Familie abgereist war, blieb Mariechen eine weitere Woche in Köln. Wir flanierten am Rhein entlang. Sie besuchte Verwandte. Zum Abschied verabredeten wir uns im Café Runge auf der Hohe Straße.

Mariechen ließ sich auf einen Stuhl neben mich fallen. »Wir haben einen Bechstein bestellt, einen Flügel.« Sie riss die Arme jubelnd hoch.

Die Kellnerin kam und unterbrach sie. »Was wünschen Sie?«

»Einen Tee mit Milch bitte und einen Kirschstreusel.«

»Für mich das Gleiche«, warf ich schnell meinen Wunsch ein, um mich wieder meiner Freundin widmen zu können.

»Bechstein hat eine Niederlassung in Leeds und liefert direkt zu uns nach Hause.« Sie klopfte begeistert auf den Tisch. »Stell dir vor, dort gibt es einen Musiker, nein Komponisten, der Kompositionsunterricht gibt. Der Verkäufer hat mich darauf aufmerksam gemacht.«

Ich wunderte mich. »Ja und?«

»Bei Professor Pauer habe ich schon mal etwas Kleines komponiert, und er hat gesagt, dass ich Talent habe.«

»Du willst komponieren?«

»Eigene Stücke schreiben.«

Das erstaunte mich. Nie hatte sie mir davon erzählt. »Ich weiß, was komponieren ist, ich wusste nur nicht, dass du dich danach sehnst.«

»Genau das tue ich aber. Immer nur dieselben Stücke spielen. Ich bin jetzt sechsundzwanzig Jahre alt, habe zwei Kinder. Ich möchte etwas Eigenes schaffen, etwas, das bleibt.«

Die Kellnerin brachte unsere Getränke und den Kuchen. Mariechen steckte triumphierend ihre Gabel in den Kirschstreusel. »Jetzt ist es vorbei mit dem täglichen Einerlei. Jetzt wird Musik gemacht.«

Abends dachte ich lange über unser Treffen nach. Mariechen wollte also komponieren, Lea studierte Medizin, Fritz würde in einem Jahr sein Abitur machen. Ich hatte meinen Abschluss als Lehrerin, doch was hatte ich davon?

Mariechen hatte zwei Kinder, ich saß hier sehnsüchtig und wartete darauf, schwanger zu werden. Als Lehrerin arbeiten konnte ich nicht. Was sollte ich machen? Mich überkam Angst, dass mich all das trübsinnig machen könnte, und ich erinnerte mich daran, wie Mariechen gesagt hatte, dass ich eines Tages blass und langweilig wie unsere Klavierlehrerin sein würde.

Konzerte, Theater und ein plötzlicher Tod

Liebe Franzi,
es war so schön in Köln, besonders die letzte Woche. Seit zwei Jahren habe ich nicht mehr so ruhig geschlafen, so viel mit interessanten Menschen gesprochen, meine Freiheit genossen. Der Bechstein ist noch nicht da, aber ich erwarte ihn sehnsuchtsvoll. Nach Leeds bin ich noch nicht gekommen. Bob war krank. Aber das mache ich bald. Dafür gehen Albert und ich jetzt wieder ins Theater und in Konzerte. Mit den Jungs waren wir in der Great Exhibition im Lister Park. Erinnerst du dich? Unser Ausflug war so schön. Bertie und Bob waren begeistert von den neuen Autos und Maschinen, die es auf der Exhibition zu sehen gab. Albert hat alles erklärt. Er weiß so viel. Abwechslung vom Alltag. Das tut so gut.
In Liebe
Mariechen

Liebes Mariechen,
wie schön, dass du hier warst. Ich muss dich bald besuchen, doch der Winter ist mir zu kalt und zu nass in euren Gefilden. Fritz schwärmt immer noch von euren Jungs. Nicht

dass er noch Lehrer werden will. Vater hätte gern, dass er auch im jüdischen Krankenhaus arbeitet.
Ich helfe Fritz und gebe zwei Freunden von ihm Nachhilfe. Es macht das Leben ihrer Eltern leichter und mir Spaß, auch wenn ich mich ganz schön durch die Seminarunterlagen arbeiten muss, um immer die richtigen Antworten zu finden. Und natürlich: Vieles haben wir nicht gelernt, weil es im Unterricht für Mädchen nicht vorgesehen war. Welch eine Schande!
Bis bald
Deine Franzi

Liebe Franzi,
heute kamen dein lieber Brief und der Flügel. Er ist wunderschön, nur dass wir kaum um ihn herumgehen können, weil unser Salon so klein ist. Ich habe den gesamten Nachmittag gespielt und nicht einmal gehört, als Albert heimkam. Ein gutes Zeichen? Wir werden sehen. Jetzt schlafen unsere Jungs, und ich muss leise sein.
In Liebe
Mariechen

Wenn Mariechen mit ihren beiden Kindern so viel schaffte, sollte ich doch auch mein Leben ändern können!

Ich erklärte meinem Vater und meinem Bruder, dass ich mir von nun an die Nachmittage von dienstags bis donnerstags für Fritz frei halten würde. Schließlich sollte er mehr und mehr selbstständig arbeiten. Dafür holte ich meinen Mann an den anderen Tagen von der Arbeit ab. An den Sonntagabenden gingen wir beide ins Konzert oder luden Verwandte und Kollegen von Walter ein. Langsam, ganz langsam kam die Nähe zwischen meinem Mann und mir zurück. Nach guten Tagen verbrachten wir schöne Nächte. Erst ein kurzer Kuss vor dem Schlafen, dann eine Umarmung, schließlich bewegten wir uns zärtlich aufeinander zu.

Meine Freundin Olga meinte, dass ich wie im Studium leuchten würde. So fühlte ich mich auch und hoffte, dass ich bald schwanger werden würde. Ich bummelte schon einmal durch die Tietz-Passagen, um mich nach Babykleidung umzuschauen.

Als ich danach nach Hause kam, lag ein Brief von Mariechen auf dem Tisch. In Ruhe nahm ich mir einen Kaffee und setzte mich in unseren kleinen Salon.

»Es ist etwas Furchtbares passiert«, begann Mariechen.

Die Kinder, erschrak ich. Ich stellte die Tasse hektisch hin, sie fiel um, der Kaffee lief über den Tisch. Doch das beachtete ich nicht, sondern las weiter.

Wir waren im Theater. Die Vorstellung war am 9. Oktober 1905. Wir haben den »Kaufmann von Venedig« von Shakespeare gesehen, bei dem der berühmte englische Schauspieler Henry Irving mit einer Abschiedstournee im Königlichen Theater auftrat. Prachtvolle Kostüme, eine reiche Bühnenausstattung. Große Begeisterung bei allen, beim Publikum und bei den Kritikern. Vier Tage später spielte er Beckett und brach mitten im Stück auf der Bühne zusammen. Sie sollen ihn noch ins Hotel gebracht haben. Doch stell dir vor, Franzi, dann ist er gestorben. Er soll in Westminster Abbey beigesetzt werden. Gerüchte gehen um, dass seine Company nun aufgeben muss.

Ein Schauspieler. Ich war froh. Es war nichts mit den Kindern, nichts mit ihr. Erst jetzt bemerkte ich den Kaffee auf dem Tisch. Ich ging in die Küche und holte einen Lappen. Warum berührte der Tod dieses Schauspielers meine Freundin so sehr? Ich wischte den Tisch sauber und setzte mich erneut an den Brief.

Was bleibt, frage ich mich. Wir leben jeden Tag unser Leben, genießen die Kinder, die Blumen, die Sonne, die Musik, und dann ist alles plötzlich vorbei. Jetzt, wo ich fern von meiner Mutter bin, denke ich oft an meinen Vater, an den ich nur die Erinnerung aus den Erzählungen meiner

Brüder und Verwandten habe, das große Bild mit Menny,
das auf der Anrichte stand. Er war gerade einmal einund-
vierzig, ich vier Jahre alt, als er starb. Mutter sagt immer,
dass er in uns weiterlebt und in Bertie und Bob. Ich hoffe es
so sehr und frage mich dennoch immer und immer wieder:
Was bleibt?

Ich legte den Brief auf dem Tisch ab. Wie sehr ich meine Freundin vermisste! Wie wenig Zeit wir miteinander hatten. Neunhundert Kilometer, fünfhundertsiebzig Meilen zwischen uns.
Einige Treffen, gegenseitige Besuche, unterbrochen durch die
Kinder, die Musik. Es gab zu wenig Zeit, um all diese Fragen zu
besprechen. Wie sehr auch ich mich fragte: Was bleibt?

Das Ende der Schwermut

Es war Zeit für eine Reise für meinen Mann und mich. Es war
Zeit, Mariechen zu besuchen. Also machten wir uns auf den
Weg, fuhren im Frühjahr 1906 zum ersten Mal gemeinsam nach
England. Ich war voller Erwartungen.

Mariechen empfing uns am Bahnhof mit einem rundlichen
Bauch. Sie strahlte. »Es wird ein Mädchen. Da bin ich mir sicher.«

Ich umarmte sie, drückte sie fest. Wie schön für sie. Doch in
meinem Hinterkopf hämmerte beharrlich: Warum nur wurde
ich nicht so leicht schwanger?

Meine Freundin überraschte uns mit weiteren Neuigkeiten.
»Wir werden umziehen, ganz in die Nähe, in ein schönes kleines
Haus.«

Am Abend sprachen die Männer lange über die wirtschaftliche Lage. Kammgarne liefen nicht mehr so gut.

»Die Arbeit wird teurer hier. Die Menschen verlangen mehr
Lohn, und die Kinder sollen nicht mehr nur halbtags zur Schule
gehen.«

Mein Mann nickte. »Als Arzt kann ich das nur gutheißen.« Albert hatte ein Angebot erhalten, für die Teppichweberei Crossley Carpets zu arbeiten, eine halbe Stunde von Bradford entfernt. Der Ort nannte sich Halifax. Ich hatte noch nie von dieser Stadt gehört, aber Crossley belieferte das britische Königshaus. Das sprach für Stabilität und Zukunft.

Walter lobte die Entscheidung von Albert, ich stimmte ihm zu. Dabei dachte ich, dass ein Umzug mit zwei kleinen Kindern nicht einfach wäre. Aber die Bings liebten offensichtlich das Umziehen, während es in unserer Familie nicht so beliebt war.

Mariechen und ich sprachen unser Programm für die Woche durch. Wir wollten nach Halifax fahren, Albert und Walter einen Schularzt besuchen. Dieses Treffen hatte Mariechens Mann extra für meinen verabredet. Natürlich sollten wir die Mosers wieder treffen, die viel Interesse an der Organisation des jüdischen Krankenhauses von Köln zeigten. Walter war voller Vorfreude darauf, anderen von seiner Arbeit zu erzählen. Doch die größte Überraschung kam von Mariechen.

»Hast du Lust, mich morgen zu Arthur Grimshaw nach Leeds zu begleiten? Walter kann dafür meinem Albert bei der Arbeit über die Schulter schauen.«

Ich hatte Lust, sogar große.

Es war erstaunlich, wie gut die Zugverbindung von Bradford nach Leeds funktionierte. Wir waren etwa eine Stunde unterwegs. Vom Bahnhof bis zur Kathedrale selbst waren nur einige Schritte zu gehen.

»Sie ist gerade renoviert worden«, erklärte Mariechen.

»Der Kölner Dom ist auch erst vor Kurzem fertiggestellt worden und dennoch schon wieder ganz grau.«

Tatsächlich leuchteten hier sowohl die Außenfassade als auch das Innere hell. Ich mochte helle Fassaden. Sie ließen eine Stadt sauber und ordentlich erscheinen. »Was für eine Orgel!«, staunte ich.

Ein schmaler Herr mit schütterem lockigem Haar und

Schnurrbart kam uns entgegen. Er sah sehr vergeistigt aus, ganz anders als Albert, dessen dunkle Augen immer vor Elan leuchteten.

Der Mann küsste Mariechens Hand. »Wie schön, dass Sie meiner Einladung gefolgt sind.«

Sie stellte mich vor. »Meine Freundin Franziska, aus Köln in Deutschland. Sie wollte sich diese wunderbare Kathedrale bei ihrem Besuch nicht entgehen lassen und unserer Musik lauschen.«

Er küsste auch meine Hand, und ich war überrascht, wie warm er wirkte, wie elegant er im Umgang war. »Aber gerne, gerne.«

Das also war Mariechens neuer Klavier- und Kompositionslehrer, Organist an der katholischen Kirche in Leeds, aus einer Künstlerfamilie stammend. Sein Vater war ein berühmter Maler gewesen. Das hatte mir Mariechen auf dem Weg erzählt.

Ein so ungleiches Paar, dachte ich. Dieser stille Mann, der bei seiner Schwester wohnte, ein Einzelgänger, und meine Freundin mit ihren bald drei wilden Kindern. Er offensichtlich katholisch, sie jüdisch. Religion schien auf jeden Fall keine Rolle in ihrer Beziehung zu spielen. Spielte sie in Mariechens Leben überhaupt eine Rolle? Ich sollte sie bei Gelegenheit fragen.

In einem Nebenraum setzten sich die beiden ans Klavier, ich mich auf einen harten Stuhl. Doch kaum schlug Mariechen die ersten Tasten an, ließ sie mich den unbequemen Sitz vergessen. Er spielte ein kleines Thema vor. Sie wiederholte die Melodie, kehrte sie um, variierte. Er beugte sich vor und zog die Schultern hoch. Sie bewegte sich im Takt und spielte mit Leichtigkeit, so als fordere das Klavierspiel keine Anstrengung, keine Übung, als wäre es keinerlei Arbeit. Er schaute ernst, sie lächelte. Welche Musik sie spielte, erkannte ich nicht. Doch Mariechen und Grimshaw nahmen mich mit auf eine Reise. Ich spürte, wie ich die Klänge aufnahm, mich entspannte, ich lehnte mich zurück und fühlte, wie gut mir ihr Spiel tat.

Auf der Rückfahrt fragte Mariechen: »Wie findest du ihn?«

»Freundlich, aber irgendwie auch …«, ich musste überlegen, »still.«

»Beim Reden ja, aber in der Musik sprüht er nur so vor Energie. Er bringt mich auf Themen, Variationen, Harmonien. Es ist, als ob jemand etwas Neues in meinen Kopf füllt.« Sie fasste sich an die Schläfen. »Jetzt brummt er ganz schön.«

Ich freute mich für sie. »Ihr habt wundervoll gespielt.« Ich sah, wie müde, erschöpft sie war. »Lehn dich an mich an, wenn du magst.«

Das tat sie und nickte ein.

»Die Arbeit dieser Schulärzte ist wirklich hervorragend«, betonte mein Mann, als wir am Abend im Salon saßen. »Sie schauen sich die Kinder an, geben Ernährungstipps und empfehlen mehr Bewegung. Vor allem Sport halte ich für wichtig.«

Er nickte Albert zu. »Die Schulpflicht wäre eine gute Sache. Die Mills bekämen besser ausgebildete Arbeiter.« Dann sinnierte er: »Die Kinder hätten einen ordentlichen Tagesablauf mit Bewegung und gemeinschaftlichem Erleben und nicht diese langen Tage der Half-Timer.«

Doch Mariechens Mann schüttelte den Kopf. »Niemand wird unsere Stoffe dann noch kaufen. Schon jetzt machen die Franzosen ordentlichen Druck auf die Preise. Von anderen Ländern gar nicht zu sprechen.« Lachend wandte er sich an uns. »Nachher wollen diese Damen auch noch ihr Abitur machen und studieren wie eure Lea?«

Mariechen stand von ihrem Sessel auf und hob stolz den Kopf. »Warum nicht?«

»Weil du, weil wir bald drei Kinder haben werden.«

»Diesmal«, Mariechen trat nahe an ihren Mann heran und legte die Hand auf seine Schulter, »werde ich die Musik nicht wieder sein lassen wie bei Bertie und Bob, und ich zähle da ganz auf Elises und deine Unterstützung.«

Albert umarmte sie. »Sicher, Liebes, sicher.«

Begeistert fuhr uns Albert am nächsten Tag nach Halifax. Im Vergleich zu Bradford wirkte die Stadt klein und verschlafen. Allein die Fabriken von Crossley und Akroyd ragten mit ihren Schornsteinen bis in den Himmel. Wir fuhren an einem riesigen Hof vorbei, in dem sich der Lebensmittelgroßmarkt befand.

»Die frühere Piece Hall, einundneunzig mal dreiundachtzig Meter groß. Dort haben Heimarbeiter über Exporteure ihre Tuche verkauft. Dann haben wir die Dampf-, Spinn- und Webmaschinen eingeführt. Jetzt stellen wir alles in den großen Mills her, Heimarbeit lohnt sich nicht mehr. Da siehst du, wie sich die Wirtschaft verändern kann. Die Piece Hall ist heute ein Dreckpfuhl, dabei war die Halle einmal das stolzeste Gebäude der Region.«

Autos überquerten die Straße, quietschten und hupten. Es stank nach Abgasen und dem Ruß aus den Kaminen und Schornsteinen. Vor dem Großmarkt lagerten schimmelige Abfälle, die säuerlich rochen. Ich war nicht gerade begeistert von Halifax.

Doch kaum ließen wir die Innenstadt hinter uns, öffnete sich eine große Straße, die von Bäumen gesäumt war. Es wurde grün, großzügiger, offener.

»Hier macht es Spaß zu fahren«, betonte Albert und gab Gas. Der Wind fuhr uns in die Haare. Wir Frauen hielten unsere Hüte fest.

Ihr neues Heim in Halifax war ein frei stehendes Doppelhaus. Ihre Hälfte war nicht größer als das Gebäude in Bradford, doch die kleine Wiese darum ließ es großzügiger erscheinen. Hinter der Straße öffneten sich Grünflächen, die in Felder und einen Hügel übergingen. Die Sonne setzte sich durch, und wir machten einen kurzen Spaziergang. Luft zum Atmen, zum Genießen. Die Schornsteine lagen in geräumiger Entfernung. Das hier war eine gute Entscheidung.

Kinder und Scheidungen

Am 6. Dezember 1904 hatte Mariechens Bruder Menny seine Liesel in ihrer Heimatstadt Wien in der Synagoge geheiratet. Am 11.11.1905 brachte sie ihre Tochter Susanne, genannt Susi, zur Welt. Welch ein Datum für eine Geburt in Köln! Schließlich galt der Elfte allen als eine Art heilige Zahl. Doch nicht nur dadurch gewöhnte sich Liesel schnell in Köln ein. Die Wienerin liebte die Kunststadt, die Größe, den Rhein.

Menny war mit seiner Rechtsanwaltskanzlei mit Dr. Carl Sauer sehr erfolgreich. Erst bezogen sie Räume in einem prachtvollen Bürgerhaus in der Spichernstraße, im Jahr 1906 dann gar in einem noch prächtigeren Gebäude am Hansaring 48. Begeistert nahmen Walter und ich die Einladung zu einem Empfang dorthin entgegen.

Schon beim Betreten des Hausflurs staunten wir. Ein fein gedrechseltes Treppenhaus zog uns förmlich in den dritten Stock.

»Er hat viel vor«, bemerkte Walter.

»Willkommen in unserem Reich!« Neben Menny stand seine Frau Liesel. Sie war alles, was Mariechens Bruder sich gewünscht hatte: schön, gesellig, kulturell interessiert, gebildet. Ihr Wiener Akzent ließ mich bei jedem Satz schmunzeln.

»Willkommen«, drängelte sich Hugo an den beiden vorbei.

Begeistert klatschte ich in die Hände. »Welch schöne Überraschung!«

Hugo umarmte uns. »Nur Mariechen fehlt.«

»Und euer Cousin Richard«, flüsterte ich.

Der Blick aus dem Salon war berauschend. Eine vollkommene Reihe neuer Häuser, schön verziert, mal klassizistisch, mal fast barock gestaltet, davor Blumenrabatten. Auf dem breiten Ring fuhren Kutschen und Autos vorbei. Mein Mann zeigte aus dem Fenster. »Ihr geht aufs Ganze.«

Menny lächelte stolz. »Habt ihr schon die allerneuesten Neuigkeiten gehört?«

Neugierig reckte ich den Hals.

»Mariechen ist schon wieder schwanger.«

Ich lächelte. »Das wussten wir schon.«

Menny schaute betrübt. Hugo platzte dazwischen. »Ihr könnt euch doch noch an unsere Cousine Julia erinnern?«

Ich nickte und spürte wieder diese Eifersucht in mir aufsteigen. Ob Mariechen immer noch so eng mit ihr befreundet war? Ich schüttelte die Gedanken ab. Meine Freundin hatte Julia bei unseren letzten Treffen kein einziges Mal erwähnt.

»Sie hat sich kurzerhand von ihrem Mann, immerhin ein Arzt, getrennt und sich mit einem Künstler zusammengetan.«

»Kennt man ihn?«, erkundigte ich mich neugierig.

Hugo zwinkerte mir zu. »Sie leben in Paris, wie Richard auch.«

Ich tat betont unbeteiligt. »Aha? Ich dachte, Richard wäre noch in München.«

»Feininger, Lyonel Feininger ist sein Name. Er ist wohl eigentlich Amerikaner und Musiker. Mariechen ist ganz begeistert. Du weißt ja, wie verrückt sie nach Musik ist.«

Ich fragte beiläufig: »Ja und?«

»Sie sind nicht nur beide frisch getrennt, sondern erwarten ihr erstes gemeinsames Kind.«

Menny verneinte. »Das hat sich die Familie Lilienfeld-Zuntz bestimmt anders vorgestellt. Eine Scheidung wirft nicht das beste Licht auf das Kaffeegeschäft.«

Hugo nickte zustimmend und wandte sich an mich. »Richard ist völlig begeistert von den Franzosen.«

Ich wollte mehr wissen. »Malt er noch?«

»Er versucht sich jetzt im Kunsthandel. Ganz nach dem Motto: Von der Wand in den Mund leben. So sagt es jedenfalls Eduard Fuchs, du weißt, dieser Kulturhistoriker.«

Ich nickte, obgleich ich Eduard Fuchs nicht kannte. »Das ist doch ein nettes Motto.«

Hugo lachte. »Da hast du recht. Er macht gutes Geld, während sein Bruder Otto mit den Seidenbändern ganz schön schuften muss.«

Die Männer schimpften über die Schwierigkeiten in der Textilbranche. Ich stellte mich an den Rand. Jetzt war ich achtundzwanzig Jahre alt, Richard also zweiunddreißig. Vielleicht wäre er doch eine gute Partie gewesen? Ich sah ihn in Gedanken vor mir. Hoch aufgeschossen, sehr schmal und diese langen, schmalen Hände.

Eine Berührung an der Schulter riss mich aus meinen Gedanken. Liesel stand vor mir. »Komm. Es gibt was zu essen. Ich habe immer Hunger, seitdem wir Susi haben.«

»Ich bin auch hungrig«, pflichtete ich ihr bei.

Am 15. Mai 1906 gaben Mariechen und Albert die Geburt ihrer Tochter Nora in der Kölnischen Zeitung bekannt. Zwei Tage vorher war sie in Hipperholme-Halifax geboren worden. Sie waren überglücklich. Endlich ein Mädchen und dazu noch eins, das wunderbar schlief.

Suffragisten und Suffragetten

Am Morgen des 31. Mai 1906 schlug ich die Kölnische Zeitung auf und entdeckte einen Artikel über England. »Premierminister Sir Henry Campbell-Bannerman empfing heute eine Abordnung der sogenannten Suffragettes, jener Frauen, die für das Wahlrecht der Frauen eintraten. Der Ministerpräsident erklärte der Abordnung, die von vierzig Parlamentsmitgliedern begleitet war, dass sie sich nur noch kurze Zeit würden gedulden müssen. Er glaube, dass nicht mehr viele Jahre vergehen würden, bis das Wahlrecht der Frauen eingeführt sei.«

Mein Herz klopfte vor Aufregung. Das war ein Ding: Wahlrecht für Frauen in England. Würde Mariechen wählen können? Sie war Deutsche. Sicher nicht. Würde sie Engländerin werden wollen, um wählen zu können? Ich setzte mich sofort an den Tisch und schrieb ihr.

Sie antwortete prompt, dass sie an das Wahlrecht für Frauen noch nicht glaube. Mitten in Bradford, am Forster Square, hatten die Suffragetten ihren Sitz bezogen. Welch eine Aufregung, meinte sie.

Lilian Armitage ist eine der Radikalen. Sie war dabei, als sie vor das Unterhaus in London zogen. Vierzehn Tage hat sie dafür im Gefängnis gesessen. Die Bekannteste von allen, Emmeline Pankhurst, hat vor, im nächsten Jahr in der St. George's Hall eine Ansprache zu halten, in unserer geliebten St. George's Hall. Sie organisieren Veranstaltungen, auch in Halifax. Man erkennt die Frauen sofort an ihren Schärpen, die sie über der Brust tragen: »Deeds, not words«, was so viel heißt wie »Taten anstatt Worte«. Die Zeitungen nennen sie auch abwertend Suffragetten, doch anscheinend ist es so: Manche nennen sich Suffragisten und wollen das Wahlrecht mit friedlichen Mitteln erkämpfen, andere, die Suffragetten, sind radikal. Überall hängen Plakate. Alle diskutieren über sie. Einige der Suffragetten wurden inhaftiert und sollen im Gefängnis in den Hungerstreik getreten sein, schreiben die Zeitungen. Ich kann mir nicht vorstellen, dass der Premier schnell auf ihre Ziele eingeht.

Mariechen schrieb auch darüber, dass sie froh war, in Halifax und nicht mitten im Getümmel in Bradford zu leben. Die Zeiten waren unruhig. Dennoch dachte sie darüber nach, ob sie zu einer Veranstaltung dieser Frauen gehen sollte. Sie wollte sehen, wer sie waren, wie sie auftraten, was sie sagten. Albert hatte sich darüber furchtbar aufgeregt.

Dann schrieb sie von ihrem kleinen Mädchen mit dem runden Gesicht. Die Jungs wären vernarrt in sie und würden nicht mehr ganz so viel Unsinn treiben. Allerdings hatte sich Bertie erst vor Kurzem bei einem Sturz das Bein arg aufgeschürft.

In Halifax stellte sich die Familie neu auf. Sie waren jetzt zu fünft. Das bedeutete viel Wäsche, Kochen und Saubermachen. Ab und zu, wenn auch nicht gern, lud Albert zudem Kollegen ein, um sein Netzwerk zu pflegen. Er verdiente gutes Geld. Neben der Köchin Hannah stellte Mariechen ein neues Mädchen und eine Kinderkrankenschwester ein. Lissy war ihre Perle, ihre Stütze, der Liebling der Kinder. Den beiden ging zudem die einundzwanzig Jahre alte Winni zur Hand.

Diesmal schaffe ich es wirklich. Regelmäßig fahre ich nach Leeds. Es tut mir gut. Was mir guttut, ist auch gut für Albert und die Kinder. Wenn ich heimkehre, habe ich immer viel Lust, mit den Kleinen über die Wiesen zu streifen, Stöcke zu sammeln oder stundenlang Murmeln in Erdlöcher laufen zu lassen. Eine Bitte: Vielleicht kannst du meine Mutter besuchen? Sie wohnt jetzt in der Kamekestraße 18. Menny meint, dass das Haus ganz wunderbar sei, gleich hinter der alten Stadtmauer mit schnellem Zugang in den Stadtgarten. Ich hoffe, dass das stimmt, für sie und für mich. Mein Nörchen muss erst einmal aus dem Gröbsten heraus sein, ehe ich wieder nach Köln reisen kann.
In Liebe
Mariechen

Kurz nach diesen Nachrichten bestand Fritz sein Abitur mit Bravour. Ich hatte ihn jahrelang unterstützt. Jetzt würde er zum Studium gehen. Medizin, das war klar.

Vater lud uns zu einem Essen ein. Lea kam aus Zürich, auch Walter nahm sich einen Tag frei. Gemeinsam bestiegen wir die Bahn vom Barbarossaplatz zum Klettenbergpark. Liebevoll nannten die Kölner das dampfende Ungetüm von Lokomotive den Feurigen Elias. Es sollte sogar Menschen schlecht davon geworden sein, weil er so schnell die Luxemburger Straße in Richtung Bonn fuhr.

In der Bahn zwinkerte mir unser Vater zu. »Und ihr seid damals noch mit eurer Lehrerin bis nach Klettenberg gelaufen.«

Ich staunte. »Daran kannst du dich noch erinnern?«

»Wie könnte er das vergessen?«, warf unser Bruder ein. »Es gab doch eine Riesenaufregung, weil Mariechen in Ohnmacht gefallen war.«

Lea lachte: »Das war schließlich auch ein Grund für mich, Ärztin zu werden.«

Staunend schaute ich meine Familie an. Ich war tatsächlich von Ärzten und Medizinstudenten umgeben.

Wie sich Klettenberg seit dieser Zeit verändert hatte! Dabei lagen zwischen dem Schulausflug und dem Abitur von Fritz gerade einmal vierzehn Jahre. Die Luxemburger Straße war vollständig bebaut worden. Felder oder Ziegeleien konnte man zwischen den Häusern nicht mehr sehen. Immer noch war das Weißhausschlösschen wunderschön, doch richtig ins Staunen kamen wir im Klettenbergpark.

»Der Kölner Gartenbaumeister Fritz Encke hat diesen schönen Park angelegt«, dozierte unser Vater. Walter stellte sich an seine Seite, ich nahm Lea an die Hand und lief mit ihr etwas vor.

»Diese hügelige Landschaft, dort der Teich, die Wiesen, Büsche, Bäume … Es erinnert mich an den Lister Park«, sagte Lea.

Ich nickte und schaute meine Schwester an. »Ich vermisse dich.«

Sie drückte mich fest. »Ich dich auch.«

Unser Vater hatte in der Schenkwirtschaft am Park für uns einen Tisch bestellt. Wir ließen es uns gut gehen, natürlich mit Rinderrouladen, Rotkraut und Kartoffeln, viel Soße und einem Glas Wein.

Nachdem wir das Abitur meines Bruders ausgiebig gefeiert hatten, war ich frei. Ich jubelte, tanzte. Die gewonnene Zeit wollte ich füllen, ich wusste nur noch nicht, womit.

Im Dezember desselben Jahres wurde der Sohn von Julia Berg und Lyonel Feininger geboren. Weder in den Bonner noch Kölner Zeitungen erschien eine Anzeige.

Mariechen schrieb mir, dass sie beiden gratuliert hatte und dass dieser Feininger ein wirklicher Glücksgriff für Julia sei, ein Musiker und Künstler, charmant und lustig. Und was gäbe es Besseres als eine Liebesheirat?

Sie hatte ihn schon getroffen, ich jedoch fragte mich, wie die beiden heiraten wollten. In Köln hätten sie als schuldig Geschiedene dazu keine Möglichkeit. Noch mehr jedoch fragte ich mich, ob sich Mariechen an den beiden überhaupt nicht störte. Beide hatten sich von ihren Ehepartnern getrennt, er hatte sogar zwei Töchter aus erster Ehe mit einer Pianistin. Doch Briefe waren für dieses Thema nicht geeignet.

Der Durchbruch

Um meine Zeit zu füllen, probierte ich es zuerst mit Klavierunterricht, gab dies jedoch nach wenigen Wochen wieder auf. Es machte mir keinen Spaß. Dann beteiligte ich mich an Spaziergängen durch die Flora, wodurch ich viel über Blumen und Pflanzen lernte, doch auch dort verließ mich nach einigen Monaten die Energie. Schließlich gab ich ab und zu wieder privat Nachhilfe, zu der mir Olga Mädchen aus ihrer Schule schickte. Wenn ich nur als verheiratete Frau auch unterrichten dürfte!

An einem Tag im Herbst 1907 war mir morgens übel. Ich erinnerte mich sofort an Mariechen. Sollte ich etwa schwanger sein? Sollten wir doch noch ein Kind bekommen können? Ich wollte mich nicht zu früh freuen. Walter sagte ich, dass ich mir den Magen verdorben hätte.

In den sechs Jahren unserer Ehe war ich nicht einen Tag krank gewesen. Mein Mann kümmerte sich reizend um mich, riss die Fenster auf, brachte mir Tee und die Zeitung, ließ mir meine Ruhe. Das gefiel mir. Dann rannte er zur Arbeit. Das Krankenhaus zog in einen Neubau um.

Am nächsten Tag ging ich zu einem Frauenarzt, der mich

untersuchte und dabei ein ernstes Gesicht machte. Erschrocken fragte ich, ob etwas sei.

Er schüttelte den Kopf. »Machen Sie sich nicht so viele Gedanken. Eine Schwangerschaft ist keine Krankheit.« Der Arzt hatte keine Ahnung. Schließlich hatte ich sechs lange Jahre auf diesen Moment gewartet.

Zu Hause eröffnete ich meinem Mann die Neuigkeit. Er war so begeistert, freute sich, überlegte, wie wir die Wohnung umräumen könnten. In diesem Sommer wollte Lea zu Besuch kommen. Sie hatte die ersten Prüfungen in Zürich bestanden. Sie könnte tatsächlich Ärztin werden, meine kleine Schwester.

Endlich kam Lea. In den ersten Tagen wirkte sie schmal und ernst, doch schon nach einer Woche war sie wieder die Alte. Ich verbrachte die Tage in der Elisenstraße. Wir gingen spazieren. Sie erklärte mir ihre Bücher, zeigte, was sie lernte, wir waren uns so nahe wie als Kinder.

Als ich ihr von dem Frauenarzt berichtete, meinte sie: »Es sollte Frauenärztinnen geben. Wie soll ein Mann das Wunder der Schwangerschaft schon verstehen?«

Zum Semesterbeginn reiste sie ab. Einen Tag später verlor ich mein erstes Kind.

Die Blutungen begannen, als ich morgens auf die Toilette ging. Walter wollte gerade aufbrechen, ich schrie. Er kam, legte mich hin, gab mir Wasser, redete ruhig auf mich ein. Wir warteten ein, zwei Stunden, die mir wie Tage vorkamen. Dann rief er einen Wagen, der mich ins Krankenhaus fuhr. Sie konnten nichts tun. Ich war erst Ende des zweiten Monats, und das Kind ging von ganz allein ab. Ich weinte. Ich heulte. Ich lag im Krankenhaus meines Mannes, meines Vaters. Walter saß neben mir und hielt mir die Hand, und dennoch fühlte ich mich allein.

Meine Mutter hatte zwei Kinder verloren, meine Cousine eines. Ich hatte davon gehört. Wir hatten leise darüber gesprochen. Doch nichts hatte mich auf diesen Tag vorbereitet. Eine große Traurigkeit umgab mich, als ich nach Hause kam. Walter erklärte mir, dass dies vielen Frauen so ginge. Das interessierte mich wenig. Ich wollte nicht immer traurig und müde sein, ich wollte mein altes Leben zurück, nein, ein neues mit einem Kind. Wieso, fragte ich mich, war das für Mariechen so einfach, für mich jedoch so schwer?

Walter überlegte, wie er mir helfen konnte. Wie schön war unsere Zeit in Bradford gewesen! Schließlich telegrafierte er Mariechen.

Sie kam mit der kleinen Nora und wohnte bei ihrer Mutter. Ihre »Jungens« hatte sie zu Hause gelassen.

Ich wollte Mariechen nicht sehen, aber dann stand sie vor unserer Haustür. Sie stellte das putzige Mädchen auf den Boden. Breit und zufrieden lächelte das Wesen uns an. Dann setzte sie sich an mein Klavier und begann zu spielen: Henry Purcell, »Ground in C minor«.

Es hörte sich erst grimmig an, dann wurde sie lockerer. Ich sah zuerst einen alten Mann in die Wohnung stampfen, danach eine junge Frau tanzen, eine Freundin an die Hand nehmen, sich im Kreis drehen, später den Mann schimpfen, was die jungen Mädchen für einen Krach veranstalteten.

Ihre Finger hüpften über die Tasten. Die Erinnerung an frühere Kinderzeiten, in denen Mariechen mir so oft vorgespielt hatte, kam hoch und tat mir gut.

Die kleine Nora legte sich auf den Bauch und klopfte mit ihren Händen auf den Boden. Ich musste lächeln. Nach dem letzten Ton klatschte ich. Mariechen hob ihr Kind auf und ließ es mitklatschen. Dann setzte sie es mir auf den Schoß.

»Alles wird gut, Franzi. Du bist leider nicht die einzige Frau, der das passiert.«

Ich schwieg.

Dann holte sie ein Programm aus ihrer Tasche und reichte es mir. »Mein erster Vortrag: *Origin of Pianoforte Music and Composers up to the 18th century with illustrations on the Piano.* Es geht um die Anfänge der Hammerklaviermusik und die Vorstellung von Komponisten bis zum 18. Jahrhundert. In zwei Wochen. Daran arbeite ich seit zwei Jahren.« Sie verdrehte die Augen. »Was für eine Schande, dass alles immer so lange dauert mit den Kindern. Egal.« Sie holte Luft. »Was hältst du davon, wenn du mich nach Halifax begleitest? Eine Abwechslung wird dir guttun.«

Sie setzte sich zu mir, während ich Nora hielt, und erzählte vom Leben in England.

»Es gibt mehr und mehr Arbeitslose. Jetzt hat der Premier zwar eine kleine Versicherung eingeführt, aber was hilft es, wenn das Geld nicht zum Essen reicht? Und eine Rente für die Armen soll es auch geben, aber erst wenn man siebzig Jahre alt ist. Wer von den Fabrikarbeitern wird denn so alt?«

Ich staunte. »Wenn ich es in der Zeitung richtig gelesen habe, ist das bei uns ähnlich. Walter erzählt immer aus dem Krankenhaus, dass viele Invaliden eine solche Rente beziehen. Aber ich wusste gar nicht, dass du dich für solche Fragen interessierst.«

»Ich auch nicht, aber in den jetzigen Zeiten kannst du dich nicht *nicht* interessieren.« Sie schmunzelte. »Wir waren auf dieser großen Versammlung der Suffragetten in Shipley Glen, einem Vorort von Bradford. Die Zeitungen schrieben, dass dort vierzigtausend Menschen zusammenkamen, doch ich meine, es waren noch mehr.«

»Das ist wirklich viel.«

Nora begann zu quengeln. Mariechen nahm sie und drückte ihr einen kleinen Lappen in die Hand, an dem sie sofort nuckelte.

»Mit wem warst du dort?«, fragte ich.

»Mit einigen Frauen von der Guild of Help, der Hilfsorganisation von Florence, du weißt, Frau Moser.«

Ich nickte.

»Wir sammeln bei den Vorträgen Geld für die Armen und wollten schauen, warum so viele Frauen zu diesen Veranstaltungen gehen. Erst war Albert dagegen, aber gegen Frau Moser konnte er nichts einwenden.«

»Vielleicht wäre die Arbeit in einem solchen Hilfsfonds auch etwas für mich?«

»In Köln gibt es doch diese Frauenvereine. Sie treten für das Recht auf Bildung und Arbeit ein. Dort findest du, was zu dir passt: Freundinnen, Beschäftigung, Gutes tun.«

Sie hatte völlig recht. »Ich glaube, der Verein Frauengymnasium wäre etwas für mich. Auf jeden Fall müsste es etwas mit Bildung zu tun haben.«

Nora begann zu quietschen. War das Freude oder Ärger? Hunger oder Durst? Mariechen stand auf, wiegte sich mit dem Kind hin und her und nickte mir zustimmend zu.

»Stell dir vor: Die Versammlung war an einem wunderbaren Sonntag, mitten im Moor, von Bäumen umgeben, ein Bach, eine Ausflugsoase. Shipley Glen kannst du gut mit der Straßenbahn erreichen. Die waren voller als voll. Frauen und auch Männer, und alle wollen nur eins, das Wahlrecht.« Sie strahlte, Nora strampelte.

»Ich muss. Aber lass dir das mit Halifax durch den Kopf gehen.«

Endlich Musikerin

»Was hält denn Albert von den Suffragetten?«, fragte ich.

Wir saßen nebeneinander im Zug Richtung England. Nora schlief sanft in einem Körbchen, das Mariechen auf den Boden gestellt hatte.

»Er hält sie für Provokateurinnen. Sie schreien laut, werden verhaftet, treten in Hungerstreik. All das ist ihm zu viel. Aber wie will man«, sie machte eine Pause und schaute mir ins Gesicht, »frau etwas erreichen?« Dann lachte sie laut.

Nora zuckte zusammen, und Mariechen flüsterte. »Am meisten hat er sich darüber aufgeregt, dass sie in der Öffentlichkeit rauchen. Das sollte nur Männern vorbehalten sein.«

Ich schmunzelte. »Vielleicht können wir uns eine ihrer Veranstaltungen gemeinsam ansehen?«

Mariechen schüttelte den Kopf. »Nächste Woche sind meines Wissens keine Aktionen angesagt.«

Schade, dachte ich, während meine Freundin fortfuhr. »Aber ich bin mir sicher, dass sie nicht so schnell aus unserem Leben verschwinden, jedenfalls nicht, bis auch wir überall Abitur machen oder studieren dürfen.«

Sie lehnte sich an und schloss die Augen. Nora war früh wach geworden. Sicher war sie müde. Ich entspannte mich ebenfalls. Der Zug ruckelte in gleichmäßigem Tempo. Es war, als würden wir wie Kinder gewiegt. Schließlich schliefen wir alle drei.

Ich war erstaunt, wie ruhig die kleine Nora die Reise aufnahm, und noch mehr, dass weder Mariechen noch mir diesmal auf der Fähre schlecht wurde. Vielleicht war es gut, eine Verantwortung, die Verantwortung für das kleine Mädchen tragen zu müssen.

In Halifax empfingen uns Mariechens drei Männer euphorisch. Die Jungs standen neben ihrem Vater auf dem Bahnsteig und winkten wild mit Tüchern. Obgleich Mariechen einen Kofferdienst geordert hatte, rissen sie uns das Gepäck aus den Händen. Bertie und Bob knuddelten sofort ihre kleine Schwester. Sie quengelte. Ich schaute zu. Wie gut sie es hatten!

Kaum hatten wir uns ein wenig von der Reise erholt, wurde Mariechen nervös. Nur noch wenige Tage, und sie sollte ihren musikalischen Vortrag in der Salem-Sonntagsschule halten. So kannte ich sie gar nicht.

Während sie sich hinter Büchern und Noten verkroch, beschäftigten Lissy und ich die Kinder. »Wie unterschiedlich diese kleinen Wesen sein können«, stellte ich fest.

Das Kindermädchen stimmte mir zu und zog bei einem Spaziergang ein Päckchen aus ihrer Manteltasche. »Ich habe immer Verbandszeug für die Jungs dabei und etwas zu essen für Nora.«

Bertie und Bob rannten vor uns her und sammelten auf der

großen Wiese vor der Schule Stöcke. »Nora scheint das Sitzen im Kinderwagen zu genießen.«

Lissy nickte. »Sie ist immer mit allem zufrieden, außer wenn sie Hunger hat.«

Wir rannten hinter den Jungs her, lachten und hatten Spaß.

Als wir gut gelaunt nach Hause kamen, warf Mariechen gerade einen Packen Bücher auf den Boden. »Jetzt ist es genug. Früher war ich nie aufgeregt. Morgen machen wir gemeinsam einen Ausflug.«

»Bist du dir sicher?«

»Ja, das bin ich. Ich will dir mein Halifax zeigen.«

Albert kam spätabends nach Hause, während wir es uns im Salon in den Sesseln bequem gemacht hatten. Er begrüßte uns von der Tür aus. »Ihr könnt euch nicht vorstellen, was wir heute erlebt haben.«

»Natürlich nicht«, erwiderte Mariechen und blieb in ihrem Sessel sitzen.

Hastig zog er seinen Mantel aus und warf ihn dem Mädchen in den Arm. »Ich muss es gleich notieren. Das ist ein guter Ansatz für den neuen Artikel, an dem ich schreibe.«

Mariechen sah ihn fragend an. »Was, bitte sehr, ist ein guter Ansatz?«

»Entschuldige, ich bin einfach viel zu viel mit meiner Arbeit beschäftigt. Aber stellt euch vor: Wir haben gestern Garn in Tiefgrün von Bayer gefärbt, und irgendwer hat es nicht getrocknet. Als wir heute danach sahen, war es gelb.«

Mariechen schaute mich an und zuckte mit den Schultern. »Und?«

»Innen jedoch, innen war die Farbe noch völlig erhalten. Also während außen das Garn trocknete und seine Farbe verlor, kondensierte sich diese innen, weil das Trocknen viel länger dauerte.«

Jetzt nickte Mariechen. »Aha.«

Albert winkte uns zu. »Bitte entschuldigt mich, ich muss an den Schreibtisch.« Dann verschwand er.

Mariechen lachte. »So ist es immer, wenn er irgendwas Neues

entdeckt. Manchmal verstehe ich gar nicht, wovon er redet, aber er ist voller Begeisterung, wie ein Kind.«

»Das kenne ich von meinem Mann.« Ich überlegte kurz. »Aber bist du nicht ein wenig eifersüchtig auf diese Begeisterung?«

Mariechen neigte sich zu mir. »Nein. Ich genieße die Ruhe, wenn die Kinder im Bett sind.«

Am nächsten Morgen machten wir uns mit Lissy und den Kindern zu einem längeren Spaziergang auf. Den Picknickkorb platzierten wir im Kinderwagen unter Nora. Das Kindermädchen schob ihn, ich hakte mich bei meiner Freundin unter. Vor uns hüpften Bertie und Bob.

Die Sonne schien, doch die herbstliche Kühle machte uns schnelle Beine. Wir liefen an einer großen Fabrik vorbei, hinein in eine wunderschöne Wohngegend. Kleine und mittlere Häuser mit blumigen Gärten wechselten sich mit Reihenhäusern ab. Wie in Bradford unterschieden sich diese fast nur durch die Türfronten.

»Ich frage mich gerade, was farbenfroher ist: die Türen oder die Blumen.«

Mariechen lächelte. »Natürlich die Türen. Du hast ja gestern von Albert gehört, wie schwierig es ist, haltbare Farben herzustellen. Er betont immer, dass das sowohl für das Färben von Stoffen als auch für andere Materialien gilt.« Sie zeigte hinüber auf eine große Parkanlage. »Manor Heath House und Park.«

»Wie prächtig!« Wir gingen bis zum Haupteingang und lugten durch das schmiedeeiserne Tor. »Und riesig.«

Mariechen nickte. »Hier wohnt Giulio Marchetti mit seiner Frau, Anne Crossley. Sie haben einen Sohn Ernest, der auch in ihrer Teppichweberei arbeitet, und eine Tochter Margherita.«

Die Namen sagten mir nichts.

»Alberts neuer Chef.« Sie strahlte und zog mich hinter sich her. Eine große Wiese öffnete sich vor uns. Ein Trampelpfad wies den Weg zu einem riesigen Gebäude.

»Das große Haus ist das Crossley-Waisenhaus.« Sie zeigte

zur anderen Seite. »Das dort ist die Heath School, auf die Bertie und Bob gehen werden.«

Ich staunte. »Das sieht hier alles sehr wohlhabend aus.«

Mariechen nickte. »Albert wird Head-Chemiker.«

»Welch ein Erfolg!«

Sie strahlte.

Auf der Wiese breiteten wir unsere Decke aus. Ich schaute mich um. »Es ist unglaublich schön hier, grün. Sieh die prächtigen Häuser!« Auf dem kleinen Hügel war nichts von den Schornsteinen der Fabriken zu riechen, in denen die Menschen emsig arbeiteten.

Am Abend legte das Mädchen uns die Lokalzeitung hin. Mariechen blätterte sie müde durch, doch dann erhellte sich ihr Gesicht. Sie sprang aus dem Sessel auf. »Eine Ankündigung meines Vortrags.« Sie rannte in Alberts Arbeitszimmer. »Ich brauche eine Schere. Das hebe ich auf.«

Gut gelaunt gingen wir an diesem Abend schlafen.

Albert hatte Schweißperlen auf der Stirn, als er ins Haus gerannt kam. »Da bin ich.«

Mariechen und ich warteten schon seit einer Viertelstunde. Sie holte tief Luft und küsste ihre drei Kinder zum Abschied. Lissy stand an der Tür und hielt Nora im Arm. »Machen Sie sich keine Sorgen.« Bertie und Bob nickten artig. Nora machte große Augen und schaute uns nach.

Dann brausten wir nach Bradford. Der Saal der Salem-Schule war weder besonders groß noch schön, verfügte jedoch über ein Bechstein-Klavier. Mary Goldwin von der Guild of Help begrüßte Mariechen besonders herzlich und zeigte uns unsere Plätze.

Mariechen rückte ihre Papiere am Pult zurecht und öffnete das Klavier. Ich überschlug kurz die Größe des Raumes. Vierzig Stühle, nicht gerade viel.

Kaum saßen wir, sprang Albert wieder auf. »Herr und Frau Moser, wie schön, Sie zu sehen.«

Ich stimmte ihm zu.

Dann trat ein alter Studienfreund von Albert zu uns. Er verbeugte sich und begrüßte erst die Mosers, dann küsste er mir die Hand und stellte sich vor: »Albert Liebmann.«

Die Mosers und die beiden Alberts vertieften sich in die Schwierigkeiten im Textilhandel, ich jedoch schmunzelte darüber, dass es nun einen zweiten Albert gab. Florence Moser zog mich zur Seite. Sie sprach mich auf Deutsch an. »Sind Sie auch so mit Kindern gesegnet?«

Ich schüttelte den Kopf.

»Sie sind jung.«

»Ich hoffe weiter.«

»Es ist wichtig, immer die Hoffnung zu behalten.« Sie stellte mir ihre Unterstützerinnen vor: Frau Priestman, Frau Godwin, Frau Thomson und Frau Edelman. »Wir sollten alle etwas dafür tun, dass es Kindern besser geht.«

Ich nickte zustimmend.

»Haben Sie morgen Zeit?«

»Ich fahre übermorgen zurück nach Köln.«

»Dann kommen Sie doch vorher in unser Nest.«

Ich war neugierig: »Gern, aber was ist Ihr Nest?«

Sie lächelte. »Das werden Sie dann sehen. Jetzt sollten wir uns aber ganz dem lieben Mariechen widmen.« Florence Moser verabschiedete sich und setzte sich zu ihrem Mann in die erste Reihe.

Es war eine kleine, gemütliche Runde, vor der Mariechen ihren ersten Auftritt hatte. Sie lehnte sich an das Klavier. Ihre Hände zitterten etwas und ebenso ihre Stimme.

»Meine Damen und Herren, ich möchte Ihnen den Ursprung der heutigen Klaviermusik und einige Komponisten vorstellen.« Das Publikum klatschte, die erste Hürde war genommen. Sie sprach über Komponisten kirchlicher Musik, über Engländer, Italiener, Franzosen, Deutsche.

Ich staunte. Von den meisten Musikern, die sie erwähnte, hatte ich noch nie gehört. Offensichtlich hatte sie in ihrem Klavierunterricht viel mehr als ich gelernt. Je länger sie sprach, desto entspannter wurde sie. Die Hand lag jetzt ruhig auf dem Klavier. Doch je länger ihre Ausführungen dauerten, desto mehr dämmerte auch das Publikum hinweg. Ich merkte, wie einer nach dem anderen, eine nach der anderen eindöste. Genau in diesem Moment setzte sie sich an das Klavier und schlug die Tasten an.

Alle wurden wach. Das Publikum schaute auf, hörte zu, wiegte sich im Takt. Mit dem letzten Ton kam ein leises Klatschen auf. Ich sah Albert wild seine Hände bewegen. Daher hatten die Jungs also ihre Wildheit. Mariechen stand bewegt auf. Sie hatte eine rosige Gesichtsfarbe. Nichts war mehr von der Aufregung, der Anstrengung zu merken.

»Wir sollten daraus eine Reihe machen«, schlug Florence Moser nach der Veranstaltung vor.«

»Gern«, erwiderte meine Freundin. Dann ging Florence Moser persönlich herum und sammelte Spenden ein.

Das Nest

Obwohl Mariechen am nächsten Morgen erschöpft war, fuhren wir zusammen mit dem Zug nach Bradford. »Erschrick nicht über die Luft dort!«, warnte sie mich.

Während die anderen Tage sonnig und warm gewesen waren, machte sich nun der Herbst empfindlich bemerkbar. Die feuchte Luft drückte den Rauch aus den Hunderten Schornsteinen Bradfords in die Stadt. Es roch nach Kohle, Pferdeäpfeln und Abfällen. Ich zog mein Tuch enger um die Schultern, als wir den Zug verließen.

Mariechen hakte mich unter. »Ich bin froh, jetzt in Halifax zu wohnen. Bradford kann ekelig sein.«

Es war ein kurzer Weg bis zum Nest, das sich in einem zweistöckigen Haus aus Natursteinen befand. Während die Innenstadt mit ihren prachtvollen Häusern protzte, sahen wir hier, wie die Arbeiterfamilien lebten. Eine junge Frau öffnete.

»Frau Dr. Herz, wir haben schon von Ihrem Erfolg gehört. Wir sind so dankbar für die Spenden.«

Mariechen nickte bescheiden.

Eine junge Frau, Katie mit Namen, führte uns herum: ein Schlafraum, in dem winzige Betten eng aneinandergereiht standen, ein Spielraum, eine Küche, ein Raum mit kleinen Stühlen. Dazwischen wuselten eine Menge Kleinkinder, ganz bestimmt mehr als zwanzig. Vier weitere junge Frauen sorgten dafür, dass die Kleinen uns nicht umrannten. Manche husteten, hatten Rotznasen. Es roch nach Windeln und Essen.

»Das Nest ist ein Kindergarten?«

Mariechen nickte stolz, und die junge Frau strahlte uns an. »Zur Feier des Tages gibt es heute Würstchen in der Suppe. Frau Florence hat es uns erlaubt.«

»Wie lange können die Kinder hierbleiben?«, fragte ich vorsichtig.

»Von morgens bis abends, so lange, wie die Mütter arbeiten.«

»Lange Tage?«

Sie nickte. Ich berührte ihren Arm. »Danke, dass Sie für die Kinder und Mütter so viel tun!«

»Es ist ein richtiger Kindergarten«, sagte Mariechen stolz, als wir das Haus verließen. »Wir bräuchten eine Erzieherin mehr. Vielleicht bekommen wir das Geld dafür durch die Abende zusammen.«

Ich umarmte Mariechen. »Das ist wunderbar. Das ist eine wunderbare Einrichtung. Aber die Mütter hier, sie tun mir furchtbar leid.«

Auf Mariechens Stirn erschien eine Falte. »Die meisten sind Witwen. Sie haben sich das hier nicht ausgesucht.«

Ich nickte. »Seien wir froh über das, was wir haben.«

Die Heimfahrt nach Köln trat ich zum ersten Mal allein an. Ich war aufgeregt, besonders wegen der Schiffsüberfahrt.

Als ich das Schiff betrat, bemerkte ich bereits diesen Mann. Schiebermütze, kurze Haare, nachlässig gekleidet, eine Kippe im Mund. Ich mochte keine rauchenden Männer, war froh, dass Walter diesem Übel nicht frönte. Mir fiel auf, dass er alle Frauen beobachtete und von oben bis unten abmaß, auch mich. Mich fröstelte, und ich drängelte mich durch die einsteigende Menge. Nur weit weg von diesem Mann, war mein Gedanke.

Ich suchte mir einen Platz neben einer Familie. Die Kinder, drei an der Zahl und im Alter von drei bis sechs Jahren, quengelten. Die Mutter ließ sie gewähren. Ich sah mich um und entdeckte den Mann genau diagonal von mir. Er erwiderte meinen Blick, ich suchte mir einen neuen Platz im Sichtschatten von ihm, lehnte mich zurück. Das Schiff legte ab, ich schloss die Augen.

Zigarettengeruch flog in meine Nase, ich zuckte zusammen. Der Mann hatte sich neben mich gesetzt. Ich sprang auf, spürte, wie mir übel wurde. Betont langsam ging ich auf das Außendeck und lehnte mich an die Brüstung. Neben mir stand eine alte Frau.

»Manche Männer denken, sie können sich einfach zu jeder Frau setzen. So ein Unding.«

Ich nickte.

»Ist Ihnen übel?«

»Nur ein wenig.«

Sie reichte mir ein Bonbon. »Lutschen Sie das.«

Es schmeckte nach Kräutern und Zitrone und erinnerte mich an die Leckereien, die uns Tante Bompart manchmal zugesteckt hatte. Ich sollte sie einmal wieder besuchen. »Schon besser«, bemerkte ich.

Die Frau hakte sich bei mir unter. »Kommen Sie mit rein. Sie werden sich sonst erkälten.«

Der Mann war nicht mehr zu sehen.

Söhne und eine Scheidung

Walter holte mich vom Bahnhof ab. Er war gut gelaunt, ich müde, aber dennoch stolz auf meine Reise. In England hatte ich ihn nicht vermisst, doch jetzt war ich froh, mich an ihn lehnen zu können. Endlich hatte ich etwas zu berichten. Von der merkwürdigen Begegnung auf dem Schiff erzählte ich nichts.

Tagsüber, wenn Walter arbeitete, ließ ich die Reise noch einmal Revue passieren. Das Nest hatte es mir besonders angetan. Warum jedoch war Mariechen während ihres Auftritts so aufgeregt gewesen? Von Kindesbeinen an hatte sie auf der Bühne gestanden. Doch dieser Vortrag mit Klavier? Mariechen spielte so gut. Hatte sie nicht eine professionelle Bühne verdient?

Zwei Monate später besuchte ich meine Schwester in Zürich. Allein. Erneut genoss ich die Zugfahrt. Ich bummelte durch die Stadt, amüsierte mich über den Akzent der Schweizer und staunte über die Universität, in der Lea sich selbstbewusst bewegte. Noch mehr wunderte ich mich, wie gerade sie ging, wie stolz sie war. Sie war sich sicher. Sie würde nach Berlin gehen. Dort gab es Ärztinnen, ganz anders als in Köln. Und unser Vater? Er war einverstanden, offensichtlich froh, dass sie nicht in unserer Heimatstadt zum Skandal wurde.

Nach der Rückkehr traf ich mich in Köln mit Olga, die weiterhin in der Eifel als Lehrerin arbeitete. Vielleicht war es möglich, eine private Schule zu gründen? Sie erzählte mir, dass sich der Verein Mädchengymnasium jetzt in Verein Frauenstudium umbenannt hatte. Warum wusste sie mehr als ich?

Wir beschlossen, an einer Sitzung teilzunehmen. Doch dann stellte ich fest, dass ich wieder schwanger war. Diesmal erzählte ich es niemandem. Diesmal war mir nicht übel, nur meine Periode war ausgeblieben. Doch ich spürte, wie ich mich veränderte.

Kurz vor Ende des Jahres 1908 besuchte ich Mariechens Mutter und traf auf Menny, der nach dem Mittagessen zur Arbeit eilte. »Gut siehst du aus.« Er rannte an mir vorbei, drehte sich jedoch nochmals um. »Danke, dass du Mutter einen Besuch abstattest. Ich bin hier der Einzige.«

Henriette Bing war in die Kamekestraße gezogen, die, wie wir Alteingesessenen gern sagten, außerhalb der Stadt lag. Mariechens Worte aus unserer Jugend klangen mir in den Ohren: »Du wirst sehen, dass hier alles bebaut wird. Dort soll ein großes Theater entstehen.«

Das Haus lag in der Achse vom Dom zu unserer damaligen Schule stadtauswärts hinter den Ringen. Eine ruhige Straße, unweit vom Stadtgarten. Die Wohnung war kleiner als die früheren, dafür sehr modern. Neue Öfen, ein Bad, ein Extra-WC, ein großer Salon mit Flügel und zwei Schlafzimmer. Hier war Platz für sie und Besuch. Menny selbst wohnte mit seiner Frau Liesel keine Viertelstunde entfernt. Seit sie eine kleine Tochter hatten, wollte Liesel, dass er nicht mehr so oft bei seiner Mutter, sondern zu Hause seine Mahlzeiten einnahm.

»So schön, dich zu sehen«, begrüßte mich die alte Dame, die noch sehr gut zu Fuß war.

»Ganz meinerseits.«

Sie empfing mich freundlich, aber wie immer auch ein wenig kühl. In dem brandneuen Haus wirkten ihre Möbel etwas zu wuchtig. Auf der Anrichte standen Fotos von ihren Kindern und Enkelkindern.

Sie bot mir Kaffee an, den ich ablehnte. Stattdessen nahm ich einen Kräutertee. Wir schauten uns die Fotos an.

»Es ist zu viel für mich«, klagte Henriette. »Hugo in Florenz mit seiner Irene und Mariechen in Halifax mit Albert und den drei Kleinen.«

Ich konnte sie verstehen.

»Ich wünschte, ich könnte mit Mariechen nach Florenz reisen. Aber mit den drei Kindern ist das wohl zu aufwendig.«

»Haben Sie denn Lust, einmal nach England zu reisen?«, fragte ich. Mariechen hatte geklagt, dass ihre Brüder zwar selten, aber immerhin zu Besuch gekommen waren, ihre Mutter jedoch die Reise ablehnte.

»Ich weiß nicht. Das ist so kalt und feucht, eine noch anstrengendere Reise als nach Florenz. Albert könnte sich doch hier eine Arbeit suchen.«

Sie tat mir leid. »Frau Bing, er hat eine so gute Stellung dort.«

Mariechens Mutter stand auf und ging durch den Salon. »Gute Stellung hin oder her, aber die Familie ist doch das Wichtigste. Mein Mann ist auch viel gereist, aber er ist immer wieder zurückgekehrt und hat geschaut, dass er die Familie zusammenhält.«

Ich trat zu ihr und legte meine Hand auf ihre Schulter. »In heutigen Zeiten ist es schwierig.«

»Ich weiß. Ich bin es nur leid.«

Als ich das Haus verließ, verstand ich plötzlich, warum meine Freundin auf Alberts Vorschlag eingegangen war, nach England zu gehen. Sie wollte raus aus Köln, etwas Neues probieren, sich selbst erfahren. Sie war vor den Erwartungen ihrer Mutter geflohen.

Ich schrieb Mariechen einen Brief. »Deiner Mutter geht es gut.« Und ich beschloss, die alte Dame ab und zu zu besuchen.

So leicht, wie die Schwangerschaft begonnen hatte, blieb sie nicht. Mir war nicht übel, aber mich überkam eine große Müdigkeit und Lustlosigkeit. Kaum hatte Walter das Haus verlassen, legte ich mich ins Bett. Oft schlief ich ein. Vor unserem Mädchen täuschte ich vor, Bücher zu lesen, und räumte diese täglich von unserem Schlafraum in den kleinen Salon und wieder zurück.

Als der dritte Monat vorbei war, ging ich zu dem Frauenarzt, den mir Lea empfohlen hatte. Danach eröffnete ich die Neuigkeiten meinem Mann. Er war wie aus dem Häuschen. Nach bald acht Jahren. Endlich unser Glück. Er trug mich auf Händen. Ich genoss es.

Dann kam auch noch Mariechen zu Besuch.

Wir trafen uns wieder im Café Runge auf der Hohe Straße. Ich war zu früh gekommen und rutschte auf meinem Stuhl hin und her, nippte an meinem Tee, schaute zur Tür. Dann kam sie, ohne ihre Kinder, doch mit einer Frau an ihrer Seite.

Begeistert umarmte mich Mariechen. »Schau, wen ich mitgebracht habe.« Es war Julia, ihre Cousine Julia, jetzt Julia Feininger.

Ich hatte mich so auf ein Treffen mit Mariechen allein gefreut. Mit Julia am Tisch konnte ich nicht so offen sprechen, aber ich machte gute Miene zum bösen Spiel.

Wir bestellten meinen geliebten Apfelkuchen mit Schlagsahne und Kaffee, doch ich probierte nur. Julia erzählte von Paris und der Kunst, wie gut es gewesen war, sich von ihrem ersten Mann Dr. Berg zu trennen, von ihrem kleinen Sohn, von ihrem Lyonel, von der Hochzeit in London, weil sie in Deutschland nicht heiraten durften, von ihrer Kunst und von seiner Kunst.

Ich stocherte in meinem Kuchen herum. Mariechen war gut gelaunt und nickte ständig. Endlich hatte Julia ihren Kaffee ausgetrunken. Ich hoffte, sie würde gehen, doch sie bestellte einen neuen. Die Tür öffnete sich, und ein Mann mit einem schmalen Gesicht und einer langen Nase betrat das Café. Julia sprang auf und umarmte ihn. Er begrüßte Mariechen herzlich, küsste meine Hand.

Lyonel Feininger hatte eine warme Stimme. »Vielen Dank für den schönen Abend gestern!«

Also hatte sich Mariechen gestern schon Zeit für die beiden genommen. Sie stand auf und dankte ihm.

»Wir sollten noch einmal auf unsere Kompositionen zurückkommen«, sagte er. »Jetzt muss ich aber.«

»Der Zug nach Paris.« Julia nahm ihren Mantel und zog ihn an. »Ich begleite dich zum Bahnhof.«

Kaum hatten die Feiningers das Café verlassen, schwärmte Mariechen von ihnen.

»Ein tolles Paar. Beide Künstler. Er ist eigentlich Musiker, sein Vater Konzertgeiger, die Mutter Pianistin und Sängerin.«

Endlich waren wir zu zweit, doch jetzt wusste ich nicht mehr, was ich Mariechen erzählen wollte. Wir sprachen über belanglose Dinge, langweilten uns, gingen auseinander. Als ich zu Hause war, traten mir Tränen in die Augen. Ich war eifersüchtig, einfach nur eifersüchtig auf diese Vertrautheit, die Julia und Mariechen auf mich ausgestrahlt hatten. Zugleich war ich wütend darauf, dass diese Frau so begeistert von einer Scheidung erzählen konnte. Nicht einen Moment hatte sie um ihre Ehe gekämpft.

Am übernächsten Tag gingen Mariechen und ich am Rhein spazieren. Ihre zwei Söhne hüpften vor uns her und unterbrachen unser Gespräch wieder und wieder. Ich schob Nora im Kinderwagen. Es war so schön, mit ihr gemeinsam zu sein. Ich zeigte auf meinen Bauch. Mariechen verstand sofort und drückte mich fest.

Ich fragte sie, ob sie Julias Scheidung nicht auch merkwürdig fände. Sie schüttelte den Kopf.

Ich grübelte. »Könntest du dir das für dich vorstellen?«

»Nein, auf keinen Fall. Wir haben drei Kinder.« Sie hakte sich bei mir unter. »Ich würde die Kinder verlieren. Das wäre für mich das Schlimmste.« Sie strich mir über den Bauch. »Auch wenn es nicht mehr wie in den ersten Wochen und Monaten ist: Ich liebe Albert, und er ist der Vater unserer Kinder.«

Ich lehnte mich an sie. Während Nora artig an ihrer Hand ging, stolperte Bob über Berties Beine. Mariechen hob ihn hoch wie ein Paket und stellte ihn wieder hin. Wir lachten. »Langweilig wird mir mit dieser Bande sowieso nicht.«

Das Café-Erlebnis mit Julia ging mir dennoch nicht aus dem Kopf. Konnte es sein, dass uns die Entfernung zwischen Köln und England entfremdet hatte?

Mein Mann kurbelte meinen Elan an, indem er ein Haus in der Nähe des Rheins kaufte. Es war klein, hatte jedoch einen Garten. Kinder konnten hier toben, herumrennen, spielen. Mein Bauch wuchs, ich genoss die Schwangerschaft. Die Wochen vergingen wie im Flug. Wir richteten das Haus ein, besorgten alles Notwendige für das Baby. Walter arbeitete nach wie vor viel, und schon war es so weit.

Im Frühjahr 1909 brachte ich den kleinen Klaus im neuen

Haus mit der Hilfe einer Hebamme zur Welt. Es war anstrengend. Ich war völlig kaputt danach, aber zugleich glücklich. Wie winzig seine Hände, seine Füße waren, und wie weich seine Haut war, wie gut er roch!

Die Absage

Während ich zwischen Stillen, Windelnwechseln und durchwachten Nächten taumelte, war Mariechen in Euphorie. Sie schrieb mir, dass ein Vortrag dem nächsten folgte. Waren es in der Salem-Schule noch vierzig Zuschauer gewesen, besuchten den Schiller-Verein schon siebzig. Dort durfte sie als erste Frau einen Vortrag halten, denn sonst waren die Treffen nur Männern vorbehalten.

»Das wird sich ändern«, schrieb sie. »Alle zwei Wochen nehme ich Unterricht bei Arthur Grimshaw.«

Ich stellte mir vor, wie sie in dem Hinterzimmer der Kathedrale von Leeds gemeinsam am Klavier übten. Er spielte vor, sie nach Gehör nach. Sie zeigte ihm, woran sie arbeitete, er variierte dies, schlug ihr zum Thema eine Begleitung vor. Sie schrieben Noten, strichen durch, schrieben neu. Beim nächsten Mal brachte sie eine neue Idee mit, die er gut fand. Er ermutigte sie, ließ sie Ideen verwerfen. Er setzte sich zu ihr auf den Klavierhocker, zeigte auf die Tasten, nickte ihr zu, rückte näher an sie heran. Sie lernte, übte, freute sich, verzweifelte zu Hause, weil es ihr nicht schnell genug ging.

Arthur Grimshaw war fünfundvierzig Jahre alt, sie zweiunddreißig, er Organist und Dirigent des Kammerorchesters von Leeds, sie eine Hausfrau aus Deutschland mit drei Kindern. Doch dann kam sie mit diesem Thema, dieser kleinen Komposition. Sie spielte, er unterbrach sie nicht, hörte zu, nickte, stand vom Hocker auf. »Das gefällt mir.«

Liebe Franzi,
mir geht es gut, einfach nur gut.

Mariechen ging in der Musik auf, ihrer Musik. Ihr Mann arbeitete wie immer viel. Abends schrieb er Artikel für Fachzeitschriften. Dazu die drei Kinder, ihre Musik.

Auch ich war viel beschäftigt. Unser Kleiner entwickelte sich prächtig. Und dann flatterte uns eine Einladung ins Haus, zur Einweihung des Kaufhauses Bing am Neumarkt.

»Der Architekt Müller-Erkelenz hat es entworfen«, erzählte mein Vater begeistert beim Mittagessen. Lea würde extra zu Besuch kommen. Wir sagten zu, Mariechen jedoch sagte ab.

»Wie schade«, betonte meine Schwester. Sie hatte recht.

Im Juni 1909 war es so weit. Wir blieben in gebührender Entfernung auf dem Neumarkt stehen und schauten auf das helle neue Gebäude. Ich legte den Kopf in den Nacken. »Ein Palast für Seidenbänder und Samtstoffe. Dann gingen wir hinein: ein riesiges Treppenhaus, Säulen, Gemälde an den Wänden, elektrische Uhren, die die Arbeitszeit nachhielten, ein Palast für einen Großhandel.

Lea hakte sich bei mir unter. »Wie ich mich an unsere Kindheit erinnert fühle.«

Liebes Mariechen,
gut, dass es eurem Geschäft so gut geht. Hier in Köln hat
der Architekt ein Meisterwerk vollbracht. Das sagt sogar
Vater, und du weißt, wie sparsam er mit Lob umgeht. Dein
Cousin Otto hat uns begrüßt und eine Verkäuferin zu sich
gerufen. Erst habe ich sie nicht erkannt. Dann hat sie ihren
Namen genannt. Kannst du dich noch an Fräulein Emma
Schmitz erinnern? Sie ist so freundlich, kennt sich hervor-
ragend mit Bändern und Stoffen aus und hat uns durch das
Haus geführt. Etwas fülliger ist sie geworden, aber immer
noch Fräulein. Ich habe Otto per Brief gedankt.
Deine Franzi

Auf eine Antwort wartete ich lange. Sie kam erst nach Weihnachten, das keine guten Nachrichten gebracht hatte. Tante Marie, Onkel Nathans Frau, war am 26. Dezember 1909 gestorben.

Liebe Franzi,
es tut mir so leid, dass ich nicht kommen konnte. Nicht zur Beerdigung, nicht zur Eröffnung des neuen Kaufhauses. Wir sind einfach zu weit weg. Die Kinder, die Arbeit, die Konzerte. Es ist viel, manchmal zu viel.
Ich habe an euch gedacht, wie wir mit Lea die Abteilungen durchstöbert haben als Kinder. Mehr ihr als ich, die ich das jeden Tag tun konnte.
Ich bin wieder schwanger. Das vierte Mal. Sag mir, ob ich noch einmal so viel Liebe für dieses vierte Wesen aufbringen kann wie für Bertie, Bob und Nörchen. Gerade dachte ich, dass mein Leben eine andere Richtung nimmt. Aber es gibt Lissy, die gute Lissy. Ich habe eben mit ihr gesprochen. Und morgen, vielleicht morgen erzähle ich es Albert.
In Liebe
Mariechen

Wenige Tage später kam noch ein Brief von meiner Freundin. Es war ein dicker Umschlag, aus dem kleine Zeitungsausschnitte auf meinen Schoß fielen. Neugierig las ich sie.

»Während des Vortrags spielte Frau Herz Stücke von Komponisten, über die sie gesprochen hatte.«

»Als ein Beispiel ihres Talents führte Frau Maria Herz eine eigene Sonate für Violine und Pianoforte, Opus 7, C-Minor auf. … Diese Produktion, die gewaltige Effekte erzielt, ist ein durchdachtes Stück …«

Was ein Lob, dachte ich und zog ihren Brief aus dem Umschlag.

Liebste Franzi,
ich musste aufräumen. Wir sammeln einfach zu viel Papier

in unserem Haushalt an. Dabei kamen mir alle diese Schnipsel unter die Finger.

Es war so bewegend, als ich im Februar meine Klaviersonate spielen konnte. Und dann habe ich doch vergessen, dir davon zu erzählen. Darum schreibe ich dir jetzt. Zuerst war ich mit Cinganelli und Schott auf der Bühne, um das Trio von Antonín Dvořák aufzuführen. Es ist so eine Freude, Dvořák auf dem Klavier zu spielen und dabei mit dem Cello und der Geige diese melancholische Musik aufzunehmen, besonders weil ich mich dabei immer an meine Anfänge mit dem Cello erinnert fühle. Erst beginnt alles so traurig, dann geht es plötzlich in fröhliche Passagen über, fast Tanzmusik. Ach, was schreibe ich, du kennst es doch! Doch dann saß ich allein am Klavier, meine Sonate in H-Dur. Kein Cinganelli, kein Schott an meiner Seite. Wie war ich aufgeregt. Du kannst es dir nicht vorstellen. Meine Hände waren eiskalt und wollten mir zuerst nicht gehorchen. Mein Herz flatterte. Doch was sollte ich tun? Zum Glück saß Albert ganz vorn in der ersten Reihe. Er nickte mir zu, und dann konnte ich spielen.

Ich wundere mich immer noch über mich selbst. Erst renne ich aufgeregt herum, um mir einen neuen Auftritt zu verschaffen, der mich dann so viel Kraft kostet. Ein eigenes Stück zu präsentieren ist wie ein Abenteuer. Werden die Zuhörer sagen, es ist langweilig oder klingt wie der oder der? Werden sie es mögen oder ablehnen?«

Ich schaute vom Brief meiner Freundin auf. Noch nie hatte sie so offen über ihre Gefühle geschrieben, ihre Ängste, die Kraft, die sie das kostete. Ich holte mir einen Kaffee und setzte mich wieder, um den Brief zu Ende zu lesen.

Ich versuche immer, diese Gedanken wegzuschieben. Ich schaue auf meine Noten, nur um mich zu vergewissern, dass es das ist, was ich spielen möchte. Natürlich kenne ich

die Partitur auswendig, aber es beruhigt mich, die Noten
vor mir zu haben. Je länger ich auf sie schaue, desto ruhiger
werde ich. Meine Hände bewegen sich wie von allein. Es
ist, als wenn ich aus Raum und Zeit falle. Plötzlich klatscht
das Publikum, und alles ist vorbei. Ich würde so gern mit
dir sprechen, all das mit dir täglich teilen. Schade, dass wir
so weit entfernt voneinander leben.
In Liebe
Mariechen

Meine Freundin hatte recht. Es war schade, dass Yorkshire und
Köln so weit voneinander entfernt lagen.

Variationen zu ihrem Thema

Erneut kam ein Brief von Mariechen, bevor ich geantwortet
hatte.

Halifax, am 11. Februar 1910

Liebe Franzi,
wir kommen gerade zurück aus Leeds. Arthur hat Varia-
tionen zu meinem Thema geschrieben und sie heute im
Metropol-Hotel mit dem Kammerorchester aufgeführt. Ich
bin so gerührt. Albert liegt neben mir und schläft, doch ich
kann nicht schlafen. Eine Komposition aus meiner eigenen
Hand, aufgeführt in einem großen Saal mit Säulen und
einem Tonnengewölbe. Was will ich mehr? Ich sollte zur
Ruhe kommen. Einfach diese kleinen Momente genießen.
Aber wie kann ich das?

Sie nannte ihren Lehrer also nicht mehr Herrn Grimshaw, sondern Arthur, wie ich bemerkte.

Gern hätte ich ihr sofort geantwortet, doch Klaus war krank. Ich war müde, erschöpft und stapelte Mariechens Briefe auf meinem Schreibtisch.

Eine kleine Atempause vom Alltag fand ich in meinem alten Zuhause. Vater ließ mein Lieblingsgericht auftischen: Reibekuchen mit Apfelmus. Ich musste nichts sagen, keinen Einkauf beauftragen, mich nur an den Tisch setzen.

Kaum hatte die Köchin das Essen aufgetragen, übernahm Vaters Haushilfe, eine wahre Perle, meinen Sohn, fuhr ihn in den Garten unter die Bäume, stellte den Kinderwagen neben das Glashaus, das unsere Kindheit geprägt hatte. Der Kleine starrte auf die wackelnden Blätter. Wenn er nicht schlief, so ruhte er.

Nachdem ich gestärkt war, streckte ich mich auf der Couch aus. Vater las seine Zeitung. Nach seiner Mittagspause brach er wieder zum Krankenhaus auf. Doch davon bekam ich nichts mit, denn ich versank in einen tiefen Schlaf. Danach fühlte ich mich zum ersten Mal seit langer Zeit wieder erholt, frisch, gestärkt.

Als Walter spät am Abend nach Hause kam, übergab ich ihm den schreienden Jungen. Ich musste Wichtiges erledigen. Verblüfft nahm er ihn. Ich setzte mich an die Briefe. Das Schreien hörte auf. Ich las, freute mich für meine Freundin, schrieb. Am nächsten Tag bat ich Walter, ein Kindermädchen zu beschäftigen, nur zwei Tage die Woche oder drei.

Er zögerte, hatte viel Geld in unser Haus investiert. Doch ich wusste, was ich wollte, jetzt brauchte. Lea hatte das Erbe unserer Mutter für ihr Studium verwendet. Ich konnte ein Kindermädchen selbst bezahlen.

Kaum hatte ich ein Kindermädchen gefunden und ihr meinen Klaus die ersten Male unter großen Zweifeln, ob ich das Richtige tat, anvertraut, verabredete ich mich mit Olga im Café, erst einmal nur für ein Stündchen.

Sie schimpfte über die Arbeit an der Schule. »Fünfundvierzig Mädchen in der Klasse. Wie soll ich sie zur Ruhe bekommen? Eine schwatzt immer.« Sie beugte sich zu mir hinüber und fasste mich am Arm. »Aber erzähl du. Wie geht es dir? Endlich bist du Mutter.«

Ich nippte an meinem Kaffee.

»Du hast es dir einfacher vorgestellt?«

Ich nickte.

»Und nun?«

»Ich habe ein Kindermädchen für zwei Tage eingestellt.« Mir kamen die Tränen. »Ich habe nicht geahnt, dass mir diese schlaflosen Nächte so zusetzen.«

Olga schenkte mir einen warmen Blick. Plötzlich brach es aus mir heraus. »Mariechen schreibt von Vorträgen und Konzerten. Sie hat bald vier Kinder, und ich, ich habe so lange auf Klaus gewartet und verzweifele schon nach wenigen Monaten.«

Olga umfasste meine Hände fest. »Wie alt ist Bertie jetzt?«

»Acht.«

»Und Bob?«

»Robert wird dieses Jahr sieben, Nörchen vier.«

»Gib dir Zeit. Mit dem Kindermädchen hast du einen Anfang gemacht.«

Erleichtert ging ich an diesem Nachmittag nach Hause.

Vier Wochen später stellte ich fest, dass ich erneut schwanger war. Wie bei Klaus behielt ich das Geheimnis für mich. Dann sprach ich mit Olga und dachte lange nach.

Ein neues Haus, eine Pause, ein Mädchen und ein Junge

Ich stellte mir vor, wie Mariechen mit ihrem dicken Bauch bei ihrem Konzert am 7. März 1910 im Hotel Metropol in Leeds am Flügel saß. Sie hatte den Hocker etwas nach hinten geschoben, die Arme weit ausgestreckt. Ihr Kleid spannte ein wenig über dem Bauch. Sie schickte mir keine Rezension, schrieb jedoch, dass sie sich köstlich amüsiert hatte, als das Publikum entdeckte, dass sie guter Hoffnung war. Männer und Frauen tuschelten. Das hatte es bei einem Kammerkonzert in Leeds noch nicht gegeben.

Ich brach in lautes Lachen aus. Unser Mädchen schaute zur Tür hinein. »Alles gut, Frau Dr. Beyer?«

Ich nickte. »Alles bestens.«

Im Sommer zogen Mariechen und ihre Familie in Halifax um. Es war kein Reihenhaus, keine Doppelhaushälfte. Es war eine Villa mit drei Empfangsräumen, fünf Schlafzimmern, einem Billard-raum, einem Badezimmer und einem WC, warmem und kaltem Wasser sowie einem schönen Garten, in dem die Köchin sofort anfing, Kräuter, Kartoffeln, Pastinaken, Möhren und Erbsen zu züchten. Robert stand an ihrer Seite und beschloss, Bauer zu werden.

Bertie hatte andere Interessen, wie Mariechen mir schrieb. Dazu gehörte es besonders, Späße auf Kosten seiner kleinen Geschwister zu treiben. So tauschte er zum Beispiel einige Sa-men der Möhren mitten in der Reihe durch Erbsen aus. Wenn diese dann wild wuchsen, brachte er Robert völlig durchein-ander. Nora hingegen erklärte er, dass Läuse sich besonders gern saubere Köpfe aussuchen. Sie wollte sich deshalb die Haare nicht mehr waschen lassen und bekam furchtbaren Ärger.

Hatte Bertie jedoch einen guten Tag, dann half er seinen bei-den Geschwistern. Er übernahm für Robert die lästigen Schreib-übungen, und für Nora zeichnete er die Familie, wofür sie von Albert sehr gelobt wurde.

In diese Idylle wurde am 8. August 1910 das vierte Kind von Albert und Mariechen geboren, Marga. Sie war wie Nora ein freundliches Kind, das vor allem auf das Sattsein bedacht war. Wenn Mariechen beschäftigt war, übernahm eins der Kinder das Baby, schuckelte ihren Wagen, redete mit ihr oder schrie energisch nach Lissy.

Jeden Abend, wenn auch spät, kehrte Mariechens Mann von der Arbeit nach Hause und rief seine »Jungens« zur Ordnung.

Und meistens – wirklich allermeistens – hielten sie sich an die Regeln.

Auch unsere Familie wurde größer. Im Herbst 1910 brachte ich unseren zweiten Sohn zur Welt. Wir nannten ihn Fred. Er tat seinem Namen alle Ehre und war friedlich. Nur wenn ihm sein großer Bruder seinen Kuschellappen wegnahm, schrie er laut auf. Dennoch waren die Tage gut gefüllt: einkaufen, Essen zubereiten, aufräumen, Kinder anziehen, wieder ausziehen, schlafen legen, wecken, aufstehen, hinlegen, gehen, sitzen …

Meine Schwester Lea kam zu Besuch, und endlich saßen wir alle fünf, mit meinem Erstgeborenen sechs, einmal wieder bei unserem Vater in der Elisenstraße am Tisch. Fritz war kurz vor Abschluss seines Medizinstudiums und wollte demnächst ein Praktikum im Krankenhaus unseres Vaters machen. Sein Husten machte unserem Vater Sorgen, aber Fritz meinte, der käme nur vom vielen Lernen. Lea war immer noch voll Begeisterung für ihre Praxis in Berlin und hatte sich eine ruhigere Wohnung etwas außerhalb gesucht. Wir beschlossen, Lea gemeinsam zu besuchen, doch dazu musste der kleine Fred erst einmal aus dem Gröbsten heraus sein.

Die Wochen vergingen, wurden zu Monaten, Jahren. Klaus rannte vornweg, Fred krabbelte hinterher. Ich nahm den Kleinen an die Hand. Er lief allein, lachte laut, fiel, weinte, stand wieder auf. Fred pflückte seine erste Tulpe, die ich im letzten Herbst im Garten gesetzt hatte. Ich nahm sie ihm aus der Hand und tat sie in eine Vase.

Teil II

Der Zensus

»Du kannst dir nicht vorstellen, was ich heute erlebt habe«, begrüßte Mariechen aufgeregt ihren Mann, als dieser nach Hause kam.

Er schmunzelte. »Darf ich erst einmal reinkommen?«

Mariechen nahm ihm den Mantel ab. »Willst du etwas essen?«

Albert nickte.

»Wir haben eine Schulärztin.« Sie stellte ihm seinen Teller mit dem Essen hin, das im warmen Ofen auf ihn gewartet hatte, und setzte sich zu ihm. Sie genoss es, abends ihre Angestellten nicht zu rufen.

»Wieso Schule? Wieso Ärztin?«

»Hast du denn ganz vergessen, dass ich Robert heute auch auf der Heath angemeldet habe? Ich hoffe, die Schule gefällt ihm so gut wie Bertie.«

»Natürlich nicht.« Er kostete. Seinem Gesicht sah sie an, dass es ihm schmeckte.

»Pastinaken und Möhren, frisch aus dem Garten. Robert hat beim Ernten geholfen.«

Albert atmete tief aus. »Das tut gut bei dem englischen Mistwetter.« Er nahm einige Löffel und schaute dann seine Frau an. »Wieso Ärztin?«

Mariechen stand vom Tisch auf. »Sie heißt Dr. Helena Jones und ist sehr freundlich. Ihren Abschluss hat sie in London gemacht, ganz so wie Franzis Schwester in Zürich.«

»Und Bob?«

»Alles gut. Er ist kerngesund. Nächste Woche geht es los.«

Erst jetzt sah Mariechen, wie müde Albert war. »Und bei dir?«

Er stand auf und zündete sich eine Zigarette an. »Ich habe schlecht geschlafen.« Dann lächelte er. »Wenn der gute Bob jetzt auch in die Schule geht, hast du alle Zeit der Welt. Keiner macht mehr Unsinn.«

Mariechen strahlte. »Das wäre schön.«

Als sie am nächsten Morgen ihren Mantel anzog, um mit den

Mädchen spazieren zu gehen, fiel ihr ein Zettel in der Tasche auf. Sie zog ihn heraus. »Boykottiert den Zensus!«, stand groß darauf. Woher kam der? Sie hatte mit Dr. Jones gesprochen und mit dem Schulleiter. Dieser steife Herr Edwards konnte ihr diesen Zettel nicht zugesteckt haben. Dann musste es Dr. Jones gewesen sein? Sie nahm Nora und Marga an die Hand und ging in die Küche. Dort bereitete die Köchin das Mittagessen vor.

»Hannah, kannst du mir etwas über diesen Zensus erzählen? Manchmal denke ich, wir sind gerade erst nach England gezogen. Dabei wohnen wir schon zehn Jahre hier und verstehen doch längst nicht alles.«

Die Köchin schnitt weiter ihr Gemüse. »Sie meinen die Volkszählung?«

Nora stahl ein Stückchen Möhre, das sie laut knabberte. Marga wollte etwas davon abhaben. Die Köchin reichte ihr ein Stückchen. »Sie gehen von Haus zu Haus und wollen wissen, wer dort wohnt.«

Nora rannte aus der Küche hinaus und versteckte sich hinter der Tür. Hannah legte ihr Messer weg und schaute Mariechen an. »Sie fragen auch, wie viele Kinder man hat und wie viele gestorben sind. Deshalb sind manche Frauen gegen diese Volkszählung.«

Mariechen schaute erstaunt, und Hannah ergänzte: »Manche Männer auch.«

Mariechen strich sich grübelnd die Haare aus der Stirn. »Und du?«

»Ich bin Köchin, Mrs.«

Mariechen strich ihr über den Arm. »Danke dir.« Dann ging sie zur Tür, hinter der Nora steckte und sie erschreckte.

Als sie in der folgenden Woche mit Arthur an neuen Stücken arbeitete, setzte er sich zu ihr auf den Klavierhocker. Vorsichtig rückte sie etwas zur Seite. Er lächelte, sie begann zu spielen. Er korrigierte sie und legte dabei seine Hand auf die ihre. Das hatte er noch nie getan. Sie zog die Hand weg und stand auf. »Irgendwie kann ich mich heute nicht konzentrieren.«

Er stellte sich zu ihr. »Warum?«

»Manchmal verstehe ich England nicht«, begann sie. »Warum boykottieren manche den Zensus, die Zählung der Haushalte?«

Arthur räusperte sich. »Was geht es den Staat an, wer in einem Haus wohnt? Sie fragen die Menschen, wie viele Geburten es gibt, wie viele Kinder gestorben sind.«

Mariechen war erstaunt, wie mürrisch dieser Satz klang. »Vielleicht wollen sie etwas gegen diese hohe Kindersterblichkeit tun?«

Arthur schüttelte den Kopf. »Das kann ich mir nicht vorstellen.«

Sie hatte das Gefühl, dass ihm die Frage nicht gefallen hatte. Darum gab sie vor, sich nicht wohlzufühlen, und verabschiedete sich kurze Zeit später.

Am Abend sprach sie Albert auf den Zensus an.

»Den Zensus boykottieren? Was soll das?«, regte er sich auf. »Was soll das bringen? Das ist genauso idiotisch wie die zerstörerische Gewalt mancher Suffragetten.«

Mariechen erschrak. »Meinst du nicht auch, dass Frauen wählen können sollten?«

Albert hob entschuldigend die Hände. »Ich sage ›mancher‹.« Er ging durch das Zimmer und zündete sich eine Zigarette an. »Natürlich muss es Veränderungen geben, aber langsam. So mit Gewalt und Boykott kommt kein Land voran.«

Trotzig widersprach Mariechen. »Aber ich würde auch nicht angeben wollen, wenn ich ein Kind verloren hätte.«

Albert fasste sie beruhigend an den Schultern. »Hast du aber nicht. Haben wir nicht.«

Sie nickte. Dennoch traten ihr Tränen in die Augen.

»Mariechen, wir sind hier Gäste. Unsere Kinder sind Engländer, wir Deutsche. Ich habe hier Arbeit, die ich liebe und die gut bezahlt ist. Und du kannst Musik machen und deine Vorträge halten. Unsere Kinder sind hier geboren. Wer weiß, wo wir in Deutschland jetzt stünden?« Albert zog nochmals an seiner Zigarette. »Wir sollten uns wie Gäste verhalten.«

Mariechen überlegte lange, ob sie Dr. Jones auf den Aufruf ansprechen sollte. Sie tat es nicht.

Die Ausstellung

Wir sind wieder einmal aus dem Gröbsten raus, und ich komme mit den beiden Mädchen. Die Jungen gehen jetzt zur Schule, und da wollen wir sie nicht aus ihrem guten Rhythmus herausnehmen. Ich habe eine Überraschung für dich.

In Mariechens Brief steckte eine Eintrittskarte für die Sonderbundausstellung in Köln, eine Einladung für mich. Die Zeitungen hatten viel über die Ausstellung berichtet. Die Kölnische Zeitung hatte über van Gogh, Cézanne und Signac gejubelt, jedoch über Gauguin geschimpft. Sie nannte sein Werk einen »minderwertigen Bilderbogen«, der zum Teil geschmacklos sei. Das bezog sich auf die Darstellungen von Frauen in Tahiti. In Paris gescheitert würde er sich jetzt dieser Exotik widmen.

Über van Gogh haben die Zeitungen vor wenigen Jahren auch geschimpft, dachte ich. Und hatte der Autor nicht auch geschrieben, dass diese Ausstellung nicht eigentlich international, sondern mehr von der französischen Moderne geprägt sei, die Europa gerade mit ihren Kunstwerken überschwemmte, und dass die ehemaligen Führenden im Sonderbund durch völlig von dieser Kunst Begeisterte an den Rand gedrängt wurden?

Das hatte ich im Bericht über die Eröffnung im Mai 1912 gelesen. Es konnte also eine interessante Ausstellung sein. Meine geistige Beweglichkeit hatte ich in den letzten zwei Jahren sträflich vernachlässigt. Und ich hoffte für Mariechen, dass die Überraschung nicht noch ein fünftes Kind sein würde. Walter und ich hatten jedenfalls beschlossen, dass wir es bei zwei Jungen belassen würden.

Mariechen kam mit den beiden Mädchen und quartierte sich

bei ihrer Mutter in der Kamekestraße ein. Sie bat mich, zu ihr zu kommen. Wir könnten erst einen Tee trinken und dann zur Ausstellung aufbrechen.

Sie sah gut aus, trug ein helles zweigeteiltes Kleid, das locker über ihren schlanken Körper fiel. Unwillkürlich strich ich mir über meinen dunklen Rock, mit dem ich hoffte, etwas schmaler auszusehen. Ich umarmte meine Freundin. »Wie machst du das nur?«

Mariechen lachte. »Die fünf essen mir einfach die Haare vom Kopf.« Schon stürmten Nora und Marga herein. Hinter ihnen ging langsam Mariechens Mutter. Sie humpelte etwas.

»Pannenkuchen«, rief die kleine Marga, kletterte auf den Stuhl am Esstisch und nahm eine Gabel in die linke Hand.

»Warte!«, rief Mariechen und nahm ihr das Besteck weg. Jetzt roch ich es auch. Leckere süße Pfannkuchen und Apfelkompott mit Zimt. Das Mädchen stellte die dampfende Servierschale und eine große Schüssel mit dem gekochten Obst auf den Tisch.

Wir aßen, schwatzten und hatten Spaß, bis ich völlig müde war. Mariechens Mutter ermahnte uns, nicht so durcheinanderzureden. Ich fühlte mich in unsere Kindheit versetzt. Ein starker schwarzer Kaffee weckte mich wieder. Es klingelte. Ich hörte Mennys Stimme.

Mariechen begrüßte ihn freudig und wandte sich an mich: »Er fährt uns.« Dabei zwinkerte sie ihm zu.

Irgendetwas führen sie im Schilde, dachte ich.

Die Ausstellungshalle befand sich am Aachener Tor. Menny fuhr einen Umweg zur Aachener Straße, weil er sich schon vorher über die vielen Menschen auf den Ringen geärgert hatte. Ich wunderte mich über den Ort der Ausstellung außerhalb der Ringe, die für mich wie früher die Innenstadt von den neu hinzugekommenen Vierteln trennte. »Was haben sich die Organisatoren nur dabei gedacht?«

Mariechen, die vorn neben ihrem Bruder saß, drehte sich zu mir um und schmunzelte. »Groß, größer, am größten.«

Wir fuhren auf das Gelände und parkten. »Ich bringe euch

hinein und bin dann wieder weg.« Menny schaute auf seine Uhr. »Gegen sechs?«

»So lange sollten Mutter und das Mädchen durchhalten.«

Er umarmte sie, sie drückte ihn. »Mach dir nicht immer Sorgen. Die Mädchen sind nichts gegen deine Jungs.«

Ich schaute mich um. Die Halle war riesig. »Danke fürs Fahren.«

»Für euch immer.« Menny ging vor.

Die Eingangshalle erschlug mich fast. Eine Übersicht über die Räume hing an der Wand. »Ob wir das hier heute schaffen?«

Menny schüttelte den Kopf, und Mariechen lachte. »Sicher nicht.« Sie drehte sich im Kreis.

Ich folgte ihr. Plötzlich spürte ich einen Atem an meiner Seite, eine Hand auf meinem Arm. »Na, da sind sie ja wieder: Mariechen und ihre beste Freundin.«

Diese Stimme kannte ich gut. Seine Finger waren lang und schmal, sehr weich. Er roch nach Seife und leicht nach Parfüm, und er schien nicht zu rauchen. Wie ungewöhnlich! »Richard?«

»Schön, euch zu sehen.«

Mariechen fiel ihm um den Hals. »Wie lange ist es her, dass wir uns gesehen haben?«

»Jahre, Jahrzehnte, Jahrhunderte.«

Sie war gut gelaunt. »Übertreib nicht immer.«

Menny klopfte ihm auf die Schulter. »Ich überlasse dir die Damen. Gegen sechs Uhr bin ich wieder da. Wir sehen uns morgen.« Am Eingangstor drehte er sich jedoch nochmals um. »Und halte nicht zu komplizierte Kunstvorträge für die Damen.«

»Überlass ruhig mir, was ich so erzähle.« Richard winkte ab. »Wer ist hier der erfahrene Ältere?«, wandte er sich an uns.

Mariechen hakte sich bei ihm unter. »Natürlich du.«

Richard führte uns durch die Säle, die er ausgewählt hatte. Einige Bilder von van Gogh, viele von Cézanne. An Picasso rannte er vorbei. »Ihr müsst wiederkommen.«

Ich nickte, Mariechen schimpfte. »Als ob ich mit vier Kindern immer durch Ausstellungen rennen könnte.«

Richard hob den Zeigefinger. »Prioritäten, meine Damen, Prioritäten.«

Wir gingen durch die Säle 10 und 11. »Hier seht ihr meine Hängungen. Ihr habt vielleicht schon gehört, dass ich im Kunsthandel tätig bin.« Er zeigte auf ein farbenfrohes Bild eines Zimmers, das wie von Kinderhand gemalt wirkte. »Matisse.« Dann deutete er auf einen Berg. »Braque.« Danach wandte er sich einem grimmigen Mann zu. »De Vlaminck. Das kennt ihr alles.«

Ich schwieg. Ich kannte nichts. Mariechen nickte bestimmt. »Dieser Matisse hat es mir besonders angetan.«

Da war ich ihrer Meinung. »Das ist schön, aber alles andere …« Ich suchte nach den richtigen Worten. »Viele Bilder sind so ungewohnt.«

Richard schmunzelte. »So geht es vielen. Das ist eben das Neue in der Kunst.« Doch dann winkte er uns, ihm zu folgen. »Joveneau. Einfach genial, dieses Stillleben, weil es gar kein Stillleben ist.«

Jetzt nickte ich. »Wegen der Frau im Spiegel.«

Begeistert jubelte er. »Gut gesehen.« Plötzlich machte er ein ernstes Gesicht. »Ich wüsste gern, welcher Künstler die Zeiten überleben wird, was bleibt, was Zeitgeschmack ist.« Er rieb sich die Schläfen, als könnte er damit diese Gedanken vertreiben. »Lust auf einen Tee, einen Kaffee?«

Wir saßen und tranken und schwatzten. Es war, als hätten wir gerade erst letzte Woche, nein, gestern den Kontakt zueinander verloren. Richard schwärmte von Paris und seinen verrückten Künstlern.

»In meinem Atelier dort, da ist für mich alles normal. Nicht so wie hier, wo Vater und Otto, ja die gesamte Familie immer meint, ich sei anders.«

Mariechen berührte seinen Arm. »Bist du doch aber auch.« Sie lächelte. »Sei stolz darauf.« Dann wurde sie ernst. »Ich habe ein Werk von dir vermisst.«

Richard nickte. »Ich bin als Kunstkenner hier, nicht als Künstler.«

Mariechen und ich schauten ihn begeistert an. Dann erzählte sie von England, den Vorträgen, Konzerten, ersten kleinen Kompositionen. »Und Bertie, er erinnert mich immer an dich.« Sie lachte laut. »Wie du. Kaum sitzt er am Tisch, wackelt der Stuhl. Kaum greift er zur Tasse, fällt der Stuhl um.«

Richard rüttelte an ihrem Stuhl, sodass sie fast umfiel. Sie schrie auf. Die Leute im Café drehten sich zu uns um. Wir hatten Spaß wie Kinder.

»Ihr solltet mich besuchen kommen in Paris.«

Wir nickten eifrig. Dann bildete sich eine Falte auf Mariechens Stirn. »Vielleicht wäre es einfacher, du kämst nach Halifax.«

»Gibt es dort eine gute Galerie?«

»Nein, aber Herbert und Robert und Nora und Marga.« Dann holte sie Luft. »Und Albert.«

Er fasste ihre Hand. »Grüß ihn von mir. Ich komme.«

Ich schaute ihm ins Gesicht. »Zeigst du mir dein Atelier, wenn ich nach Paris komme?«

Richard nickte ernsthaft.

»Hast du etwas Neues?«

Seine Stimme klang traurig. »Nach einem Cézanne, einem Matisse, einem Seurat, was kann man noch malen?«

»Das sehe ich anders«, warf Mariechen energisch ein. »Was soll ich sagen, nach Schumann, Beethoven, Purcell? Ich spiele und komponiere auch.«

Er schaute sie traurig an. »Ich weiß, und das ist gut so.«

Menny holte uns pünktlich ab. Am Abend, als die Jungs im Bett waren und mein Mann nochmals ins Krankenhaus geeilt war, gönnte ich mir ein Glas Wein und dachte über diesen Tag nach. Richards Hände hatten sich so warm angefühlt, weich und elegant. Sie rochen gut nach Seife und ein wenig Parfüm. Er rauchte nicht und trank Espresso. Er war bestimmt der meistgebildete Mensch, den ich kannte, auch wenn er kein Abitur hatte. Er war klug und charmant und sah immer noch aus wie damals, als er gemeinsam mit seinen Cousins Katzenmusik gemacht hatte: schmal und schlank, mit den dichten dunklen Haaren der Bing-Goetz-Familie, seinen großen neugierigen Augen und dem breiten Lächeln. In meinem Bauch hatte es gekribbelt, als ich seine Stimme erkannt hatte.

Es gibt Momente, in denen man aus seinem Alter hinaustritt in seine Jugend. Es fühlt sich genauso an, als wäre man nochmals vierzehn, achtzehn oder fünfundzwanzig. Aber man ist es nicht. Ich war es nicht. In diesem Haus schliefen zwei kleine Jungen in ihren Betten. Mariechen hatte ihr Zuhause in Halifax gefunden, Hugo seines in Florenz, Richard sein Atelier in Paris, Menny mit seiner Familie und mein Mann und ich wohnten hier in Köln.

Ich stand auf und trat an das Fenster. Die Straße war ruhig, die Bäume bogen sich leicht im Wind. Ich holte tief Luft und fragte mich, wann und ob ich Richard wieder treffen würde. Mehr noch fragte ich mich, ob ich das überhaupt wollte.

An meinem freien Tag in der folgenden Woche besuchte ich die Ausstellung noch einmal allein. Im Saal 24 fand ich Ansichten von Paris von Pellegrini, eher traditionell, nicht so farbenstark wie der Matisse, der mir gefallen hatte. Schöne Bilder, eine schöne Stadt, dachte ich. Richard selbst begegnete ich nicht.

Der Fives Court

Herbert warf seinen Ranzen in die Ecke. Es knallte laut. Die Köchin ließ in der Küche ihr Messer scheppernd in das Waschbecken fallen. »*Eddy is a* Mistvieh.«

Albert schaute von seiner Zeitung auf. »Nicht so einen Tonfall.«

Der Junge polterte weiter. Robert schaute abwartend hinter seinem großen Bruder durch die Tür. »*He says that* mein Englisch ist schlecht.«

»Und erst recht nicht in diesem deutsch-englischen Kauderwelsch«, erwiderte Albert. Ruhig stand er auf und setzte sich an den Tisch. »Hannah, wir haben Hunger.«

Eilig brachte die Köchin die Suppe in den Salon. Ihre Hände zitterten, als sie die schwere Schüssel abstellte.

»Kartoffelsuppe«, lobte Albert. Seinen »Jungens« rief er zu: »Hände waschen, und dann setzt euch.«

Albert genoss die Suppe. Herbert machte ein mürrisches Gesicht, aber er aß. Robert löffelte, ohne auf sein Essen zu achten. Offensichtlich wartete er auf einen erneuten Ausbruch seines Bruders, der dann auch prompt kam, kaum dass dieser seine Suppe aufgegessen hatte. »Sie sagen, ich hätte einen deutschen Akzent.«

Albert reckte sich. »Na und?«

»Das nervt.« Robert rutschte auf seinem Stuhl hin und her. »Phil sagt auch, dass wir nie Engländer werden.«

»Na und?«, wiederholte Albert. »Wir sind Deutsche, aber ich arbeite hier. Und wenn wir nicht die Teppiche machen würden, würden die Leute hier ganz schön kalte Füße bekommen.«

Robert grinste. »Das sag ich ihnen morgen.«

Herbert jedoch beließ es bei seiner grimmigen Miene. »Für dich ist es einfach. Du bist der Chef.«

Albert nickte. »Ich muss mich auch durchsetzen, und das geht am besten, wenn man gut Englisch spricht.«

Mariechen erzählte mir später von dem Gespräch zwischen Vater und Söhnen. »Vielleicht sollten wir wirklich Engländer werden? Dann hätten es die Kinder einfacher«, sagte sie.

Was sollte ich ihr dazu raten?

Wenige Tage nachdem Mariechen nach England abgereist war, erhielt ich einen Brief.

Liebe Franzi,
du glaubst nicht, was hier passiert ist! Ich habe dir doch von Herberts Kummer erzählt. Heute jedoch kam er strahlend von der Schule nach Hause gerannt. Er hatte ein hochrotes Gesicht, weil er uns alles so schnell erzählen wollte. »Ich

habe gewonnen, gegen Eddy«, schrie er. »Er jubelte und tanzte im Kreis.«

»Beim Rugby?«

Herbert schüttelte energisch den Kopf. »Im Fives Court.«

»In welchem Gericht?«, fragte ich nach.

Robert stürzte im selben Moment zur Tür herein. Beide lachten und schlugen sich dabei begeistert auf die Oberschenkel. Prustend rief Herbert mir zu: »Ma, du musst noch mal in die Schule gehen.« Dann erklärte er es mir: »Das hast du verpasst, als du in Köln warst. Wir haben jetzt ein Fives.«

Robert sprang hin und her. »Da und da und da sind Wände, und dann schlägst du den Ball dagegen. Einmal du, einmal dein Gegner.«

Erst habe ich nichts verstanden. Dann hat mich Herbert in den Garten gezogen und auf die Schubkarre gezeigt.

»So sieht ein Fives aus: drei Wände, hinten höher und an den Seiten abflachend. Nur dass es bei uns in der Schule zehnmal größer ist, ein Raum, nach vorn offen.«

Robert nickte seinem Bruder begeistert zu. »Das macht so viel Spaß.«

»Du darfst nur die Vorhand benutzen, also immer links, rechts, links, rechts. Der Eddy ist immer wieder ausgerutscht. Der kann das echt nicht.« Herbert hat sich dann nochmals lachend auf die Schenkel geschlagen.

Triumphierend hat er sich an diesem Tag an den Mittagstisch gesetzt. »Der Eddy soll mir nochmals damit kommen, dass ich nicht gut Englisch spreche. Dem zeige ich es.«

Ich bin froh, dass es meinem Großen wieder besser geht. Es ist so ein Elend, wenn dein Kind elend ist.

Das konnte ich gut verstehen. Ich mochte es auch nicht, wenn meine Jungs schlecht gelaunt waren.

Das Paket

Ende 1913 klingelte der Postbote an Mariechens Tür. Sie kannten sich gut, denn regelmäßig kamen Briefe von ihren Brüdern und ihrer Mutter, wöchentlich sandte sie Informationen über ihr Leben, vor allem über die Kinder, nach Köln. Pakete erhielten sie jedoch nur an Feiertagen, und es war noch nicht Weihnachten.

Aufgeregt öffnete Mariechen die Schachtel: ein Brief, ein Heft mit Noten, von Liesel aus Wien, Mennys Frau. Sie war offensichtlich bei ihren Eltern zu Besuch.

Im ersten Moment war eine so plötzliche Angst in ihr aufgestiegen, dass etwas Schlimmes geschehen sei. Nun atmete sie wieder ruhig. Sie setzte sich in den Salon und riss den Brief auf.

Liebe Schwägerin, du Gute, hier Noten von Korngold. Wir haben ihn gerade in Wien gesehen, nein gehört, phantastisch, ein Wunderkind. Ja, er ist ein Wunderkind. Seine Musik sollte dir gefallen, denke ich, glaube ich. Ich hoffe, du hast Freude dabei!

Wie lieb, dachte Mariechen. Sie ließ die Schachtel in der Diele stehen und nahm die Noten in die Hand. Ruhig setzte sie sich an ihren Flügel und schaute auf die erste Seite. Nicht einfach, dachte sie. Aber schön! Erich Wolfgang Korngold, »Sonate G-Dur op. 6«.

Dann vertiefte sie sich in die Noten, spielte, probierte, übte. Doch wer, überlegte sie, könnte die Violine übernehmen?

»Mariechen?« Alberts Stimme riss sie aus ihrer Welt. Sie hörte abrupt auf, stand auf und reckte sich. Wie lange hatte sie Klavier gespielt? Ein, zwei Stunden?

Glücklicherweise hatte das Mädchen die Schachtel bereits weggeräumt. Sie hielt Albert die Noten hin. »Von Liesel aus Wien. Das ist phantastisch.«

Er lächelte mühsam, sah müde aus. »Ich habe Hunger.«

Es klingelte. Das Kindermädchen kam mit den Kindern nach Hause.

Mariechen fand einen Solisten, der die Violine zu Korngolds Sonate spielen konnte. Sie übten gemeinsam, arbeiteten hart. Mir schickte sie die Kritik vom »Telegraph«:

»Das letzte Konzert der Kammer-Serie von Frau Herz war bemerkenswert allein durch die Tatsache, dass Musiker aus Bradford das neueste Werk des Phänomens Erich Wolfgang Korngold wenige Wochen nach dessen Veröffentlichung hören konnten. Dass dieses Unternehmen offenkundig geschätzt wurde, machte der warme Empfang für Frau Herz (Piano) und Herrn J. William Sugden (Violine) deutlich und die Begeisterung, die der herrlichen Aufführung folgte.«

Was für ein Erfolg, dachte ich beim Lesen. Sie hatte es gut, war gut. Zugleich kam in mir ein mulmiges Gefühl auf. War ich etwa eifersüchtig auf meine Freundin?

Ich las weiter.

»Wie Herr Newman sagte: ›Wenn man nichts über ihn wüsste, würde man meinen, dass dies die Musik eines Manns in seinen vierziger Jahren wäre ...‹ Es ist enorm schwierig aufzuführen, und Frau Herz und Herr Sugden verdienen Glückwunsche für ihren Erfolg. Beide waren für diese Aufgabe technisch exzellent vorbereitet und trugen das Werk zudem mit künstlerischem Mitgefühl und Göttlichkeit vor.«

Glück und Unglück

Wenig später schrieb mir Mariechen erneut.

Liebe Franzi,
Stainer & Bell haben meine Noten gedruckt: »›La Fileuse‹,
›Pippa Passes‹, ›Spring is Coming‹, ›The Fair Maid ...‹ *und*

›Shadow March‹, Worte in Englisch und Deutsch, Komposition Maria Herz«.
Die Noten habe ich auf den Flügel gestellt. Für immer. Damit ich sie jederzeit vor mir habe. Das sieht gut aus, fühlt sich richtig an. Albert hat zu mir gesagt, dass sie genau hierhin gehören. Ich bin jetzt gedruckt. Stell dir das vor! Albert hat dabei auf den Stapel der Fachzeitschriften gezeigt, in denen er Artikel veröffentlicht hat, und gesagt: »Mal sehen, wer von uns beiden schließlich den höheren hat.«
In Liebe
Mariechen

Wie stolz diese Zeilen klangen. Albert und Maria standen jetzt in einem Wettbewerb, wer mehr veröffentlichen würde.

Ich freute mich darüber, dass es ihr gut ging. Ich ahnte nichts davon, dass sie in dieser Zeit eine große Krise erlebte.

Im Sommer 1913 hatte das Telefon bei Familie Herz in Halifax geklingelt. Albert nahm den Hörer ab.

»Nein. Nicht soweit ich weiß«, sagte er. Er antwortete in Englisch.

Mariechen dachte, dass es ein Arbeitskollege wäre. Doch dann hielt er die Hand an den Hörer und wandte sich an sie. »Hast du Arthur Grimshaw in der letzten Woche gesehen?«

Sie schüttelte den Kopf. »Ich war nicht in Leeds.«

»Nichts gehört von ihm?«

»Nein.«

»Elaine ist am Apparat, Arthurs Schwester.« Sie wohnten gemeinsam in einem Haus.

Albert antwortete für Mariechen. »Leider nicht. Wir können nicht helfen. Aber bitte halten Sie uns auf dem Laufenden.«

Er schaute Mariechen an. Sein Gesicht war blass. »Arthur ist verschwunden, schon seit drei Tagen.«

»Wie, verschwunden? Arthur?«

»Die Polizei ist eingeschaltet.«

Elaine meldete sich nicht bei Mariechen, nicht bei Albert. Arthur blieb verschwunden. Mariechen erkundigte sich bei den Mosers. Sie hatten davon gehört, wussten jedoch nicht mehr als sie. Mariechen fragte in der Kirche in Leeds nach. Die Polizei hatte eine Suchmeldung herausgegeben. Bisher gab es keine Informationen.

Mariechen überlegte, ob sie Elaine anrufen sollte. Sie griff zum Hörer, wählte und legte wieder auf, bevor der Ruf rausging.

Die Kinder bestimmten den täglichen Rhythmus, lenkten sie ab. Doch in der Nacht kamen die Fragen. Wie konnte ein Mensch verschwinden? Was war mit Arthur geschehen? War es ein Verbrechen, oder war er weggegangen?

Arthur war Komponist, Chorleiter, Organist in der Kathedrale von Leeds. Es ging ihm gut. Doch als er damals die Hand auf ihre legte, hatte das ein merkwürdiges Gefühl in ihr ausgelöst. Sie hätte nicht wegrennen sollen. Sie hätte ihn fragen sollen, was los war. Aber sie hatte nicht gewusst, wie und was sie fragen sollte. Es war eine unangenehme Situation gewesen. Ihr Bauch hatte gegrummelt. Deshalb war sie schnell gegangen. Danach hatten sie gemeinsam gearbeitet, doch immer seltener. Manchmal sagte sie ein Treffen ab, manchmal er. Die Beziehung war abgekühlt.

Eine Woche nach dem Anruf war sie mit der Familie auf einen kurzen Urlaub aufs Land gefahren, eine Stunde von Halifax entfernt. Sie genoss die Ruhe, Lissy, die sich um die Kinder kümmerte, die langen Spaziergänge mit ihrem Mann. Besonders liebte sie es, am Morgen lange zu frühstücken und dabei die Zeitung zu lesen. Die Sorge um Arthur schob sie in den Hintergrund, bis sie am 3. August 1913 den Londoner »Guardian« aufschlug:

»Der Komponist und Organist aus Leeds, Herr Arthur E. Grimshaw, ist im Hawksworth-Moor tot aufgefunden worden. Als Todesursache wurde Herzversagen festgestellt.«

Mariechen wurde blass und ließ die Zeitung fallen. Ihr Mann wusste sofort, dass etwas Schlimmes passiert war, trat zu ihr und nahm sie in die Arme.

Sie war froh, dass Albert nicht fragte, warum sie nicht zur Beerdigung eingeladen worden waren. Von der Zeremonie erfuhr sie erneut aus der Zeitung.

Bei Crossley Carpets gab es viel zu tun. Albert arbeitete rund um die Uhr. Sie setzte sich an das Klavier, doch die Freude am Spiel war verschwunden, wie ausgelöscht. Zum ersten Mal in ihrem Leben fühlte sie sich müde. Sie hatte geheiratet, war nach England ausgewandert, hatte vier Kinder geboren, musikalische Vorträge gehalten, kleine Konzerte gegeben, sich Unterstützung gesucht, Erfolge erlebt. Sie hatte einen Lehrer gesucht, Arthur gefunden, erste kleine Kompositionen geschrieben, diese veröffentlicht. Er hatte Variationen zu ihrem Thema geschrieben. Dann hatte er ihre Hand berührt, und sie hatte sie ihm entzogen. Fast hektisch war sie danach aufgebrochen. Aber was hätte sie sonst tun sollen?

Was hatte er von ihr gewollt? Sie war verheiratet, Deutsche, Jüdin, hatte vier Kinder. Er war Musiker, lebte mit seiner Schwester zusammen, Engländer, Katholik.

Unter Tränen erzählte mir Mariechen davon, als sie zur Hochzeit von Alberts Bruder Julius nach Köln kamen. Ein langer Urlaub war geplant. Doch dieser stand 1914 unter keinem guten Stern.

Vorbereitungen für eine Hochzeit

Am Tag nach ihrem letzten Kammerkonzert der Saison in Bradford im März 1914 fing Mariechen an, Sachen für die Reise nach Köln zusammenzusuchen. Sie stellte ihre Koffer in das Schlafzimmer und schaute sich um. Dieses Pastellgrün an den Wänden, das große Bett mit heller Bettwäsche, die Vorhänge, einen winzigen Ton dunkler als die Tapeten, die karierte Kammgarndecke, die ihre Füße wärmte, das hier war ihr England.

Diesmal würden sie gemeinsam unterwegs sein: die dreijährige Marga, Nora, sieben Jahre alt, und Herbert, fast zwölf, und Robert, zehn Jahre alt. Für die Hochzeit von Julius Herz und Helene würde sie gute Kleider einpacken, jedoch erst kurz vor der Abreise. Es war noch gut acht Wochen Zeit, und manchmal wuchsen die Kinder schneller, als es ihr lieb war. Die festlichen Stoffe würden überdies gequetscht werden.

Albert schlug vor, sich bei seiner Mutter Thekla und seinem kleinen Bruder Willy einzuquartieren. Mariechens Mutter Henriette hatte für den Sommer 1914 eine Reise nach Wernigerode geplant. Dort im Harz wollten sie sie nach den Festlichkeiten besuchen. Die Wohnung in der Kamekestraße war zudem viel kleiner als alle früheren Unterkünfte ihrer Mutter. In der Wohnung der Familie Herz in der Mozartstraße 30 war hingegen genug Raum, und Willy, vier Jahre jünger als sie selbst, war immer zu Späßen aufgelegt. Das würde den Kindern gefallen.

Dieses Mal wollte sie unbedingt ihre Programme und Zeitungsausschnitte mit nach Deutschland nehmen. Sie wollte zeigen, was sie tat, holte die Mappe, in die sie die Papiere ungeordnet hineingelegt hatte, hervor. Sie rückte sich einen Stuhl an den Koffer und setzte sich.

27. Oktober 1908: musikalischer Vortrag in der Salem-Sonntagsschule. Mariechen erinnerte sich an die Mosers und Franzi, die dabei waren. Waren es vierzig Zuschauer gewesen oder vielleicht weniger? Egal. Sie legte das Programm in einen Umschlag. Zum Schiller-Verein waren schon mehr gekommen. Sie schmunzelte. An diesem Abend hatte der Vorstand extra die Regeln verändert: Sie durfte als Frau den Vortrag halten. Dass sonst nur Männer zugelassen waren, hatte sich bis heute nicht geändert. Richtig heiß war ihr vor Aufregung geworden, als sie sich an das Klavier gesetzt hatte. Sie konnte sich genau daran erinnern, als hätte sie den Vortrag erst gestern gehalten.

Am 9. Februar 1909: Erst hatte sie gemeinsam mit Cinganelli und Schott gespielt, die liebe Madge Whitaker gesungen, dann saß sie ganz allein am Flügel. Plötzlich war sie viel aufgeregter gewesen als bei dem Trio. »Sonate Nr. 2 in H-Dur von Dr. Herz«, stand im Programm. Sie musste lachen: Es wäre nicht schlecht, einen Doktortitel zu haben.

Dann am 11. Februar 1910: »Variationen zu einem Thema in g-Moll von Frau M. Herz, Arthur E. Grimshaw«. Ihre Hände fielen traurig auf ihren Schoß. Das Programm flatterte in den Koffer. Tränen liefen ihr über das Gesicht. Arthur, ihr Arthur, ihr Lehrer. Ob sie wohl ohne ihn das Komponieren ernst genommen hätte? Wo sie jetzt wäre?

Mariechen bemerkte nicht, dass Albert zum Mittagessen nach Hause gekommen war. Erst als er die Tür zum Schlafzimmer öffnete, wischte sie sich hastig die Tränen vom Gesicht. Sie stand auf. Er umarmte sie, hielt sie fest in seinen Armen. Sein Blick richtete sich auf den Koffer. Er erkannte das Programm. Umarmt standen sie so einige Minuten da.

Leise sprach er zu ihr. »Köln wird dir guttun.«

Vor der Abreise fuhren sie nach Bradford, um die Mosers zu treffen und die Reformsynagoge zu besuchen. Nicht dass sie regelmäßig den Sabbat dort gefeiert hatten, als sie noch dort wohnten. Dabei war die Synagoge nur um die Ecke gewesen. Und seit sie in Halifax lebten, waren sie kein einziges Mal hingefahren, wie sie ohnehin alle religiösen jüdischen Festlichkeiten auf ein Minimum hinuntergefahren hatten. Das tägliche Leben bot so viele Begegnungen. Die Vorträge und Konzerte nahmen Zeit in Anspruch, und Albert arbeitete rund um die Uhr.

Sie hatten Florence und Jacob Moser erst vor Kurzem noch beim Konzert getroffen. Dennoch begrüßte Florence die Familie Herz überschwänglich und bewunderte die Kinder. Mariechen nahm Marga auf den Arm. Albert verstrickte sich sofort mit Jacob Moser in eine Diskussion über die schwierige politische Lage in Europa und die Gründung eines jüdischen Staates.

Florence zog Mariechen zur Seite. »Wir machen uns Sorgen um euch. Es riecht nach Krieg in Europa.«

Mariechen wehrte ab. »Darüber wird schon seit Jahren gesprochen.«

Florence nickte. »Werdet ihr Engländer werden? Eure Kinder sind es doch?«

Mariechen dachte nach. Marga fing an zu quengeln. Sie setzte sie ab. »Ich spreche mit Albert darüber.«

Florence legte ihr die Hand auf die Schulter. Sie fühlte sich warm an, ihr Gesicht sah so freundlich aus. Dennoch sagte sie bestimmt: »Tu das!«

Marga rannte zu den anderen Kindern, und Mariechen entschuldigte sich.

Im Juli 1914 setzte sich die Familie Herz in den Zug in Richtung Köln. Sie hatten sich entschieden, ihr Kindermädchen Lissy nicht mitzunehmen, sondern mit Unterstützung von Alberts Mutter Thekla ein deutsches Mädchen zu beschäftigen.

Der Zug setzte sich in Bewegung. Das gleichmäßige Rattern wurde ab und zu vom Schnaufen der Dampflok unterbrochen. Herbert und Robert drückten ihre Nasen an die Fensterscheibe und wetteten, wie schnell sie an Feldern und Bäumen vorbeifuhren. Nora zeichnete, Marga schaute ihrer Schwester zu und summte vor sich hin. Mariechen sah Albert an, der in die Tageszeitung vertieft war.

Er spürte ihren Blick. »Dieses Attentat auf das österreichische Thronfolgerpaar wird uns noch ins Verderben stürzen.«

Mariechen lenkte seinen Blick mit ihren Augen auf die Kinder. Herbert schaute neugierig auf seine Eltern, sagte jedoch nichts. Mariechen flüsterte: »Keine Politik. Bitte nicht heute.«

Doch als sie die Fähre bestiegen, schrie ihnen ein Zeitungsjunge die Neuigkeiten entgegen: »Österreich-Ungarn und Serbien. Unerträgliche Spannungen.«

Albert legte seinen Arm um Mariechens Schulter. »Ich fürchte, wir werden der Politik in diesem Sommer nicht aus dem Weg gehen können.«

Zu Besuch in Köln

Mariechen holte mich in unserem Haus ab, und wir spazierten am nahe gelegenen Rhein entlang. »Den Fluss vermisse ich in Halifax«, sagte sie.

Wir gingen eng nebeneinander. »Vielleicht auch ein bisschen mich?«

Sie lachte. »Natürlich.« Dabei drückte sie meine Hand. »Aber einsam wird mir mit den Kindern nie.«

Wir liefen langsam am Hafen vorbei zum Zentrum. Die Stadt hatte hier einen breiten Weg angelegt und Blumen gepflanzt. Ein leichter Wind blies von hinten. Fast gleichzeitig strichen wir uns die Haare aus dem Gesicht. Es roch nach Öl und Abfällen.

»Diesen Gestank jedoch vermisse ich ganz und gar nicht.« Mariechen nahm meine Hand. Wie Kinder rannten wir laut lachend zum schönen Teil des Rheinufers. Schwer atmend hielten wir an und ließen uns auf eine Bank fallen.

Ich keuchte. »Ich bin nichts mehr gewohnt.«

»Ich auch nicht.« Mariechen lehnte sich an mich. »Die Mosers, du kannst dich erinnern …« Ich nickte. »Sie meinen, wir sollten Engländer werden.«

Es war warm, doch ich spürte die Gänsehaut auf meinen Armen. »Wollt ihr für immer dort bleiben?«

Sie setzte sich auf. »Als Engländer hätten wir alle Rechte, bräuchten nicht die Genehmigungen beim Konsulat zu verlängern, egal, was diese Unruhen noch bringen.«

Ich schüttelte den Kopf.

»Unsere Kinder sind Engländer. Sie sind dort geboren und sprechen Englisch«, beharrte Mariechen.

»Aber du bist Kölnerin und wirst es bleiben bis an dein Lebensende.« Ich fasste sie an der Schulter und schaute ihr in die Augen. »Du kannst dein Land nicht einfach aufgeben, weil Albert dort Arbeit gefunden hat.«

Sie hielt meinem Blick stand. »Wir leben jetzt seit dreizehn Jahren in England, dreizehn lange Jahre.«

Ich ließ sie los. »Entschuldige. Ich habe kein Recht dazu, etwas zu sagen. Ich lebe in Köln und will auch gar nicht fortgehen. Ehrlich gesagt niemals, sosehr mir Bradford und Halifax gefallen.«

Sie umarmte mich. »Es ginge nur um den Pass und das Aufenthaltsrecht. Die Mosers haben schon recht, dass wir Gefahr laufen, England irgendwann verlassen zu müssen. Aber mein Deutschsein, meine Musik, Robert Schumann und Stefan George, das würde ich nie weggeben. Das kann ich nie weggeben.«

Am nächsten Tag breitete sie auf dem Tisch in der Mozartstraße stolz ihre Programme und die Artikel aus den lokalen Zeitungen aus.

»Was ich alles verpasst habe!«, staunte ich.

Sie stimmte mir zu. »Du solltest uns öfter besuchen.«

Ich nahm das Programm zum Konzert mit Arthur Grimshaw in die Hand.

Ihre Stimme klang traurig. »Arthur ist gestorben.«

Erstaunt schaute ich auf. »Dein Arthur ist gestorben?«

Ihre Arme hingen kraftlos herab. »Mein Klavier-, mein Kompositionslehrer.«

»Ich weiß, ich habe dich doch nach Leeds begleitet, ihn getroffen. Aber wieso hast du mir nichts davon erzählt?«

Sie stellte sich an das Fenster. »Ich konnte das nicht schreiben.«

Ich schwieg. Langsam drehte sie sich zu mir um. Sie hatte Tränen in den Augen und wirkte müde. »Seine Schwester hat mich zur Beerdigung nicht eingeladen. Sie denkt bestimmt, dass ich schuld an seinem Tod bin.«

Ich schüttelte heftig den Kopf. »Wie kommst du darauf?«

»Er ist im Moor spazieren gegangen. Niemand kannte die Gegend besser als er.«

»Und dann?«

»Ein Schwächeanfall.« Unruhig lief sie um den Tisch. »Sie haben drei Wochen lang nach ihm gesucht.«

Ich schaute auf das Programm. »Er hatte dir eine Komposition gewidmet, dein Thema benutzt?«

Sie nickte. »Einmal hat er in einer Stunde meine Hand berührt.

Ich hatte das Gefühl, dass er mir etwas sagen wollte. Aber ich hatte Angst davor, hatte Angst, dass er Erwartungen an mich als Frau hat. Also bin ich davongerannt.«

Ich stellte mich neben Mariechen und zog sie an mich. So standen wir eine Weile und schwiegen. Die Uhr schlug sechs Mal.

»Ich muss. Die Kinder.«

Wir verabschiedeten uns.

Zwei Tage später gingen wir gemeinsam zum Bing-Kaufhaus am Neumarkt. Es war ein heißer Juli. Die Kinder hatten wir zu Hause gelassen. Der Platz war von Buchen umsäumt. Menschen eilten von einer zur anderen Seite. Die Frauen trugen schlichte Hüte und aufregende Kleider. Die Straßenbahnen quietschten. Die Bäume warfen die ersten Bucheckern auf das Straßenpflaster. Ein Springbrunnen sprudelte im Hintergrund.

Mariechen schaute an sich herunter. »Die Mode hier ist anders als in Yorkshire.«

Wir blieben stehen. »Wie anders?«

Mariechen berührte meine Bluse. »Rüschiger, plüschiger.«

Sollte das eine Kritik sein, fragte ich mich.

Sie lachte, als ob sie meine Gedanken lesen könnte. »Aber schön!« Sie zog ihre Hand zurück und zeigte auf das Bing-Haus. »So sachlich und dennoch beeindruckend. Drei hervorspringende Erker, alles symmetrisch. Dort ist sogar ein Grinkopf angebracht! Otto, mein Cousin Otto Goetz, will damit bestimmt böse Geister abschrecken.«

»Meinst du?«

»Ich muss ihn fragen. Es ist tatsächlich ein Palast.«

»Ein Seidenband-Palast«, erwiderte ich.

Sie breitete die Arme aus. »Da hat er was geschaffen.«

»Er ist doch Richards großer Bruder?«

Sie nickte. »Hast du ihn nie getroffen?«

»Doch. Bei der Eröffnung des Hauses.« Ich nahm ihren Arm und machte einen Schritt in Richtung Kaufhaus. »Hat Richard euch besucht?«

Sie verneinte: »Leider nicht. Halifax scheint von Paris zu weit entfernt zu liegen.« Sie folgte mir. »Lass uns in Seidenbändern stöbern. Meine helle Bluse ist viel zu langweilig für Köln.«

Ich lachte. »Bist du etwa eitel geworden in England?«

Sie wechselte das Thema. »Richard geht es gut. Er ist ganz in der Kunst versunken, meldet sich nie. Kein einziger Brief.« Sie drückte meine Hand. »Ich vermisse ihn.«

Ich nickte. Ich vermisste ihn auch.

Nach dem Bummel bat ich Mariechen, sich mit mir auf eine Bank am Neumarkt zu setzen. Die Leute eilten an uns vorbei, doch diese Unruhe gab mir die Ruhe für ein schwieriges Thema.

Ich nahm ihre Hand in meine. »Ich glaube nicht, dass sich Arthur das Leben genommen hat. Er liebte viel zu sehr die Musik.«

Sofort traten Tränen in ihre Augen. »Woher nimmst du diese Sicherheit, wo doch seine Schwester mich nicht einmal sehen wollte?«

Diesmal war ich mir meiner Sache sicher. »Sie hat ihn bestimmt so sehr geliebt wie du und konnte dir deshalb nicht in die Augen sehen.«

Meine Freundin schüttelte den Kopf und wischte sich trotzig die Tränen aus den Augen. »Ich weiß nicht.«

»Geh zu ihr, sobald du wieder in Halifax bist, und sprich mit ihr. Ihr könntet euch gegenseitig trösten.«

Mariechen brauchte einen Moment, der mir sehr lang vorkam. »Du hast recht. Ich habe mir nur Gedanken um mich selbst gemacht, bin in meiner eigenen Trauer versunken. Dabei geht es Elaine bestimmt schlecht.«

»Es tut gut, wenn man sich gegenseitig beisteht. Das hast du mir schon so oft gezeigt.«

Mariechen umarmte mich. »Ich werde zu ihr fahren, sobald ich wieder in Halifax bin.«

Eine Stadt im Wahnsinn

Ende Juli 1914 erklärte Österreich-Ungarn Serbien den Krieg. Österreich suchte Unterstützung beim deutschen Kaiserreich. Gerüchte gingen herum, dass ein Krieg bevorstünde, doch wir lebten so, als hätten wir davon nichts gehört.

Am 2. August heirateten Julius und Helene Herz in Köln. Es war eine reine Familienfeier, die bei sechs Brüdern und acht Enkeln schon groß genug ausfiel. Auf dem Foto, das auf dem Flügel im Salon der Familie Herz stand, schauten alle ernst in die Kamera, nur die Kinderaugen leuchteten richtig. Mariechen trug eine neue Bluse mit einem Rüschenkragen und kleinen Seidenkullern als Verzierung. Trotz der vier Kinder wirkte sie jung, fast mädchenhaft mit ihren fast sechsunddreißig Jahren.

Kurz darauf erklärte Deutschland Russland den Krieg, dann Frankreich. Die deutschen Truppen marschierten in Belgien und Luxemburg ein. Die Alliierten reagierten. Großbritannien erklärte nun wiederum Deutschland den Krieg. Ich konnte es nicht fassen. Deutschland und England im Krieg. Ich verstand es nicht und viele andere ebenfalls nicht, doch damit brach ein Weltkrieg aus.

Der Krieg war nicht sofort und überall zu spüren, doch er kroch langsam und beständig in alle Ritzen der Stadt. Da waren Menschen, die für den Krieg waren, und Menschen, die gegen ihn demonstrierten. Es begann das große Abschiednehmen der Freiwilligen von ihren Bräuten am Hauptbahnhof, das hastige Heiraten in der Unsicherheit. Alle Termine in Gotteshäusern und Standesämtern waren ausgebucht. Die jungen Männer verschwanden aus der Stadt, übrig blieben alte, Frauen, Kinder.

Albert und Mariechen packten ihre Koffer. In Eile rief sie mich an. »Wir fahren in den Harz zu meiner Mutter. Nur raus aus dieser Stadt. Durchatmen. Damit die Kinder nicht so viel vom Krieg mitbekommen. Sie sind Engländer, wir Deutsche. Albert meint, dass alles schnell vorübergeht.«

Walter und ich hofften so sehr, er möge recht behalten.

Wir lasen über die Kämpfe im Westen. Dann kamen die ersten Verwundeten in das Krankenhaus, zu meinem Vater, Walter und Fritz, der dort eine erste Stellung gefunden hatte. Sein Husten, über den Vater sich vor Jahren Sorgen gemacht hatte, war jetzt sein Glück. Er hatte Asthma und musste nicht zum Militär.

Der Krieg rückte in die Stadt ein. Das Kindermädchen kündigte, weil sie sich um ihre kranke Mutter kümmern musste. Mein Mann schlief schlecht, schrie in den Träumen. Ich bat ihn, auf sich zu achten, doch er arbeitete von früh bis spät. Die Kinder jedoch spielten im Garten, die Äpfel reiften am Baum wie zu Friedenszeiten. Ich war so mit unserem Leben beschäftigt, einkaufen, kochen, waschen, bügeln, putzen, dass ich kaum einmal an Mariechen dachte. Dann traf ich sie auf der Straße. Ich erschrak. Sie sah müde aus, so müde. An ihrer Seite ging Robert. Herbert passte zu Hause bei ihrer Schwiegermutter auf die Mädchen auf.

»Wir sind seit einer Woche wieder hier. Albert ist eingezogen worden. Er ist in Magdeburg.« Sie rang um Fassung.

»Eingezogen? Aber Magdeburg ist weit weg, und er ist zweiundvierzig Jahre alt, so alt wie mein Mann. Was ist mit Menny und …?«

Mariechen nickte. »Mein Bruder ist auch eingezogen worden, aber er ist ganz in der Nähe stationiert.«

Ich sah, wie sie ihre Tränen unterdrückte.

»Bist du morgen Vormittag zu Hause?« Sie wartete nicht auf meine Antwort. »Ich komme gegen zehn.«

Meine Freundin kam zu uns und brachte ihre Kleine mit. Wir setzten uns in den Salon, und sie lobte unsere Wohnung. »Schön habt ihr es hier ganz in der Nähe vom Rhein.«

Wir schauten auf die Kinder, die im Nebenzimmer mit Bauklötzen spielten. Mariechens Kleine hatte sichtlich Spaß an dem Spielzeug unserer Söhne. Ihr Ton wurde ernst. »Das einzige Gute ist, dass unsere Jungs hier auf das Gymnasium gehen und Nora in die Schule. Sonst ist alles eine Katastrophe.«

Ich goss ihr Kaffee ein, während sie weitersprach: »Lissy

kümmert sich in Halifax um das Haus. Die Köchin und das Mädchen haben wir entlassen. Ich muss auf das Geld schauen.«

»Aber du hast doch noch die Bing-Aktien?«

»Der Chef von Crossleys, du weißt, der junge Marchetti, hat gesagt, dass er Albert sofort wieder anstellt, wenn dieser Wahnsinn vorbei ist.«

»Aber wir sind im Krieg mit England«, bemerkte ich.

Mariechen stand auf. Ihre Hände bebten vor Aufregung. »Aber nicht mit den Crossleys, nicht mit Lissy und nicht mit den Mosers.« Sie schlug die Hände vor das Gesicht und schluchzte. »Welch ein Wahnsinn! Albert und Menny glauben, dass sie Gutes tun, wenn sie im Krieg kämpfen.«

Ich trat zu ihr und hielt sie fest. »Es ist unsere nationale Pflicht.«

Sie machte sich los. »Ist es die nationale Pflicht, Menschen zu töten, mit denen wir gestern noch zusammengearbeitet, musiziert, gelebt haben?«

Ich schwieg, dafür wurde sie laut. »Zu allem Unglück kommandiert Alberts Mutter uns herum. ›Kommt mit mir in die Synagoge.‹ – ›Herbert, sei leise.‹ – ›Robert, mach deine Hausaufgaben.‹ – ›Maria, da ist Abwasch in der Küche.‹ Dabei hat sie ein Mädchen.«

Mariechen streckte sich, um sich Entspannung zu verschaffen. »Ich kann verstehen, dass sie Angst um ihre sechs Söhne hat, aber ich habe auch Angst.«

Marga kam angerannt. »Ma?«

Mariechen fächelte sich Luft zu. »*It's alright. I'm sorry, darling.*« Die Kleine ging wieder zu meinen Jungs.

»Kann ich mir ein paar von den Bausteinen borgen?«, fragte Mariechen.

Ich drückte sie. »Alles, was du brauchst.« Obwohl die Jungs sonst ungern teilten, füllten sie auf meine Bitte sofort einige Bausteine in einen Beutel.

Mariechen dankte und hockte sich zu ihnen. »Wir bringen sie euch zurück. Versprochen.«

Klaus und Fred schlugen in ihre Hand ein.

An der Tür kam mir eine Idee. »Ich frage Walter nach einer Wohnung.«

Sie umarmte mich. »Entschuldige, aber es ist einfach zu viel.«

»Willst du nicht Onkel Nathan fragen? Er kennt viele Leute in Köln. Vielleicht hat er selbst eine zu vermieten?«

Entschieden schüttelte Mariechen den Kopf. »Du weißt, was er von uns Künstlern hält. Seit Richard damals die Schule abgebrochen hat, ist er sauer auf alle. Ich müsste über meinen Schatten springen.«

»Das ist lange her, und es ist Krieg. Ich finde, die Menschen gehen anders miteinander um.«

»Ja, härter«, erwiderte Mariechen. Noch einmal schüttelte sie den Kopf. »Onkel Nathan betont immer, dass Richard und ich nur durch die Bing-Aktien über die Runden kommen. Dabei hatten wir in England durch Alberts Anstellung ein sehr gutes Einkommen. Ich hasse es, abhängig von Menschen zu sein, besonders wenn sie es mich spüren lassen.«

Ich umarmte Mariechen noch einmal. »Das kann ich verstehen. Aber versprich mir, dass du ihn ansprichst, wenn es gar nicht mehr geht.«

Als sie die Tür hinter sich schloss, fing ich an zu weinen. Die Jungs fragten, was los wäre. »Nichts«, antwortete ich und drückte sie fest an mich. Eine Wohnung war nicht einfach zu finden.

Am Boden zerstört

Ende des Jahres kamen mehr und mehr Kriegsgefangene nach Köln. Die Stadt richtete Baracken im Rechtsrheinischen ein, wo die Menschen unter jämmerlichen Umständen lebten. Die Versorgung mit Lebensmitteln wurde immer schwieriger. Die Ladenbesitzer verkauften gute Waren zunehmend unter der

Theke. Vieles gab es nur auf Marken, und die Menschen hielten ihr Geld zusammen. Auf Seidenbänder konnten sie verzichten.

»Zum ersten Mal hat Otto eine Etage am Neumarkt vermietet. Er muss einfach. Es kommt nicht genug Geld rein«, erzählte Mariechen.

Ich spürte, wie sich meine Stirn kräuselte. »Und wie geht es dir?«

»Besser. Jetzt wohnen wir für einen Monat bei Mutter, dann einen Monat bei Schwiegermutter, immer so lange, bis eine der Damen uns nicht mehr erträgt. Für die Mädchen ist das schwer, aber die Jungs finden es lustig.«

»Und du?«

»Was bleibt mir übrig? Solange Albert heil nach Hause kommt.«

Dann traf uns der Krieg mit voller Wucht. Mariechen klingelte eines Abends überraschend an unserer Tür.

»Ich musste kurz raus. Annas Sohn Ernst ist an seinen Verletzungen gestorben. Gerade mal neunzehn Jahre alt.«

Sofort kamen mir die Tränen. »Richards Neffe?«

»Ja, klug, ernst, musikalisch und voller Ideen für die Zukunft. Jetzt tot, einfach weg. Anna ist am Boden zerstört.« Mariechen weinte, sie weinte hemmungslos, und ich mit ihr.

Schluchzend sagte sie: »Zu Hause muss ich immer die Starke sein, gegenüber den Kindern, gegenüber Mutter, Schwiegermutter. Hier kann ich wenigstens weinen, ich sein.«

Wir setzten uns auf die Couch, lehnten uns aneinander und schwiegen uns an.

Was sollten wir auch sagen?

Kurz nach Weihnachten hatte Albert seine militärische Ausbildung abgeschlossen und zog mit seiner Reserveeinheit in die Ukraine. Richard kam auf Heimaturlaub, bevor er sich in den Westen verabschiedete.

»Macht euch keine Sorgen um mich«, sagte er. »Ich bin immer durchgekommen. Spezialeinheit: Kunst in den besetzten

Gebieten. Ich hoffe, wir können einige belgische Schätze vor der Zerstörung retten.«

»Wäre es nicht wichtiger, die Menschen aus den Gebieten zu retten?«

Richard nickte. »Aber das sehen die wichtigen Herren nicht immer so.« Er drückte Mariechen fest zum Abschied und flüsterte ihr zu: »Im Osten ist Albert gut aufgehoben. Da ist es ruhiger. Glaub mir. Verlier nicht die Hoffnung. Sie bleibt uns für immer.«

Sie hielt ihn lange fest. Mir reichte er förmlich die Hand, dann ging er. Wir schauten ihm nach und schwiegen uns an.

In unserem Umfeld gab es fast nur noch Frauen und Kinder. Alle Hände wurden in den Fabriken gebraucht. In den Krankenhäusern drängelten sich Kranke und Verletzte. Selbst mein Vater arbeitete wieder täglich im jüdischen Krankenhaus. Wenn wir einkaufen gingen und ein Brot zusätzlich ergaunern konnten, dachten wir an unsere Freundinnen. Wenn es irgendetwas Besonderes, zum Beispiel Fleischwurst, gab, nahmen wir so viel, wie wir zahlen konnten, und verteilten es. Die Zeit rauschte an uns vorbei, Frieden war nicht in Sicht.

Eines Tages lag ein Brief in unserem Briefkasten. Mariechen hatte ihn hineingeworfen: »Kommt am Dienstagnachmittag in die Mozartstraße. Meine Jungs wollen euch etwas zeigen.«

Da standen wir nun, Klaus, Fred und ich, vor ihrem Haus und klingelten. Keiner antwortete. Ich läutete erneut.

Klaus schaute mich an. »Haben sie uns vergessen?«

Ich schüttelte den Kopf. »Mariechen doch nicht.« Hoffentlich war nichts passiert.

Die Sonne schien. Es war nicht kalt, ein schöner Nachmittag. Wir liefen die Straße auf und nieder und drückten ein weiteres Mal auf den Knopf, doch niemand öffnete uns. »Wir gehen wieder«, sagte ich, doch ich klingelte nochmals, erst bei Mariechen, dann bei der Nachbarin im Parterre.

Das Fenster öffnete sich. »Zu den Herzens? Die sind im Garten. Ich mache Ihnen auf«, begrüßte sie uns in tiefstem Kölsch. Ich war erleichtert.

Mariechen schlug sich die Hand schuldvoll vor den Mund, als sie uns sah. »Schon so spät? Entschuldige!«

Wir betraten einen winzigen Garten. Herbert und Robert standen völlig verdreckt auf einem Stück Beet. In den Händen hielten sie einen Spaten und eine Harke. »Kartoffeln, Rüben, Erbsen, alles, was das Herz braucht.«

Nora und Marga saßen auf zwei Steinen. »Dort ist noch Unkraut«, sagte Nora. Marga ergänzte: »Da auch.«

Ich lachte.

»Und darüber habt ihr uns vergessen?« Klaus stampfte wütend mit dem Fuß auf. »Sie hat uns doch vergessen.«

Mariechen hockte sich zu ihm. »Ich habe euch nicht vergessen. Ich habe die Zeit vergessen. Ich habe nicht gemerkt, dass es schon so spät ist, weil es hier so schön ist.« Sie gab ihm einen Klaps auf den Po. »Geh zu Robert. Er gräbt dir ein paar Regenwürmer aus.«

Sie stand auf und umarmte mich. Fred taperte hinter Klaus zum Beet. »Ich auch. Ich auch.«

Wir ließen die Kinder im Garten und gingen nach oben. Mariechen kochte Tee. Ihre Schwiegermutter Thekla begrüßte mich kurz, verschwand dann wieder in ihrem Zimmer.

»Ihr Lehrer hat ihnen erklärt, wie sie Gemüse anbauen können, jetzt, wo die Versorgung so schlecht ist. Robert hat sich daran erinnert, wie er in Halifax gegärtnert hat mit der Köchin. Weißt du noch? Der Lehrer hat mit Herbert geschimpft, weil er nicht wusste, was *spade* auf Deutsch heißt.«

Sie reichte mir eine kleine Tüte mit Erbsenschoten. »Für euch. Du bist immer für mich da.«

»*Slimy little earthworm*«, rief Herbert und hielt Mariechen einen Regenwurm vor die Nase, als sie alle wieder in die Wohnung kamen.

»Untersteh dich!«

Herbert hielt den Wurm fest, und die Kinder lachten laut und ausgelassen. Wir waren so laut, dass wir nicht bemerkten, dass Mariechens Schwiegermutter den Flur betrat.

»Könnt ihr bitte leise sein. Ich habe solche Kopfschmerzen.«
Ihr Gesicht war vor Aufregung rot. »Und zieht die Schuhe aus.
Ihr könnt doch nicht den gesamten Garten in die Wohnung
tragen.«

Die Kinder erschraken.

»Ich mach schon«, beruhigte Mariechen sie.

»Keine Sorge, wir kümmern uns«, ergänzte ich.

Thekla ging in ihr Zimmer zurück. Mariechen flüsterte mir
zu: »So geht es nicht weiter.«

Ich verstand sofort, was sie meinte.

Krieg an allen Fronten

»Ich fahre morgen nach Zürich und treffe dort Hugo.« Menny
war am Telefon.

Mariechens Stirn bekam eine zusätzliche Sorgenfalte. »Italien
hat Deutschland den Krieg erklärt? Was für ein Wahnsinn!«

»Ruhig, Mädchen, ruhig. Du kennst Hugo. Ihn wirft so
schnell nichts um.«

Wie immer versuchte Menny, seine Schwester zu beruhigen.
Doch innerlich brodelte es auch in ihm. Hugo war mit seiner
Familie von Florenz nach Zürich geflüchtet. Doch wie sollte er
sein Geschäft von dort leiten?

»Sag ihm, dass er nach Köln kommen soll. Hier haben wir
wenigstens uns«, schlug Mariechen vor.

Kaum hatten sich Mariechens Brüder in Zürich getroffen, bra-
chen Mennys Magenschmerzen wieder aus. Schon im Studium
hatte er häufig darüber geklagt. Doch diesmal war es ernst. Er
wurde ins Lazarett eingeliefert.

»Ich bin sofort zu Liesel gefahren, als ich es gehört habe«,
erzählte Mariechen mir aufgeregt.

Es war ein Wechselbad der Gefühle, durch das die Familie
Bing-Herz ging.

»Eigentlich ist es gut, dass er krank ist. So kann ihn niemand an die Front schicken«, sagte ich.

»Er sieht wirklich nicht gut aus, ganz mager. Ich mache mir solche Sorgen.«

»Und wie geht es Liesel und Susi und Miechen?«

»Die Mädchen sind fröhlich. Susi ist ja ein Karnevalskind und wird dieses Jahr am 11. November 1916 elf.« Mariechen schmunzelte, und Farbe kam in ihr Gesicht zurück. »Und das in unserer Familie, wo bisher die Erwachsenen wenig mit Karneval am Hut hatten. Aber Karneval findet ja nicht mehr statt. Und Miechen wird am 27. November acht. Ehrlich gesagt: Wir leben alle von Woche zu Woche.«

Menny erholte sich wieder, langsam, aber es ging ihm besser. Doch dann wurde Liesel krank. Mariechen wirkte müde und erschöpft. Ihr blasses Gesicht sprach davon.

»Ich habe das Gefühl, dass, kaum dass ein Problem gelöst ist, schon das nächste aufbricht«, klagte sie. »Kaum kommt Hugo nach Köln und kann von hier aus seinen Geschäften nachgehen, wird Menny krank. Kaum erholt er sich, wird Liesel krank. Kaum ist sie auf dem Weg der Besserung, bekommt Miechen eine Mandelentzündung mit hohem Fieber. Dazwischen hat Herbert Ärger in der Schule, und Albert bekommt keinen Urlaub.«

Sie hatte recht. Eine Katastrophe folgte auf die andere.

Menny klagte erneut über schwere Magenschmerzen. Mariechen zog meinen Mann zurate.

Ihr Bruder stellte sich bei meinem Mann im Krankenhaus vor. Walter umarmte ihn vorsichtig, so elend sah Menny aus. Die Kleidung schlotterte um seinen Körper herum. Er hatte tiefe Augenringe, in den vergangenen Tagen kaum noch geschlafen. Mein Mann schlug die Hände über dem Kopf zusammen: Magengeschwüre.

Mein Bruder Fritz, der unserem Vater erfolgreich assistierte, erzählte mir davon. Dabei schimpfte er: »Ich kann überhaupt nicht verstehen, wie Menny überhaupt noch eine Zigarette in die Hand nehmen kann.« Ausführlich erklärte er mir, wie schädlich sich das Rauchen auf den Magen auswirken konnte. Er sprach von Schleimhäuten und Entzündungen.

Auf der einen Seite mochte ich Erzählungen von Krankheiten überhaupt nicht, auf der anderen Seite hörte ich meinem kleinen Bruder fasziniert zu. Ich konnte kaum glauben, dass er, dem ich doch immer für sein Abitur zur Seite stehen musste, jetzt so fachsimpeln konnte.

Wenig später verteidigte er stolz seine Doktorarbeit.

Sechs lange Wochen verbrachte Menny im jüdischen Krankenhaus, das längst zum Lazarett erklärt worden war. Als er wieder zurück in sein Zuhause kam, schlotterten die Kleider immer noch an ihm herum. Aber er hatte wieder Elan.

Ein Haus stand zum Verkauf am Oberländer Ufer, in der Nähe des Rheins, ein Haus mit einem großen Garten. Das war es. Das würde ihm und seiner Familie guttun. Liesel und er schauten es sich an und waren einfach nur begeistert. Hier war Platz für alle.

Eine Wohnung

Die Tage vergingen, und wir gewöhnten uns an den Krieg. Morgens schlug ich die Zeitung auf und gleich wieder zu. Wir wollten keine Nachrichten lesen, von den Kriegstoten nicht erfahren. Mein Mann ging zur Arbeit, ich machte Besorgungen, putzte, kochte. Das Kindermädchen kam zurück. Sie musste Geld verdienen. Seitdem sie erneut für uns arbeitete, hatte ich wieder Zeit für mich. Ich traf Olga, spazierte durch die Stadt.

Die Versorgung war schlecht, die Marken waren knapp, doch Walter bekam Geschenke von Patienten. Wir kamen gut über die Runden und richteten uns im Privaten ein. Ab und zu ging ich mit meinen Jungs auf den Spielplatz am Deutschen Ring. Das

Grün der Wiesen und Bäume tat den Augen gut. Manchmal, wenn auch selten, traf ich Mariechen und Marga dort.

»Stell dir vor«, erzählte sie mir, »Professor Max Pauer geht nach Stuttgart. Ab und zu spielt er in Brüssel. Ob ich ihn wohl nochmals hören kann?«

Ich versuchte ihr Mut zu machen. »Belgien gehört jetzt zu Deutschland. Du kannst bestimmt bald dorthin fahren und ein Konzert besuchen.«

Mariechen nickte. »Nach dem Krieg. Nach dem Krieg wird alles besser ... Wir werden ins Konzert gehen, Albert wird in Köln arbeiten, die Kinder die Schule abschließen. Wir werden gesund sein und Spaß haben.«

Ich drückte meine Freundin fest. »Genau das werden wir.«

Sie erwiderte meine Umarmung. »Ich kann es mir nur noch nicht vorstellen. Aber du hast recht, wir sollten immer positiv in die Zukunft schauen. Und jetzt höre ich auf zu jammern.«

Einige Zeit später kam Mariechen mit rosigen Wangen bei uns vorbei. Sie wedelte mit Eintrittskarten. »Hat Thekla mir geschenkt.«

Wir alle fieberten dem Vaterländischen Abend mit dem Gürzenich-Orchester am 6. Mai 1916 entgegen, auf dem für die Kriegswohlfahrt gesammelt wurde. »Endlich wieder ein Konzert!«

Mariechen kam mit der Straßenbahn in die Innenstadt. Aufgeregt stolperten ihre Sätze, als sie mich im Foyer des Gürzenich begrüßte. »Stell dir vor, mich hat eine Schaffnerin kontrolliert.« Sie strahlte. »Ich sage dir, es geschehen neben all dem Schrecklichen Wunder.«

Mein Mann begrüßte sie mit Handkuss und scherzte: »Wenn es schon ein Wunder für dich ist, dass eine Frau Fahrkarten abknipst, muss ich mir keine Sorgen um dich machen.«

Sie wiegte den Kopf hin und her. »Lass uns nicht über Sorgen reden. Ich möchte endlich wieder Musik genießen.«

Mein Mann wunderte sich. »Endlich?«

»Meine Schwiegermutter ist geräuschempfindlich, seitdem sie so krank war. Ich überlege jedes Mal, ob ich mich ans Klavier setze oder besser nicht.« Sie winkte ab. »Aber lasst uns heute wirklich nur das Schöne genießen.«

Das Publikum strömte in den Saal. Wir hatten beste Plätze in der zwölften Reihe. Wie es der Zufall so wollte, saßen Nathan Goetz, sein Sohn Otto und dessen Frau genau vor uns. Nach dem Tod seiner Frau war Onkel Nathan an den Deutschen Ring gezogen, in bester Lage. Er war alt geworden und wirkte nicht mehr so streng, wie ich ihn in Erinnerung hatte. Es war einfach, ihn anzusprechen.

»Ist es so schön am Ring, wie alle erzählen? Wir lieben den Spielplatz und die Grünanlagen.«

»Die Ruhe tut mir gut. Und die Nähe zum Rhein«, antwortete er bereitwillig. »Spaziergänge sind mein Jungbrunnen.«

Mein Mann, Arzt wie immer, lobte ihn dafür. Mariechen hingegen schwieg.

Das Konzert begann, wir verstummten. Lieder von Palestrina und die Ungarische Fantasie von Liszt erklangen. Mariechen drückte meine Hand, die vor Freude über die Musik genauso warm wie meine war.

»Wie wunderbar Wera Schapira Klavier spielt!«, betonte sie. Ich hingegen hatte weniger Augen für die Wienerin als für die erst dreizehnjährige Geigerin, Rebecka Simeneova, die aus Sofia stammte. Der Berliner Hof- und Domchor und das Gürzenich-Orchester unter Hermann Abendroth wechselten sich ab.

In der Pause flüsterte mir Mariechen zu: »Auf den Ausschnitt aus den ›Meistersingern‹ von Wagner hätte ich verzichten können, aber Hugo Rüdel ist ein wunderbarer Chorleiter. Und Abendroth ist eine Freude.«

Neben mir stand ihr Onkel Nathan mit einem Glas Sekt in der Hand. Ich wandte mich ihm zu und hob nochmals die außergewöhnliche Lage seiner neuen Wohnung hervor.

»Suchen Sie etwas auf dem Ring?«, fragte er. »Ich könnte mich umhören.«

Mariechen pikste mich in die Seite. Ich wusste, dass sie nicht wollte, dass ich ihn frage. Diesmal jedoch würde ich nicht auf sie hören.

Ich trat einen Schritt zur Seite. »Nein, wir sind gut versorgt. Aber Mariechen sucht doch mit ihren vier Kindern nach einer schönen Wohnung.«

Onkel Nathan schaute seine Nichte freundlich an. »Wenn du nicht zu wählerisch bist, findet sich bestimmt etwas.«

»Du bist verrückt«, schimpfte Mariechen nach dem Konzert mit mir, als mein Mann uns mit dem Auto nach Hause fuhr.

Walter schmunzelte. Ich drehte mich zu ihr um. »Mariechen, es geht nicht nur um dich, es geht auch um die Kinder. Onkel Nathan besorgt euch eine Wohnung, und du wirst sie nehmen und …«, ich holte Luft, »… verdammt noch einmal glücklich sein.«

Zu Hause küsste mich mein Mann liebevoll auf die Stirn. »Ich wusste nicht, dass du so deutlich werden kannst. Aber du hast recht. Freunden muss man manchmal auf die Sprünge helfen.«

Wenig später zog Mariechens Bruder Menny in das Haus mit Garten am Oberländer Ufer. Hugo richtete sich mit seiner Familie bei seiner Mutter in der Kamekestraße ein. In Italien waren sie als Deutsche nicht mehr willkommen. Wenige Monate später fand Mariechen eine schöne geräumige Wohnung am Sülzgürtel am Rande der Stadt zur Miete. Aus dem dritten Stock hatten sie einen schönen Blick über die anderen Wohnhäuser auf die Felder, die sicher in den nächsten Jahren noch bebaut werden würden. Und vor allem gab es im Hof Platz für einen Garten.

»Fast wie in Halifax«, schwärmte Herbert, schnappte sich einen Ball und rannte auf die Wiese neben dem Waisenhaus, das am Sülzgürtel gerade erbaut wurde. Dahinter lagen Ziegeleien, die in den äußeren Grüngürtel, die frühe Befestigungsanlage, übergingen. Eine riesige Grünfläche eröffnete sich, die zum Ballspielen und Herumstromern nur so einlud. Auf dem

Manderscheider Platz hinter dem Haus gab es zudem eine Parkanlage.

Die Kinder konnten mit der Straßenbahn zur Schule fahren.

Im Salon war Platz für ein Klavier, und Mariechen fand sogar eine Haushaltshilfe.

»Es ist schön, wenn ich hier sitze und die Kinder am Abend in ihren Zimmern sind. Endlich habe ich ein paar Minuten für mich. Ich fühle mich wie neugeboren.«

Gemeinsam saßen wir im Salon und tranken Tee. Ihre Mädchen spielten im Zimmer, unsere vier Jungs werkelten im Garten hinter dem Haus, in dem sie einen Kartoffelacker angelegt hatten. Plötzlich klingelte das Telefon. Mariechen stürzte hin.

Sie riss den Hörer vom Apparat. »Albert?« Sie lehnte den Kopf nach hinten und jammerte. »Wirklich nichts Schlimmes? In Torgau?«

Ich stand auf und ging auf die Toilette. Die beiden sollten Ruhe zum Sprechen haben, mich nicht im Hintergrund wissen. Als ich zurückkam, sah ich Mariechens verweintes Gesicht.

Sie schnäuzte sich. »Dieser verdammte Krieg. Eine Verwundung. Nichts Schlimmes, sagt er. Ich hoffe, er lügt mich nicht an.«

Ich umarmte sie. »Ihr seid jetzt fünfzehn Jahre verheiratet. Albert lügt dich nicht an.«

Sie schnäuzte sich nochmals. »Albert sagt, dass das sein Glück wäre. Endlich ist er aus dem Osten zurück, bevor dort noch mehr passiert. Er hat einen Antrag auf Entlassung gestellt. Wenn er nur zurückkäme. Vor allem die Jungs, die ›Jungens‹, wie er sie immer nannte, brauchen ihren Vater.«

In dieser Nacht konnte ich nicht einschlafen. Wie würde ich damit umgehen, wenn Walter im Krieg wäre? Ich, die ich schon klage, wenn er erst spätabends von der Arbeit zurückkehrt, wenn er die Namen der Jungs durcheinanderbringt und ihre Freunde nicht kennt. Ich, die ich mir zwar Sorgen um seine Gesundheit machen muss, weil er viel arbeitet, aber nie, dass plötzlich ein solcher Anruf kommt wie der für Anna, Mariechens Cousine.

Es dauerte lange, ehe ich einschlief. Am nächsten Tag fühlte ich mich wie gerädert.

Die nächsten Wochen waren von viel Unruhe geprägt. Mariechens Mann kam nicht nach Hause, sondern diente nach seiner Genesung in einer Munitionsfabrik unweit des Lazaretts. Herbert brachte schlechte Noten nach Hause.

»Dieses bescheuerte Deutsch. Da soll einer die Grammatik verstehen. Ich tue es nicht. Unser Deutschlehrer ist wirklich doof.«

Mariechen schüttelte energisch den Kopf. »So redet man nicht über einen Lehrer, nicht in unserer Familie.«

Von diesem Zeitpunkt an wurden Herberts Schulnoten immer schlechter, und auch die kleine Marga langweilte sich unendlich im Unterricht.

»Ist doch kein Wunder«, unterstrich Robert. »Die Schule hier *ist* langweilig. Kein Fives Court, kaum Sport, kaum Zeichnen, nur langweilige Musik. Immer nur Schönschreiben und Auswendiglernen. Und Herberts Deutschlehrer ist wirklich doof.«

»Für dich gilt nichts anderes als für Herbert: Wir reden so nicht über Lehrer«, unterbrach ihn Mariechen.

Nur Nora meckerte nicht. Sie hatte Freundinnen gefunden und zeichnete und zeichnete oder webte mit ihrem Kinderwebstuhl kleine Teppiche mit karierten Mustern.

Mariechen merkte, dass ihren Kindern England fehlte. Sie vermisste es ebenfalls sehr, die Musik, die Vorträge, die Menschen, die Höflichkeit, den leckeren Tee mit Milch und einem trockenen Keks oder Scones mit Clotted Cream und Erdbeermarmelade, ihr Haus mit dem Garten, das jetzt zum Verkauf stand, und vor allem Lissy, die mit den Kindern auf der großen Wiese vor der Schule getobt hatte. Doch vor allem fehlte ihr Albert. Sie konnte nichts daran ändern. Es war Krieg. Deutschland stand im Krieg mit England. Ihre Kinder waren Engländer. Welch ein Wahnsinn!

Unruhen

Nora kam ins Zimmer und zeigte uns eine Zeichnung von einem Elefanten. »Sehr schön!«, lobte Mariechen sie.

»Ich werde Malerin«, verkündete die Elfjährige stolz.

Die anderen Kinder mussten das Lob gehört haben. Robert kam hereingestürmt. »Ich Chemiker wie Papa.«

Mariechen strahlte. »Das finde ich ganz hervorragend.«

Herbert drängelte sich an ihm vorbei. »Ich Handelsreisender wie Onkel Hugo.«

Mariechen nickte ihm zu. »Damit bin ich voll und ganz einverstanden.«

»Und ich werde Mutter«, erklärte Marga und hielt ihre Puppe hoch. Mariechen und ich lachten. Die Kleine erschrak und fing an zu weinen.

Mariechen sprang auf und umarmte sie. »Ganz wie deine Mutter. Wunderbar.«

Kaum hatten die Kinder den Raum verlassen, lief Mariechen hektisch umher und schaute dann mit leeren Augen aus dem Fenster. »So geht es nicht weiter. Dieser Krieg macht mich trübsinnig. Damit ist jetzt Schluss.«

Ich trat zu ihr.

»Ich werde wieder Klavier spielen, jeden Tag, und auch komponieren. Wenn ich sonst nichts kann, das kann ich.«

Ich legte meinen Arm um ihre Schulter. »Ja, das ist eine gute Idee.«

Sie schaute mich an. »Und du?«

Ich schmunzelte. »Ich habe gehört, dass bald auch verheiratete Frauen als Lehrerinnen arbeiten dürfen.«

»Was sagt Walter dazu?«

Ich zuckte mit den Schultern. »Ich habe noch nicht mit ihm gesprochen.«

Sie zwinkerte mir zu. »Wenn er es dir nicht erlaubt, sag mir Bescheid.«

Eine Woche später klingelte es Sturm bei uns. Herbert stand vor der Tür. Überrascht schaute ich ihn an. »Solltest du nicht in der Schule sein?«

Er schüttelte den Kopf. »Vater ist zu Besuch gekommen. Mutter fragt, ob ihr zum Abendessen kommen wollt.« Er strahlte. »Wir haben zur Feier des Tages schulfrei.«

Ich nickte erfreut. »Wir kommen.«

»Heute Abend um neunzehn Uhr, soll ich dir sagen.« Herbert rannte die Treppe hinunter und pfiff laut »like the flowers …« vor sich hin.

Zwei lange Jahre hatte ich Albert nicht gesehen. Dazwischen hatte er einmal Urlaub erhalten. Auch Mariechen und er hatten sich eineinhalb Jahre nicht gesehen, eineinhalb lange Jahre. Schulfrei, schulfrei war eine gute Entscheidung.

Albert sah müde aus, sehr müde. Einige graue Strähnen zogen sich durch sein Haar, einige durch seine Augenbrauen. Er umarmte mich vorsichtig, als wollte er mich nicht zerdrücken.

Mein Mann klopfte ihm auf die Schulter und flüsterte mir dann zu: »Er hat abgenommen.«

Alle brachten etwas zu essen mit. Das hatten wir uns angewöhnt in diesem Krieg, in dem Marken die Speisekarte bestimmten. Es roch nach frischem Brot, gebratenem Kohl und Möhren, Kartoffelsuppe und Kuchen. Zwar war er aus Buchweizen und etwas bitter, aber es war Kuchen.

Menny und Liesel kamen und Hugo mit seiner Irene. Er hatte in Florenz seine Geschäfte wieder aufgenommen und war dabei, mit einem Freund ein Handelsunternehmen in Köln zu gründen. Mariechen war sichtlich froh, dass ihre beiden Brüder bei diesem Fest dabei sein konnten und ihre insgesamt acht Kinder durch die Räume tobten.

Wir stellten alles auf den großen Tisch im Salon. Apfelkuchen mit Zimt – ich sog den Duft in mich auf. Unsere beiden Jungs rannten zwischen den Großen umher und suchten nach Robert und Herbert, die immer zu Spiel und Spaß aufgelegt waren. Auch Onkel Nathan war gekommen. Mariechens Mutter Henriette und ihre Schwiegermutter Thekla saßen am Tisch und naschten vom Büfett.

Es war ein wunderschöner Abend, an dem gegessen und getrunken, Klavier gespielt und getanzt wurde.

Menny war erstaunt, wie gut Marga schon die Tasten zum Leben bringen konnte. »I like the flowers ...« Herbert pfiff das Lied wieder mit, diesmal jedoch leise. Mariechen war so glücklich, wie ich sie seit dem Kriegsausbruch nicht mehr gesehen hatte. Doch kaum hatten wir gefeiert und getanzt, kam schon wieder ein Rückschlag.

»Albert hat Arbeit in Berlin gefunden. Gerade jetzt, wo sich die Kinder in Köln eingelebt haben. Eine Wohnung ist nicht in Sicht und ...« Sie überlegte einen langen Moment. »London war nichts für mich, wie soll dann Berlin eine neue Heimat werden?«

»Aber es ist doch gut, dass er Geld verdient in diesen unsicheren Zeiten«, versuchte ich sie zu trösten.

»Ich weiß nicht. Robert Gross Export, Unter den Linden ist eine sehr gute Adresse, aber ...«

Mariechen erzählte nicht viel über Alberts Arbeit. Er war wieder in einem Textilunternehmen untergekommen und hatte es nicht einfach, in diesen Kriegswirren Material und Mannschaft zusammenzuhalten.

»Urlaub ist wieder nicht abzusehen«, klagte meine Freundin im Jahr darauf. »Und heute kam auch noch ein Brief von Herberts Lehrer, dass er zu viel Unsinn treibt und sein Deutsch nicht besser wird.«

Ich lachte: »Lehrer klagen immer. Das kenne ich.«

»Aber ich muss meine vier Kinder immer allein zur Ordnung rufen. Ich bin es leid.«

Ich überlegte einen Moment. »Albert könnte ihnen Briefe schreiben, so wie er es aus dem Krieg getan hat, und sie ermahnen, fleißig zu lernen.«

»Wir können es versuchen.«

Von diesem Moment an stapelten sich auf der Kommode im Salon Alberts Briefe.

»Auf ihn hören sie besser als auf mich«, meinte Mariechen, »das ist so ungerecht.«

Ich stimmte ihr zu.

Trotz der vielen Hausarbeit und der Schwierigkeiten, Lebensmittel zu bekommen, spielte Mariechen wieder regelmäßig Klavier. Es tat ihr sichtlich gut.

Albert wiederum nutzte die freien Abende in Berlin, seine Verbindungen zur Familie aufzufrischen. Sein Bruder Julius Herz sowie Mariechens Cousin Alfred Goetz waren dort geschäftlich gut angekommen. Alfred arbeitete für Gebr. Bing & Söhne in der Mohrenstraße 13 und 14. Mariechen stellte den Kontakt zu ihrer Cousine Julia und ihrem Mann Lyonel Feininger wieder her. Sie las mir eine Passage aus Alberts Brief vor:

»Heute war ich bei Julia und Papileo, wie ihn seine Kinder nennen. Bei ihnen ist es fast so wie bei uns: Seine Söhne, elf, acht und sieben Jahre alt, toben durch die Wohnung, die zugleich Atelier ist. Überall stehen Bilder herum. Zudem sinnt Lyonel darüber nach, zu seiner Musik zurückzukehren und zu komponieren. Du solltest unbedingt kommen und mit ihm über deine Musik sprechen.«

»Ich würde gern fahren«, sagte sie, »aber ich kann nicht alle vier bei Mutter lassen. Das geht nicht.«

»Herbert ist fast sechzehn, Robert vierzehn, und Nora mit ihren elf Jahren auch schon sehr selbstständig. Marga könntest du mitnehmen.«

Mariechen schüttelte energisch den Kopf. »Berlin ist voll von Militär und Unruhen. Wenn etwas passiert, fahren vielleicht keine Züge mehr. Ich könnte mir nicht verzeihen, die Kinder hierzulassen und mich dort zu amüsieren, solange Krieg herrscht.«

Ich war anderer Meinung, aber schon einen Monat später froh, dass sich Mariechen so entschieden hatte. Bomben fielen auf Köln. Ein Haus in der Nähe unseres geliebten Cafés Jansen lag in Trümmern.

Herbert kam aufgeregt nach Hause gerannt. Er hielt die Kölnische Zeitung vom 19. Mai in der Hand, die er von seinem eigenen Geld gekauft hatte. »Englischer Luftangriff auf Köln. Dreiundzwanzig Tote und siebenundvierzig Verletzte.« Er hielt Mariechen das Blatt vor die Nase, die es erschrocken entgegennahm. »Die Jungs in meiner Klasse sagen, ich bin der Feind.«

Mariechen wollte Herbert umarmen, doch er wich zurück. »Ich schmeiße die Schule, wie Onkel Richard.« Er warf die Zeitung auf den Boden und trampelte darauf herum. Dann verkroch er sich in das Zimmer, das er sich mit Robert teilte.

»Recht hast du«, murmelte Mariechen, als ihr Junge verschwunden war. Dann setzte sie sich unter Tränen an den Schreibtisch und schrieb Albert einen Brief. Vielleicht sollten sie doch nach Berlin gehen und einen Neuanfang wagen?

Aber Albert meinte, dass sie warten sollten, bis der Krieg vorbei wäre. Er sagte: »gewonnen sei«.

Dazu kam es nicht. Dafür kam die Grippe.

Die Spanische

»Man mag gar nicht mehr die Zeitung aufschlagen«, sagte Mariechen zu mir, als sie mich an einem schönen Sommertag besuchte. »Auf der ersten Seite steht ein Artikel, dass die Grippe nicht so schlimm ist. Nur drei, vier Tage Fieber, und dann ist man wieder genesen. Aber es gibt immer mehr Todesanzeigen für Menschen, die genau daran gestorben sind.«

Ich nickte. »Walter flucht. Sie werden im Krankenhaus regelrecht von Kranken überschwemmt.«

»Und was ist, wenn die Schule wieder anfängt?«

»Das Merkwürdige ist, dass es nur die zwischen zwanzig und vierzig richtig hart trifft. Walter und die anderen Ärzte wundern sich darüber, dass die Alten nicht so schwer erkranken und Kinder schon nach ein bis zwei Tagen wieder fit sind.«

Mariechen machte große Augen. »Das ist ja sehr beruhigend, dass es genau uns treffen kann.«

Ich bot ihr Tee an. »Warst du je krank?«

Sie schüttelte den Kopf. »Nur als ich die Kindermädchen hatte. Jetzt kann ich mir das nicht mehr leisten.«

Ich stimmte ihr zu. »Können wir uns nicht leisten.«

Immer noch war Krieg. Zeitgleich schossen die Zahlen über Erkrankte in Köln in die Höhe, nachdem die Schule begonnen hatte. Dabei hatten wir uns so darauf gefreut, wieder ab und zu einen gemeinsamen Spaziergang am Rhein unternehmen zu können. Wir sahen uns kaum. Zu viel war zu tun.

Am Abend des 1. Oktober 1918 kam Mariechen aufgeregt zu uns. Marga, die sie bei sich hatte, schob sie in das Zimmer meiner Jungs. Sie hielt mir die Kölnische Zeitung hin. »In Ungarn schließen sie für zwei Wochen die Schulen.«

Mein Mann bot ihr einen Stuhl und Tee an. »Wir sollten uns dafür bereit machen. Etwas anderes bleibt uns gar nicht übrig.«

Mariechen wehrte ab. »Kann nicht wenigstens erst die eine Krise enden, bevor die andere beginnt?«

Wenige Tage später schloss Mülhausen alle Schulen, in Berlin ging Panik um, wie Albert schrieb. Das Unternehmen war fast leer gefegt, nur er war nicht erkrankt. Andere große europäische Städte wurden von der Welle überrollt. Bonn schloss alle Schulen und schließlich auch Köln.

Jetzt saßen wir alle daheim: Wir hatten unser schönes kleines Haus mit Garten in der Nähe des Rheins. Doch auch wir verließen es nur, um Einkäufe zu erledigen. Dabei ging die größte Gefahr der Ansteckung von meinem Mann aus. Er entschied sich, im Krankenhaus zu übernachten.

Mariechen saß mit ihren vier Kindern in der Wohnung am Sülzgürtel. Sie spielte Klavier, wann immer es die Zeit neben der Hausarbeit zuließ. Sie bangte um Albert, der täglich abends kurz anrief. Die Jungen gruben den Garten von vorn bis hinten um und säten Rapunzeln. Aber sonst war im Herbst nicht viel zu tun. Nora und Marga waren sich mit ihrer Musik, dem Malen und ihren Puppen genug, aber Herbert und Robert wurden immer grantiger. Zwei lange Wochen gingen so einsam dahin.

In den Großstädten wurden die Theater und Konzertsäle geschlossen. In Köln fielen die Bahnen aus, wurden Telegramme nicht mehr übermittelt, schlossen Krankenhausabteilungen, weil so viele Mitarbeiter erkrankt waren. Die Zeitungen überschlugen sich mit Zahlen, wie viele Menschen in Großstädten wie London, Mailand, Paris an der Grippe gestorben waren, und machten den Menschen noch mehr Angst. Schließlich wurde von einer Weltseuche berichtet, die nicht nur Europa, sondern auch die anderen Kontinente überschwemmte. Sowohl Mariechen als auch ich stapelten die Blätter nur noch aufeinander, als könnten wir damit die schlechten Nachrichten zudecken.

Endlich trat Besserung ein. Die Welle der Erkrankungen ebbte ab. Mein Mann zog wieder zu Hause ein. In der ersten Nacht schlief er vierzehn Stunden am Stück. Die Menschen gingen wieder spazieren und einkaufen, die Schulen öffneten. Ganz zuletzt nahmen die Theater und Konzerthäuser ihren Betrieb auf. Albert fuhr mit dem Zug nach Köln und überraschte seine Familie. Mariechen umarmte ihn so fest, als wollte sie ihn nie wieder loslassen.

»Ich bin so froh, dass wir alle eine Beschäftigung hatten, ich mein Klavier und die Kinder ihr Spiel und den Garten.«

Doch Albert kam nicht, um sich zu erholen. Er hatte eine Idee im Gepäck. »Entweder wir ziehen nach Berlin, oder ich mach mit Liebmann ein eigenes Geschäft auf.«

»Liebmann?«, fragte Mariechen verwundert.

»Erinnerst du dich an deinen ersten Vortrag in Bradford?«

»Wie könnte ich das vergessen?«

»Er war dabei. Du weißt doch, der Liebmann aus meinem Studium?«

Sie überlegte, nickte.

»Wir müssen alles Geld zusammentun, einen Kredit aufnehmen.«

Die Zeit dafür war nicht gut. Denn kaum hatte die Spanische

Grippe sich ein wenig beruhigt, begannen im November 1918 Unruhen. Die Menschen hatten es satt, den Krieg, die Krankheiten, die vielen Toten, die Armut. Sie gingen auf die Straßen. Mariechens Mann war froh, dass es ihn in Köln und nicht in Berlin erwischte.

Wieder einmal fiel die Straßenbahn aus. Zu Fuß ging ich zu Mariechen nach Sülz.

»Das Hafenviertel darf man gar nicht mehr betreten. Völlig runtergekommen.« Sie sah müde aus.

Ihr Mann trat in die Diele. Er hatte seinen Koffer gepackt. »Waffenstillstand. Ich muss nach Berlin.« Er küsste Mariechen zum Abschied und drückte mir die Hand. »Schön, dass du da bist. Gut, dass es dich gibt.«

Mariechen brach in Tränen aus, als er das Haus verlassen hatte.

»Er ist vorsichtig, und ihr habt so viele nette Verwandte in der Stadt«, tröstete ich sie.

Mariechen schnäuzte sich die Nase. »Es wird schon werden. Ich habe nur diese andauernden Trennungen satt. Und diesen Krieg.«

Unser Ruf nach dem Ende des Krieges wurde erhört. Im Sommer 1918 hatte die deutsche Armee bereits schwere Verluste hinnehmen müssen. Die Alliierten gewannen mehr und mehr Gelände, während in Deutschland und im deutschen Militär die Versorgungslage immer schlechter wurde. Hinzu kamen die Spanische Grippe und andere Seuchen. Als Ende des Jahres Unruhen ausbrachen, erst in Berlin, dann auch in Köln, forderten Parteien den Kaiser zur Abdankung auf. Erst weigerte er sich, doch dann zog er ab. Frieden wurde verhandelt und nach langem Hin und Her geschlossen. Die Deutschen verloren alle besetzten Gebiete im Westen und fühlten sich betrogen. Dafür zogen die Briten nach Köln ein und besetzten Häuser, Verwaltungsgebäude, Straßen. Die Versorgung mit Lebensmitteln war immer noch schlecht.

Menny schimpfte bei einem Familientreffen. »Das ist schlimmer als im Krieg.«

»Nichts ist schlimmer als Krieg«, widersprach ihm Mariechen. Er umarmte sie. »Bitte entschuldige.«

Das ist die Berliner Luft

Ich hatte einen Ohrwurm, und was für einen. Und gute Laune, sehr gute Laune hatte ich. »Das ist die Berliner Luft, Luft, Luft«, summte ich vor mich hin. Mein Mann fuhr mich zum Bahnhof. Lea, meine kleine Schwester Lea, würde eine eigene Arztpraxis in Berlin eröffnen, mitten in der Stadt, im Scheunenviertel. Und sie hatte mich zur Eröffnung am 3. Januar 1919 eingeladen. Ich war so aufgeregt.

Köln war eine aufstrebende Stadt, mit viel Industrie und noch mehr rauchenden Schornsteinen. Doch Köln war nichts gegen Berlin. Meine Schwester nahm mich am Bahnhof in Empfang, und das war gut so. Ich hätte vor lauter Eindrücken, Menschen, Gerede, pustenden Dampflokomotiven und hupenden Autos vor dem Bahnhof, Geräuschen und Gerüchen, guten wie schlechten, meinen Koffer beinahe an ebendiesem Ort stehen lassen.

Lea winkte einen Träger heran. Er nahm den Koffer, sie schritt energisch los. Ich folgte und staunte, was aus meiner kleinen Schwester geworden war. Sie ging schnell und aufrecht, war schlank und schön, die Haare zu einem Dutt zusammengesteckt. Ich hastete hinter ihr her.

Ihre Wohnung lag gegenüber ihrer Praxis, die sie sich mit einer anderen Ärztin teilte. Wir stiegen in den dritten Stock auf. Ihr Mädchen begrüßte uns überschwänglich in diesem lustigen Berliner Dialekt. »Gnä' Frau, ick jeh dann mal Essen machen.«

Salon, Schlafzimmer, Küche, WC, alles, was Lea zum Wohnen brauchte. Der Blick ging hinüber auf einen Park. Lea öffnete das Fenster. Kinderlachen war zu hören. »Das ist der Monbi-joupark.« Sie strahlte.

»Schön hast du es!«

»Abends kann es manchmal heikel werden«, sagte sie.

»Was meinst du damit?«, wunderte ich mich.

Lea redete sich heraus. »Bars und leichte Mädchen und so. Aber was möchtest du essen?«

»Mach dir keinen Aufwand. Was immer dein Mädchen vorbereitet hat.«

Nach dem Essen machte sich Lea auf, um für die Eröffnung der Praxis noch etwas vorzubereiten.

Es war ein kalter Winterabend, doch ich hatte lange im Zug gesessen. Darum nutzte ich die Zeit, um mir die Beine in der Oranienburger Straße zu vertreten. Dem Mädchen sagte ich Bescheid, falls meine Schwester vor mir heimkehren sollte.

Der Monbijoupark gab der Straße Weite und einen Blick ins Grüne. Die Oranienburger selbst war breit und von hohen herrschaftlichen Häusern geprägt. Ich legte den Kopf in den Nacken, um das Kaiserliche Postfuhramt zu bewundern. Mit seinen gelben Klinkern und hohen Türmen hatte es etwas Orientalisches an sich. Residenzstadt, das spürte man hier.

Wenige Meter entfernt leuchtete das goldene Dach der riesigen Synagoge. Ich ging auf die andere Straßenseite, um das Gebäude zu bewundern. Da hörte ich bereits meine Schwester aufgeregt rufen: »Gut, dass ich dich finde.« Sie zog mich zu ihrer Wohnung zurück.

»Interessant, dass der Architekt des Postamts das Orientalische der Synagoge aufgenommen hat.«

Lea lächelte. »Wer hat was von wem aufgenommen, das ist die Frage. Aber du hast schon recht, dass hier verschiedene Architekturstile vermischt werden.«

Als wir oben in der Wohnung ankamen, nahm sie mich zur Seite. »Ich hätte mich klarer ausdrücken sollen. Gleich um die Ecke ist das Viertel nicht mehr so schön. Du weißt schon: Prostitution, Kriminalität, alles, was dazugehört.«

Ich war erstaunt. »Hafenviertel hier, mitten in Berlin?«

Sie nickte. »Ein Elend.«

Lea hatte mir nicht verraten, wie die Eröffnung geplant war, und mich keinen Blick in ihre Praxis werfen lassen. So lernte ich erst kurz vor dem Fest die Ärztin kennen, mit der sie sich ihre Arbeit teilte. Lea und Anna umarmten sich so herzlich, dass es mir einen Stich in die Brust gab.

»Anna Huizen, sehr angenehm.« Ihr Tonfall verriet, dass sie aus dem Norden kam.

»Dr. Anna Huizen«, ergänzte Lea.

Im Hintergrund hörte ich Musiker einen Bass stimmen.

»Dann wollen wir mal«, sagte Lea.

Die Praxis lag im Hochparterre. Die Räume waren bestimmt vier Meter hoch. Von der großen Diele gingen in wohlgeordneter Gleichmäßigkeit vier Zimmer ab.

»So mussten wir nicht streiten, wer den größeren Praxisraum bekommt.« Anna lachte.

»Als ob wir je streiten würden.« Leas Augen blitzten auf. »Wir doch nicht.« Sie zeigte auf die geöffneten Türen. »Annas Behandlungsraum, das große Wartezimmer, mein Raum sowie Labor und Helferinnenzimmer.«

Ich spürte den Stolz in ihrer Stimme.

»Sowohl vom Wartezimmer als auch vom Helferinnenzimmer gehen Toiletten ab.« Lea winkte mich in dieses Zimmer hinein. »Guten Abend, Fräulein Britta, Fräulein Erika. Das ist meine große Schwester Franzi.«

Die beiden jungen Frauen nickten mir freundlich zu. »Willkommen in Berlin.«

»Großartig!«, staunte ich.

Lea griff meine Hand und zog mich in das Wartezimmer, das zum Salon umgebaut worden war. Ein Bassist sowie ein Pianist nickten uns freundlich zu und stimmten weiterhin in aller Ruhe ihre Instrumente.

»Das Klavier ist geliehen.«

»Gut gestimmt«, rief uns der Pianist zu.

»Mein Bruder Hans und sein Studienfreund Georg«, stellte uns Anna die zwei jungen Männer vor.

»Meine Schwester Franzi«, ergänzte Lea.

»Was wollen Sie hören?«, fragte Hans. Das förmliche Sie ließ mich schmunzeln.

»Wenn Sie ein Du für mich haben, dann gern ›Das ist die Berliner Luft‹.«

Georg gab die ersten Töne an, Hans berührte sanft die Tasten und spielte los. Sofort ging der Rhythmus in uns über. Lea umfasste Anna und wiegte sich im Takt. Während uns die Musik umgab, schaute ich mich um. Diese hohen Räume, klare Möbel, einfach, aber schön. Es roch verführerisch nach Essen: Käse und Brötchen, Kartoffeln und Kräuterquark, Apfelmus als Nachtisch. Lea konnte stolz auf sich sein.

Das Lied endete, wir klatschten begeistert.

»Mm, Käsebrötchen«, flüsterte ich Lea zu.

»Hier heißen sie Schrippen, also Käseschrippen. Das musst du lernen.«

»Ich bin nur zu Besuch hier«, wehrte ich ab.

Es klingelte. Die ersten Gäste kamen, und schnell füllten sich die Praxisräume mit Frauen und Kindern, die so begeistert Brötchen, nein Schrippen stibitzten, dass Fräulein Britta und Fräulein Erika kaum hinterherkamen, diese nachzulegen.

Ich legte meinen Arm um Leas Schulter, als wir ihr Wohnhaus spät am Abend betraten, und schloss hinter ihr die Tür. »Das war ein schönes Fest!«

»Was bin ich froh, dass es vorbei ist«, sagte sie.

Ich staunte.

»Anna wollte unbedingt ein so großes Fest. Du weißt ja, ich bin mehr für das Ruhige.«

»Bist du das?«

Sie überlegte kurz. »Ich glaube schon.«

Am nächsten Tag hatten wir am Nachmittag Zeit, gemeinsam durch das Viertel zu bummeln. Lea zeigte mir die kleinen Geschäfte mit prächtigen Auslagen. »Kaffee, Zucker, Thee, Cacao.« Ein koscherer Laden reihte sich an den anderen.

Wir gingen an der evangelischen Kirche in der Sophienstraße vorbei, streiften das katholische Krankenhaus St. Hedwig, begegneten Obdachlosen und Kriegsversehrten, die bettelten. Ein Mann mit seinem rollenden Wagen voller Gemüse sprach uns mit einem russisch-deutschen Kauderwelsch an. Ich staunte über die bunte Mischung.

Lea war stolz darauf. »Ab und zu gibt es eine Schlägerei, aber meistens geht es friedlich zu.«

Tanzmusik war zu hören. Lachend nahm mich meine Schwester an die Hand. »Bühlers Ballhaus?« Sie öffnete die Tür und lugte in den großen Saal hinein. Musiker probten. »Es gehört den Bühlers, aber alle nennen es Clärchens Ballhaus. Sie ist die Seele des Hauses.«

Ich bekam Sehnsucht. »Wenn ich Walter nur zum Tanzen bewegen könnte!«

»Ist er ein Nichttänzer?«

»Ja, und ein Arbeitstier.«

Die Dämmerung setzte ein. Lea nahm meine Hand. »Lass uns heimkehren.«

Wir gingen durch eine enge Gasse zu ihrer Wohnung zurück. Frauen lehnten an den Häuserwänden, Kinder spielten mit ihren Murmeln oder Hüpfekästchen auf den Bürgersteigen. Hoftüren gaben den Blick in die Hinterhöfe frei. Eng, gepflastert, kein Grün, dunkle, feuchte Ecken. Ich mochte nicht darüber nachdenken, wie dunkel und feucht die Wohnungen darin waren.

»Komm«, trieb mich meine Schwester an. Sie zog mich durch die Hackeschen Höfe zum Hackeschen Markt, an Lebensmittelgeschäften, Banken, Versicherungen, Herren- und Damenausstattern und Kneipen vorbei. Polizisten schritten die Gegend ab. Die ersten Mädchen stellten sich an der Straße auf. Wir wechselten die Seite.

Am nächsten Morgen machte ich mich wieder auf den Weg nach Köln. Ich war dankbar, dass Walter mir unsere Söhne drei Tage lang abgenommen hatte, und umarmte meine Schwester noch einmal zum Abschied. »Du hast es schön hier!«

Lea lächelte. »Komm bald wieder.«

»Wir sehen uns spätestens zu Weihnachten.«

Meine Schwester zog die Schultern hoch. »Vielleicht ...« Sie überlegte einen Moment. »Ich würde gern mit Anna feiern.«

Die Uhr schlug acht. »Ich muss.«

Am Bahnhof bemerkte ich die betrunkenen Landstreicher und Obdachlosen, die mir auf dem Hinweg nicht aufgefallen waren. Es roch nach verschüttetem Bier und Abfällen. Die letzten Mädchen verschwanden in den Häusern. Berlin hat auch andere Seiten, sagte ich mir.

Mariechen komponiert

Begeistert besuchte ich Mariechen einen Tag nach meiner Heimkehr. Ich hatte etwas zu berichten. Nein, ich hatte viel zu erzählen. Im Hausflur begrüßte mich Klaviermusik. Ich klingelte, das Mädchen öffnete. Ich betrat Mariechens Salon.

Sie nickte mir zu. »Bitte entschuldige. Nur einen Moment. Ich bin gleich fertig.«

Ich setzte mich in einen Sessel. Das Mädchen stellte mir einen Tee hin. Mariechen stand an ihrem Klavier und tippte Tasten an. Sie griff einen Stift und schrieb Noten auf einen Packen Papier, der ordentlich am Notenhalter lehnte.

Sie blickte kurz zu mir. »Nur noch ein paar Zeilen. Ich bin grade so im Fluss. Bitte entschuldige.«

Wieder schlug sie einige Tasten an. Ich hörte ein Thema heraus. Etwas Neues, das sie mir noch nicht gezeigt hatte. Hastig schrieb sie Noten nieder, spielte das Thema nochmals, eine Oktave höher, eine tiefer, noch einmal von vorn, spielte einen

Akkord, kehrte ihn um. Es klang erst harmonisch, dann plötzlich schräg und unangenehm.

Jahrelang hatte ich Klavier geübt und gespielt. Doch als ich Mariechen arbeiten sah, fühlte ich mich wie eine Anfängerin, wie jemand, der noch nie etwas von Klaviermusik gehört hatte. Es klang ungewohnt. Es war spannend zu sehen, wie sie arbeitete. Dennoch brannte ich darauf, von Berlin zu erzählen.

»Nur noch einen kleinen Moment«, wiederholte sie und spielte weiter. Ich nippte vom Tee, schaute mich im Zimmer um. Sie tippte andere Tasten an, versuchte neue Variationen, versank in sich.

Vorsichtig nahm ich mir die Zeitung, die auf dem Tisch lag. »Die Kölnische«. Gelangweilt blätterte ich sie durch. Mariechen arbeitete weiter. Die Uhr schlug elf. Jetzt war ich schon fast eine Stunde bei ihr. Kurz nach zwölf Uhr würden die Jungs von der Schule kommen. Mir blieb nicht mehr viel Zeit. Sie jedoch schrieb Noten auf die Blätter.

Zaghaft unterbrach ich sie. »Mariechen?«

Sie zuckte zusammen, schaute erst auf mich, dann auf die Uhr. »Oh mein Gott. Die Kinder kommen bald aus der Schule.«

Ich stand auf. »Ja, ich muss gehen.«

Sie zog die Stirn kraus. »Jetzt habe ich wieder den Vormittag mit dieser Neuen Musik verbracht und mich gar nicht um dich gekümmert.«

»Übermorgen bei mir?«

»Entschuldige! Wie konnte ich nur so dumm sein.« Sie drückte mich fest. »Übermorgen. Bei dir!«

Eine Treppe tiefer hielt ich an. Wieder hörte ich Klaviermusik. Sie war ganz in sich versunken.

Berlin

»Es beruhigt mich, dass ich dort Lea und hier dich habe«, sagte Mariechen, nachdem ich ihr von Berlin und meiner Schwester erzählt hatte. Unruhig schritt sie um den Tisch in unserem Salon. »Wenn ich hinfahre, bleiben Marga und Nora bei meiner Mutter und Onkel Hugo, die Jungen kommen gut allein zurecht.«

Ich stimmte ihr zu. »Mach dir keine Sorgen. Jedenfalls nicht mehr als nötig.« Ich musste lachen. »Weißt du, wie aufgeregt ich war, als ich die Jungs bei meinem Mann und dem Mädchen gelassen habe!«

Wenn Albert nicht nach Köln fahren konnte, dann musste sie sich eben auf den Weg dorthin machen. Sie sprach sich selbst Mut zu.

»Wir müssen uns entscheiden, ob wir in Berlin eine Wohnung suchen oder Albert mit Liebmann in Barmen ein Unternehmen gründet.«

»Das ist keine einfache Entscheidung.«

Endlich setzte sie sich wieder. »Da sagst du was.«

Mein Mann kam zum Essen heute früh nach Hause. Sofort mischte er sich in die Unterhaltung ein. »Ihr habt schon viele Krisen überlebt. Das schafft ihr.«

»Ich kaufe mir gleich jetzt eine Fahrkarte«, sagte Mariechen.

Es dauerte noch eine Woche, ehe sie reisen konnte. Die Fahrkarten waren ausverkauft gewesen. Sie nahm den D-Zug. Durchgehend von Köln nach Berlin, warben die Preußischen Staatseisenbahnen. Am Potsdamer Bahnhof in Berlin erwartete Albert sie. Hastig umarmte er sie. »Wir müssen laufen. Heute fahren keine Straßenbahnen.«

Er nahm ihren Koffer. Sie liefen gut zwanzig Minuten vom Bahnhof bis zum Hotel Eichberg, in dem ihr Mann Unterkunft gefunden hatte. Überall auf den Straßen war Polizei zu sehen. »Wegen der Unruhen«, erklärte er.

»Davon hat Franzi nichts erzählt.«

Neben den vielen Uniformierten bettelten Kriegsversehrte an allen Ecken. Mariechen hakte sich bei ihrem Mann unter. »Du scheinst dich schon daran gewöhnt zu haben.«

Er nickte. »Es ist erschreckend, an was wir uns alles gewöhnen.«

Glücklich erreichten sie die Unterkunft. Mariechen hatte noch Brote von der Reise übrig, die sie auf dem Zimmer aßen, ehe sie erschöpft ins Bett fielen. Albert küsste sie.

»Morgen«, erwiderte sie. »Morgen, wenn ich ausgeruht bin.«

Albert eilte am nächsten Tag früh zur Arbeit, denn er hatte eine neue Stelle bei der Carl Weber & Co GmbH Leinenweberei, die im gleichen Haus Unter den Linden ihr Vertriebsbüro hatte, jedoch noch längere Arbeitszeiten. »Ceweco-Tafeltuch, endlich wieder gute Stoffe«, lobte er.

Mariechen hingegen fuhr mit der Bahn vom Potsdamer Platz Richtung Wannsee zu den Feiningers. Sie war eine Stunde unterwegs und spürte die Anstrengung der gestrigen Reise. Doch sie freute sich zugleich auf die beiden und ihre Kinder.

»Hier ist die Hölle los«, begrüßte Julia sie. Die Wohnung stand voller Kisten. »Entschuldige, aber wir packen für Weimar.« Sie streckte sich und strahlte. »Endlich raus aus dieser Stadt.«

»Wieso Weimar?«, wunderte sich Mariechen.

»Lyonel ist an das Bauhaus berufen worden.«

Er trat zu ihnen in die Diele und begrüßte Mariechen lachend. »Kunst von allen Seiten für alle Menschen. Malen, Zeichnen, Bauen. Ich denke sogar darüber nach, nochmals etwas zu komponieren.«

Endlich nahm Julia Mariechen den Mantel ab. »Wie bist du hergekommen?«

»Zum Glück ist die Bahn gefahren. Gestern sind wir vom Bahnhof gelaufen. Da wäre ich erst heute Abend bei euch angekommen.«

Lyonel schüttelte den Kopf. »Es herrscht Chaos in Berlin. Ich hoffe, dass Weimar uns mehr Ruhe bietet.«

»Aber hier draußen bei euch ist es schön grün und ruhig.«

»Hier schon, aber sobald man in der Stadt unterwegs ist …«

Der Tag verging wie im Flug. Lyonel zeigte ihr seine Drucke.

»Pariser Straße«, »Boote bei Mondschein«, »Cruising Sailing Ships« ... Es tat gut, wieder Englisch zu reden, wenn seins auch sehr amerikanisch klang.

Sie tranken Tee und Kaffee und aßen trockene Kekse. Julia hatte immer den besten Kaffee, kein Wunder, sie stammte schließlich aus der Bonner Kaffee-Zuntz-Dynastie. Danach spielte Mariechen ein winziges Stück ihrer neuen Komposition.

»Wir könnten auch etwas gemeinsam komponieren«, schlug sie vorsichtig vor.

Lyonel nickte begeistert. »Kommst du uns in Weimar besuchen?«

»Unbedingt.«

Julia brachte Mariechen zur Bahnhaltestelle. Sie warteten lange auf die Bahn. Aus dem Waggon winkte Mariechen zum Abschied. Ihr war traurig zumute. Wenn schon Lyonel und Julia sagten, dass Berlin chaotisch sei, wie sollte sie sich dann mit den vier Kindern wohlfühlen? Noch dazu, wo Herbert und Robert nicht mehr so einfach zu verpflanzen waren wie ihre jüngeren Schwestern Nora und Marga.

Mariechen war noch vor Albert im Hotel und rief zu Hause an. Alles war gut. Sie streckte sich auf dem Bett aus. Nur einen Moment ruhen, nichts tun, endlich mal nichts tun. Sie nickte ein. Dann kam Albert und weckte sie auf. Er legte sich zu ihr ins Bett, zog ihr den Rock aus, die Bluse. Sie küssten sich, umschlangen sich. Sie fuhr ihm durch die Haare, er löste ihren Dutt. Sie mochte seinen Geruch, der sie an die Kinder erinnerte, als sie noch ganz klein waren. Sie wussten, dass sie nur diese eine Nacht hatten. Bloß nicht noch ein fünftes Kind, dachte Mariechen. Dann vergaß sie ihre Sorgen.

Am Morgen danach fühlte sie sich wohl, wie neugeboren. Sie hatte gut geschlafen. Albert brachte ihr das Frühstück ans Bett. Danach machte sie sich frisch, warf ihre Kleidung in den Koffer. Es war nicht viel. Nur zwei Tage. Das nächste Mal würde sie länger bleiben.

Köln begrüßte Mariechen mit nassen Füßen.

»Der Rhein steht bis in unseren Garten«, schimpfte Menny. »Wir sind froh, dass unser Haus so hoch liegt. Und die Engländer haben unsere Garage besetzt.«

Mariechen umarmte ihren Bruder. »Sag nichts gegen Engländer.«

Er schmunzelte. »Wann kommt Albert?«

»In drei Monaten. Diese ewigen Trennungen haben ein Ende.«

Neuanfänge

»Berlin ist vom Tisch«, sagte Mariechen energisch, als sie mich nach der Reise zum ersten Mal mit Marga und Nora besuchte. »Wir wagen den Neuanfang in Barmen mit Liebmann. Das Haus in Halifax haben wir als Sicherheit.«

Ich holte tief Luft. »Überlegt ihr etwa, nach England zurückzugehen?«

»Im Moment auf keinen Fall, aber vielleicht später.«

Albert, wie immer pflichtbewusst, machte seine Arbeit bis zum letzten Tag und verpasste dadurch die Familienweihnachtsfeier bei Menny und Liesel. Entrüstet erzählte Mariechen mir davon.

»Eigentlich müsste ich wütend sein, aber ich habe keine Kraft mehr dafür. Immer geht es um die Arbeit, um die Arbeit. Ich hoffe nur, dass das hier anders wird.«

Ich umarmte sie. »Das scheint bei unseren Männern nun einmal so zu sein. Doch wovon soll man sonst alles bezahlen, wo doch alles jeden Tag teurer wird?«

Mariechen drückte meine Hand. »Du hast ja so recht.«

Auf dem Heimweg von Mariechen wedelte ein Zeitungsjunge mit der »Rheinischen Volkswacht«. »Gleiches Wahlrecht! Der erste Wahltag für Frauen! Die Zeitung vom 19. Januar.«

Wir Frauen durften heute wählen, und ich dürfte als Lehrerin arbeiten. Das Land veränderte sich und ich mich mit ihm.

Es dauerte jedoch noch ein halbes Jahr, ehe im August 1919 das sogenannte Lehrerinnen-Zölibat aufgehoben wurde.

Vier Wochen später rannte ich aufgeregt von der Straßenbahn zu Mariechens Wohnung. Sie öffnete überrascht die Tür. Im Hintergrund lärmten die Kinder. Ich wedelte mit dem Papier, dem entscheidenden Papier.

»Zeig!«

Ich lachte und hielt es hoch, sodass sie es nicht greifen konnte.

»Gib her. Ist es wirklich das, was ich glaube, nein, für dich hoffe?«

»Jaha«, jubelte ich so laut, dass die Kinder in die Diele gerannt kamen.

»Tante Franzi, was ist?«, rief Marga aufgeregt.

Ich hielt das Schreiben vor die Brust. »In zwei Monaten werde ich in einer Volksschule unterrichten.«

Mariechen verbeugte sich tief. »Herzlichen Glückwunsch, Frau verheiratete Lehrerin.«

Marga zog an meinem Mantel. »Kannst du nicht bei mir Lehrerin werden? Die Schule ist sooo langweilig.« Wir lachten.

An meinem ersten Unterrichtstag Ende 1919 klopfte mein Herz so laut, dass ich fürchtete, ganz Köln könnte es hören. Das Mädchen brachte unsere Jungs in die Schule. Sie würde für sie da sein, bis ich zurückkäme. Das war geregelt.

Ich hatte meinen ersten offiziellen Unterrichtstag. Ich, die ich inzwischen einundvierzig Jahre alt war. Würden die Schülerinnen mich annehmen? Oder würden sie mich für eine alte Schachtel halten, so wie wir die Fräuleins zu unserer Schulzeit genannt hatten?

In der Hand trug ich eine Aktentasche, in die ich Material für mehrere Unterrichtstage gepackt hatte. Der Schulleiter begrüßte mich freundlich, doch sein Stellvertreter machte ein grimmiges Gesicht.

»Guten Tag, Frau Dr. Beyer. Ich bin Dr. Müller. Wo haben Sie Ihren Abschluss gemacht?«

Meine Hände zitterten vor Aufregung. »In Köln im Lehrerinnenseminar. Sie können mich Frau Beyer nennen. Der Doktor kommt von meinem Mann. Er ist Arzt im Krankenhaus.«

Dr. Müller machte ein zufriedenes Gesicht. »Aha.« Als ich den Raum verließ, hörte ich ihn zum Direktor sagen: »Der kann kein guter Arzt sein, wenn seine Frau arbeiten gehen muss.«

Ich holte tief Luft. Es war doch klar gewesen, dass nicht alle begeistert sein würden, wenn ich als verheiratete Frau arbeitete. Dennoch tat es weh. Durchhalten, sprach ich mir Mut zu, durchhalten.

Die Mädchen meiner Klasse sprangen geradezu von ihren Stühlen auf, als ich den Raum betrat. »Guten Morgen, Frau Dr. Beyer.«

»Guten Morgen.« Ich schaute in die Reihen und zählte in Gedanken. Zweiundvierzig Mädchen zwischen neun und zehn Jahren, eins hübscher als das andere. Zöpfe, Pferdeschwänze und ganz hinten, in der letzten Reihe, zwei zarte Wesen mit kurzen Haaren. Sofort dachte ich an Mariechen. Auf diese beiden richtete ich meine Blicke und holte das Material aus meiner Tasche. Dann forderte ich die Mädchen auf, sich wieder zu setzen. Wie sollte ich mir nur die Namen dieser vielen Kinder merken? Im Seminar hatten wir geübt, diese in eine Geschichte einzubinden. Doch das war Theorie gewesen. Das hier war das Leben. Zweiundvierzig Namen, das war meine erste Herausforderung.

Als ich mich zur Tafel drehte, hörte ich ein erstes Flüstern und Kichern. Kurz holte ich nochmals Luft und dachte an Olga. »Ruhig bleiben, bei dir bleiben, mal nicht beachten, dann ermahnen, Störerinnen sofort herauspicken. Ich drehte mich um und sah die Reihen durch. Ein Mädchen mit langen Zöpfen hatte einen roten Kopf vor Lachen.

»Wie heißt du?«

»Anna.«

»Komm nach vorne und schreibe die Aufgabe, die ich euch jetzt stelle, auf die Tafel.«

Die Kleine schaute mich erschrocken an, die anderen Mädchen wurden ruhig. Immer die Kinder anschauen und sie etwas machen lassen, sagte ich mir. Anna mit den langen Zöpfen und dem lauten Lachen, Luise und Helgard mit dem Bob. So überstand ich meinen ersten Arbeitstag als Lehrerin.

In der ersten Woche fiel ich abends todmüde ins Bett. Die zweite lief etwas besser, die folgende dafür schlechter.

Mein Mann schmunzelte über mich. »Über mich hast du immer gelächelt, wenn ich nach einem anstrengenden Tag nicht mal mehr Lust auf einen Spaziergang hatte. Jetzt fällst du noch vor mir ins Bett.«

Selbst meine Freundin sah ich in den ersten Wochen meiner neuen Arbeit kaum. Unsere beiden Jungs jedoch genossen ihre neu gewonnene Freiheit sichtlich.

Während ich mich mit Aufsätzen herumschlug, begleitete Mariechen ihren Albert im neuen Jahr 1920 nach Barmen. »Eine Stunde Fahrt mit der Bahn. Ein Klacks. Als Kind sind wir oft nach Barmen gefahren. Du weißt, Familie. Die Stadt hat sich gemacht. Fast so schön wie Halifax.«

Ich musste an ihre Jungs denken, als sie so schwärmte.

»Von Vohwinkel bis Döppersberg sind wir mit der Schwebebahn gefahren. Das müssen wir unbedingt mit den Kindern machen. Was ein Spaß!«

Wir setzten uns zum Tee in meinen Salon. »Und, wie geht es mit der Firma?«

Mariechen strahlte. »Alles gut. Liebmann habe ich schon in England kennengelernt. Ein guter Mann. Vornehm, höflich, durch die englische Schule gegangen.«

»Wie gut!«

»Es geht um Färben und Veredelung, alles, was Albert schon in Bradford und Halifax gemacht hat. Da ist er ein richtiger Fachmann, hat sogar Artikel in England dazu veröffentlicht. Er ist so froh, wieder in seinen Beruf einsteigen zu können. Und das Büro, einfach nur schön.«

Sie lehnte sich zufrieden im Sessel zurück. »Und bei dir?«

»Genau wie ich es wollte.«

Wir genossen unseren Tee. Dann sprang Mariechen auf. »Ich muss los. Menny hat mir Karten für einen Ernst-Toller-Abend am 29. März besorgt. Ich hole die Karten besser direkt bei ihm ab. Sonst denkt er noch, es war nur eine spinnerte Idee von mir.«

»Ist das nicht dieser Revoluzzer?«

»Das hat Albert auch gesagt. Aber ›Die Wandlung‹ soll gut sein, gegen den Krieg. Außerdem führt ein Bekannter von Menny, Dr. Cahén, in den Abend ein. Menny hat über seine Anwaltsarbeit so viele interessante Kontakte. Und Albert kommt jetzt doch mit.«

Dann brach sie auf.

In Köln herrschte immer noch Chaos, die Versorgung war schlecht, und viele Unterrichtsstunden fielen wegen fehlender Lehrer aus. Dennoch hatte ich das Gefühl, dass alles gut war, dass es uns gut ging, es aufwärts ging. Doch dann kam ein Anruf.

Der Tod

Das Telefon klingelte am Abend. Mein Mann nahm den Hörer ab. Ich saß im Salon und schaute meine Vorbereitungen für den nächsten Schultag durch. Die Jungs lagen in ihren Betten, schliefen aber bestimmt noch nicht.

»Sofort. … Ja, ich verstehe. … Nein. Ehrlich, ich verstehe es nicht. Wie konnte das passieren, Hugo?«

»Hugo?« Ich horchte auf und legte meine Papiere zur Seite. Sollte das Mariechens Hugo sein? Die letzten Jahre war so viel passiert, dass ich unruhig wurde und aufstand. Mein Mann war weiß wie Kalk.

»Sie kommt sofort. Natürlich.« Er legte den Hörer auf. Tränen standen in seinen Augen. »Albert ist tot.«

»Nein. Albert?«

»Heute Morgen ist er zur Arbeit nach Barmen gefahren. Er fühlte sich nicht ganz wohl, sprach von einer Erkältung. Am Nachmittag ist er im Büro zusammengebrochen. Liebmann hat ihn ins Krankenhaus gefahren.«

Den Rest hörte ich nicht mehr. Ich brach in Tränen aus. Albert, Mariechens Albert. Tot. Siebenundvierzig Jahre alt.

»Hugo sagt, es war die Spanische Grippe. Er bittet dich zu kommen.«

Wenige Minuten später fuhr mich mein Mann zu meiner Freundin.

Hugo öffnete mir die Tür. Mariechen saß im Salon und schluchzte. Ich setzte mich zu ihr und nahm sie in die Arme. Nora und Marga kamen zu uns und weinten mit uns. Die Jungen waren in ihrem Zimmer und wollten mit niemandem sprechen.

Die Beerdigung fand im kleinen Kreis statt. Nicht einmal wir waren eingeladen.

»Sie hat ihn auf dem Südfriedhof begraben, nicht auf dem jüdischen«, erzählte mir Menny, als ich ihn auf der Straße traf.

Ich wunderte mich.

»Albert hat es so gewollt. Mariechen sagt, dass er schon in England an Gott gezweifelt und der Krieg ihm den Rest des Glaubens gestohlen hat.«

»Sie hat nie davon gesprochen.«

Er stimmte mir zu. »Niemand spricht über den Krieg.«

Es sollte ein furchtbares Jahr für Mariechen und ihre Familie werden. Sie schaute, wie sie die Finanzen und das tägliche Leben regeln konnte. Obgleich ihre Mutter ihr das Mädchen bezahlte, fehlte es vorn und hinten. Die Beteiligung von Albert an der Firma in Barmen sollte nach und nach aufgelöst werden. Viel Geld würde verloren gehen. Das Haus in Halifax hatten sie immer noch nicht verkauft. An Klavierspielen war nicht zu denken.

Hugo kam auf sie zu. »Herbert könnte in England arbeiten, in der Textilherstellung. Ich glaube, das ist besser, als dass er sich hier mit dem Abitur herumquält. Er mag die Schule ohnehin nicht. Du würdest das Schulgeld sparen, er gutes Geld verdienen.«

Mariechen hatte eine schwere Entscheidung zu treffen.

Sie überlegte einige Tage und Nächte. Herbert würde die Schule abbrechen, kein Abitur machen. Wie gern hätte sie selbst Abitur gemacht. Wie gern wollte sie genau dies ihren Kindern ermöglichen. Sie und ihr Sohn setzten sich mit Hugo zusammen.

»Dein Englisch ist besser als dein Deutsch«, begann Hugo.

Seit der erzwungenen Rückkehr nach Köln hatte Herbert von England geschwärmt, jetzt würde ihm der Abschied schwerfallen. »Und mein Abitur? Wenn ich doch noch studieren möchte?«

Hugo klopfte ihm ermutigend auf die Schulter. »Mir hat es auch nicht geschadet, im Geschäft zu lernen.«

Von diesem Moment an war Herbert wortkarg.

Mariechen packte einen großen Koffer für ihn. Er tat so gut wie nichts dazu. Sie hoffte, dass sein Aufenthalt in England es einfacher machen würde, die Besitzverhältnisse in Halifax zu klären.

Am Tag seiner Abreise öffnete Herbert seinen Koffer und legte die Karten, die sein Vater im Krieg an ihn geschrieben hatte, obenauf. Mariechen kamen die Tränen.

Gemeinsam mit Hugo hatten sie über seinen Lebensweg entschieden, gemeinsam mit ihm fuhren sie zum Bahnhof. Mariechen brachte ihren Erstgeborenen allein auf den Bahnsteig.

Überraschend verkündete ihr Herbert beim Abschied: »Ich habe mich zum externen Abitur am FWG angemeldet.«

Sie drückte ihn fest. Sie hatte nicht vor Augen gehabt, dass das am Friedrich-Wilhelm-Gymnasium möglich war. »Wenn ich irgendwo helfen kann, bin ich für dich da.« Sie wusste jedoch, dass sie dieses Versprechen nur schwerlich mit Leben füllen könnte.

Das Jahr 1920 blieb von Todesfällen geprägt. Am 23. März starb Alberts Verwandter Hermann Aschaffenburg, Onkel Nathan gesellte sich am 28. April 1920 zu den Toten, am 19. Mai 1920 Richards Schwester Anna Katzenstein, die gleich zu Anfang des Weltkriegs ihren Sohn verloren hatte. Gut, Onkel Nathan war einundachtzig Jahre alt geworden, aber das Maß des Aushaltbaren war für Mariechen überschritten. Danach erkrankte Liesel schwer, Mennys Frau, die so gut für ihren Mann gesorgt hatte. Sie verlor mehr und mehr Gewicht, bald hatte sie keine fünfzig Kilogramm mehr.

Mein Mann nahm Mariechen zur Seite. »Ich fürchte, die Ärzte können nichts mehr für sie tun.«

Nach dem Tod seiner Frau rief Menny die Familie Bing bei sich am Oberländer Ufer zusammen. Hugo plante, zurück nach Florenz zu gehen.

Mariechens Wohnung am Sülzgürtel kostete Geld, das sie nicht hatte, denn die Preise stiegen und stiegen. Ihr Bruder hingegen brauchte jemanden, der sich um seine fünfzehn und zwölf Jahre alten Töchter, Susi und Miechen, kümmerte. Er schlug vor, dass seine Schwester zu ihm ziehen sollte, mit Robert, siebzehn Jahre alt, Nora, die jetzt vierzehn war, und Marga, gerade mal zehn.

Mariechen erbat sich Bedenkzeit. Ihr Bruder zog die Stirn kraus, ging jedoch darauf ein. »Ein, zwei Tage?«

Sie überlegte und stimmte zu.

Sommerfest

Ein Jahr nach Alberts Tod zog Mariechen um. Sie schritt langsam durch die fast leer geräumte Wohnung am Sülzgürtel. Die Kinder waren in der Schule und würden direkt danach ans Oberländer Ufer fahren. Es war ihre erste eigene Wohnung in Deutschland gewesen. Hier war Marga in die Schule gekommen, hatte Nora angefangen zu malen, Robert seine erste Eins in Chemie bekommen und Herbert über die deutsche Sprache geflucht. Hier waren Mariechens erste Pfannkuchen in der Pfanne zerfallen, weil sie selbst kochen musste. Sie schmeckten den Kindern dennoch.

Im Schlafzimmer hatte sie mit Albert schöne Nächte verbracht, einige wenige. Er hatte ihr den Tee ans Bett gebracht, die Kinder in Zaum gehalten. Die Kinder wurden größer und forderten mehr und mehr Freiheiten ein, hatten ihr aber auch immer mehr davon gegeben. Die Jungs hatten den Garten umgegraben, die Mädchen gezeichnet, Musik gemacht, gespielt und gebastelt.

Aber Albert war nicht mehr. Sie strich über das Klavier. Hier hatte sie gespielt, täglich, kleine Kompositionen versucht, sich an Grimshaw erinnert. Seit Alberts Tod hatte sie keinen Tag am Klavier gesessen, keine einzige Note geschrieben.

Tränen liefen ihr über das Gesicht. Sie atmete tief ein und nahm den Geruch dieser Wohnung in sich auf. Dann wusch sie sich in der Küche das Gesicht und verließ ihr altes Zuhause.

Menny hatte sich einen Tag freigenommen. Die Möbelpacker trugen die Möbel in die Zimmer, die sie nun beziehen durften. Mariechens Klavier kam in das Zimmer von Nora und Marga. Im Salon stand Liesels Flügel, Mariechen jedoch plante nicht mehr, sich daranzusetzen. Sie hatte sich eine kleine Kammer im Obergeschoss ausgesucht. Hauptsache, sie konnte sich ab und zu zurückziehen.

Neugierig beobachteten Mennys Töchter, Susi und Miechen, den Einzug. Ihre Tante Mariechen ließ die Kisten mit dem Mal- und Spielzeug in das Zimmer der Mädchen bringen, die Betten in das der Jungen, den winzigen Schreibtisch zu den Mädchen, dafür den großen Reisekoffer in ihre eigene Kammer. Robert, Nora und Marga standen wie unbeteiligt an der Seite. Ihre Mutter lenkte und dankte und spürte die skeptischen Blicke ihrer Nichten, in deren Reich sie einbrachen. Sie beschloss, die gespannte Atmosphäre aufzubrechen.

»Wollt ihr nicht einfach zusammen in den Garten gehen?«

Robert war sofort Feuer und Flamme. »Dürfen wir ein Beet anlegen?«

Sie lächelte. Seine Stimme war Alberts so ähnlich. Als wäre Albert doch noch hier. Aber vielleicht war er so auch noch hier?

Am Abend stellten die Köchin und das Mädchen das Abendessen auf den Tisch. Rheinischer Sauerbraten mit viel Soße und Kartoffeln. Es roch lecker. Mariechen musste nichts tun, nur lenken, anordnen, befehlen. Menny sorgte für ein sicheres Einkommen. Sie konnte sich anlehnen. Doch etwas sehr Wichtiges verlor sie: die Freiheit ihrer eigenen Wohnung.

Nach dem Essen setzte sich ihr Bruder in den Sessel des Herrenzimmers, um zu rauchen und die Zeitung zu lesen. Sie ging in den danebenliegenden Salon und öffnete den Flügel.

Er schaute von seiner Zeitung auf. Durch die geöffnete Tür rief er ihr zu: »Kannst du dich erinnern, wie wir die Flügel ausgesucht haben, einen für dich in England und diesen?«

Sie schlug ein A an. Ihr großer Bruder stand auf und trat zu ihr. »Spiel wieder. Es hat dir immer geholfen.«

»Ich weiß nicht«, sagte sie, setzte sich aber auf den Klavierhocker und schaute zu ihm hoch. »Kann ich dich um etwas bitten?«

Er nickte.

»Verlange nicht von mir, was ich nicht kann. Ich werde mich um die Kinder kümmern, den Haushalt versorgen, und du hast deine Freiheiten zurück. Aber sag mir nicht, was ich tun soll. Ich weiß noch nicht, was mir guttun wird.«

Menny nickte. Er begann wieder Tagebuch zu schreiben. Abends zog er sich dafür zurück. Er traf Kollegen, Klienten, Menschen aus der Stadt. Er ging mit ihnen ins Restaurant, kehrte spät von der Arbeit oder seinen Ausflügen nach Hause. Dann lud er wieder Gäste ein. »Ich muss das tun. Das gehört zu meiner Arbeit«, erklärte er.

Mariechen stimmte zögernd zu.

Die vielen Jahre allein mit den Kindern hatten sie zu einer Einsiedlerin werden lassen. Während sie in Bradford und Halifax auf Empfängen, Vorträgen und Klavierabenden gestrahlt hatte, hatten die letzten Jahre kaum Gelegenheit zum Feiern gegeben. »Ich weiß gar nicht mehr, ob ich das kann.«

Menny berührte die Schulter seiner kleinen Schwester. »Lass es uns probieren!«

»Ein Sommerfest«, jubelten die Kinder.

»Ein Sommerfest«, stimmte Mariechen zu.

Es war ein sehr trockener Sommer, der einen schönen Abend für das Fest versprach. Die Wiese sah mehr braun als grün aus. So fielen die kleinen Blumengestecke aus Rosen und Margeriten auf den beiden langen Tafeln im Garten besonders ins Auge. Die Mädchen hatten sie gemeinsam zusammengesteckt. Es gab Kartoffelsalat und Würstchen, eine Delikatesse, die Menny über einen Klienten besorgt hatte. Robert erntete die ersten eigenen Erdbeeren, und Herbert war zu Besuch gekommen. Gemeinsam mit meinen Jungs, nun elf und zwölf Jahre alt, rannten die Kinder und Jugendlichen durch den Garten, schlugen Rad und zeigten Jonglierkünste. Sie lachten und tobten.

Mariechen lehnte sich an mich. »Ich war gegen das Fest, weil es so viel Arbeit macht. Jetzt merke ich erst, wie ich das seit England vermisst habe.«

Ich legte meinen Arm um sie. »Diese schrecklichen Kriegsjahre.«

»Die Versorgung ist immer noch eine Katastrophe.«

Mein Mann setzte sich zu uns. »Es wird immer schlimmer. Ihr wollt gar nicht wissen, was ich im Krankenhaus zu sehen bekomme.«

Ich funkelte ihn böse an. »Bitte nicht heute.«

Er stibitzte eine Kartoffel aus dem Salat. »Menny, bitte eröffne das Fest. Ich sterbe vor Hunger.«

Auch Herbert und Robert stimmten ein entsetzliches Hungergeheul an. Endlich läutete Mariechens Bruder zum Essen. Ein unbekannter Mann trat an seine Seite.

»Darf ich vorstellen«, sagte Menny, »István Ipolyi vom Budapester Quartett. Sein Hotel ist völlig überfüllt. Also übernachtet er heute bei uns.«

Ipolyi, Budapest, ein Ungar, dachte ich. Menny bot ihm den Platz zwischen sich und Mariechen an, genau gegenüber von uns. Er mochte etwas jünger als wir sein, sprach hervorragendes Deutsch und strahlte Energie ohne Ende aus. Kaum hatten wir gegessen, holte er seine Geige, rief Robert und Herbert und begann, mit ihnen Lieder zu spielen. Wir nahmen die Musik auf, standen auf, drehten uns gemeinsam mit den Kindern im Kreis, und sogar Mariechen wiegte sich auf ihrer Bank.

Nach fünf, sechs Liedern schrien die Jungs erschöpft: »Wir können nicht mehr.« Sie ließen sich auf ihre Plätze am Extratisch für die Kinder fallen. István kehrte lachend zu uns zurück.

Mariechen dankte ihm. »Sie spielen wunderbar!«

»Ich habe gehört, dass Sie Klavier spielen und komponieren.«

Mariechen erstarrte. »Vor Jahren.«

Er ging auf die Stimmungsänderung nicht ein und lächelte sie weiter an. »Das verlernt man nie.«

»Mag sein.«

Es war ein wunderbar lauer Abend. Wir tranken Wein, genossen Apfelzimttaschen zum Nachtisch und redeten bis in die Nacht hinein. Es war der Abend, der Mariechen wieder zum Leben erweckte.

Sie bat Menny, Herbert zum Bahnhof zu bringen, als er sich wieder auf den Weg nach London machen musste. Schon so oft hatte sie Abschied genommen. Diesen einen hier wollte, nein musste sie sich ersparen, wollte sie wieder zu Kräften kommen.

Robert jedoch brachte sie im Frühjahr 1922 selbst zum Bahnhof. Sein Zug fuhr nach Heidelberg. Studium der Chemie. Er drückte sie fest. »Ich bin froh, dass ich genau nach Heidelberg kann. Es ist so, als würde ich Vater begegnen.«

»Dein Vater wäre stolz auf dich.«

Als der Zug abfuhr und er sie nicht mehr sehen konnte, weinte sie. Tränen waren erlaubt. Das hatte sie gelernt.

In diesem Jahr übernahm Walter die Leitung des Krankenhauses und mein Bruder Fritz seine Stellung. Mein Vater ging in
den Ruhestand, wenn man die wöchentlichen Besuche in seiner
alten Wirkungsstätte und die vielen Gespräche mit Walter und
Fritz als eine Art Ruhestand bezeichnen konnte.

Klavier und Kummer

Als am Montagmorgen nach dem Fest alle bis auf die Haus-
angestellten das Haus verlassen hatten, schloss Mariechen die
Tür hinter sich und setzte sich an Liesels Flügel. Sie fühlte sich
wie ein Dieb, der etwas Verbotenes tat. Ihre Hände waren ein-
gefroren. Wie ein Kind übte sie Tonleitern, lockerte ihre Finger,
knetete sie durch, bis sie endlich warm wurden.

Sie erinnerte sich an ihre ersten Stücke am Klavier und begann zu spielen. Die »Chaconne G-Dur«, eine kleine Komposition von Händel, dann das »Stückchen« von Schumann, ihrem
Schumann. Sie schloss die Augen, hörte in sich hinein, spielte,
versank in die Musik. In Gedanken sah sie Albert neben sich
stehen. Dann spielte sie die ersten Takte der »Arabeske« an,
hörte jedoch wieder auf. Das jetzt nicht, dachte sie, noch nicht.

Sie öffnete die Augen und stand auf. Genug für heute.

Tag für Tag näherte sich Mariechen wieder ihrem Leben an.
Sie spielte Klavier, schrieb Noten, erinnerte sich an ihre Kompositionen und notierte diese, verfasste lange Briefe an Herbert
und Hugo und schickte sie ab. Sie beschloss, nicht mehr ver-
zweifelt zu sein, sondern nur noch traurig. Diese Trauer teilte
sie mit ihrem Klavier. Nach und nach wurde sie ruhiger, konnte
schlafen und fühlte sich wieder besser. Es tat ihr gut, Musik zu
machen.

Menny beobachtete die Veränderung seiner Schwester mit
großer Freude. Auch er hatte beschlossen, sich wieder voll ins
Leben zu werfen.

Als sich der Komponist Hermann Wetzler bei Menny meldete, um einen Rechtsstreit mit seinem Musikverlag zu führen, kam ihm die Idee, seine Schwester mit ihm bekannt zu machen. Der Musiker mit seiner stolpernden Sprache, seinem Hang zu Streit und schweren Gedanken war ein ganz anderes Kaliber als Ipolyi, der Mariechen mit seinem fröhlichen Gemüt zu neuem Elan verholfen hatte. Aber Wetzler kannte sich als Kapellmeister der Städtischen Bühnen in der Musikwelt von Köln bestens aus und konnte ihr vielleicht helfen, Fuß zu fassen.

Menny überlegte hin und her. Eine Einladung zu einer Aufführung von Wetzler sollte ihm bei seiner Entscheidung helfen. Nach der Arbeit ging er direkt auf seine Schwester zu.

»Ich habe eine Einladung ins Konzert erhalten: Wetzlers Ouvertüre zu Shakespeares ›Was ihr wollt‹, Cellosymphonie von Rüdinger, eine Uraufführung und ›Sinfonia domestica‹ von Richard Strauss.«

Mariechen nahm ihm das Programm aus der Hand. »Donnerstag, den 19. Oktober 1922. Emanuel Feuermann als Solist. Er soll erst zwanzig Jahre alt sein und spielt Cello. Weißt du noch, wie ich Cello gespielt habe? Das könnte mir gefallen.«

Er schaute sie an. »Wie sollte ich das je vergessen. Du mit deinen kurzen Haaren.« Er nahm ihre Hand in die seine. »Begleitest du mich? Es könnte sein, dass der Komponist kommt.«

»Die Musik würde mir guttun.« Sie schaute nochmals in das Programm. Dann schüttelte sie den Kopf. »Das ist in Dortmund.«

»Ich habe ein Auto.« Er nahm sie an der Hand und verbeugte sich tief vor ihr. »Wann warst du das letzte Mal in einem Konzert?«

»Ich kann mich nicht mehr daran erinnern.«

Ihr Bruder steckte sich eine Zigarette an. »Dann wollen wir deiner Erinnerung mal auf die Sprünge helfen.« Er saugte den Rauch förmlich ein und spuckte runde Ringe aus. »Das ist Jahrhunderte her. Wir fahren gemeinsam. Für mich ist es Arbeit, für dich Vergnügen.«

Mariechen zögerte. »Ich weiß nicht.«

»Hätte ich dich damals nicht zur ›Arabeske‹ angestiftet, hättest du nie Pauer, ich meine Max von Pauer, kennengelernt. Du würdest heute noch über deine Klavierlehrerin schimpfen. Wie hieß sie noch mal?«

Mariechen schmunzelte. »Fräulein Hedwig Meyer.«

»Ach ja, ich erinnere mich. Besonders an den Beethoven.« Er zog die Augenbrauen zusammen. »So schlecht war sie gar nicht.«

»Pauer war besser.«

Menny lachte. »Er sah auch besser aus.«

Mariechen trat zu ihm und boxte ihn am Arm. »Idiot!«

»He, he, he!«, rief ihr Bruder empört aus. »Man sagt nicht Idiot, weder zum guten Richard noch zu mir.«

Sie nahmen im Herrenzimmer Platz. Mariechen frage: »Hast du etwas von Richard gehört?«

Menny machte ein ernstes Gesicht. »Die Franzmänner haben seine gesamte Kunstsammlung beschlagnahmt und wollen sie jetzt in Paris versteigern. Welch eine Schande! Richard rennt von Otto zu Alfred und wieder zurück, um sich Geld zu borgen, damit er wenigstens sein geliebtes ›Can-Can‹ von Seurat zurückholen kann.«

»Hast du ihm was geborgt?«

Menny zwinkerte. »Nein, aber was in Auftrag gegeben. Und der Verrückte, ich sage nicht Idiot, ist tatsächlich wieder zurück nach Paris, dahin, wo sie ihm alles genommen haben, alles, was ihm etwas wert ist.«

Mariechen blickte aus dem Fenster. »Ich glaube, er kann nicht ohne diese Stadt.«

Menny zog nochmals an seiner Zigarette. »Zurück zum Konzert. Kommst du mit oder nicht? Sonst muss ich mir noch eine Geliebte suchen.«

Jetzt schmunzelte Mariechen. »Tust du das nicht ohnehin?«

Menny schüttelte vehement den Kopf. Mariechen sah ihm jedoch an, dass er froh war, dass die Köchin zum Abendessen rief. »Einverstanden«, sagte sie. »Aber tu mir einen Gefallen und erzähl Wetzler nicht gleich von meinen Kompositionen.«

Nach dem Abendessen hatte ihr Bruder eine Sitzung. Kaum hatte er das Haus verlassen und sie die Haushilfen weggeschickt, entbrannte ein Streit zwischen den Kindern.

»Das sind meine Sachen«, schrie die elfjährige Marga. Nora, vier Jahre älter, eilte ihr zu Hilfe. »Mutter, Susi und Maria nehmen uns alles weg.«

Mariechen eilte in den zweiten Stock. Dort standen Marga und Nora mit hochroten Köpfen Susi und Miechen gegenüber. Mennys Töchter taten betont kühl und lehnten sich an das Geländer. »Euch gehört hier gar nichts.«

Mariechen spürte, wie Wut in ihr hochstieg. Sie war sich sicher, dass es Nora und Marga genauso ging, denn sie nannten Miechen sonst nie bei ihrem Geburtsnamen Maria. »Sag das noch einmal!«

Susi, sechzehn Jahre alt, und Miechen, drei Jahre jünger, überragten Mariechens Töchter. Sie waren schmaler und streitlustiger und wussten, wie sie die Herz-Töchter provozieren konnten. Das hatte Mariechen schon einige Male erlebt, aber diese Aussage war ein trauriger Höhepunkt.

Susi schaute ihr in die Augen. »Euch gehört hier gar nichts. Ihr seid nur zu Besuch.«

Mariechen riss der überraschten Miechen die Papiere aus der Hand. »Euer Vater hat mich gebeten, euch zu erziehen. Das tue ich hiermit. Ab in eure Zimmer.«

Ihre Nichten machten schnippische Gesichter, verzogen sich aber dennoch. Mariechen nahm ihre Töchter an die Hand und zog sie zu sich in ihre Kammer.

Marga schluchzte. »Immer wieder sagen sie, dass wir hier nur zu Besuch sind, dabei wohnen wir hier.«

Mariechen strich ihrer Tochter über das Haar, drückte sie fest an sich.

Nora saß kühl daneben. »Sie sind Biester. Dabei müssten sie wissen, wie sich das anfühlt.«

Mariechen nickte. »Sollten sie, aber sie haben nie ihr Zuhause verlassen müssen.«

»Ich will hier weg.«

Mariechen rückte an ihre Große heran. »Wenn ich genug Geld mit meiner Musik verdiene und das Haus in Halifax verkauft ist, können wir uns eine eigene Wohnung leisten, vorher nicht.«

Nora ließ sich auf das Bett fallen. »Geld, Geld, Geld. Immer geht es nur um Geld.«

Am nächsten Tag sprach Mariechen ihren Bruder auf die Auseinandersetzung an.

»Das ist das Alter. Wir haben uns damals auch gestritten. Das wird schon wieder.«

Sie schaute ihren Bruder ernst an. »Es geht immer auf Kosten meiner Kinder. Bitte sprich mit Susi und Miechen.«

Das tat Menny. Nora jedoch beschloss, möglichst bald auszuziehen.

Robert kam als stolzer Student aus Heidelberg zu Besuch und brachte seinen Schulfreund Fritz Heymann mit nach Hause. Er erzählt von seiner Schwester Grete, die völlig begeistert am Bauhaus studierte und Keramikerin werden wollte.

Nora fragte forsch: »Kommt sie zu Weihnachten zu Besuch? Ich würde sie gern kennenlernen.«

Fritz Heymann nickte.

Erfolge

Von diesen Tagen an zeichnete Nora wie verrückt, während Mariechen ihre Zeit am Flügel verbrachte. Lud Menny Kollegen oder Klienten nach Hause ein, verabschiedete sie sich bereits früh. »Diese Kopfschmerzen …« Sollte sie ein Menü für einen dieser Abende mit der Köchin besprechen, schob sie die gesamte Planung auf sie ab. »Migräne. Sie wissen doch, was die Herrschaften so mögen.« Waren Reparaturen im Haus zu machen, zog sie sich ganz aus der Verantwortung. »Diese Handwerker bringen mich noch um.«

Nach einem Abendessen platzte ihrem Bruder der Kragen. »Was meinst du, wie viele Arbeiten ich habe, die mir nicht liegen! Dennoch erledige ich sie, auch wenn sie mir Magenschmerzen bereiten.«

Mariechen entschuldigte sich, doch ihr Bruder war verärgert. »Vielleicht haben Susi und Miechen doch recht.«

Sie erinnerte sich an die Auseinandersetzung mit den beiden. »Was bitte soll das heißen?«

»Sie sagen, dass ihr nicht gesellig seid.«

Mariechen holte tief Luft. »Ja, vielleicht haben sie recht.« Sie bat Menny um eine Aussprache. »Es ist etwas anderes.«

Er zündete sich eine Zigarette an. »Sollte ich etwas wissen?«

»Ich komponiere. Ein richtiges Stück. Eine Sonate.«

Menny atmete auf. »Ich dachte schon, du hättest dich verliebt.«

Sie legte die Hand auf ihre Brust. »Für mich gibt es nur Albert.«

Er beugte sich zu ihr. »Lass uns einen Mittelweg finden. Du bist nicht so streng zu Susi und Miechen, und ich halbiere die Anzahl meiner Salons. Genug, um ein bisschen Leben in das Haus zu bringen, genug, um die Aufträge am Laufen zu halten.«

Sie nickte ihm zu.

Eine Woche später fuhren sie zum Konzert nach Dortmund. Mariechen hatte sich für ein helles, hochgeschlossenes Seidenkleid entschieden, dazu ein orangefarbenes Band gewählt. Es sollte ihr Mut geben, denn sie hatte sich vorgenommen, Wetzler anzusprechen.

Menny wurde von allen Seiten begrüßt, als sie den Ufa-Palast betraten. Das gerade erst eröffnete Kino war riesig, aber nicht besonders einladend. Der Saal war in Grün gehalten und aus akustischen Gründen mit Kork ausgelegt. Wie viel mehr liebte Mariechen ihren Gürzenich. Menny nahm ihr den Mantel ab und fasste sie am Arm. Immer wieder kamen Menschen auf ihn zu, begrüßten ihn freundlich. Auch sie musste Hände schütteln, artig grüßen. Kaum drehten sie sich um, tuschelten die Leute.

Er flüsterte ihr zu: »Sie glauben, dass du meine neue Perle bist. So gut siehst du heute aus.«

Mariechen schoss Röte ins Gesicht. Solches Lob gab es von ihrem Bruder selten. Sie lehnte sich an ihn und schmunzelte. »Dann tun wir ihnen doch den Gefallen und geben uns als Paar aus.«

Es wurde ein wunderbares Konzert: ein großes Orchester, ein voll besetzter Saal und dann auch noch Wetzlers Komposition. Allein der Komponist erschien nicht. Dabei hatte Mariechen sich so auf ihn gefreut.

Als Menny sie wenige Tage später beauftragte, für den Samstagabend eine Gesellschaft für drei zusätzliche Gäste zur Familie zu organisieren, stöhnte sie auf. »Wie soll ich Zeit zum Klavierspielen und Komponieren finden?«

Doch Menny strahlte sie verschmitzt an. »Wetzler, seine Frau und Emanuel Feuermann kommen.«

Sie umarmte ihn. »Bitte verzeih mir!«

Hermann Wetzler war acht Jahr älter als Mariechen, fünf Jahre älter als ihr Bruder. Er sprach mit einem leichten amerikanischen Akzent, was seine Herkunft verriet. Wenn er sich in Rage redete, und das geschah, wenn er über Musiker oder seine Musik referierte, holperte seine Sprache. Mariechen hatte davon gehört, fand jedoch, dass ihn das eher liebenswürdig machte. Schon allein, dass er bei Clara Schumann Klavier studiert hatte, sorgte dafür, dass sie ihn mochte. Seine Frau Lini, gerade mal zwei Jahre älter als Mariechen und reif wirkend, war eine schöne Frau. Sie hatte für ihn ihre Schauspielkarriere aufgegeben. Man merkte ihr den Verlust an.

Feuermann hingegen war von jugendlichem Leichtsinn.

»Nennen Sie mich Munio wie meine Freunde«, stellte er sich vor. Das tat Mariechen gern. Er war gerade so alt wie Herbert und rückte auch gleich am Tisch an die Seite der Kinder, um über

Sport und allerlei Freizeitvergnügen zu sprechen. Dabei wurde er in Köln gefeiert, hatte mit seinen noch nicht ganz zwanzig Jahren schon eine Professur für Cello am Konservatorium und unterrichtete Gleichaltrige und sogar Ältere.

Begeistert erzählte mir Mariechen während eines Spaziergangs von diesem Abend. »Wetzler wird mir helfen. Das habe ich auch dringend nötig.«

»Und wie ist dieser Feuermann? Alle Welt spricht über ihn.«

Mariechen lachte. »Du Neugierige. Er ist wunderbar, aber mehr ein Partner für Herbert und Robert. Wenn ich diesen jungen Mann so sehe, frage ich mich, was für uns möglich wäre, wenn wir jetzt noch einmal zwanzig wären.«

»Willst du wirklich nochmals zwanzig sein?«

Mariechen schüttelte energisch ihren Kopf. »Aber vielleicht interessiert dich ja auch, wo er in Köln wohnt?«

»Du kennst mich gut. Ich bin so ein neugieriges Wesen.«

Diesmal rückte Mariechen sofort mit all dem heraus, was sie Neues erfahren hatte. »Bei Joseph Steinberg.«

Ich wunderte mich. »Sollte ich ihn kennen?«

»Er arbeitet bei Reifenberg & Co. Du weißt: Besatzartikel, Stickereiwaren ... Textilien halt.«

»Bei deinen Verwandten?«

»Und geht bei den Reifenbergs aus und ein. Munio, seine Freunde nennen Feuermann Munio, soll schon 1912, also als Zehnjähriger, bei Reifenbergs Bruder in Paris gespielt haben.«

Meine Freundin stürzte sich in ihre Arbeit. Sie komponierte, spielte Klavier. Wetzler schaute sich ihre Arbeiten an, entwickelte Ideen, stellte Fragen. Sie arbeitete an ihrer Musik und dachte über ein eigenes Programm nach.

Auch bei uns in der Schule war viel los. Tausende Männer waren im Krieg gefallen oder als Invaliden heimgekommen, viele Lehrer fehlten. Die wirtschaftliche Situation war schlecht, viele Schüler waren krank. Ich arbeitete fast rund um die Uhr, war dankbar, dass unser Kindermädchen verlässlich war. Immer wieder dachte ich daran, dass ich mich bei Mariechen melden sollte. Immer wieder schaffte ich es nicht, bis eine Einladung in unseren Briefkasten flatterte.

Mein Mann nickte mir bedeutsam zu. »Mariechen, Mariechen. Immer wieder überrascht sie mich.«

Ich nahm ihm die Karte aus der Hand und las laut: »›Sonntag, den 12. November 1922, vormittags 11.30 Uhr im Saal des Konservatoriums, Konzert, 1. Klaviersonate in f-Moll, M. Herz – Köln.«

Ich war begeistert. Alice Schmuckler spielte Mariechens Sonate. Das war phantastisch!

Dann las ich laut: »Ein Konzert im Konservatorium mit ihrer Sonate in f-Moll, danach ›Lieder aus der chinesischen Flöte‹ und weitere nach Texten von Stefan George und Christian Morgenstern, gesungen von Henny Wolff. Und zwischen den Liedern von Mariechen die ›Romanze‹ von Reger, als wäre Mariechen wichtiger als Reger.« Jubelnd hielt ich das Programm hoch. »Das ist der Durchbruch. Sie hat es geschafft.«

Beeindruckt nickte er mir zu. »Das ist wirklich ein großartiges Programm!« Er reichte mir das Telefon. »Du solltest uns sofort anmelden.«

Wir schafften es nicht, uns noch vor dem Konzert zu treffen. Am 12. November hatten wir gerade mal Zeit, uns in die Arme zu nehmen. Sie flüsterte mir zu. »Ende November sieht es besser aus, nach dem 27.«

Ich war neugierig. »Und wie geht es dir mit diesem Erfolg?«

Sie zuckte mit den Schultern. »Ehrlich gesagt weiß ich es noch nicht.«

Der Kritiker Wolff trat zu uns und begrüßte sie. Ich zog mich zurück. »Bis nach dem 27.«

Ich beobachtete meine Freundin, wie sie mit Wolff sprach, der berühmten Pianistin Alice Schmuckler freundlich zunickte, dann Henny Wolff viel Erfolg wünschte. Menny stand an ihrer Seite, hielt ihren Arm. Sie nahm in der ersten Reihe Platz, lehnte sich kurz an ihn und schaute dann gespannt zu, wie diese Künstler ihre Musik vorstellten.

Ich saß neben meinem Mann acht Reihen hinter ihr und konnte gut sehen, wie Mariechen mit der Musik mitging, nickte, die Hand von Menny hielt. Ich selbst war so begeistert, dass ich kaum auf die Musik achtete. Erst als die Zuschauer nach der Sonate klatschten, wurde ich ruhiger. Es hatte ihnen gefallen. Die Komposition meiner Freundin hatte ihnen gefallen.

Dann folgten die Lieder. Sie waren ungewohnt, Neue Musik, nicht so eingängig. Ich schaute mich um, sah, dass Mariechen angespannt wirkte, einige Zuhörer gähnten. Doch die Stimme dieser jungen Henny Wolff, das spürte ich, war wirklich schön.

Ich war von dem Konzert ganz beseelt. Meine Freundin eine richtige Komponistin, neben Reger. So drängelte ich mich nach dem Konzert zu ihr durch. Nur eine kleine Umarmung noch, ein Lob. »So eine wunderbare Veranstaltung!« Dann überließ ich sie ihrem Bruder, den Musikern, den Verantwortlichen vom Kölner Tonkünstlerverein, den Kritikern.

Mein Mann half mir ins Auto, setzte sich und gab Gas. »So ein Erfolg!«, lobte ich.

»Aber diese Lieder?«, erwiderte er. »Diese Lieder klingen doch wie Katzengejammer.«

Erschrocken schaute ich ihn an. »Bitte?«

Walter schaute betont geradeaus auf den Weg. Das kannte ich von ihm, wenn er ablenken wollte. »Die konzertanten Werke gefallen mir halt besser.«

»Warten wir erst einmal die Kritiken ab. Musik ist schließlich auch Geschmackssache.« Da kam mir Mozart in den Sinn. »Mozart wurde auch ständig kritisiert, und heute liebt ihn jeder. Kaiser Joseph II. soll gesagt haben, dass er zu viele Noten benutzt.«

Walter lächelte mich versöhnlich an. »Also zu viele Noten. Vielleicht sollte sie in den Liedern einige streichen?«

Ich lehnte das kategorisch ab.

Wir hatten uns im Café Jansen in der Obenmarspforten verabredet. Ich steckte Geld ein. Champagner, Sekt? Das hatte Mariechen sich verdient. Vier Kinder, Alberts Tod und dann dieser Erfolg.

Ich hatte uns einen Tisch hinten in der Ecke bestellt. Besonders liebte ich die schweren Möbel, die Gemälde an den Wänden und das Licht, das durch die großen Fenster fiel. Selbst wenn es voll wäre, hätten wir dort Ruhe. Doch das Café war fast leer, in der Theke nur magere Auslagen zu sehen. Die Konditoreien taten sich schwer, Zutaten zu bekommen. Dennoch roch es verführerisch nach Kuchen und Waffeln. Es tat gut, in diesem schönen Café zu sitzen und auf meine Freundin zu warten.

Mariechen glühte vor Freude, als sie hereinkam. Sie hatte einen einfachen dunklen Rock und eine schlichte Bluse an, die Haare hochgesteckt. Wie in ihrer Kindheit ließen sich diese jedoch nicht bändigen, hatten sich einige Strähnen schon wieder gelöst. In der Hand trug sie eine Tasche. Ein Sonnenstrahl beleuchtete die wenigen grauen Haare. Sie warf ihren Mantel über einen Stuhl und setzte sich zu mir.

»Beim ersten Konzert war ich so aufgeregt, dass ich danach kaum sprechen konnte, aber am 27. fiel mir alles schon leichter.«

Ich hielt ihr mein Sektglas zum Anstoßen hin. Wir schauten uns in die Augen. Ein helles Läuten erklang, als die Gläser zusammentrafen. »Erzähl«, bat ich neugierig.

»Alice Schmuckler ist eine Freude am Klavier.« Ich nickte. »Und Henny Wolff, meinst du nicht auch, dass ihr Gesang ganz wunderbar war?« Ich nickte nochmals, musste jedoch an meinen Mann denken.

»Menny hat ihren Vater angesprochen.«

Ich wunderte mich. »Wieso ihren Vater?«

»Den Musikkritiker Karl Wolff. Er ist doch beim ›Kölner Tageblatt‹ und zugleich Vorsitzender des Tonkünstlervereins. Hier in Köln kennt sich wirklich jeder: Menny kennt Abendroth.«

»Den Chefdirigenten des Gürzenichs?«

»Und Leiter des Konservatoriums«, ergänzte sie. »Abendroth

kennt Wolff, seine Tochter singt, Alice Schmuckler spielt, Hermann Wetzler dirigiert und komponiert …« Sie lachte.

»Und du bist mittendrin«, sagte ich.

Mariechen nickte eifrig und nahm einen Schluck aus ihrem Glas. »Am 27. November hat Meta Foerster Bach gespielt, einfach wunderbar. Der Disch-Saal war voller als voll. Stell dir vor: Disch-Saal!« Sie fasste meine Hand. »Kannst du dich noch erinnern, wie ich dir gesagt habe, dass ich im Opernhaus spielen werde?«

Ich spürte ihre Begeisterung und drückte ihre Hand. »Wie könnte ich das vergessen?«

Wir bestellten Apfelstrudel mit besonders viel Vanillesoße. Sahne war nicht zu haben. Nachdem wir gegessen und Kaffee getrunken hatten, machte sie ein ernstes Gesicht. »An die Kritiken muss ich mich noch gewöhnen.«

»Ich habe nur die der ›Rheinischen Volkswacht‹ gelesen. Das war doch gut.«

Mariechen hob ihre Tasche hoch. Erst jetzt sah ich, wie groß sie war. Sie nahm ein Paket heraus und breitete es auf dem Tisch aus. Ich lugte hinüber, um die Namen der Kritiker zu erhaschen. Sie nahm einen Ausschnitt und begann zu lesen:

»›Man kennt den alten Scherz, der einen Mann sagen lässt: ›Keine Frau sei schöpferisch bemerkenswert gewesen, nur Maria von Weber habe eine Ausnahme gebildet‹, um dann, belehrt, dass Weber masculini generis sei, darauf zu erwidern: ›Das beweist gerade meine Theorie, wenn selbst diese Frau ein Mann war!‹ Nun, es ist nicht so schlimm, es haben auch Frauen Tüchtiges komponiert, man denke nur an die Französin Chaminade …‹« Sie schaute mich an.

Fassungslos rutschte mir heraus: »Aber das ist doch Karl Wolff, der Vater von Henny Wolff. Wie kann er so schreiben?«

Mariechen fuhr fort: »›Der K. Tonkünstlerverein durfte drum auch mal eine begabte‹«, sie wiederholte das Wort »begabte« und las dann weiter, »›einheimische Komponistin zu Wort kommen lassen. Eine entschiedene Begabung ist aber Frau Wwe. Dr. Maria Herz, von der man eine große Anzahl Lieder und

eine Klaviersonate hörte. Man darf ihr den Rat geben weiterzu-
arbeiten, am besten nicht autodidaktisch, sondern unter einem
hochbegabten ... Komponisten ...‹«

Ich legte meine Hand auf ihre. »Natürlich muss es ein Komponist sein. Wie gemein.«

Sie unterbrach mich. »Warte. Jetzt kommt es: ›Henny Wolff-
Bonn sang die zwölf Lieder ... unter großem Erfolg, der in glei-
chem Maße der gewandt und diskret begleitenden Komponistin
galt. Die Klaviersonate ist nicht ganz frei von Einförmigkeit, die
Ganztonschritte, die nicht im Sinne eines Impressionismus à la
Debussy angewandt werden, sind mit schuld daran, auch ein
Mangel an Dynamik und Klangkoloristik. Alice Schmuckler
fasste das Stück männlich an und spielte es meisterhaft.‹«

Ich brauchte einige Zeit, um zu reagieren. »Versuche, es nicht
so persönlich zu nehmen.«

Sie schaute mich an. »Henny muss er natürlich loben, und
Alice Schmuckler hat einen Namen, aber ich ...«

Ich musste schmunzeln. »Ehrlich gesagt verstehe ich nicht
einmal die Hälfte von dem, was er schreibt. Dabei bin ich doch
Lehrerin.«

Mariechen prostete mir zu. »Wenn er verständlicher schreibt,
dann nehme ich es wieder persönlich. Bis dahin sollte ich nicht
zu viele von diesen Artikeln lesen.« Sie nahm den Packen Papier
und tat ihn in ihre Tasche.

Als ich zu Hause ankam, fragte mich mein Mann, ob ich
Mariechen von seinen Zweifeln an den Liedern erzählt hätte.

»Ach, das habe ich in dem ganzen Trubel völlig vergessen«,
log ich. Ich wollte nicht der Bote dieser Meinung sein.

Die Komposition einer Frau

Zu Weihnachten des Jahres 1922 kam Mariechens Bruder Hugo
mit seiner Familie zu Besuch. Endlich saßen wieder einmal alle

Bings zusammen. Robert und Herbert waren extra aus Heidelberg und London angereist. Wie gut, dass es am Oberländer Ufer viel Platz gab.

Hugo erzählte begeistert, dass in Italien die Wirtschaft Aufschwung nahm. Menny schimpfte über die Versorgungslage, die Inflation, die englische Besatzung. Mariechen versuchte, die Männer abzulenken, und reichte stolz die Programme der Konzerte herum.

Hugo umarmte seine kleine Schwester. »Die große Kleine.«

Robert mischte sich ein. »Mutter, du hast doch an dieser völlig neuen Komposition gesessen, einer Sonate?«

»Eine Sonate für Klavier in f-Moll.«

Robert hakte nach. »Was ist denn daran so anders? Im Sommer hast du mir geschrieben, dass die Sonate so sei, als wäre sie nicht von einer Frau geschrieben.«

»Ja, weil es so ist.«

Hugo war überrascht. »Bitte spiel ein Stück vor.«

Sie schüttelte den Kopf.

»Bitte!« Hugo bettelte.

Sie zierte sich. Und schließlich spielte sie. Hugo war begeistert. »Das ist eine wirklich sehr kraftvolle Musik.«

»Gar nicht wie eine Frau?«, fragte ich empört, als sie mir von dem Abend erzählte. »Mariechen, hör auf, so zu denken! Wir sind Frauen. Wir sind stark. Wir arbeiten, haben Kinder. Ich unterrichte wie eine Frau, mit einer lauten Stimme, auch wenn mein Mann meint, dass ich nicht so laut reden sollte. Und du kannst kraftvoll komponieren. Frauen können kraftvoll musizieren.«

Sie schaute mich nachdenklich an. »Natürlich können wir uns das gegenseitig sagen, doch viele um uns herum sehen das anders. Sie meinen, dass du wie ein Lehrer sprichst und ich wie ein Mann komponiere. Das war schon bei den Brontë-Schwestern so, und das ist leider heute auch noch so.«

Als wir uns nach diesem Gespräch trennten, hatte ich das

Gefühl, dass etwas zwischen uns stand, weil wir verschiedener Meinung waren.

Am nächsten Tag geriet ich mit dem stellvertretenden Direktor unserer Schule in einen Streit. Ich sollte die Mädchen nicht anstacheln, einen Beruf zu ergreifen. Familie und Kinder seien schließlich ihre Berufung. Vergeblich versuchte ich, ihn vom Gegenteil zu überzeugen. Meine Freundin hatte also leider recht.

Als ich später noch einmal über unser Gespräch nachdachte, wurde mir deutlich, wie wichtig ihr das Urteil von ihren Brüdern gewesen war, vielleicht sogar wichtiger als die Kritiken. Ich sollte sie danach fragen.

Kaum hatte Mariechen ihren großen Erfolg gefeiert, kam die Ernüchterung. Hermann Wetzler verlor seinen Posten als Kammermusikdirektor. Otto Klemperer, der mit ihm gemeinsam gearbeitet hatte, verstrickte sich in Streitereien mit der Stadt Köln.

Schließlich musste das Konservatorium in der Wirtschaftskrise 1923 aus Kostengründen schließen.

»Diese Inflation macht noch alle Konzerthäuser kaputt«, schimpfte Mariechen, als wir uns auf einen Kaffee trafen.

Meiner Meinung nach gab es drängendere Probleme. »Bei den Familien mit vielen Kindern fehlt es an allen Ecken. Da reicht es kaum für Brot. Milch und Fleisch kommen kaum noch auf den Tisch. Wie sollen die Kinder sich mit leerem Bauch in der Schule konzentrieren?«

Meine Freundin widersprach mir: »Kultur ist auch wichtig.«

Mariechen hatte viel Energie in neue Kompositionen gelegt. Sie arbeitete an der »Chaconne« von Johann Sebastian Bach und an neuen Liedern, jedoch keiner wollte, keiner konnte die neuen Werke aufführen.

»Willst du nicht noch einmal Unterricht nehmen in Komposition?«, schlug István Ipolyi vor, der die Familie während einer Konzertreise besuchte. »Es gibt so viel Neues in der Neuen Musik, die Kontrapunktierung …«

»István, meine Söhne studieren und arbeiten. Ich bin vier-
undvierzig Jahre alt.«

»Das sieht dir niemand an.«

»Du Charmeur.«

Ich schlug die Hände über dem Kopf zusammen, als sie mich
besuchte und mir davon erzählte. »Du bist verrückt. Willst du
wirklich noch einmal Unterricht nehmen?«

Das wies sie von sich. »Nein, verrückt war Richard.« Dann
schaute sie mich ernst an. »Du lernst jeden Tag in der Schule
Neues. Jeden Tag begegnest du neuen Menschen, suchst neue
Themen aus, und das in deinem, in unserem Alter.« Sie lachte.
»Hat es dir geschadet?«

Ich schüttelte den Kopf. »Aber die Rezensenten könnten
meinen, dass du nichts vom Komponieren verstehst.«

»Ach, diese Kritiker«, tat sie meinen Einwurf ab. Doch ich
war nicht überzeugt davon, dass dieser Schritt ihre Karriere
voranbringen könnte. »Es kostet auch Geld.«

Mariechen stand auf. »Das ist das eigentliche Problem.« Unruhig lief sie durch den Salon. »Nora ist ganz und gar nicht
glücklich mit dem Leben am Oberländer Ufer.« Entschuldigend
hob sie die Hände. »Susi und Miechen sind zwei kleine Biester,
die langsam groß werden.«

»Sie sind Kinder. Natürlich sind sie schon groß, aber sie sind
eben doch noch nicht erwachsen und verhalten sich auch nicht
so.«

»Mädchen sind besonders. Herbert und Robert haben sich
gehauen, wenn ihnen etwas nicht gepasst hat. Die vier Mädchen
kommen nicht gut miteinander klar. Marga ist jünger, das geht
gerade noch so, aber Nora?«

Ich bat sie, sich zu mir zu setzen.

»Mennys Töchter lassen uns immer spüren, dass wir Gäste
in ihrem Haus sind«, brach es aus ihr heraus. »Und irgendwie
sind wir das auch.«

»Und nun?«

»Ich sollte mein Geld zusammenhalten und eine eigene Wohnung für die Mädchen und mich suchen.«

Mein Bauch grummelte vor Unbehagen. »Hast du Menny nicht versprochen, ihn zu unterstützen?«

Sie stützte den Kopf in die Hände. »Aber ich kann doch nicht an allen Fronten kämpfen!«

Ich nahm sie in die Arme.

Am Abend kramte Mariechen in ihrer kleinen Kammer herum, in der gerade mal ihr Bett, ein kleiner Schreibtisch und eine winzige Kommode Platz fanden. Sie hatte das Zimmer in ähnlichen Pastelltönen streichen lassen wie das in Halifax. In der Kommode bewahrte sie Erinnerungen auf. Sie fasste sie selten an, weil gerade diese so schmerzten. Daneben stand eine Kiste. Sie kippte sie um und fand, wonach sie suchte: Ernst Toller, das letzte Programm, das sie vor Alberts Tod gesehen hatten. Toller saß im Gefängnis. Was für ein Wahnsinn!

Sie nahm das Programm in die Hand. »Die Wandlung« am 29. März 1920 im Disch-Saal. Sie erinnerte sich genau an diesen Tag. »Ein Revoluzzer!«, hatte Albert gerufen. Dennoch hatte er sie begleitet.

Es war ein schöner Abend gewesen, eine letzte gute Erinnerung an ihn. Sie drückte das Programm an ihr Herz. Dann kramte sie nochmals in dem Stapel herum. Gedichte. »Pfade zur Welt. Wir leben fremd den lauten Dingen …« Genauso fühlte sie sich. Das war es.

Sie ging hinunter in den Salon. Die Kinder waren in ihren Zimmern, ihr Bruder unterwegs. Es war ruhig. Sie wollte niemanden stören und stellte das Pedal auf leise. Wort für Wort nahm sie das Gedicht in sich auf und begann, eine Melodie zu suchen. Es floss aus ihr heraus, als hätte das Lied nur darauf gewartet, geschrieben zu werden.

Glücklicherweise löste sich eine Sorge bald auf. Nora hatte sich von Grete Heymann anstacheln lassen, sich mit Keramik zu be-

schäftigen. Endlich hatte sie ein Ziel. Sie verkroch sich in ihr
Zimmer und zeichnete und zeichnete. Sie verbrachte Stunden
im Wallraf-Richartz-Museum und sammelte Ideen. Sie besuchte
Grete in einer Keramikwerkstatt in Frechen unweit von Köln.
Später schrieb sie Briefe nach Velten bei Berlin, wo die junge Hey-
mann Arbeit gefunden hatte. Grete antwortete ihr freundlich.

Nora blühte auf und ging Susi und Miechen aus dem Weg.
Marga, die Kleine, hatte für sich das Singen und Klavierspielen
entdeckt. Ruhe kehrte in den Haushalt der Familie Bing-Herz
ein, eine Ruhe, die Mariechen genoss. In zwei Jahren würde Susi
Abitur machen und anschließend studieren. Allein Miechen wäre
dann bestimmt anders unterwegs.

Dann lud Menny sie zu einem Konzert mit Hermann Abendroth, der das Gürzenich-Orchester leitete, ein. »Wir bringen dich
da ganz fein in Erinnerung.« Er strahlte wie ein kleiner Junge.
»Wir werden Köln schon noch mit deinen Kompositionen fluten.«

Wenige Tage später nahm ihr Bruder einen Brief aus dem
Briefkasten. »Du hast Toller geschrieben?«

Mariechen nickte. »Ich möchte eins seiner Gedichte verto-
nen.«

»Er sitzt im Gefängnis, und das nicht ohne Grund. Er ist ein
Revoluzzer, Anarchist, Unruhestifter.«

»Und Dichter.«

Menny regte sich auf. »Manchmal verstehe ich dich nicht.
Stefan George ist schon eigen genug, aber muss es so ein Mann
sein?«

Mariechen lächelte. »Ich denke schon.« Sie öffnete den Brief.
»Toller gibt mir sein Einverständnis. Ich darf das Gedicht
verwenden.«

Diesmal war sich Mariechen ihrer Sache sicher. »Ich weiß, was
ich tue. Ich vertone den Dichter Toller, nicht den Revoluzzer.«

Wieder lernen

»Mit Hermann ist es schwierig«, erzählte mir Mariechen im Jahr darauf.

Ich wunderte mich. »Welcher Hermann?«

Wir saßen am Oberländer Ufer im Salon und genossen Tee und Kaffee in den bequemen zwei Sesseln, die Mariechen sich an das Fenster gestellt hatte. Sie hatte den Salon hell streichen lassen, doch die Sessel waren immer noch schwer und dunkel, so wie Menny sie ausgesucht hatte. Ihre Stimme klang völlig kraftlos.

»Hermann Wetzler meine ich. Bei ihm fühle ich mich so, als wüsste ich gar nichts, wie ein Kind, das noch einmal auf der Schulbank sitzt. Jedes Mal versuche ich, dieses Gefühl zurückzudrängen. Jedes Mal holt es mich wieder ein, sobald ich im Unterricht sitze.«

»Du hattest mir erzählt, dass er eigen ist«, bemerkte ich.

Sie rückte mit ihrem Sessel an meinen heran. »Ich fürchte, dass das nicht an ihm liegt, sondern weil er mein Lehrer ist und ich hier nur Schülerin bin. Dabei bin ich ihm zu Dank verpflichtet.« Ihre Stimme wechselte den Klang, wurde wieder kraftvoller. »Munio, also Emanuel Feuermann, und auch Abendroth meinen, dass meine Kompositionen durch den Unterricht gewonnen haben.«

»Vielleicht brauchst du dieses Gefühl des Kindseins, um nochmals lernen zu können.«

Sie nickte erst, legte dann jedoch den Kopf nachdenklich in den Nacken. »Vielleicht braucht diese Neue Musik aber auch Jüngere! Ich sollte es sein lassen oder mich nach einem neuen Lehrer umsehen, einem jüngeren.«

Es klingelte. Mariechen stand auf und öffnete die Tür. Es war ein Postbote. »Ein Brief für Dr. Albert Herz. Können Sie bitte unterschreiben?«

Mariechen trug den Brief wie einen Schatz in den Salon. Dr. Albert Herz. Immer wieder Dr. Albert Herz. »Menny hat mir neulich gesagt, dass meine Kompositionen besser ankämen, wenn sie von einem Mann wären.«

Sie ging zum Flügel und nahm eine Mappe mit Noten in die Hand. Dann griff sie einen Stift und schrieb über ihren Namen Albert. »Albert Maria Herz.« Sie lächelte verschmitzt.

»Und das soll funktionieren! Glaubst du das wirklich?«

Sie schmunzelte. »Wir werden sehen.«

Wenige Wochen später kam sie in meine Wohnung gerannt. Sie wedelte mit einem Brief. »Eine Anfrage aus Aachen. Endlich eine Anfrage. Mal sehen, was sie möchten.« Sie jubelte.

Wie so oft verging von der Einladung bis zum Konzert viel Zeit. Aber sie hatte ihren Elan zurück. »Stell dir vor, Nora wird nach Höhr gehen, dort Keramik lernen.«

»Studieren?«

»Nein, lernen, aber die Schule hat einen sehr guten Ruf, und ich bin froh, dass mein Nörchen endlich etwas gefunden hat, das sie machen möchte.«

»Ist das weit weg?«

»Hinter Königswinter.«

»Aber das ist doch mehr so eine Art Ausbildung?« Von Keramik hatte ich keine Ahnung. Ehrlich gesagt hatte ich auch kein Interesse dafür. Ich war froh, dass ich meine Arbeit hatte. Unsere Jungs waren inzwischen in einem schwierigen Alter und kosteten mich viele Nerven.

Mariechen stimmte mir zu. »Dort findet sie bestimmt Gleichgesinnte, Freunde.«

»Und Robert?«

»Macht im nächsten Jahr seinen Abschluss in Heidelberg. Danach will er seinen Doktor in Köln anschließen. Ich freue mich, wenn er ab Ende 1925 wieder bei uns sein wird.«

»Also wird er wie Albert Doktor der Chemie?«

Sie lächelte. »Wie Albert.« Plötzlich stand sie auf und schaute aus dem Fenster. »Nur Herbert macht mir Sorgen. Die Textilwirtschaft läuft nicht gut.«

Ich trat zu ihr. »Wir sollten in diesen wie immer schwierigen Zeiten weiter positiv denken.«

Das Rheinland präsentiert sich

»Hast du Lust, mich zur Jahrtausendausstellung auf das Messegelände zu begleiten?«, fragte mich Mariechen im Frühjahr 1925.
Ich nickte. »Sehr gern.«
»Hat dein Mann nicht auch Interesse daran?«
Ich hob abwehrend die Hände. »Hat keine Zeit. Er ist und bleibt ein Arbeitstier.«
Sie drückte meine Hand. »Kannst du dich erinnern, wie uns Richard durch die Ausstellung am Aachener Tor geführt hat?«
Die Bilder liefen an meinen Augen vorbei, sogar der Geruch von Tee und Kuchen kam zurück. Ich erinnerte mich, wie er mich berührt hatte, an seine langen Hände, seine schmalen Hände.

Die Messehallen der Jahrtausendausstellung der Rheinlande 1925 schienen endlos groß zu sein. Tausend Jahre Deutsches Reich. Das Rheinland, immer noch von Briten besetzt, und Deutschland wollten sich stolz präsentieren. Die Ausstellungsmacher hatten ein Sammelsurium von Gegenständen aus der Industrie, Kunst und von Besonderheiten der »rheinisch-deutschen« Region zusammengetragen. Den Juden und dem Judentum war ein eigenes Kapitel gewidmet.
»Diese Abteilung hat Elisabeth Moses mit kuratiert«, erklärte ich. »Ihr Vater arbeitet auch im jüdischen Krankenhaus wie meiner, Walter und Fritz. Aber sonst ist mir der Jubel um die tausend Jahre etwas viel. Vater hat mir erzählt, dass sich die Historiker nicht einmal sicher sind, ob sie mit 925 das richtige Jahr für die Gründung Deutschlands gewählt haben. Vielleicht war es auch 923, aber nun feiern wir in diesem Jahr die Tausend.«
Mariechen staunte über mein Wissen. »Menny kennt Elisa-

beth auch über den Kunstverein. Sie war eine der ersten Abiturientinnen in Köln.«

»Neben Lea«, erwiderte ich lachend.

»Aber sie musste dafür noch nach Berlin gehen.«

»Die Zeiten ändern sich, und ich finde es schön«, ergänzte ich.

Begeistert strömten die Menschen in die Hallen in Deutz, drängelten sich an den Ausstellungsstücken vorbei, nickten bedeutsam, tuschelten oder riefen laut: »Sieh da!«, um schließlich in eins der vielen Cafés abzudriften. Wir taten es ihnen gleich.

»Apfelkuchen mit Zimt, zweimal. Und Tee bitte.«

Mariechen zog ihre Schuhe aus. »Für mich bitte Kaffee.«

»Du bevorzugst Kaffee?«

»Das hilft besser gegen die Müdigkeit.« Sie rieb ihre Füße. »Ich werde nicht jünger.«

Ich fasste an meinen Rücken. »Ich auch nicht.« Ich nahm einen Schluck Tee. »Du solltest Richard fragen, ob er uns durch die Kunstabteilung führen könnte.«

Sie schüttelte den Kopf. »Er kommt, wann er will. So ist es mit ihm. Aber Nörchen könnte uns führen. Sie hat in Höhr viel gelernt.« Mariechen berührte meinen Arm. »Natürlich hat sie Freunde gefunden.«

»Freunde?«, hakte ich nach.

Sie lachte. »Weder Herbert noch Robert noch Nora erzählen mir etwas von ihren Liebschaften. Irgendwas habe ich falsch gemacht.«

Jetzt lachte ich. »Andersrum wäre es verwunderlich. Wann hast du deiner Mutter von Albert erzählt?«

»Als ich mir sicher war.«

Nach der Pause schlenderten wir weiter. Mariechen sinnierte vor sich hin. »Besser so, als wäre Nora jetzt schon schwanger. Sie ist gerade einmal neunzehn Jahre alt.«

Ein weiterer Grund zum Feiern

Im Sommer 1926 gaben die Bings erneut ein großes Sommerfest am Oberländer Ufer. Es gab viel zu feiern: Robert hatte sein Chemiestudium erfolgreich beendet und arbeitete an seiner Doktorarbeit, Herbert hatte eine neue Arbeit in England gefunden. Nora war in Höhr glücklich und brachte ihre Freundin Hedi mit, die sie dort kennengelernt hatte. Und Marga, die kleine Marga, feierte in diesem Jahr ihren sechzehnten Geburtstag und würde hoffentlich in zwei Jahren am Evangelischen Lyzeum ihr Abitur machen. Meine Freundin war so stolz auf ihre Kleine, die Klavier lernte und Gesangsunterricht nahm.

Auch Menny hatte zu dieser Liste der guten Nachrichten etwas beizutragen. Seine Anwaltskanzlei lief hervorragend. Susi hatte ihr Studium der Literaturwissenschaft in Heidelberg aufgenommen, Miechen, nun allein mit Marga und Mariechen am Oberländer Ufer, wurde zugänglicher für ihre Tante. Sie träumte davon, Schauspielerin zu werden. Während Oma Henriette deswegen die Hände über dem Kopf zusammenschlug, unterstützte meine Freundin sie.

Die Jugendlichen hatten gemeinsam mit der Köchin die Tische für das Fest ins Freie geräumt, einen für die Erwachsenen und einen für die Kinder, die nun keine Kinder mehr waren. Nora hatte für Blumenschmuck gesorgt, den sie in kleinen, selbst gefertigten Vasen präsentierte. Oma Henriette hatte Platz in einem Sessel gefunden. Sie war gesundheitlich nicht mehr ganz auf der Höhe. Menny platzierte sein Grammophon so, dass die Musik in den Garten schallte. Für Unterhaltung war also gesorgt. Und wieder einmal hatten wir viel Sonne. Jetzt tollten meine beiden Söhne wie vor fünf Jahren Herbert und Robert über die Wiese, während Mariechens Jungs sich ganz erwachsen gaben.

Feierlich eröffnete Mariechens Bruder den Abend mit der Essensglocke. »Wir haben heute viel zu feiern, besonders den Abzug der britischen Besatzer.«

Herbert winkte energisch und rief dazwischen: »Nichts gegen die Engländer.«

Henriette murmelte mürrisch: »Nicht schon wieder politische Streitigkeiten.«

Aber Menny lachte nur. »Ich danke allen, auch allen Engländern, fürs Kommen, Vorbereiten …«

Marga drehte die Musik etwas lauter und wandte sich an ihren Onkel: »Lass uns beginnen!«

Er nickte. »Also eröffne ich das Fest.«

»Die Bings können wirklich feiern«, lobte mein Mann, als wir uns im Auto auf den Heimweg machten.

»Ich will auch Chemie studieren wie Robert«, warf unser Zweitgeborener vom Rücksitz aus ein. Ich fasste Walter an den Arm. »Hast du gehört, dass sie in Aachen im September die Toller-Lieder aufführen? Ich glaube, das wird ein voller Erfolg.«

Er nickte. »Ich hoffe es für deine Freundin.«

In den nächsten Tagen, Wochen, Monaten überschlugen sich die Ereignisse. Während ich mit der Schule und der Schullaufbahn unserer Söhne vollauf beschäftigt war, feierte Mariechen eine Vorstellung nach der anderen. Das Schulze-Prisca-Quartett nahm ihre Bearbeitung der »Chaconne« von Bach in das Repertoire auf und führte sie am 26. Oktober 1926 im Bechsteinsaal mitten im Zentrum Berlins auf. Mariechen reiste mit Menny. Das Quartett nahm auch die neuen Lieder in sein Programm auf, und das Beste war: Sie traten europaweit auf – Aachen, Berlin, Breslau, Köln.

»Ich komme gar nicht mehr hinterher, die Zeitungsartikel zu sammeln«, jubelte sie, während sie die Ausschnitte auf dem Flügel in der Wohnung am Oberländer Ufer vor mir ausbreitete. Sie waren fein säuberlich auf Papier geklebt und mit Datum und Name der Zeitung versehen.

»Hast du etwa einen Ausschnittdienst damit beauftragt?«

Sie nickte stolz. »Die Konzerte spülen Geld in meine Kassen. Ich träume davon, wieder eine eigene Wohnung zu mieten.«

Sie nahm einen Artikel aus dem Stapel. »Aber hör dir das über meine Bearbeitung der ›Chaconne‹, immerhin die Uraufführung in der Hauptstadt Berlin, an: ›Der Bearbeiter A. M. Herz hat mit dieser Bearbeitung weder dem Andenken Bachs noch der Quartett-Literatur einen Dienst geleistet.‹ Berliner Börsenzeitung, 2. November 1926.«

Ich lachte. »Sie hätten wenigstens recherchieren können, dass du eine Frau bist.«

»Wie würden sie mich denn dann durch den Kakao ziehen?«

Ich legte meinen Arm um ihre Schulter. »Das will ich mir gar nicht vorstellen.«

Sie schob den Artikel unter die anderen. Ich fasste sie an der Schulter und schaute ihr in die Augen. »Genieß die guten Kritiken und hör auf, die schlechten zu lesen.«

»Das ist nicht so leicht«, erwiderte sie. »Aber ich habe etwas gefunden, das mir beim Verdauen dieser Kritiken hilft.«

Neugierig blickte ich sie an.

»Der Unterricht bei Hermann, du weißt, Hermann Wetzler, hat mich vorangebracht. Jetzt nehme ich Kompositionsstunden bei Philipp Jarnach. Ein feiner Mann, Wunderkind am Piano, könnte mein kleiner Bruder sein, gerade einmal vierunddreißig Jahre alt.« Sie strahlte. »Das bringt mich weiter und macht mich sicherer. Wenn ich mit meinen Werken hausieren gehe, weiß ich, dass er hinter mir steht. Er versteht viel von Neuer Musik und unterrichtet die Meisterklasse an der Musikhochschule.«

»Die Meisterklasse?«, staunte ich.

Sie strahlte. »Siehst du. Das beeindruckt sogar dich.«

Das Fest der schwarzen Kunst

Mariechen brachte uns die Karten für die Aufführung ihrer »Chaconne« extra vorbei. Es war ein besonderes Datum, denn am 13. November 1926 feierte der Stadt-Anzeiger von Köln sein 50. Jubiläum und lud zum Festakt in den Disch-Saal ein. Die musikalische Begleitung sollte das Schulze-Prisca-Quartett übernehmen.

»Ich kann es kaum glauben«, sagte meine Freundin, als sie mir die Einladung überreichte. »Es wird eine Menge Reden geben, aber auch Beethovens Streichquartett 135 und meine ›Chaconne‹, die Kritiker letztens noch so angegriffen haben.«

Triumphierend wedelte ich mit den Karten, als mein Mann spätabends vom Krankenhaus nach Hause kam. »Alle wichtigen Leute aus Köln werden kommen.«

Er winkte müde ab. »Ich weiß gar nicht, ob ich sie treffen will.«

Ich wollte mit ihm reden, ein Glas Wein auf diesen Tag trinken, doch Walter war müde und verabschiedete sich ins Bett. So saß ich allein im Wohnzimmer. Ich nahm mir ein Glas Wein, was ich sonst nie allein tat. Ich stieß auf Mariechen an und dachte an Walters Worte. Wollte ich alle diese wichtigen Leute denn treffen?

Ich wollte teilhaben an diesen besonderen Ereignissen, die über meine Freundin hereinbrachen, mit ihren Brüdern reden und den vielen netten Bekannten. Was wäre jedoch, wenn der stellvertretende Direktor unserer Schule Dr. Müller bei dem Festakt auftauchen würde? »Der kann kein guter Arzt sein, wenn seine Frau arbeiten gehen muss«, klang es in meinen Ohren. Auf solche Meckerer und auf die Musikkritiker konnte ich gut verzichten.

Für mich war es immer eine Freude, das Disch-Hotel zu besuchen. Bereits beim Betreten der Treppe in das Haus kam bei mir eine feierliche Stimmung auf. Der Saal selbst war durch die großen Fenster und Oberlichter hell und mit barocken Verzierungen überladen. Das Gebäude hatte schon bessere Zeiten erlebt, und man munkelte, dass es einem Neubau weichen sollte.

Wir warteten im Foyer auf meine Freundin. Der Raum war voller Menschen und aufgeregten Stimmengewirrs. Mariechens Bruder Hugo war aus Florenz angereist und begleitete seine Schwester. Stolz schritt sie an seiner Hand. Er sah immer noch sehr gut aus, ebenso wie Menny, dachte ich. Mariechen hingegen wirkte angespannt. Artig grüßte sie nach links und rechts, während Hugo allen Bekannten die Hand schüttelte. Im Rampenlicht zu stehen, gehörte nicht zu Mariechens Lieblingsbeschäftigungen. So versteckte sie sich schnell im Schatten von uns, nachdem sie sich durch die Menge gedrängelt hatte.

Im Konzertsaal fand meine Freundin wieder zu sich selbst, war voller Freude auf die Musik. Sie winkte Walter Schulze-Prisca zu, als das Streichquartett die Bühne betrat. Ausgelassen klatschte das Publikum, als wäre dies eine Karnevalssitzung. Die feierliche Musik von Beethovens Musik ließ es wieder ruhiger werden.

Mariechen flüsterte mir zu: »Da hatten wohl einige Tanzmusik erwartet.«

Ich stimmte ihr schmunzelnd zu und wies mit einem Nicken zu einigen Frauen, die in sehr schmal geschnittenen, mit viel Spitze und Fransen verzierten und zugleich sündhaft teuren Tanzkleidern erschienen waren. Nach der Musik folgten Gruß- und Festreden, die nicht enden wollten und meinen Mann zu einem kräftigen Gähnen veranlassten. Der Gesang des Deutschlandlieds weckte ihn glücklicherweise wieder auf. Dann betrat das Quartett nochmals die Bühne. Ich strich über das Programmblatt: J. S. Bach, »Chaconne«: für Streichquartett bearbeitet von A. M. HERZ.

Musik von Bach war mir lieb, ebenso wie die von Schumann. Beide erinnerten mich an meine Kindheit, ließen mich entspannen, Ruhe finden. Streichquartette hingegen waren eigentlich nicht meine Lieblingsmusik.

Dann begannen die Musiker gefühlvoll die Bogen über ihre Instrumente zu streichen, sich gegenseitig zunickend, lächelnd. Es wirkte leicht, so leicht, wie sie die Musik zum Leben erweckten. Doch ich wusste, dass Mariechen lange daran geschrieben und das Quartett hart am Einstudieren gearbeitet hatte.

Doch diese Gedanken verschwanden mit jedem weiteren Takt, ich hörte zu, versank in die Musik. Wie schön, dachte ich nach einigen Minuten, bewegte meinen Kopf im Rhythmus, spürte die warme Hand meines Mannes auf meiner. Ich sah ihn an und bemerkte, wie wach er war. Die »Chaconne«, er mochte sie. Ich entspannte mich und genoss die Musik bis zum letzten Ton. Plötzlich war es leise, ganz leise. Die Musiker setzten ihre Bogen ab und schauten auf das Publikum. Das jubelte, tobte. Ich freute mich über die Kölnerinnen und Kölner, die bei Konzerten immer gern begeistert klatschten.

Nach der Aufführung trat Walter Schulze-Prisca zu Mariechen und uns. Der Geiger umarmte sie. »Vielen Dank für die schöne Musik, die Sie uns geschenkt haben.«

Sie machte einen Knicks wie ein junges Mädchen. »Der Dank ist ganz auf meiner Seite.«

Hugo strahlte. Er war unglaublich stolz auf seine Schwester.

Während Hugos Besuch lud Menny uns zu einer Landung des Wasserflugzeugs auf dem Rhein ein. Mariechen reagierte nachsichtig. »Ihr seid immer noch wie kleine Jungs.«

»Gar nicht«, erwiderten Menny und Hugo gleichzeitig.

Das Rheinufer war voller Menschen. Ein Flugzeug, das auf dem Wasser landen sollte. Alle starrten in die Luft, als sich das brummende Gerät näherte. Wir hielten die Hände an die Ohren. Nora skizzierte die Szenerie.

»Du kannst doch jetzt nicht zeichnen«, meinte Menny. »Es landet, es landet!«

Und tatsächlich: Langsam näherte sich das Flugzeug dem Wasser, setzte auf, hoppelte etwas und bremste extrem schnell ab. Es kam zum Stehen, schwankte jedoch auf der Oberfläche des Flusses. Menny reichte uns ein Fernglas. Der Pilot winkte. Ein Schiff fuhr an das Flugzeug heran und zog es ans Ufer.

Mariechens Brüder fachsimpelten auf dem Weg zum Oberländer Ufer über die Flugfähigkeiten des Piloten. Wir schmunzelten über ihre Begeisterung.

Jeden Tag berichteten die Zeitungen von technischen Neuerungen. Menny war davon besonders angetan. Stolz brachte er einen Radioempfänger nach Hause.

»Dieses teure Ding hast du doch nur gekauft, weil Hugo da ist«, sagte Mariechen.

Er nickte zustimmend. »Er versteht meine Begeisterung.«

Mariechen zwinkerte ihm zu. »Deine kleine Schwester übrigens auch.«

»Du?«, wunderte er sich.

»Ich schreibe an einer Komposition für den Rundfunk.«

Doch während Mariechens Brüder ihrer Freude an der Technik frönten, bildeten sich bei ihr wieder einmal Sorgenfalten. Oma Thekla, Alberts Mutter, erkrankte schwer. Schließlich kam die Familie aus Aachen, Düsseldorf und Berlin angereist und verabschiedete sich von der Fünfundachtzigjährigen. »Am 4. März ist unsere geliebte Mutter, Schwiegermutter, Großmutter, Urgroßmutter Frau Hermann Herz, Thekla, geborene Ransohoff, sanft entschlafen«, stand in der Kölnischen Zeitung vom 8. März 1929. Fünf Söhne unterschrieben die Todesanzeige, Mariechen für den sechsten, ihren Albert.

Rückkehr an alte Orte

»Es ist so still bei uns im Haus«, erzählte Mariechen. »Jahrelang habe ich darauf gewartet, dass die Kinder selbstständig werden. Jetzt, da nur noch Miechen und Marga zu Hause sind, fühlt es sich komisch an.«

»Willst du deshalb nochmals mit mir in Seidenbändern stöbern?«

Sie verneinte. »Lass uns aufbrechen. Ich brauche etwas Schickes zum Anziehen und habe bei uns im Bing-Kaufhaus angerufen und einen Termin gemacht. Diese Abendroth-Aufführung ist mir wichtig. Alle werden auf mich schauen.«

Wir nahmen unsere Mäntel und Hüte und machten uns auf den Weg zu den Gebr. Bing Söhne AG, Samt- und Seidenwarengroßhandel, am Neumarkt 15 bis 19. Prachtvoll prägte das Kaufhaus den Platz. Ein Türsteher ließ uns ein. Er begrüßte Mariechen freundlich mit Namen. Wir warteten im Foyer, das von der riesigen Treppe zum ersten Stock beherrscht wurde. Rechts und links davon öffneten sich Räume, von und zu denen junge Verkäuferinnen und Verkäufer flitzten.

Eine ältere Frau eilte auf uns zu und streckte uns ihre Hand entgegen. »Frau Dr. Herz, Frau Dr. Beyer, wie schön, Sie bei uns zu empfangen.«

Mariechen nahm freudig die Hand entgegen. »Die Freude ist ganz auf unserer Seite, Fräulein Schmitz.«

Es waren ihre leuchtenden Augen, die die Erinnerung an sie aus meinem Gedächtnis holten. »Emma? Emma Schmitz?« Sie nickte. »Sie haben uns damals durch das gerade neu eröffnete Haus geführt?«

Sie lächelte. »Wer hätte damals gedacht, durch was für schwierige Zeiten wir noch gehen würden?« Sie winkte ab. »Ich will nicht jammern, sondern Ihnen die besten unserer Seidenstoffe zeigen. Als ich gehört habe, dass Sie kommen, habe ich mich sofort gemeldet, Sie durch das Haus zu führen. Wir sind alle so stolz, dass Sie so eine berühmte Musikerin geworden sind.«

Mariechen errötete. »Nicht doch.«

»Doch, doch. Ich verstehe zwar nichts von Musik, aber alle reden davon. Wenn Seidenbänder aus der Mode sein werden, werden die Menschen immer noch Ihre Kompositionen hören.«

Mariechen war diese Lobeshymne sichtlich peinlich. Sie drängelte: »Lassen Sie uns gehen. Übrigens: Es ist gar nicht so wichtig, Musik zu verstehen. Meist tut man gut daran, das zu hören, was man mag.«

Emma Schmitz erwiderte nichts. Sie führte uns die Treppe hoch, die uns zu langsamen Schritten zwang. Es fühlte sich an, als würden wir zu einem Empfang oder in einen Konzertsaal schreiten. Ich lobte den Bau.

Die Verkäuferin drehte sich zu uns um. »Wenn nur die Inflation und die hohe Arbeitslosigkeit nicht wären. Die Menschen kommen, schauen, aber kaufen kaum etwas.«

Ich stimmte ihr zu. »Mein Mann hat mir erzählt, dass jeder Siebte in der Stadt von der Wohlfahrt lebt.«

Mariechen mischte sich ein. »Hoffen wir, dass sich bald Besserung zeigt. Wir haben schon so viele Krisen überlebt.«

Oben eröffneten sich zu beiden Seiten die besseren Verkaufsräume. Die Wände waren voller Regale mit Stoffen und Bändern und anderem Zubehör. Das Tageslicht, das durch die Fenster an der Straßenseite fiel, blendete ein wenig. Die Farben der Auslagen erschlugen uns fast. Tatsächlich waren viele Besucher, offensichtlich Händler, hier, die sich die Ware anschauten oder zeigen ließen.

»Das hier ist nur für den Handel«, erklärte Emma Schmitz. »Wir gehen ganz nach hinten durch. Dort haben wir etwas vorbereitet.«

Es war ein kleiner, fensterloser Raum, der auf allen vier Seiten bis unter die Decke mit Holzregalen ausgekleidet war. Diese waren nur zum Teil mit Stoffen und Bändern gefüllt, um deren Pracht besonders zur Geltung kommen zu lassen. In der Mitte stand ein riesiger Zuschneidetisch, den ein Kronleuchter erhellte. Darauf lagen mehrere pastellfarbene Seidenstoffe, in Orange, Hellgrün sowie Hellblau.

Begeistert näherte sich Mariechen dem Tisch und berührte die Stoffe. »Wie schön!«

Ich tat es ihr nach. »Kannst du dich noch an das schöne orangene Seidenband erinnern?« Ich öffnete meine Handtasche und zog einen winzigen Rest des Bändchens heraus. »Das ist mein Glücksbringer.«

Die Verkäuferin strahlte. »Wissen Sie, solche Geschichten machen mich stolz.«

Mariechen sah am 15. Oktober 1929 mit ihrem hellen Seidenkleid wunderschön aus. Es war locker geschnitten. Korsagen waren längst aus der Mode und hätten auch nicht mehr zu ihrer Figur gepasst. Sie war in den letzten Jahren etwas fülliger geworden, was sie jünger aussehen ließ.

Wir hatten Plätze neben ihr in der ersten Reihe. Menny, seine Töchter, Herbert, Nora und Marga waren ebenfalls gekommen.

Ich lehnte mich auf meinem Stuhl zurück, legte den Kopf in den Nacken und bewunderte wieder einmal die Decke des Gürzenich-Saals. Natürlich musste ich an Richard denken. »Alles neu. Nichts Besonderes.« Oder was hatte er gesagt?

Der städtische Musikdirektor Hermann Abendroth begrüßte Mariechen persönlich. Sie errötete, und ich staunte, wie ruhig sie dennoch wirkte.

Ich legte meine Hand auf ihre. »Deine Orchestersätze neben Günter Raphael und Johannes Brahms, hier im großen Saal unter Abendroth. Genieß es!«

Auch mein Mann nickte ihr aufmunternd zu. Menny, der auf der anderen Seite Platz genommen hatte, tätschelte ihre Hand.

Sie genoss die Aufführung sichtlich, noch mehr den Beifall. Der Musikdirektor bat sie auf die Bühne. Dort stand sie neben ihm, verbeugte sich artig, als wäre es für sie alltäglich. Langsam, ihren langen Rock hebend, stieg sie dann die Treppen von der Bühne hinab. Das Publikum klatschte lauter. Nochmals holte Abendroth sie zu sich. Er nahm sie an die Hand. Sie verbeugten sich gemeinsam.

In der Pause lobte Menny seine Schwester in hohen Tönen. »Neben Abendroth auf der Bühne, das steht dir sehr gut!«

Ihre Kinder umarmten und drückten sie. Sie wedelte sich mit der Hand Luft zu. »Ich war so aufgeregt. Hat man mir das gar nicht angesehen?«

Wir alle verneinten vehement. Sie war glücklich, und wir waren es mit ihr.

Nach dem Konzert trat Abendroth zu uns und stieß mit einem Glas Champagner mit uns an. Ich fühlte mich wie eine Beobachterin, sah auf diese Familie, diese Musiker. Mariechen war in der Kunstwelt angekommen. Da machte es ihr auch nichts, dass Nora auf dem Heimweg wieder über Susi und Miechen schimpfte. »Immer verdrehen sie die Augen.«

Meine Freundin ließ sich die Laune nicht verderben. »Du wirst noch viele verdrehte Augen sehen. Warten wir die Kritiken ab.«

»Im Zweiten Sinfoniekonzert des Städtischen Orchesters galt der erste Programmteil der lebendigen Gegenwart«, las ich erfreut im Kölner Lokal-Anzeiger am 18. Oktober. »Frau Albert Maria Herz, die begabte und zielbewusste Kölner Komponistin, machte mit eigenartig ›neuzeitlich‹ profilierten, klanglich aparten vier Orchestersätzen aufhorchen ...«

Ich schaute von dem Artikel auf. Was für eine verquere Sprache, dachte ich, las jedoch neugierig weiter:

»... in denen sie, völlig der Tradition entwachsen, ihre eigene Sprache zu sprechen scheint, die mit den Mitteln einer freien Polyphonie, einer kammermusikalischen Auswertung des Orchesterapparates und einer fesselnden Instrumentierung nicht zuletzt in den motorischen und dramatisch zugespitzten Episoden zu packen weiß. Das ausverkaufte Haus nahm regen Anteil an dem uraufgeführten Werk der zu wiederholten Malen aufs Podium gerufenen Künstlerin.«

»Eigene Sprache«, wiederholte ich. Welch ein Lob!

Diesmal fielen die Kritiken vorwiegend gut aus. Mariechen konnte sehr zufrieden sein.

So schön die Erfolge für Mariechen waren, so schrecklich endete dieses Jahr. Am Schwarzen Freitag, dem 25. Oktober 1929, krachte die Börse zusammen, zuerst in New York, dann in Deutschland. Hatte es im Sommer bereits fast zwei Millionen Arbeitslose gegeben, so stiegen die Zahlen jetzt rasant. Auch Herbert verlor seine Arbeit und kehrte nach Köln zurück, Nora fand gar nicht erst eine Anstellung in einer Keramikwerkstatt und schlug sich mit Gelegenheitsarbeiten in Berlin durch. Zum Glück erlernte Marga den Beruf der Laborantin, und Robert war nach einem Praktikum in Leverkusen als Chemiker in Wien gut untergekommen. Mariechen arbeitete wie verrückt, um die Wohnung in Köln und die immer teurer werdenden Lebensmittel zu bezahlen. Wie war ich froh, dass ich mit Walter meine Absicherung hatte.

Versuch es zu genießen

Im Frühjahr 1930 erreichte mich eine Karte: »Grüße auch von Nora. Sie trifft Lux Feininger ab und zu, den jüngsten Sohn von Julia und Lyonel. Die Feiningers sind noch in Dessau, aber ein Rückzug nach Berlin ist im Gespräch.«

Wieder in Köln erzählte Mariechen mir bei einem Spaziergang stolz: »Nora schaut sich in Berlin nach Arbeit um, und ich habe mir im Kastanienwäldchen mein Streichquartett h-Moll angehört. Das Manzer-Quartett aus Karlsbad hat Großartiges geleistet, ganz wunderbar gespielt.«

Ich hakte mich bei meiner Freundin ein. »Eine Aufführung in Berlin, wie wunderbar. Ich muss unbedingt einmal wieder Lea besuchen.«

Mariechen nickte zustimmend. »Übrigens hat mich Julia neulich in Köln besucht.«

»Und wie geht es ihrer Familie?«

»Julia geht es gut, die drei Jungs sind ja so gut wie erwachsen. Lyonel ist ein feiner Mann. Stell dir vor, ab und zu komponiert er sogar.« Nachdenklich schüttelte sie den Kopf. »Ich fürchte nur, dass Julia wegen unserer Verbindung über die Musik ein wenig eifersüchtig auf unsere Korrespondenz ist.«

Ich zwinkerte Mariechen zu. »Hat sie denn Grund dazu?«

»Niemals! Ich weiß gar nicht, wie sich verliebt sein anfühlt. Hingegen Menny …«

»Was ist mit Menny?«

»Ein anderes Mal.« Mariechen schwieg, und ich wusste, dass ich sie nicht bedrängen sollte, wenn ich etwas von ihr erfahren wollte.

»Ich wäre froh, wenn meine Jungs bald ausziehen würden«, sagte ich, »doch jetzt beginnt das Studium. Beide bleiben hier. Das ist für sie bequem, und bei den jetzigen Kosten sollte ich darüber froh sein.«

Mariechen lachte. »Versuch es zu genießen! Mit dem Studium ist mein Verhältnis zu Robert noch einmal besser geworden.«

»Dein Wort in Gottes Ohr.«

Mariechen drückte mich.

Ich war dankbar für den Zuspruch und dachte an meine Schwester, die eine neue Wohnung bezogen hatte und die ich so vermisste. »Und wie ist Berlin in diesen Zeiten?«

»Köln ist nichts gegen diese verrückte Stadt«, erzählte Mariechen voller Entsetzen. »Überall Durcheinander. Bahnen fallen aus oder sind proppenvoll. Die Menschen sind hektisch und nervös, und es gibt Armut, viel Armut. Und du kannst gar nicht die Augen verschließen vor den Naziparolen. Ich bin froh, dass ich wieder zurück bin.«

Sie hakte sich bei mir unter. »Erst will man den Erfolg, dann ist er anstrengend. Ich bin müde.«

Erstaunt schaute ich sie an. »Du solltest zufrieden sein, das Leben genießen.«

»Wenn es so einfach wäre. Von den Musikjournalisten gab es viel Kritik.«

»Die gibt es doch immer«, erwiderte ich.

Sie lächelte mühsam. »Du hast recht. Nur manchmal fühle ich mich alt unter all diesen jungen Wilden der Neuen Musik. Jarnach, neununddreißig, Korngold, du weißt, den ich in England uraufgeführt habe, er ist jetzt zweiunddreißig Jahre alt. Und Munio, ich meine Emanuel Feuermann, Cellist und«, sie lächelte, »Herbert versteht sich gut mit ihm, ist gerade einmal siebenundzwanzig.«

»Und du bist nun mal einundfünfzig und ich schon zweiundfünfzig.« Ich drückte ihre Hand.

Sie fasste sich an die Haare. »All diese grauen Strähnen.«

Ich wechselte das Thema. »Wie geht es Nora?« Mariechens Stimmung wurde sofort besser.

»Kannst du dich an das Mädchen auf dem Fest erinnern, das auch an der Keramikschule war, Hedwig Bollhagen?«

Das konnte ich.

»Sie arbeitet am Rand von Berlin in einer Keramikwerkstatt, und Nora schnuppert dort hinein. Lux, du weißt, der Jüngste der Feiningers, ist ganz begeistert von ihren Tierskulpturen. Er meint, sie könnten die Kunstwelt mit Noras Arbeiten fluten.«

»Ihre kleinen Vasen für die Sommerfeste waren ausgesprochen schön.«

»Ich denke immer, dass Nora und Marga England längst vergessen haben. Aber Nora hat Kaffeetassen mit einem Karomuster gemacht. Es ist von den Mustern inspiriert, mit denen Albert in England gearbeitet hat. Verstehst du, wie viel mir das wert ist?«

Ich staunte. »Sie haben weder Bradford noch Halifax vergessen, obgleich sie noch so klein waren. Ja, ich verstehe das sehr gut.«

Mariechen schossen Tränen in die Augen, ich drückte ihre Hand, sie räusperte sich. »Von Lux ist Nora vollauf begeistert. Ich glaube, sie hat sich in ihn verliebt.«

»Lux Feininger?«

Sie nickte. »Er ist wunderbar, ganz wie sein Vater.«

Ich wunderte mich. »Ist er nicht jünger als sie?«

»Vier Jahre.«

»Viel Zeit, wenn man gerade vierundzwanzig ist.«

Sie zuckte mit den Schultern. »Ein Künstler wie sie. Es ist einfach inspirierend bei den Feiningers. Lyonel hat so viele Ideen. Ich muss dir unbedingt die Zeichnungen zeigen, die er Nora und mir geschenkt hat. Er druckt sein eigenes Briefpapier, auf dem immer ein Schiff oder ein Haus oder was auch immer in dieser ihm eigenen Art abgebildet ist.«

Mariechen zog den Mantel enger um sich. Mir war ebenfalls kalt. »Lass uns zum Reichard gehen!« Wir eilten vom zugigen Rhein hin zu dem warmen Kaffeehaus in Unter Fettenhennen. Für Kaffee, Tee und Kuchen waren wir beide immer zu haben.

Kaum hatten wir uns an den heißen Tassen im Café die Hände gewärmt, wollte ich meine weiteren Fragen loswerden.

»Kann diese Hedwig nicht Nora eine Arbeit verschaffen?«

Mariechen schüttelte den Kopf. »Durch die Krise sind überall die Exporte eingebrochen. Selbst Hedi bangt um ihre Arbeit.« Sorgenfalten bildeten sich auf ihrer Stirn. »Bei vier Kindern hat immer eins Probleme. Aber diese Freundin ist ein Schatz für Nora.« Dann sah sie mich an. »Und bei euch?«

»Walter arbeitet wie verrückt, ich weniger, und die Jungs kommen mit dem Studium gut voran.«

»Du arbeitest weniger?«

»Die Stimmung ist schlecht an den Schulen. Das hatten wir noch nie. Nicht nur, dass die Nazis ›Juden raus‹-Fahnen an die Häuser hängen, jetzt greift das auch auf die Kinder über. Schon immer galt ›Jude‹ für manche als Schimpfwort, doch so oft, wie ich es jetzt in den Pausen höre, macht es mir Sorgen.«

Mariechen legte ihren Arm um meine Schulter. »Wir müssen zusammenhalten. Das ist das Wichtigste. Menny meint, es wird alles gut ausgehen.«

Ich rückte nahe an meine Freundin. »Ich hoffe so sehr, dass uns das gelingt.«

Ein neuer Ort

»Ich muss mit dir reden«, kündigte Mariechen überraschend an.

Ihr Bruder saß in seinem Zimmer und genoss eine Zigarette nach einem anstrengenden Tag. »Du musst mich nicht davon überzeugen, dass Miechen nach Düsseldorf zur Schauspielschule gehen darf.«

Sie setzte sich zu ihm an den Couchtisch. »Muss ich nicht?«

Menny sah nachdenklich aus. »Es macht mich nicht glücklich. Du weißt selbst, wie schwierig es ist, in der Kunst Fuß zu fassen, und du bist ganz bestimmt stärker als meine Kleine.«

»Aber sie möchte es unbedingt und hat Talent.«

Er nickte. »Ich habe es ihr erlaubt, aber ich hoffe, dass sie nach ein, zwei Jahren ihre Meinung ändert und etwas Vernünftiges lernt.«

»Kunst ist vernünftig.«

»Aber brotlos.«

»Sieh mich an. Es macht mich nicht reich, aber neben meinen Bing-Aktien reicht es jetzt zum Leben.«

Er lächelte. »Ja, du kannst stolz auf dich sein.«

Sie beugte sich nahe zu ihm hinüber. »Jetzt, wo die Kinder aus dem Haus gehen und ich so viel komponiere, brauche ich eigene Räume.«

Er drückte seine Zigarette aus. »Aber jetzt, wo die Kinder aus dem Haus gehen, wird es auch keinen Ärger mehr mit ihnen geben.«

Sie widersprach: »Immer wenn du dich mit einer Frau triffst, sie hierher einlädst, fühle ich mich so, als wäre ich ein Eindringling. Du brauchst mehr Freiraum und ich auch. Ein neuer Lebensabschnitt beginnt. Wenn wir nicht mehr zusammenwohnen, so könnten wir uns doch oft sehen. Franzi wohnt auch hier um die Ecke.«

»Also hast du schon etwas in Aussicht?«

»Leider nicht. Aber kennst du nicht Robert Stern, den Architekten?«

Menny schmunzelte. »Er baut in der Gereonstraße. Dir gefällt der Bau?«

»Zentral gelegen, nicht so weit von Mutters Wohnung. Ich könnte dir einige Besuche bei ihr abnehmen.«

»Kannst du nicht«, erwiderte ihr Bruder lachend. »Sie besteht auf meine Gesellschaft.«

Mariechen umarmte ihren Bruder. »Danke, dass du Stern fragst.«

Menny nahm ihre Hände in seine. »Versprich mir, dass wir jede Woche einmal zusammen essen gehen und dass du mir weiterhin Karten für deine Konzerte beschaffst.«

Sie lachte erleichtert, hatte sie doch Sorgen gehabt, dass er nicht auf ihren Wunsch eingehen würde.

Tatsächlich lag die neue Wohnung nur eine Viertelstunde zu Fuß von Henriette Bings Domizil in der Kamekestraße entfernt. Was Mariechen jedoch besonders anzog, war der moderne Bau, in dem der Architekt selbst Büro und Wohnung bezogen hatte.

Während Mennys Haus am Oberländer Ufer durch die schweren Möbel, die er zur Hochzeit gekauft hatte, geprägt waren, richtete sich Mariechen schlicht ein. Ein Esszimmer mit großem Tisch, einem Anrichtetisch und vielen Stühlen für Gäste, ein Musikzimmer mit Flügel, einer Couch zum Ausruhen, einem großen Schrank, in dem ihre vielen Noten und Unterlagen zur Musik Platz fanden, sowie die Schlafzimmer, eine moderne Küche und ein Bad machten die Wohnung aus. Blumen auf dem Couchtisch und der Fensterbank gehörten für sie zum Schönen am Leben.

Alles wirkte sehr gemütlich und ruhig, als wir im Sommer 1930 das erste Mal in der Gereonstraße 43 gemeinsam Kaffee tranken. Doch so ruhig sollte es nicht bleiben. Es wurde ein Jahr der Wechselbäder. Einerseits hatte Mariechen Erfolg als Musikerin, andererseits machte sie sich immer wieder Sorgen um die berufliche Zukunft ihrer Kinder, besonders um Herbert, weil die Textilindustrie in einer schweren Krise steckte.

»Die Tuchherstellung war einmal die Stütze unserer Wirtschaft«, klagte auch ihr Bruder, der als Rechtsanwalt mehrere Unternehmen vertrat.

Mariechen rief Hugo an. Er hatte immer an ihrer Seite gestanden, immer Ideen entwickelt. Er kam mit seinem Sohn Fränzchen aus Florenz zu Besuch. Der Achtzehnjährige war ihm wie aus dem Gesicht geschnitten: dunkle Augen, dichte Augenbrauen und dieses verschmitzte Lächeln, das sie an ihrem Hugomännchen so liebte.

Mariechen bummelte mit den beiden über die Ringe zur Wohnung ihrer Mutter in der Kamekestraße. »Diese Ringe haben Köln verändert«, bemerkte sie.

Hugo nickte. »Fast wie die Champs-Élysées in Paris oder Unter den Linden in Berlin.«

»Aber nur fast«, lachte Mariechen. Sie zeigte auf ein prächtiges Haus, an dem ein großes Plakat hing.

»Juden raus!« Hugo schüttelte entsetzt den Kopf.

»Ja, auch hier bekommen die Nazis immer mehr Zulauf. Sie versprechen, Arbeitsplätze zu schaffen. Dabei verstehen sie nichts, aber auch gar nichts von Wirtschaft. Im Sommer ist ihr sogenannter Führer, dieser Hitler, in der Rheinlandhalle aufgetreten. Und Adenauer, unser Bürgermeister, meint, dass er so etwas nicht verbieten kann.«

Hugo machte ein grimmiges Gesicht. »Wer weiß, was noch kommt!«

Fränzchen zog sie auf die andere Straßenseite. »Da gehe ich nicht lang.«

»Recht hast du«, stimmte Mariechen ihm zu.

»Fränzchen war zu Recht völlig außer sich, als er diese Propaganda mitten in Köln sah«, erzählte sie mir wenig später. »Einen Lichtblick neben all den Sorgen gibt es jedoch.«

Neugierig schaute ich sie an.

»Mein Bruder meint, dass Herbert eine Arbeit in der Nähe von Zürich finden kann. Er kennt sich in den Textilwerken aus, und dort suchen sie wohl Leute.«

Das war eine gute Nachricht, denn der achtundzwanzigjährige Herbert wurde langsam zu Hause ungeduldig.

»Zugleich baut unsere Mutter, Oma Henriette, immer mehr ab. Nora findet keine Stelle, und ich frage mich, wie der Gürzenich und die anderen Veranstaltungssäle bei dieser wirtschaftlichen Lage weitermachen werden und wie ich die Miete zusammenbringen soll.«

»Hast du denn Konzerte in Aussicht?«

»Die GEDOK, der Verband der Künstlerinnen, plant im Herbst einen Abend zu Musik von Frauen. Stell dir vor, Frauen als Musikerinnen im Fokus! Das habe ich mir als junges Mädchen nicht erträumen können.« Dann rückte sie nahe an mich heran und lächelte. »Und ich arbeite an neuen Kompositionen. Ich sage nur: Rundfunk.«

Ich war begeistert. »Wir haben jetzt auch einen Radioempfänger. Eine tolle Erfindung! Allerdings ...« Ich musste lachen.

»Was allerdings?«

»Meine Jungs meinen, dass sie keine einzige Klaviernote gelernt hätten, wenn es bereits früher den Rundfunk gegeben hätte. Wozu spielen, wenn man alles hören kann?«

Mariechen stimmte mir zu. »Es wird uns verändern. Das ist sicher.«

Es dauerte noch, bis wir uns an unseren Radiogeräten trafen, genau bis zum 13. Mai 1931: Neue Musik für Kammerorchester und darunter die Uraufführung von Mariechens Rundfunkmusik für acht Instrumente op. 9 beim Nordischen Rundfunk. Menny saß mit seinen Mädchen im Herrenzimmer. Wir lauschten in unserem Salon. Mariechen hatte es sich mit Herbert, Marga und Nora in der Gereonstraße bequem gemacht, Robert drehte in Trier, wo er eine neue Stelle gefunden hatte, ein Rundfunkgerät laut. Bis nach Florenz zu Hugo und seiner Familie reichte der Empfang leider nicht.

Mariechen war begeistert von dieser neuen Erfahrung, als wir gemeinsam bei einem Kaffee in ihrem neuen Wohnzimmer saßen.

»Michael Taube hat wunderbar dirigiert. Es ist so hilfreich, wenn der Dirigent die Musik liebt. Du weißt, dass er bei Abendroth studiert hat?«

»Von dir weiß ich das.«

»Einzig ärgerlich, dass sie das Programm erst abends um halb zehn gebracht haben. Aber Neue Musik, das ist nun mal nichts für jeden Programmdirektor.«

Erneuter Neuanfang

»Wir ziehen nach Sülz«, eröffnete mir Mariechen kurze Zeit später.

Ich war mehr als verwundert. »Aber ihr seid doch gerade erst in die Gereonstraße gezogen?«

»Ja, aber es ist in der Nähe vom Sülzgürtel und sehr viel günstiger als die jetzige Wohnung, allerdings auch etwas kleiner. An Sülz habe ich gute Erinnerungen: Spaziergänge im Grüngürtel, Abende mit Albert, lachende Kinder im Garten.« Sie holte tief Luft. »Lust zum Packen habe ich nicht, aber die Wohnung liegt im dritten Stock, ist sehr hell und hat Platz genug für einen Flügel, Nora, Marga und mich.«

Tatsächlich war die neue Wohnung gegenüber einer katholischen Kirche nicht groß, aber schön und sehr gut aufgeteilt. Mariechen hatte die Zimmer hell tapezieren lassen und sich für kleine, mit Stoff bezogene Sessel entschieden. Auf dem Couchtisch standen die Vasen von Nora, mit denen sie das Sommerfest am Oberländer Ufer dekoriert hatte. Alles war heller und wärmer als bei Menny, ihr eigener Stil. Eine moderne Küche und ein Bad erleichterten das Leben.

Gleich an der Ecke befand sich die Musikalienhandlung Gerhards. Eine Wäscherei, eine Buchhandlung, Lebensmittelgeschäfte sowie ein Markt lagen direkt um die Ecke. Wir bummelten durch die Sülzburgstraße, die Haupteinkaufsstraße, und gingen dann wieder zu ihrem Haus zurück, um einen Kaffee zu trinken.

»Hier könnte man gut ein Kaffeehaus eröffnen«, bemerkte ich.

Meine Freundin stimmte mir zu und stellte eine Kaffeekanne und Tassen mit dem schönen Muster von Nora auf den Tisch. Dann kramte sie im Schrank und winkte mit zwei Theaterkarten. »Das ist die nächste Überraschung: Miechen tritt als Klärchen bei ›Egmont‹ in Köln am Theater auf. Kaum hat sie ihre Schauspielausbildung abgeschlossen, hat sie schon so ein Angebot.

Uraufführung ist am 22. März 1932, genau zu Goethes hundertstem Todestag. Möchtest du mitkommen?«

Natürlich wollte ich.

Nach der Vorstellung, die für Mariechens Nichte den Durchbruch in der Theaterwelt bedeutete, drückte ich meine Freundin. »Dass gerade sie, die dich so oft gepiesackt hat, nun als Künstlerin an deiner Seite steht, ist schon überraschend.«

Mariechen erwiderte meine Umarmung. »Das ist es.«

Entlassungen und Überfälle

Wir trafen uns bei Menny in seinem Herrenzimmer: Mariechen, Menny, Walter und ich. Keine Kinder, keine Jugendlichen, nur Erwachsene. Der Ernst der Lage verlangte es. Das dunkle Zimmer passte zur dunklen Stimmung.

»Es wird wieder besser werden«, beschwor Menny.

»Unser Krankenhaus wird geflutet von Juden, die auf offener Straße angegriffen wurden. Ganz zu schweigen von all den Kranken der letzten Hungerjahre«, schimpfte Walter.

»NSDAP-Horden sollen vor dem Rathaus aufgelaufen sein. Sie haben Adenauer gedroht, ihn an die Mauer zu stellen. Er ist geflohen und soll jetzt in Berlin sein«, warf ich ein. »Die Nazis waren richtig sauer auf ihn, weil er Hitler im Februar 1933 zu seinem großen Siegesauftritt nach seiner Ernennung zum Reichskanzler nicht mit allen Ehren und Rheinbeleuchtung empfangen hat.«

»Die Juden sollen auch aus den Hochschulen entfernt werden. Dann habe ich keine Lehrer mehr«, klagte Mariechen. »Meine Vortragsreihe über Musiker ist beendet. Bald bleibt uns nur der jüdische Kulturverein für Auftritte. Und dann auch noch dieses Wort: ›entfernt‹, als wären wir Dinge, keine Menschen.«

»Und jetzt rufen diese verrückten Nazis auch noch zu einem Boykott der jüdischen Geschäfte auf«, ergänzte ich.

»Sie können nicht auf uns verzichten. Wir Juden«, Menny unterbrach kurz und steckte sich eine Zigarette an, »wir Kölner jüdischer Herkunft haben immer Einfluss in der Stadt gehabt und zu ihrem Wohlstand beigetragen.«

Walter nickte. »Das haben wir, aber das zählt nicht mehr.«

Menny wandte sich an Mariechen. »Glaubst du, dass sie auf all die jüdischen Musiker verzichten können? Dann gibt es bald keine Konzerte mehr.«

Sie strich sich mit beiden Händen durch die Haare. »Ich fürchte es.«

»Und Maler, Bildhauer, andere Künstler?«

»Sie hassen uns, Menny.«

Er nickte. »Da hast du recht.«

Mein Mann nahm ihm die Zigarette aus der Hand und zog daran. Zum ersten Mal in meinem Leben sah ich ihn rauchen.

»Wir können nicht einfach abhauen. Ich habe Patienten, die mich brauchen.« Er schaute mich an. »Deine Schwester Lea hat in Berlin Patientinnen, die sie brauchen. Deine Schülerinnen, willst du sie einfach zurücklassen?«

Ich verneinte.

Menny unterstützte meinen Mann. »Letztes Jahr ist die Kanzlei schlecht gelaufen, doch jetzt kann ich mich kaum vor Aufträgen retten. Darunter sind viele von uns, die meine Hilfe brauchen.«

Ich rückte an Mariechen heran. »Natürlich will ich nicht gehen, aber wenn Klaus und Fred, wenn unsere Söhne auswandern, werde ich ihnen folgen.«

Mein Mann schüttelte den Kopf. »Noch ist es nicht so weit.«

Menny legte einen Arm um ihn. »Genau. Noch ist es nicht so weit.«

Wenige Tage später kam Fred, unser Zweitgeborener, begeistert nach Hause. »Ich schließe mich der zionistischen Jugendbewegung an. Wenn mich die anderen nicht mehr wollen, habe ich dort eine Heimat.«

Wir waren nicht erfreut darüber, aber er bereitete sich auf eine Auswanderung nach Israel vor. Er lernte, Gemüse anzubauen, Landmaschinen zu reparieren und sich selbst mit allem zu versorgen.

Ich erzählte Mariechen davon und entdeckte Tränen in ihren Augen: »Israel ist so weit weg.«

Ich reichte ihr ein Taschentuch. »Und ihr?«

»Wir müssen uns Gedanken machen.« Sie schnäuzte sich. »Sollten wir gehen, dann nach England. Auf jeden Fall England. Die Kinder sind in England geboren und sprechen die Sprache hervorragend. Sie schimpfte: »Aber wir können doch unsere Mutter nicht hier zurücklassen. Und Menny will nicht wahrhaben, was los ist.«

»Dabei ist er so ein kluger Mann«, sagte ich.

Abschiede

Ich traf Nörchen beim Einkaufen auf dem Markt in Sülz. Mariechen hatte ihn mir schmackhaft gemacht. Es gab viele frische Sachen zu günstigen Preisen. Da lohnte sich die Anfahrt. Ruhig erzählte sie mir, dass ihre Mutter dem Mädchen gekündigt hatte. Da Nora immer noch keine Stelle gefunden hatte und das Geld gerade so reichte, übernahm sie nun den Haushalt, während Mariechen versuchte, bezahlte Aufträge zu erhalten, und Marga als Sekretärin Geld verdiente.

Wir liefen gemeinsam in Richtung Einhardstraße zu ihrer Wohnung. Nora lud mich ein hochzukommen, doch ich wusste, dass Mariechen spontane Besuche nicht mochte. Nora dankte mir dafür.

Gerade wollten wir uns trennen, als wir ein lautes Geschrei aus der Emmastraße hörten. Drei Männer in Uniform verließen das Haus Nummer 27. Nora drängte mich um die Ecke. Mein Herz klopfte. Dennoch flüsterte ich ihr zu: »Wer?«

Nora schüttelte den Kopf, nahm einen Apfel aus ihrem Einkaufsbeutel und hielt ihn mir hin. Laut sagte sie: »Diese hier sind besonders köstlich.«

Ich atmete tief ein und aus. »Ja sicher. Ich werde ihn probieren.«

Während ich den Apfel in meinen Beutel steckte, gingen die Männer genau an uns vorbei zu einem Auto. Der Größte von ihnen lachte: »Die Wohnung ist frei.« Das Auto brauste davon.

Nora zog mich hinter sich her in die Emmastraße. Vor dem Haus Nummer 27 stand eine Frau mit völlig verweinten Augen. Sie sah jemandem nach. Nora nickte ihr zu und drehte dann um. Wir sprachen kein Wort, bis wir an ihr Haus kamen. Sie schloss die Tür hinter sich und lehnte sich an.

Schon im Hausflur hörten wir Mariechen. Sie spielte Schumann. Immer wenn sie zur Ruhe kommen wollte oder an einer Idee feilte, spielte sie Schumann.

»Komm auf einen Tee oder Kaffee hoch.«

Ich blieb im Mantel in der Diele stehen. »Wer war das?«

»Das Mädchen von Louise Straus-Ernst. Sie und unser Mädchen kennen sich.« Nora zog ihren Mantel aus. »Komm!« Sie winkte mich in die Küche und setzte Wasser auf. »Familie Straus, du kennst sie auch, Hutfabrikation.«

Erschöpft ließ ich mich auf einen Stuhl fallen.

»Louise Straus-Ernst war mit Max Ernst verheiratet. Onkel Richard hat von ihnen erzählt. Sie soll in Paris sein, aber sie haben einen Sohn, der so um die vierzehn Jahre alt ist.«

»Die Einschläge kommen näher«, sagte ich.

Das Telefon klingelte. Mariechen unterbrach ihr Spiel und nahm ab. Wir hörten sie reden, verstanden aber nicht, was sie sagte. Dann war es für einen Moment still, bevor die Tür knarrte.

Mariechen betrat die Küche. »Du hier?« Sie umarmte mich, dann sprach sie ihre Tochter an. »Das war unser Mädchen. Sie haben die Familie von Louise Straus-Ernst aus ihrer Wohnung geworfen. Sie selbst ist schon in Paris, ihr Sohn jetzt auf dem Weg zu seinem Großvater.«

Nora stellte ihrer Mutter einen Tee hin und rückte einen Stuhl zurecht. Müde ließ sich Mariechen auf ihn fallen. *»Thank you.«*

Nora legte ihr die Hand auf die Schulter. *»You're welcome.«*

Meine Freundin sah mich an. »Robert bewirbt sich für eine Stelle. Wir werden gehen.«

»Wohin?«

»England. Die Kinder«, sie lächelte Nora an, »du und deine Geschwister, ihr seid Engländer.« Sie trank einen Schluck Tee und schaute mich ernst an. »Und du?«

»Fred will ja nach Israel gehen.«

»Mich zieht es in die Vereinigten Staaten!«, warf Nora ein.

Mariechen stand unruhig auf. »Wir werden sehen. Marga plant Frankreich.« Sie hob ihre Tasse wie einen Sektkelch und stieß an meine an. Ein dumpfes Geräusch ertönte. »Auf das Weggehen!« Ihre Hand zitterte.

Ich spürte die Gänsehaut auf meinen Armen. »Auf das Weggehen!«

Weder ich noch Mariechen packten unsere Koffer. Wenn sie nicht arbeitete, rannte sie zu ihrer Mutter, die inzwischen bettlägerig war. Menny holte Oma Henriette schließlich zu sich ins Haus und beschäftigte eine Pflegerin. Das nahm Mariechen ein Stück der Sorge, machte ihr dafür ein schlechtes Gewissen. Also rannte sie noch öfter von ihrer Arbeit weg zu ihrer Mutter.

»Es ist das Herz. Es schnürt mir den Hals zu«, erzählte Mariechen. »Sie versteht nicht mehr, was ich sage.«

Jetzt wusste ich, dass es ernst war. Was sollte ich dazu sagen?

Am 23. März 1933 las ich in der Kölnischen Zeitung, dass Walter Braunfels aus der Musikschule ausscheiden und Abendroth allein die Leitung übernehmen würde. Ich rief Mariechen an, und wir trafen uns bei ihrem Bruder.

»Es wird wieder bessere Zeiten geben«, sagte Menny, der

ewige Optimist. »Denkt an die ersten Jahre nach 1918. Das war auch kein Zuckerschlecken.«

Mariechen tat ein Stück Würfelzucker in ihren Kaffee. Sie lächelte. »Ein Herz!«

Ich schaute auf die Zuckerdose, in der Zuckerstücke auch in Form von Spielkartenfarben lagen: Pik, Herz, Karo, Kreuz. Ich nahm mir ein Kreuz, also ein Kleeblatt. »Ich brauche Zucker.«

Menny lächelte. »Früher hast du immer Apfelkuchen mit Zimt und Zucker verlangt.«

Das Telefon läutete. Er drückte die Zigarette aus und nahm ab. »Heinz!« Seine Stimme bebte. »Soll ich, kann ich was für dich tun?«

Stille. Mariechen stand auf und trat zu ihrem Bruder. Sie lehnte sich an ihn. Doch schon war das Gespräch beendet. Nervös strich er sich durch die Haare.

»Heinz Jolles ist auch gekündigt worden.«

»Warum?«

»Warum wohl?« Menny ging in den Flur und nahm Mantel und Hut. »Er will mich sprechen.« Er schaute Mariechen an und ging. »Vielleicht hast du recht. Ich will nur nicht, dass du recht hast.«

Hastig trank Mariechen ihren Kaffee im Stehen aus. »Habt ihr Vorbereitungen getroffen?«

Mein Kopf schmerzte. »Die Jungs sind mitten im Studium.«

»Die Kinder finden ihren Weg.« Sie setzte sich zu mir. »Herbert geht es in der Schweiz gut, und Robert hat ein Angebot aus England.«

»Du hast Yorkshire immer vermisst, oder?«

Sie nickte. »Wir hätten damals Engländer werden sollen. Albert würde vielleicht noch leben.« Mariechen brach in Tränen aus. Wir umarmten uns.

Würde, hätte, wäre, dachte ich. Darum ging es nicht mehr. Wir mussten uns fragen: Was wird? Was haben wir? Was können wir tun?

Inzwischen erhielt Mariechen mehr Ab- als Zusagen für ihre Musik, Nora eine Ablehnung nach der anderen. Nicht einmal einen Praktikumsplatz als Keramikerin hatte sie ergattert. Mariechen und Nora legten die Absagen auf einen Haufen, wüteten, lachten, weinten. Wenigstens hatte Marga die Stelle. Allerdings erschwerte diese Ungleichheit das Verhältnis zwischen den Schwestern.

Übers Frühjahr nahm die Traurigkeit überhand. Der Stapel der Absagen war hoch, Naziflaggen an den Häusern waren häufig zu finden. Hatten wir gedacht, dass es nicht schlimmer werden könnte, so hatten wir uns geirrt.

Der 13. November 1933 war ein grauer Tag, und Walter war früh ins Krankenhaus aufgebrochen. Abends kam der Anruf von der Oberschwester.

»Es tut mir leid, Frau Dr. Beyer, aber Ihr Mann ist zusammengebrochen. Wir haben ihn in ein Krankenzimmer gelegt.«

Noch nie war ich mit einem Taxi gefahren. Diesmal rief ich eins. In der Klinik eilte ich die Treppen hoch.

Die Oberschwester fing mich ab. »Ruhig, Frau Doktor. Ruhig.«

»Wie soll ich ruhig sein? Heute? In diesen Zeiten?«

Sie führte mich in sein Zimmer. Als Erstes nahm ich den Geruch von Desinfektionsmittel wahr, der Geruch der Arztpraxis meines Vaters und der Besuche im Krankenhaus, der Geruch, der meine Kindheit geprägt hatte. Dann sah ich meinen Mann. Er lag in weiße Bettwäsche eingehüllt. Das riesige Krankenzimmer, normalerweise für sechs Menschen gedacht, ließ ihn klein und verletzlich aussehen. Das sonst so energiegeladene Gesicht war blass. Seine Augen hatten tiefdunkle Ringe.

Walters Stimme klang matt. »Nur eine kleine Erschöpfung.«

Ich setzte mich an den Bettrand. »Wir brauchen unbedingt alle eine Pause.«

Er nickte.

Am Abend beriet ich mich mit meinem Erstgeborenen, den Zweiten informierte ich per Telegramm. Er war auf einem jüdischen Sportfest.

Nach zwei Wochen kam mein Mann nach Hause. Beim Treppensteigen hatte ich ihn früher schon schwer atmen gehört, es jedoch nicht beachtet. Jetzt zog er sich geradezu die Treppe hoch.

Wir wussten beide, dass er sich in den vergangenen Jahren viel zugemutet hatte. Um uns herum waren Menschen krank geworden, gestorben. Mein Vater war zweiundachtzig Jahre alt. Ein so stolzes Alter! Ich würde bald meinen sechsundfünfzigsten Geburtstag feiern, Walter 1935 sechzig werden. Dennoch hielten wir uns für unsterblich. Nur wenn ich in den Spiegel schaute oder mir Fotos ansah, bemerkte ich, wie viel älter wir alle geworden waren. Abends hatte ich oft Rückenschmerzen, manchmal schlief ich nach einem langen Schultag im Sessel ein. All das waren Schwächen, mein Walter jedoch war krank, schwer krank.

Während unsere Söhne durch ihr Studium an der Universität rasten, wurde ihr Vater, mein Mann, von Tag zu Tag langsamer.

»Mach deine Doktorarbeit, Klaus«, bat er seinen Sohn. »Als Arzt sollte man einen Doktortitel haben.« Unser Erstgeborener hörte auf ihn und suchte sich sofort einen Doktorvater.

Eine Krankenschwester unterstützte mich bei der Pflege meines Mannes. Ab und zu suchte ich Entspannung bei Mariechen. Ihr Schumann tat mir gut.

Am 28. März 1934 starb Henriette Bing, die Mutter von Mariechen, Menny und Hugo. Sie hatte lange gelegen, kaum noch gegessen, erst bei sich zu Hause, dann im Haus am Oberländer Ufer. Wann immer Mariechen und ihre Kinder konnten, hatten sie Oma Henriette besucht, dazwischen Klavier gespielt, komponiert, getöpfert, Chemie gemacht, Tuche verkauft, Tee und Kaffee getrunken.

Oma Henriette wurde neben ihrem Mann auf dem Jüdischen Friedhof in Deutz bestattet. Hugo reiste aus Florenz an.

Klaus verteidigte Ende April 1934 seine Dissertation mit »summa cum laude«. Sein stolzer Vater starb am 9. Mai, als hätte er nur auf das Ergebnis gewartet. Wir legten ihn auf dem Jüdischen Friedhof in Bocklemünd zur Ruhe.

Ich ließ mich von der Schule beurlauben. Eine große Traurigkeit überkam mich. Doch schlimmer als die Trauer war die Kraftlosigkeit. Die Oberschwester, Walters beste Hilfe, brachte mir eine Dose mit Pillen vorbei. So konnte ich wenigstens schlafen. Jetzt erst verstand ich, wie es Mariechen 1920 ergangen war.

Klaus half bei Verwandten in Barmen im Unternehmen aus. Seine Doktorarbeit nutzte ihm dafür nichts. Er dachte über Israel nach, doch er dachte mehr, als dass er handelte. Fred ging in ein Vorbereitungslager für Israel. Er würde Landwirt werden. Sein Wirtschaftsstudium nutzte ihm dafür wenig.

Mariechen besuchte mich täglich. Sie brachte mir Tee, etwas Zucker, spielte Schumann auf unserem Flügel. Sie umsorgte mich. Sie wusste, was ich durchmachte, und konnte auch nicht helfen.

Robert bekam einen Arbeitsvertrag aus England zugeschickt. Er unterschrieb sofort.

»Geh mit ihm«, drängelte Nora.

»Geh mit ihm«, schrieb Marga aus Paris.

»Keine Frage«, telegrafierte Hugo.

Mariechen suchte ihre Sachen zusammen. Einen großen Reisekoffer mit Kleidung schickte sie nach England. Ihre Noten und Notizen legte sie in die Kiste, die sie mit in den Zug nehmen wollte. Einen Tag packte sie ihre Sachen ein, am nächsten Tag wieder aus.

»Was ist wichtig?«, fragte sie mich.

Seit Langem musste ich wieder einmal lächeln. »Was du im Herzen trägst, Frau Dr. Albert Maria Herz.«

Sie nahm mich in den Arm. »Es tut mir so leid mit deinem Walter. Aber ihr hattet viele schöne Jahre zusammen, und ihr habt zwei Söhne.«

Sie hatte recht. Viele schöne Jahre hatten wir gehabt.

Nörchen zog nach Berlin. Weihnachten würde sie bei den Feiningers verbringen. Lux war inzwischen nach New York ausgereist, Herbert jetzt Geschäftsführer in der Schweiz. »Tuchfabrik Benken«, stand auf seinem Briefpapier. »Feinstes Tuch aus Benken.«

Von Marga kam eine Karte aus Paris.

»Die Glückliche. Er heißt Volodia«, verkündete Mariechen bei unserem letzten Spaziergang.

Sie machte mich neugierig. »Werden sie heiraten?«

Sie zwinkerte mir zu. »Noch habe ich ihn nicht kennengelernt.«

Von ihrer Wohnung in der Einhardstraße 2 gingen wir in den Beethovenpark bis zum Decksteiner Weiher. Wir genossen die frische Luft, den Wind, der durch unsere Haare ging. Sie fasste mich um die Taille, so wie früher. »Zur Hochzeitsfeier tanzen wir mit Richard.«

Wir drehten uns im Kreis wie in unserer Schulzeit. Abrupt blieb ich stehen. »Lebt er immer noch von der Wand in den Mund?«

»Ich hoffe, dass diese Barbaren ihm nicht alle Gemälde abnehmen können.«

»Und deine erste Liebe, dein Paul?«, fragte ich.

Mariechen zuckte mit den Schultern. »Keine Ahnung.«

»Versprich mir, dass du mir aus England schreibst, nicht täglich, nicht wöchentlich, aber regelmäßig!«

Sie nickte. »Versprochen.«

Nachdem wir uns verabschiedet hatten, ging ich zu Fuß von der Einhardstraße zu uns nach Hause. Ich brauchte Luft, und die Bewegung tat gut. Dann rief ich meine Schwester in Berlin an. »Komm nach Köln in die Elisenstraße. Bitte! Wir sollten mit Vater, Fritz und Klaus besprechen, was wir tun.«

Sie versprach mir zu kommen.

Personenverzeichnis

Wichtige historische Figuren

Familie Bing:

Maria Bing (19.08.1878–22.10.1950), genannt Mariechen, und ihr Mann Albert Herz (14.07.1872–31.03.1920)

Ihr Sohn Herbert, genannt Bertie (1902–1979), und seine Frau Lilly sowie ihre Kinder Irene und Albert

Ihr Sohn Robert, genannt Bob (1903–1996)

Ihre Tochter Nora, genannt Nörchen (1906–1999)

Ihre Tochter Marga, genannt Margerie (1910–1982), verheiratet mit Volodia Specktor

Marias Eltern Henriette Mainzer (1852–1934) und Samuel Bing (1842–1883)

Ihr Bruder Moritz, genannt Menny (1875–1947) und seine Frau Alice, genannt Liesel (1879–1920), sowie ihre Töchter Susi (1905–1992) und Maria, genannt Miechen (1908–1996)

Ihr Bruder Hugo (1876–1944) und seine Frau Irene sowie ihre Kinder Marie und Francesco, genannt Fränzchen

Familie Herz:

Alberts Eltern Hermann Herz (1825–1894) und seine Frau Thekla, geborene Ransohoff (1843–1929)

Seine Brüder Hugo Luis (1864–1934), Louis (1865–1930), Carl (1868–1952), Paul (1870–1872), Julius (1875–1960), Wilhelm, genannt Willy (1882–1943, ermordet in Auschwitz-Birkenau), und seine Schwester Linchen (1866–1867)

Familie Goetz:

Marias Onkel Nathan Goetz (1839–1920) und seine Frau Marie, geborene Bing (1848–1909)

Ihre Kinder Otto (1868–1929),

Anna, verheiratete Katzenstein (1870–1920), und ihre Söhne Ernst (1895–1914) sowie Heinrich (geboren 1903),

Richard (1874–1954) und

Alfred (geboren 1877)

Weitere:

Max von Pauer (1866–1945), Musiker, 1908 geadelt

Elise, Kindermädchen in Bradford

Hannah Watson (geb. ca. 1884), Köchin

Elizabeth Rose Smith, genannt Lissy, Kinderkrankenschwester und -mädchen (geb. ca. 1887)

Winnifred Lilian Young, Mädchen (geb. ca. 1900)

Arthur E. Grimshaw (1864–1913), Komponist und Musiker

Elaine Grimshaw (1877–1970), seine Schwester

Jacob Moser (1839–1922), zeitweise Bürgermeister von Bradford, und seine Florence Moser (1856–1921)

Karl Wolff (1857–1928), Kritiker, Vater von Henny Wolff

Henny Wolff (1896–1965), Sängerin

Hermann Abendroth (1883–1956), Generalmusikdirektor von Köln und Dirigent

Emanuel Feuermann (1902–1942), genannt Munio, Cellist

Hermann Wetzler (1870–1943), Komponist und Musiker

Philipp Jarnach (1892–1982), Komponist und Musiklehrer

Walter Schulze-Prisca (1879–1957) und das Schulze-Prisca-Quartett

Walter Braunfels (1882–1954), Komponist, Musikpädagoge und Pianist

Lyonel Feininger (1871–1956), Maler, Grafiker und Bauhauslehrer, und seine Frau Julia (1881–1970), geborene Lilienfeld, verheiratete Berg, verwandt mit Maria Herz

Ihre drei Söhne Andreas (1906–1999), Laurence (1909–1976) und Theodore Lux (1910–2011)

Margarete Heymann, verwitwete Loebenstein, verheiratete Marks, genannt Grete (1899–1990), Keramikerin und Bauhausschülerin, und ihr Bruder Fritz Heymann

Hedwig Bollhagen (1907–2001), Keramikerin

Fiktive Personen

Franziska Beyer, geborene Stein, genannt Franzi (geb. 3. Januar 1878)

Ihre Mutter (1854–1901) und ihr Vater Dr. Stein (geb. 1852)

Ihre Schwester Dr. Lea Stein (geb. 10. November 1878)

Ihr Bruder Dr. Fritz Stein (geb. 1886)

Ihr Mann Walter Beyer (1875–1934)

Ihre Söhne Klaus (geb. im Frühjahr 1909) und Fred (geb. im Herbst 1910)

Paul, Mariechens erste Liebe

Fräulein Baumann, Lehrerin an der Evangelischen Höheren Töchterschule (geb. 1866)

Alois Fuchs, Physiklehrer am Lehrerinnenseminar (geb. 1864)

Olga, Franzis Freundin am Lehrerinnenseminar (geb. 1875)

Dr. Anna Huizen (geb. 1878), Ärztin, die mit Lea eine Praxis in Berlin eröffnet

Nachwort

Noch sind in meiner Heimatstadt Köln wegen der Covidpandemie alle Archive geschlossen, als ich mich im Frühjahr 2021 auf den Weg in das Musikarchiv der Zentralbibliothek Zürich mache. Ich habe über eine Komponistin gelesen, die Briefe und Fotos hinterlassen haben soll. Es sind weit mehr als zweihundert Briefe, die ich an diesem Tag durchblättere. Am nächsten widme ich mich ihren Programmen, Zeitungsartikeln und Fotos. An diesen beiden Tagen kann ich nur flüchtig in das Material hineinschauen, kopieren, nachdenken. Sofort ist mir klar, dass mich diese Frau interessiert, dass ich mich mit dieser in Vergessenheit geratenen Komponistin aus Köln im Anfang des 20. Jahrhunderts, eine Tochter der Bing-Seidendynastie und Mutter von vier Kindern, beschäftigen werde.

Es sind die Worte in einem Brief aus Bradford in England an ihren Bruder Menny in Köln, die mich sofort und besonders berühren. Sie schreibt ihm am zweiten Geburtstag ihres Erstgeborenen Herbert, der Zweitgeborene Robert ist noch kein Jahr alt, und entschuldigt sich für die Qualität ihrer Briefe, weil sie kaum Zeit für sich hat. »… wenn ich eine der Mütter hier hätte, dann ginge ich vielleicht mal ein bisschen fort, aber auch nicht lange und weit. Ich hätte keine Ruhe dazu …«

Später gibt sie ihre Kinder in die Hände von Kinderfrauen und ihrer Familie und widmet sich ihrer Musik. Eine Leidenschaft, der sie nicht einfach frönen durfte. Studieren durften Frauen in ihrer Jugendzeit in Köln nicht, und als eine Bing war ihr die Laufbahn einer Musikerin ebenfalls verwehrt. Mich beeindruckt ihre Energie, mit der sie vier Kinder in England aufzieht und beginnt, Vorträge über Musik zu halten, kleine Konzerte zu geben und zu komponieren. Schicksalsschläge werfen sie immer wieder aus der Bahn: der Tod ihres Lehrers Arthur E. Grimshaw, der Erste Weltkrieg, der die Familie nach Köln zurückzwingt, der frühe Tod ihres Mannes Albert Herz. Sie rappelt sich immer wieder auf und feiert schließlich in den 1920ern und Anfang der 1930er große Erfolge in der Neuen Musik in Köln, wird von bekannten Dirigenten und Musikern gespielt, an wichtigen Orten wie dem Gürzenich und dem Hotel Disch.

Die Machtübernahme der Nationalsozialisten unterbricht diese Erfolgsserie brutal und endgültig. Maria Herz reist mit ihrem Sohn Robert Ende 1934 oder Anfang 1935 nach England aus. Sie leben dort in London, Sussex, Birmingham. Zeitweise nehmen sie Familienangehörige sowie Freundinnen und Bekannte bei sich auf. Robert arbeitet als Chemiker, sie an einem Buch und Radiobeiträgen. Über Veröffentlichungen oder Konzerte aus dieser Zeit ist nichts bekannt.

Davon erzählt mir Albert Herz, Sohn von Herbert Herz, Enkel von Maria Herz in Zürich. Er gibt ihren Nachlass in die dortige Zentralbibliothek und regt die Aufführung ihrer Musik an. In Planung ist ein Konzert im Gürzenich in Köln, am Ort eines ihrer größten Erfolge.

Ihre Kinder Herbert, Robert, Nora und Marga verstreut es in die Welt: in die Schweiz, nach England, in die USA, nach Frankreich.

Noch vor Ausbruch des Zweiten Weltkriegs reist Maria Herz in die Schweiz, um Herbert und seine Familie zu treffen. Dann sieht sie Herbert, Nora und Marga jahrelang nicht mehr, schreibt wöchentlich sehnsuchtsvolle Briefe, die die Kinder, längst erwachsen, ebenso sehnsuchtsvoll beantworten.

Erst 1948 kann Maria Herz mit ihrem Sohn Robert in die USA per Schiff zu Nora und Marga ausreisen. 1950 stirbt sie nach schwerer Krankheit. Die Kisten mit Hunderten Briefen, Fotos, Programmen, Notizen, Erinnerungsstücken und Kompositionen reisen erst von Köln nach England, dann in die USA, später in die Schweiz zu ihrem Enkel Albert Herz und finden schließlich ihren Platz in der Zentralbibliothek in Zürich.

Maria Herz' Bruder, Menny Bing, flüchtet erst 1938 aus

Deutschland, nachdem er inhaftiert worden war. Seine Töchter haben Tagebücher, Notizen, Fotos und Briefe der Familie und des reichen künstlerischen Bekanntenkreises an das NS-Dokumentationszentrum in Köln gegeben. Darunter befindet sich ein Brief von Maria Herz an Mennys Frau Liesel aus dem Jahr 1904. Darin schreibt sie begeistert, dass es nichts Schöneres gebe, als zu heiraten. Später notiert sie ebenso begeistert, wie schön es ist zu komponieren.

Willy Herz, Bruder von Albert und damit Schwager von Maria, mit dem sie einen engen Kontakt hatte, wurde im Konzentrationslager Auschwitz ermordet, Louise Straus-Ernst, die in der Nähe von Maria in Köln-Sülz gelebt hat, wird ebenfalls ermordet. Ihr Sohn Jimmy Ernst hat die Ereignisse in seinen Erinnerungen »Nicht gerade ein Stillleben« festgehalten.

Maria Herz' Cousin Richard Goetz flüchtet aus Paris nach New York. Er kann einen Großteil seiner Bilder retten und in die USA mitnehmen, darunter auch einige seiner eigenen Gemälde. Er nimmt dort Familienmitglieder auf und verkauft seine Sammlung, lebt weiter nach seinem Motto »Von der Wand in den Mund«.

Ohne all diese Menschen, ihren Mut, ihren Elan, ihre Lebensgeschichten würde es dieses Buch nicht geben. Vielen Dank!

Danksagung

Viele Menschen haben dazu beigetragen, dass dieses Buch entstanden ist.

Besonders möchte ich mich bedanken bei:
meinem Mann und meinen Töchtern, die mir bei meinen Recherchen zugehört und Erstentwürfe gelesen haben. Bei meiner Mutter, meiner Familie und meinen Freundinnen, die mich zu vielen Geschichten inspiriert haben.

Bei Albert Herz und seiner Schwester Irene Gould. Albert Herz hat den Nachlass von Maria Herz der Öffentlichkeit zur Verfügung gestellt und mir in vielen Gesprächen meine Fragen beantwortet.

Bei der Verlegerin Franziska Emons-Hausen, meinen Lektorinnen Jana Budde, Stefanie Rahnfeld und Hilla Czinczoll und dem gesamten Team des Emons Verlags.

Bei dem Verleger Hejo Emons, der sich sofort für das Thema begeistern ließ und leider die Veröffentlichung nicht mehr erleben konnte.

Bei Dr. Heinrich Aerni und der Musikabteilung der Zentralbibliothek Zürich.

Bei Nina Matuszewski und dem Team des NS-Dokumentationszentrums Köln.

Bei der Hochschule für Musik und Tanz und besonders bei Professor Dr. Florence Millet, Professor Dr. Sabine Meine und Professor Dr. Rainer Nonnenmann.

Bei allen Musikerinnen und Musikern sowie Wissenschaftlern und Wissenschaftlerinnen, die die Werke von Maria Herz dem Publikum nahebringen.

Beim Historischen Archiv Köln, in dessen wunderbarem neuen Gebäude ich recherchieren und arbeiten durfte.

Bei Georg Beck, Musikjournalist, für seine Beiträge über

Maria Herz sowie für »Exil – Kammerszenen«, ein Musiktheater, gemeinsam mit der Künstlerinitiative Dafne entwickelt.

Beim Archiv der Universität Heidelberg für Informationen über Dr. Albert und Dr. Robert Herz.

Bei den Archiven von West Yorkshire, Bradford und Halifax, der Bibliothek von Leeds, der St. George's Hall und Helen Farrar vom Bradford College für die Unterstützung bei der Recherche zu Maria Herz' Zeit in England.

Nicht zuletzt bei der Universitäts- sowie der Stadtbibliothek von Köln.

Bei den Menschen in Köln, Bradford, Halifax und Leeds, die ich durch die Recherche über das Leben von Maria Herz besser kennengelernt habe.